Yalda Lewin

Die dunkle Seite des Weiß

EDITIA

Impressum

Editia
1. Auflage: Juni 2013

Weimarische Str. 7, 01127 Dresden • www.editia.de • kontakt@editia.de

Autorenbild: Eva Terhorst
Covergestaltung: M.Till-Lambrecht **unter Verwendung von Bildmaterial von:** © IMaster und © kim, fotolia.com • **Satz:** M. Till-Lambrecht
Druck und Bindung: Lößnitz-Druck GmbH Radebeul

ISBN: 978-3-943450-14-9

Für Yuti,
ohne die diese Geschichte
eine andere wäre

I'm hanging on your words
Living on your breath
Feeling with your skin
Will I always be here?

(Depeche Mode: In Your Room)

KAPITEL 1

Was immer Mirella sich dabei gedacht hatte, mich mit Ernesto Sanchez bekannt zu machen – auf meinen Tod hatte sie sicher nicht spekuliert. Oder doch?

Beginnen wir von vorn: Ein Sonntag im April, Hagelschauer und aufblühende Narzissen, erste Mückenstiche wie die Ankündigung wilden neuen Lebens. Ich hatte mich in meine Wohnung zurückgezogen und das Telefon ausgesteckt. Gelegentlich brauche ich den Rückzug von der Welt. Von Lärm, Großstadttrubel, Menschenmengen und dem ganzen alltäglichen Wahnsinn. Ich bin ein Hochsensibler, auch HSP genannt. HSP steht für »hochsensible Person«. Diese Gabe ist mein Fluch. Und mein Segen. Denn genau damit verdiente ich früher mein Geld. Und genau deshalb klopfte auch Mirella am späten Nachmittag an meine Tür.

»Du solltest umziehen«, sagte sie so ungerührt, als wären nicht Jahre seit unserer letzten Begegnung vergangen, und drängte sich ohne Umschweife an mir vorbei in die Wohnung.

Ich verzog die Mundwinkel.

»Fühl dich wie zu Hause. Du kennst dich ja hier aus.«

»Berliner Altbauten. Es ist niemandem zuzumuten, in den vierten Stock zu steigen, nur um dich zu treffen. Dein Telefon funktioniert nicht. Und dein Handy ist aus.«

»Weil ich es eventuell genau darauf angelegt habe«, antwortete ich spitz und schloss sorgfältig die Tür. »Vielleicht will ich ja niemanden hören oder sehen?«

Mirella ließ sich auf meine Couch fallen, schlug die langen Beine übereinander und lächelte süffisant.

»Tatsächlich? Immer noch der alte Langweiler? Na, dann hätte ich mir den Aufwand ja sparen können.«

Sie sah noch immer hinreißend aus mit ihren langen dunkelbraunen Locken, den funkelnden grauen Augen und dem Talent, sich in eine umwerfende Aura zu kleiden. Sie wusste, dass ich den Blick nicht von ihr abwenden konnte, sobald sie es darauf anlegte. Es war ein Spiel. Wir hatten es beide gespielt, seit wir uns im Programm des *Paranormal Arts Institute* kennengelernt hatten. Fünfzehn Jahre war das her. Und seitdem war kein Tag vergangen, an dem ich nicht an Mirella gedacht hatte – auch wenn schon lange klar war, dass wir als Paar eine Katastrophe waren. Das Spiel hatte ein unrühmliches Ende gefunden. Eine Scheidung lässt sich nicht wegdiskutieren. Und doch spukte sie noch immer in meinen Gedanken herum. Sie war überall. Im samtigen Nachtblau und in den Schatten der Nachmittage am See, im flirrenden Staub der Straßen, im Trubel der Kreuzberger Kneipen und in den Küssen jeder Frau, die ich in meine Arme schloss. Mirella konnte Illusionen heraufbeschwören, aus denen sich niemand mehr lösen wollte, und blieb selbst unbeteiligt.

Das war ihre Gabe.

Sie legte den Kopf schief und musterte mich.

»Lange nicht gesehen, Jakob. Alles in Ordnung? Du siehst müde aus.«

Ich zog einen Stuhl heran und ließ mich darauf fallen.

»Mirella, ehrlich, mir ist nicht nach Plaudereien. Was zur Hölle willst du hier?«

Sie schenkte mir einen tiefen Blick.

»Begrüßt man so eine alte Freundin?«

Dann seufzte sie, griff nach ihrer Tasche und zog einen Stapel Papier hervor.

»Hier!«, sagte sie und drückte mir die Dokumente in die Hand. »Brenner meinte, du sollst dir das mal ansehen.«

Ich ließ das Papier fallen, als hätte es mit scharfen Zähnen nach mir geschnappt.

»Interessiert mich nicht.«

Rasch stand ich auf, ging zum Fenster und schob vorsichtig den Vorhang zur Seite. Mein Blick wanderte nach unten, die Straße entlang. Dicht gedrängt parkten Autos, hier und da eilten Fußgänger mit gesenkten Köpfen durch den Regen. Doch nirgends die dunklen Wagen der Akademie, die sich durch ihre auffällige Unauffälligkeit auszeichneten. Zumindest für Eingeweihte. Und keine verdächtig aussehenden Personen. Doch das musste nichts heißen.

»Lass mich raten: Scharfschützen auf den umliegenden Dächern?«

Der sarkastische Unterton in meiner Stimme blieb Mirella nicht verborgen.

»Keine Sorge, ich bin allein. Und du musst nicht mitkommen, wenn du das nicht möchtest«, sagte sie leise.

Ich wandte ihr den Blick zu und fiel für Bruchteile einer Sekunde in nebelgraue Augen. Dann straffte ich mich.

»Als ich das letzte Mal in die Akademie wollte, wurde ich fast verprügelt. Ich war es nicht, der die Sache unrühmlich beendet hat. Und jetzt hat Brenner dich geschickt? Damit ich was genau tue?«

Sie lächelte und deutete mit einem leichten Nicken auf die Papiere, die auf dem Parkettboden verstreut lagen.

»Steht alles da drin. Sieh es dir an, ja? Bitte. Ganz in Ruhe. Und dann melde dich.«

»Wohl kaum«, antwortete ich eisig.

Ich hatte allen Grund dazu, unfreundlich zu sein. Die Akademie hatte mich ausgebootet. Nicht einmal auf Mirella hatte ich mich verlassen können, als es ernst geworden war. Und das ließ sich nicht so einfach vergessen, auch wenn mein Herz bei ihrem Anblick einen Sprung machte – einen größeren als mir lieb war.

Unsere Beziehung war immer besonders gewesen. Wir waren wie zwei Pole, die sich gegenseitig abstießen und im nächsten Moment unwiderstehlich anzogen. Das hatte es so schwierig gemacht. Und so unausweichlich.

Mirella erhob sich und strich ihren kurzen Mantel im Uniformstil glatt, der typisch für die Mitarbeiter der Akademie war. Ihr Blick fiel auf meine Klarinette, die auf einem kleinen Tisch am Fenster lag. Ein Lächeln huschte über ihr Gesicht.

»Spielst du noch?«

Ich nickte steif.

»Manchmal.«

Mirella ging zu dem Instrument und strich vorsichtig mit den Fingerspitzen darüber. Dann runzelte sie die Stirn.

»Ich wünschte, du wärst nicht so verdammt stur. Fehler passieren jedem von uns. Und niemand hat jemals deine großartigen Fähigkeiten angezweifelt, niemand …«

»Ich habe keinen Fehler gemacht«, antwortete ich kühl. »An der

Sache war was faul. Von Beginn an. Und versuch erst gar nicht, mich zu manipulieren, Mirella. Du weißt genau, bei mir funktioniert das nicht.«

Mirella presste die Lippen zusammen. Dann nickte sie.

»Wenn du das so siehst, dann kann ich dir nicht helfen. Aber du solltest wissen, dass die Akademie dich schätzt. Und dass du fehlst. Gerade jetzt.«

»Das sind ja ganz neue Töne. Und wem genau fehle ich?«

Mirella blickte mich einen Moment schweigend an. Dann deutete sie nochmals auf die Papiere.

»Ich lasse das hier. Sieh es dir an!«

Damit drehte sie sich um und verschwand ohne ein weiteres Wort aus meiner Wohnung. Zurück blieb der leise Hauch ihres Parfüms, verschattet wie eine Ahnung.

*

Ich ignorierte die herumfliegenden Blätter in meinem Wohnzimmer ganze zwei Tage lang. Schritt über die bedruckten Seiten, als wären sie eine neue Art von Teppich, umrundete sie wie Pfützen, die sich zwischen Sofa und Bücherregalen ausgebreitet hatten, trat sie mit Füßen wie welkes Laub im Rinnstein.

Und von Minute zu Minute gingen sie mir mehr auf die Nerven. Es war, als bohrten sich die ungelesenen Fakten in meine Gedanken, verfolgten mich in meine Träume, so wie Mirella es seit Jahren tat, und ließen mich mit nichts weiter als einem faden Geschmack im Mund zurück.

Schließlich riss ich die Zettel vom Boden hoch und stopfte sie in den Altpapierkorb hinter der Küchentür – nur um sie keine drei Minuten später hektisch wieder hervorzukramen und auf dem Tisch auszubreiten. Ich strich die zerknitterten Bögen glatt und überflog die ersten Zeilen. Mein Herz begann zu rasen und die Buchstaben tanzten vor meinen Augen wie irrgewordene Derwische, während ich mich immer schneller durch die Seiten arbeitete. Unbekannte junge Frau, etwa siebzehn Jahre alt – gefunden in den Ruinen der Beelitzer Heilstätten nahe Berlin – Todesursache ungeklärt – Freitod wird ausgeschlossen.

Und dann der Zusatz, bei dem sich mein Magen zusammenkrampfte: Erkrankt an Tuberkulose!

TBC. Deshalb also hatte Simon Mirella zu mir geschickt. Deshalb war ich überhaupt wieder zur Sprache gekommen in dieser Akademie, deren Tore sich vor zwei Jahren scheinbar für immer hinter mir geschlossen hatten.

Ich legte die Papiere zur Seite. Das Holz der Stuhllehne drückte schmerzhaft in meinen Rücken, doch ich beachtete es kaum. An manchen Tagen störten mich die hochsensiblen Wahrnehmungen jeder Kleinigkeit. An anderen Tagen gingen sie unter. An Tagen wie heute.

Erkrankt an Tuberkulose …

Ohne dass ich es verhindern konnte, öffneten sich Türen in die Vergangenheit. Bilder. Die Leichen dreier junger Frauen, gefunden in Berlin. Alle erkrankt an Tuberkulose. Und ich, den man gerufen hatte, weil die Polizei sich von einem Hochsensiblen Hilfe erhoffte. Weil sie gedacht hatten, dass einer aus der Akademie vielleicht etwas finden würde, was alle anderen übersehen hatten.

Was für ein Irrtum. Ich fand nicht, was ich finden sollte. Dafür etwas anderes, etwas weitaus Brisanteres. Es hatte mich meinen Job gekostet. Und Mirellas Liebe. Ich weiß, dass es regnete an diesem Tag. Und ich weiß, dass ich Schatten sah. Der Rest ist nichts als eine verwaschene Collage aus zertrümmerten Hoffnungen, Prinzipienreiterei und hohlem Gelächter.

Ich blickte aus dem Fenster und nagte auf meiner Unterlippe, während sich die Flut der Erinnerungen den Weg durch neuronale Verzweigungen bahnte. Manchmal glaubte ich die Stoßwellen an Informationen während ihrer Verarbeitung regelrecht flirren zu hören, glaubte zu spüren, wie die Netzwerke sich untereinander neu verknüpften und immer feinere Gespinste bildeten, während ich hilflos dasaß und das Denken seinen Lauf nahm. Ich bin mir sicher, dass ich niemals selbst denke. Ich bin es nicht, der denkt. Es denkt mich. Und es denkt ohne mein Zutun.

Manchmal hasse ich mich dafür. Für dieses Fühlen, das ich nicht verhindern kann, für dieses Denken, das mich in Geiselhaft hält. Mein persönliches Stockholm-Syndrom. Ich sympathisiere mit meinem Entführer. Und verachte unsere illustre Gemeinschaft zugleich.

Mirella hat mich einmal als *genial* bezeichnet. Das ist viele Jahre her und es ist Unsinn. Ich bin nicht genialer als jeder andere.

Ich bin nur ein wenig unfähiger, die ganz normale Genialität zu verbergen.

Ich beobachtete, wie sich das rußige Tuch der Dämmerung langsam über die Stadt senkte. Im Häusermeer flammten Lichter auf. Einige, mehr, dann viele. Ich blieb im Dunkel meiner Wohnung sitzen und dachte nach. Tuberkulose also. Eine neue Frauenleiche. Eine alte Geschichte. Und ich mittendrin, ob ich nun wollte oder nicht. Die Vergangenheit hatte mich eingeholt.

*

Mitten in der Nacht schreckte ich hoch und rang nach Luft. Mein Herz raste, ich war schweißgebadet und hatte den bitteren Geschmack eines schlechten Traumes noch auf den Lippen. Lose Bilderfetzen hingen über mir wie drohende Wächter. Die Erinnerungen. Wieder da. Nach über zwei Jahren.

Die jungen Frauen. Ihre Blicke aus starren, leeren Augen, die so viel gesehen zu haben schienen. Die stummen Münder, denen niemand mehr des Rätsels Lösung entlockte. Und die Tuberkulose, die sich keiner erklären konnte. Es waren die schwersten TBC-Fälle in Berlin seit Jahrzehnten. Doch daran waren sie nicht gestorben. Woran nur? Woran …

Alle Akten geschlossen. Alle Lippen versiegelt.

Stöhnend richtete ich mich auf. Die Lamellen der Jalousie pressten das Licht der Straßenlaternen zu schmalen Streifen an der Wand. Ich strich mir die verschwitzten Haare aus der Stirn und griff nach der Flasche, die neben meinem Bett stand. Kühl rann das Wasser meine Kehle hinunter.

Auf dem Weg ins Badezimmer rieb ich mir die Augen. Mein Herzschlag beruhigte sich nur langsam. Ich hatte geglaubt, die Zeit der Albträume sei vorüber. Seit Monaten hatte ich Ruhe gehabt, endlich wieder friedlich geschlafen. Ich hatte nicht mehr jeden Morgen ausgesehen wie ein umnachteter Halbtoter. Das Einzige, was hartnäckig blieb, war ein leichter Spannungskopfschmerz und gelegentliche unerklärliche Migräneanfälle, die aus dem Nichts zuschlugen. Dennoch hatte ich langsam wieder angefangen, das Leben zu genießen. Auf meine – zugegeben – etwas verschrobene Art.

Und dann reichte ein Besuch meiner Ex-Frau nebst ein paar

Blättern Papier und das ganze Kartenhaus aus geheuchelter Seelenruhe fiel in sich zusammen.

Ich beugte mich über das Waschbecken und ließ mir kaltes Wasser über Arme und Gesicht laufen, bis auch die letzte Benommenheit des Schlafes verschwunden war. Dann richtete ich mich auf.

»Wer bist du …?«, murmelte ich, während ich dem Blick des Mannes standhielt, der mir aus den Tiefen des Spiegels entgegensah. Manchmal wünschte ich, nur ein einziges Mal die Gedanken sehen zu können, die ihm durch den Kopf gingen. Zu ergründen, was während des Schlafes hinter dieser hohen Stirn geschah, wenn die Zahnräder der Träume ineinandergriffen.

Diese Träume. Alle üblichen Strategien versagten, wenn es um diesen alten Fall ging. Wann immer mich sonst Träume quälten, wusste ich damit umzugehen. Sie waren wie Pforten, die ich schließen konnte, wann immer ich es wollte. Ich hatte mir antrainiert aufzuwachen, sobald ein Traum zu unangenehm wurde. Was zur Folge hatte, dass ich öfter unausgeschlafen war als mir lieb sein konnte. Doch es verhinderte, dass ich den Albträumen wehrlos ausgeliefert war.

In dieser Nacht aber hatte mein geschultes »Frühwarnsystem« erstmals seit Langem wieder versagt, und das war mehr als bedenklich. Es bedeutete, dass mir keine Wahl blieb. Wenn ich mir am Abend noch eingebildet hatte, den neuen Fall einfach ablehnen zu können, dann war diese Selbsttäuschung nun enttarnt. Sicher, ich konnte die Zusammenarbeit mit der Akademie ablehnen, aber den Fall wurde ich nicht mehr los. Ich hatte einen Blick in die verdammten Akten geworfen und damit ein Monster aus dem Käfig gelassen. Mea culpa.

Was blieb? Die Möglichkeit, die Chance zu nutzen und zu sehen, ob sich nicht doch eine neue Spur auftat. Eine Lösung, die meine Träume endgültig verjagte und sie nicht nur aussperrte wie hungrige Wölfe.

Ich musterte mein Spiegelbild. Die Spuren des Lebens begannen sich zu zeigen. Feine Linien der Erfahrung auf meiner Stirn, in den Augenwinkeln. An den Schläfen mischten sich graue Strähnen zwischen das satte Dunkelbraun. Das war sicher auch Mirella nicht entgangen … Und ich ging schon lange nicht mehr an Frauen vorbei, ohne dabei den Bauch einzuziehen. *Der Lack ist ab, Jakob,* dachte ich. *Das lässt sich nicht mehr verstecken.*

Seltsamerweise löste dieser Gedanke Leichtigkeit in mir aus. Älter werden – na und? Ich war jetzt Anfang vierzig und richtig jung hatte ich mich eigentlich nie gefühlt. Zur Hölle also mit dem Älterwerden!

Ich lächelte dem Mann im Spiegel zu und er lächelte schief zurück.

Wenn einem schon keine Wahl blieb, dann war die Flucht nach vorn die beste aller Verzweiflungstaten. Und solange der Mann im Spiegel noch zurücklächelte, gab es keinen wirklichen Grund zur Sorge.

KAPITEL 2

Mein Herz schlug dumpf, als ich durch die großen Flügeltüren der Akademie schritt. Es war so lange her ... Ein ganzes Leben schien vergangen zu sein, seit ich dieses Gebäude zum letzten Mal verlassen hatte.

In der Eingangshalle blieb ich stehen und ließ den Blick hoch zu der gewaltigen Glaskuppel und dann weiter über die lichtdurchfluteten Galerien wandern. Menschen jeden Alters und jeder Herkunft hasteten geschäftig durch die Gänge, ab und zu wehte ein Lachen zu mir herunter. Niemand beachtete mich und doch packte mich die Atmosphäre der Akademie erneut innerhalb von Sekunden.

Die Akademie – das war ein weltoffenes, freundliches Biotop, das Menschen wie mir und Mirella ein Zuhause gab. Hier hatten wir die Möglichkeit, unsere Sonderbegabungen zu nutzen, mit dem großen Ziel, aus dieser Welt einen besseren Ort zu machen.

Die Luft schien regelrecht zu flirren vor Inspiration und erneut spürte ich eine seltsame Mischung aus Trauer und Wut in mir aufsteigen. Wieso hatte mir damals niemand geglaubt? Wieso war es so einfach gewesen, mich von all dem hier auszuschließen? Ich hatte weit mehr verloren als nur eine Arbeit und der Schmerz dieses unerwarteten Verlustes drückte noch immer wie eine zu eng gewordene Haut. Beim Anblick der Menschen, die hier ganz selbstverständlich ein und aus gingen, rissen alte Wunden schmerzlich wieder auf. Doch da war noch etwas anderes. In die Sehnsucht, wieder dazuzugehören, mischte sich ein Gefühl achtsamer Vorsicht. So, als traute ich den Wänden aus weißem Marmor ihre Stabilität plötzlich nicht mehr zu. Ich griff mir an die Schläfe, schloss für einige Sekunden die Augen und atmete tief durch. Meine Nerven waren überreizt, das war alles. Und sicher würde es eine Weile dauern, bis die alte Selbstverständlichkeit zurückkehrte. Das konnte mir niemand verübeln.

Ich straffte die Schultern und trat an eine große Tafel mit einem Lageplan, um mich im Gebäude zu orientieren. Die Hörsäle, die Büros, die Bibliotheken und Labore, die Mensa – nichts hier schien sich verändert zu haben. Außer mir.

*

»Und jetzt, Jakob? Soll ich dich wieder einstellen? Nach allem, was passiert ist?«

Simon Brenner blickte mich so sicher über die randlosen Gläser seiner Brille an, als hätte er die ganze Zeit mit meinem Auftauchen in seinem Büro gerechnet.

Für einen Augenblick ärgerte mich das selbstgerechte Auftreten meines früheren Chefs.

Simon Brenner war wohl das, was man als einen eloquenten Mann bezeichnen konnte. Er war zielstrebig, gewissenhaft, ein hervorragender Leiter der *Abteilung für paranormale Kriminaldelikte* – und gelegentlich ein menschliches Arschloch, wie ich es in meinem Leben selten erlebt habe.

Ich verzog die Mundwinkel.

»Soweit ich weiß, hast *du* mich wegen dieses Falls rufen lassen. Nicht umgekehrt. Ich dränge mich nicht auf. Ich habe längst neue Aufgaben in meinem Leben.«

»Davon wüsste ich.«

Simon lehnte sich in seinem bequemen Ledersessel zurück.

»Natürlich drängst du dich auf. Du bist kurz davor, mir um den Hals zu fallen, und das weißt du genau. Dein Fehler war, dass du die Unterlagen gesichtet hast. Diesen Fall kannst du einfach nicht ignorieren.«

Er lächelte.

»Außerdem war es eine wirklich gute Idee, Mirella zu dir zu schicken, nicht wahr? Wir sind eben alle emotionale Volltrottel.«

Ich schluckte schwer. Simon kannte die wunden Punkte besser als mir lieb war. Und er verstand es auszuteilen. Aber ich war darin mindestens ebenso gut.

»Richtig. Mirella und ich sind ein hervorragendes Team. Großartige Frauen geben sich nur mit Männern ab, die ihre Anwesenheit verdienen.«

Das Lächeln auf Brenners Gesicht erstarb. Ich kam mir fast

schäbig vor, diesen billigen Joker aus dem Ärmel gezogen zu haben. Aber er hatte es nie verwunden, dass er bei Mirella nicht landen konnte, während ich eine jahrelange Beziehung mit ihr geführt hatte – Scheidung hin oder her.

Simon Brenner und ich kannten uns schon viele Jahre. Wir waren zeitgleich in das Ausbildungsprogramm der Akademie eingestiegen, wobei sich schnell gezeigt hatte, dass unsere Talente auf gänzlich unterschiedlichen Gebieten lagen. Während er eine Affinität zu Führungsaufgaben hatte, zog ich es vor, alleine zu arbeiten und mit möglichst wenigen Menschen in Kontakt zu kommen. Wenn das irgendwo möglich war, dann hier in der Akademie. Die Akademie bot die Chance, Begabungen zu entwickeln und sinnvoll einzusetzen. Das Spektrum reichte von allgemein nützlichen Talenten wie zum Beispiel für Finanzmärkte, Diplomatie und Politik bis hin zu einem Institut wie dem unsrigen: der Abteilung für das Lösen paranormaler Phänomene. Dass unser Team vor der Öffentlichkeit geheim gehalten wurde, erleichterte uns das Arbeiten. Bis auf wenige staatliche Behörden, die gelegentlich mit uns zusammenarbeiteten, wusste niemand, dass es uns gab. Ein Fakt, um den ich immer froh gewesen war.

Simon starrte mich mit zusammengepressten Kiefern an. Dann stand er plötzlich auf, trat ans Fenster und zog mit einem Ruck die Jalousie hoch. Ich keuchte leise und schlug mir geblendet die Hand vor die Augen.

»Muss das sein?«

Dann tastete ich in meiner Jackentasche nach der Sonnenbrille, zog sie hervor und setzte sie auf.

Ein grimmiges Lächeln umspielte Brenners Lippen.

»Verzeihung. Ich vergaß, wie empfindlich du auf so ganz alltägliche Dinge wie Sonnenschein reagierst. Was für ein spaßfreies Leben das sein muss … Schläfst du eigentlich in einem Sarg?«

Er ließ die Jalousie wieder herunterrasseln. Angenehme Dämmerung legte sich über den Raum. Ich atmete unmerklich aus und blinzelte, doch ich nahm die Brille nicht ab. Ein wenig Deckung gegen unerwünscht direkte Blicke war nicht das Schlechteste, was einem in Simons Büro passieren konnte.

»Jakob, lass uns nicht lange drum herumreden. Ich sage es nicht gerne, aber du bist der ideale Mann für diesen Fall. Du kennst das

Gelände in Beelitz, das hat Mirella mir erzählt. Was auch immer du in der Vergangenheit in den Ruinen zu suchen hattest, interessiert mich nicht. Ich möchte keine Zeit verlieren. Also, nutz die Chance, steig wieder bei uns ein und mach die Fehler vom letzten Fall wieder gut. Jeder von uns verbockt mal was. Kein Grund, sich bis in alle Ewigkeit zu Hause zu verschanzen.«

Ich habe nichts verbockt! Doch ich schluckte den Gedanken hinunter und räusperte mich. »Ich habe die Akten gesichtet. Die Ähnlichkeit zu den damaligen Fällen könnte purer Zufall sein.«

Simon lächelte und ließ sich auf seinen Stuhl zurückfallen.

»Das ist Unsinn und das weißt du! Außerdem geht es hier weniger um die Ähnlichkeiten zu den damaligen Fällen als vielmehr um eine neue Dimension. Aber das wird dir Hades mit Begeisterung selbst erklären.«

»Hades ist noch in der Akademie?«

Simon hob die Brauen.

»Wieso sollte er nicht? Für einen Rechtsmediziner lässt sich nur schwer ein interessanterer Job auf diesem Planeten finden.«

Ich unterdrückte ein Lächeln. Die Nachricht, dass James Reilly, genannt Hades, noch immer die Leitung der Pathologie innehatte, hellte meinen Tag merklich auf.

Hades war ein schräger Typ, aber absolut verlässlich. Jemand, der einen aus Versehen über Nacht in seinem Büro einschloss, dafür aber am nächsten Morgen Frühstück mitbrachte. Mir war das passiert. Hades war mitten in der Nacht eingefallen, dass er mich sozusagen vergessen hatte. Es war ihm allerdings zu umständlich erschienen, nochmals ins Institut zu fahren, um mich zu befreien, wenn er doch ohnehin in wenigen Stunden wieder dorthin musste. Stattdessen hatte er die Gelegenheit genutzt und ein Rezept seiner irischen Großmutter wieder ausgegraben. Die besten Frühstücksbrötchen, die ich je gegessen habe. Zumindest in den Räumlichkeiten eines pathologischen Instituts.

»Ich nehme an, du willst sie sehen?«

Simons Stimme riss mich aus meinen Erinnerungen. Irritiert und mit den Gedanken noch bei den Brötchen sah ich ihn an.

»Wie bitte? Wen?«

»Die Leiche des Mädchens. Sie ist in der Pathologie. Du kennst ja den Weg.«

Ansehen … ja … unbedingt, dachte ich.

Mein Magen krampfte sich zusammen. Leichenschauen waren mir immer zuwider gewesen. Und die letzte war immerhin schon einige Jahre her.

»Gut, dann wäre das ja geklärt. Eins noch, bevor du gehst …«

Simon erhob sich, ging zu einem Schrank im hinteren Teil des Büros und öffnete ihn. Dann kam er zurück und legte eine Waffe und den dazugehörigen Pistolengürtel auf den Tisch.

Ich schluckte schwer. Meine alte Waffe. Eine *Walther P99*.

»Die hat auf dich gewartet«, sagte Simon leise und zum ersten Mal legte sich ein weicherer Ausdruck über sein Gesicht.

Mit zitternder Hand griff ich nach dem Gürtel, legte ihn um und steckte die Waffe in das Halfter. Dann nickte ich Simon zu und verließ das Büro ohne ein weiteres Wort. Ich musste zu dieser Leiche, ob es mir nun gefiel oder nicht. Aber ein Gutes hatte es: Wo Leichen waren, da war auch Hades.

*

»Ein Jammer, oder? So eine Schönheit.«

Ich löste meinen Blick von dem leblosen Körper des Mädchens und wirbelte herum. Mirella lehnte im Türrahmen der Pathologie und musterte mich. Ihre braunen Locken trug sie straff nach hinten gebunden, die dunkelgraue Uniformjacke über der schwarzen Hose exakt geknöpft und die strenge Kühle ihres Auftretens stand im irritierenden Widerspruch zu dem sanften Lächeln in ihren Augen.

»Ja«, sagte ich und verschränkte die Arme vor der Brust. »Wirklich furchtbar.«

Das Mädchen lag wie eine entrückte Elfe auf dem kühl schimmernden Stahl des Seziertisches. Ihre bleiche Haut wirkte zart wie chinesisches Papier und selbst die unübersehbaren Totenflecken konnten ihr nichts von der zerbrechlichen Schönheit nehmen. Lange blonde Haare schmiegten sich um Gesicht und Schultern. Sie wirkte so friedlich, als schlummere sie. Und auch der Geruch, der mich ansonsten immer einen großen Bogen um die Pathologie machen ließ, hielt sich in Grenzen. Das Mädchen konnte noch nicht lange tot sein.

Mirella lächelte.

»Ich freue mich, dass du wieder an Bord bist«, sagte sie, während unsere Blicke aneinanderhingen, als könnten sie sich nie wieder voneinander lösen.

»Ich bin nicht wieder an Bord«, entgegnete ich ruhig. »Ich mache das nur wegen der Tuberkulose. Ein Zwischenspiel. Danach ist endgültig Schluss.«

Mirellas Augen blitzten. Langsam trat sie einen Schritt auf mich zu. Ich spürte ihre Gegenwart wie das aufgeladene Prickeln der Atmosphäre kurz vor einem Gewitter und es wurde umso stärker, je näher sie mir kam. Dicht vor mir blieb sie stehen. So nah, dass sich unsere Körper fast berührten.

»Und was wird das jetzt?«, fragte ich leise und ärgerte mich über das heisere Reiben in meiner Stimme.

»Ich muss wissen, woran ich bin«, entgegnete Mirella, ohne den Blick von mir zu lösen.

Sie legte die Hand auf meine Brust und strich wie in Zeitlupe an meinem Oberkörper nach unten. Ich nahm ihre Berührung wahr wie ein Glühen, nur durch den dünnen Stoff eines Hemdes von meiner Haut entfernt. Sah den scharlachroten Lack auf ihren Fingernägeln wie zum ersten Mal und schluckte schwer, doch ich rührte mich keinen Millimeter. Mirellas Hand glitt seitlich unter meinen Mantel, bis ihre Finger das kühle Metall der Pistole streiften. Ein ironisches Lächeln huschte über ihr Gesicht.

»Soso, du bist also nicht wieder an Bord«, flüsterte sie mir ins Ohr. »Dafür sind das hier aber mächtig überzeugende Argumente.«

Ich unterdrückte das Beben, das sich in mir ausbreitete.

»Ich kann die Waffe jederzeit wieder abgeben. Und den Fall auch. Und ich werde beides ohne mit der Wimper zu zucken tun, wenn ich das für richtig halte.«

Mirella musterte mich, noch immer ein rätselhaftes Funkeln in den Augen.

»Tatsächlich?«

»Ja, tatsächlich. Und jetzt fahre ich nach Beelitz. Kommst du mit?«

Mirellas Mundwinkel zuckte.

»Dass du mich das fragst«, sagte sie leise. »Ausgerechnet.« Dann nickte sie. »Ja, ich komme mit. Simon hat uns ohnehin zusammen eingeteilt. Aber vorher muss ich dir noch etwas zeigen.«

Ich runzelte die Stirn. Simon hatte – was?

Mirella wandte sich um und ging zu einem Schrank hinüber. Das Glühen auf meiner Haut ließ nach und ich nutzte den Moment, um tief durchzuatmen.

Mirella zog einen Plastikbeutel aus einer Schublade.

»Hier, die Kleidung des Mädchens.«

»Seltsame Sache. Ich habe es im Bericht gelesen«, sagte ich, während ich mir Handschuhe anzog. Dann nahm ich die Kleidungsstücke aus dem Beutel.

Das Mädchen hatte ein weißes Spitzenkleid getragen, wie es zur Kaiserzeit vor einem Jahrhundert üblich gewesen war, eine Korsage darunter und passende Schuhe.

»Sieht nach Fasching aus.«

»Im April?« Mirella zog eine Augenbraue hoch. »Netter Scherz, Jakob! Aber das ist kein billiges Karnevalskostüm. Die Stoffe und Spitzen sind hochwertig. Originale.«

»Sie ist so in der Ruine herumgelaufen?«

Ich rieb mir gedankenverloren das Kinn.

»Vielleicht ein Treffen mit Gleichgesinnten? Kaiserliche Kostümpartys? Wer weiß, auf welche Ideen Jugendliche so kommen … Und solche Klamotten gibt's bestimmt im Secondhandshop. Oder im Internet. Oder sie hat sie von ihrer Uroma, was weiß ich …«

Mirella blickte mich irritiert an.

»Hast du die Akten nicht gründlich gelesen?«

Ich runzelte die Stirn.

»Doch, natürlich. Was meinst du?«

»Dann solltest du wissen, dass es Originale sind.«

Sie machte eine bedeutungsvolle Pause und ich spürte ein unangenehmes Kribbeln im Magen. Hatte ich etwas übersehen? Das konnte nicht sein. Ich war mir vollkommen sicher, alle Akten gründlich gesichtet zu haben. Es war nicht meine Art, etwas zu übersehen.

»Und warum sollte ich das bitte schön wissen?«

Mirella griff in die Plastiktüte und zog ein schmales, in Leder gebundenes Buch hervor. Der Einband war abgewetzt und rissig und sie musste vorsichtig sein, damit das Buch nicht vollkommen auseinanderfiel.

»Das hier wurde bei ihr gefunden. Ein Tagebuch.«

Ich hob die Brauen.

»Nicht besonders ungewöhnlich, oder? Wahrscheinlich hat so gut wie jedes Mädchen ein Tagebuch, dem es seine Träume, Wünsche und Ängste anvertraut.«

Mirella lächelte matt. »Da spricht der Experte! Ja, ein Tagebuch ist der beste Freund, den man haben kann. Und so verschwiegen. Außer jemand findet es über einhundert Jahre später in den Händen einer Leiche …«

Sie heftete den Blick auf mich.

»Das Tagebuch ist aus dem Jahr 1911.«

Ich starrte für einen Augenblick wie paralysiert auf das schmale Bändchen, das sie mir hinhielt. Dann griff ich danach. Als Mirellas und meine Hand sich berührten, durchzuckte es mich wie ein Stromschlag. Die Zeit schien plötzlich rückwärts zu laufen. Erinnerungen stiegen auf: Mirella an meiner Seite – ein Sonntagmorgen – ihre weiche Haut an meiner.

Dann lösten sich unsere Finger voneinander und Mirella trat einen Schritt zurück. Es lag ein merkwürdiges Schimmern in ihren grauen Augen. Oder bildete ich mir das nur ein?

Das Leder des Bucheinbandes lag rau und brüchig in meiner Hand. Rau und brüchig mein Herzschlag. Ich schluckte schwer und suchte nach Worten, von denen keines passend zu sein schien. Zum Teufel mit der Vergangenheit! Was, wenn ich Mirella einfach fragte, ob …

In diesem Augenblick erklang ein Räuspern hinter uns. Wir wirbelten herum, als hätte man uns bei etwas Verbotenem ertappt.

»Es ist seltsam …«

Hades lehnte lässig mit dem Rücken an einem der Kühlfächer, deren silbrig glänzende Türen die hintere Wand des Raumes vollkommen einnahmen.

Der Rechtsmediziner musste hereingekommen sein, während Mirella und ich in das Gespräch über das Tagebuch vertieft gewesen waren. Ich hatte keine Ahnung, wie lange er schon da war. Ich hatte nicht einmal bemerkt, dass er den Raum betreten hatte. In Mirellas Anwesenheit war ich einfach nicht bei der Sache. Kein gutes Zeichen.

Hades ließ den Blick von mir zu Mirella und wieder zurück schweifen und grinste breit. Für einen Augenblick wünschte ich, seine Gedanken lesen zu können. Es gab Mitglieder der Akademie, die dazu fähig waren. Ich gehörte nicht dazu. Leider.

Ich riss mich zusammen.

»Was ist seltsam?«

Hades streckte sich genüsslich. Dann zog er die durchsichtigen Einmalhandschuhe von den Fingern, ließ sie sorgsam in einen dafür aufgestellten Behälter fallen und schlenderte zum Waschbecken. Während er das Wasser aufdrehte und seine Hände gründlich mit Seife wusch, fuhr er fort zu sprechen: »Eure Leiche. Wirklich seltsam. Sie unterscheidet sich von den anderen Frauen, die vor zwei Jahren gefunden wurden. Und das gleich in mehrfacher Hinsicht. Aber interessiert euch das überhaupt? Oder soll ich wiederkommen, wenn ihr eure Hormone sortiert habt?«

Wie auf Befehl traten Mirella und ich einen Schritt zur Seite. Voneinander weg.

»Erzähl nicht so einen Blödsinn«, murmelte ich und konnte doch nicht verhindern, dass mir ein Prickeln über den Rücken glitt. Die leichte Röte auf Mirellas Wangen konnte Zufall sein. Oder?

Vergiss es, Jakob! Sie hat dir nicht vertraut. Sie hat sich scheiden lassen. Sie hat dich nicht ein einziges Mal angerufen in all der Zeit. Der Zug ist abgefahren. So was von abgefahren.

Ich trat neben Hades an den Seziertisch.

»Also, schieß los! Was ist so besonders an ihr?«

Hades lächelte breit.

»Das solltest du doch am besten wissen.«

Als ich irritiert die Brauen hob, zuckte er zusammen.

»Oh, du meintest die Leiche!«

Mirella stellte sich schweigend neben mich. Weit genug weg, um unverbindlich zu wirken. Nicht weit genug, um unverbindlich zu sein.

»Wie gesagt, sehr beeindruckend.«

Hades tippte auf die Schulter der Leiche.

»In ihrem Körper habe ich eine Substanz gefunden, die ich mir nicht erklären kann. Also nicht, dass es neu wäre, dass wir hier Fälle nicht erklären können …«, fügte er hastig hinzu, eilte zurück zum Waschbecken und seifte sich ein zweites Mal die Hände ein. »Aber das hier ist wirklich faszinierend.«

»Jetzt mach's nicht so spannend!«, sagte Mirella. Sie klang nervös. Ob auch sie merkte, dass unsere Zusammenarbeit nicht ganz einfach werden würde?

Hades trocknete sich seelenruhig ab. Dann drehte er sich zu uns um und zog grinsend eine kleine Glasphiole aus seiner Kitteltasche.

»Das hier«, sagte er, während er sie auf die Platte des Seziertisches stellte, »enthält die gleiche Substanz, die ich im Gewebe der Leiche gefunden habe. Wie ihr unschwer sehen könnt, handelt es sich um ein hochgeschätztes Stück aus unserem Medizinhistorischen Museum. Und darin ist ...«

Er machte eine bedeutungsvolle Pause.

»*Argentum vivum.* Quecksilber. Und hier – wie im Gewebe der Leiche – in nicht gerade homöopathischer Dosierung, das könnt ihr mir glauben.«

Mit diesen Worten ging er ein drittes Mal zum Waschbecken.

Mirella runzelte die Stirn.

»Du hast dir doch eben erst die Hände gewaschen.«

»Und ich werde es mit Sicherheit noch häufiger tun. Man kann nicht vorsichtig genug sein. Übrigens ...«, fuhr er fort. »Arsenverbindungen waren auch nachweisbar. Wahrscheinlich wurde sie im Rahmen der Therapie mit der *Fowlerschen Lösung* behandelt. Kaliumarsenit. Und Lavendelwasser für den besseren Geschmack. Hochgiftig, aber früher hat man es Patienten gerne zur Kräftigung oder als Fiebersenker verabreicht. Aus heutiger Sicht natürlich vollkommener Irrsinn.«

»Womit sich zumindest der Verdacht erhärtet, dass die junge Frau tatsächlich vor über einhundert Jahren gelebt hat«, sagte Mirella.

»Und trotzdem sieht sie aus wie der frische Frühling. Also, wenn man auf blassen Teint steht ...«, fügte Hades hinzu.

»Quecksilber wurde früher zur Behandlung der Syphilis benutzt«, sagte ich.

Hades' Finger schnellte vor.

»Exakt. Aber hier leider total daneben. Diese junge Dame litt nicht an der Syphilis. Dafür an einer Tuberkulose – wie auch die anderen Frauen, die tot aufgefunden wurden. Steht alles im Bericht, wisst ihr also schon.«

Er grinste breit. »Das waren damals wirklich Sternstunden meiner Karriere. Traumhaft! Solche Schneegestöber in beiden Lungenflügeln habe ich selten gesehen. Hach, TBC! Wunderschön, nicht wahr? Wenn sich die Infiltrate so abbilden auf den Röntgenaufnahmen – wie ein mit Puderzucker bestäubter Winterwald. Hübsch. Wirklich hübsch.«

Er knipste das Licht des Röntgenbetrachters an der Wand an und zog ein paar bereitliegende Folien aus einem Regal.

»Das hier«, sagte er, während er die erste Folie auf der Plexiglasscheibe befestigte, »ist eine Röntgenaufnahme von der Lunge des ersten Opfers. Ihr erinnert euch?«

»Larissa Sidorenko«, murmelte ich heiser.

Wie könnte ich die junge Frau jemals vergessen? Mit ihr hatte der ganze Wahnsinn schließlich angefangen. Ein plötzlicher Würgereiz überkam mich und ich musste mich sehr zusammenreißen, um ihn niederzukämpfen.

»Auf dem Bild sieht man sehr deutlich, dass sie an Lungentuberkulose litt. Auch für Laien ohne Probleme erkennbar. Außerordentlich formschön. Und eindeutig nicht abgeheilt, sondern eine akute Form der Erkrankung.«

Dann heftete er zwei weitere Röntgenbilder an die durchscheinende Tafel.

»Hier die beiden anderen Frauen. Olga Kusmina und Ewa Petrowa. Auch bei ihnen: hochaktive tuberkulitische Nachweise im Röntgenbild. Und übrigens auch in Sputum und Magensaft, das habe ich in den Akten nachgeprüft. Die Damen waren so infektiös, die helle Freude für jeden Mikrobiologen.«

»Ja, alle Frauen hatten eine offene TBC.«

Ich trat unruhig von einem Fuß auf den anderen. Ich hatte das Gefühl, zu dicht neben Mirella zu stehen und doch die Distanz zwischen uns niemals überbrücken zu können.

»Dass hier drei solcher Fälle auftauchen, ist merkwürdig, in der Tat. Da aber alle Damen aus dem früheren Ostblock stammten, ist es auch wiederum nicht so ungewöhnlich. Denn das ist nur eines der Gebiete weltweit, in denen die TBC wieder an Boden gewinnt.«

»Richtig«, sagte Hades. »TBC ist auf dem Vormarsch und übertritt auch die Grenze zu uns. Manchmal in etwas hübscherer Form, als man es erwartet.«

Ich erinnerte mich nur ungern an das Chaos, das die Leichenfunde vor knapp zwei Jahren ausgelöst hatten. Die Polizei tappte im Dunkeln, die Medien spielten verrückt und bauschten die Fälle zu einer neuen Tuberkulose-Epidemie auf, sodass kurzfristig ganz Berlin von Panik vor einem neuen Aufflammen der Krankheit erfasst worden war. Von resistenten Keimen war die Rede, sogar von terroristischen Biowaffen. Nichts davon hatte sich bestätigt, doch es hatte gedauert, bis die Identität der Frauen geklärt war. Es handelte sich um illegale Einwanderinnen aus Weißrussland und der Ukraine. Der Hinweis war aus dem Rotlichtmilieu gekommen. Doch damit verlor sich die Spur. Alle Hinweise führten ins Nichts. Fast alle ... Denn zeitgleich mit der Aufdeckung der Identitäten führten auch ungeheuerliche Anschuldigungen zu mir. Zwei Tage darauf war ich aus der Akademie geflogen. Zwei Monate danach war Mirella nur noch meine Ex-Frau. Und mein Leben ein Scherbenhaufen. Ich schüttelte die düsteren Erinnerungen ab.

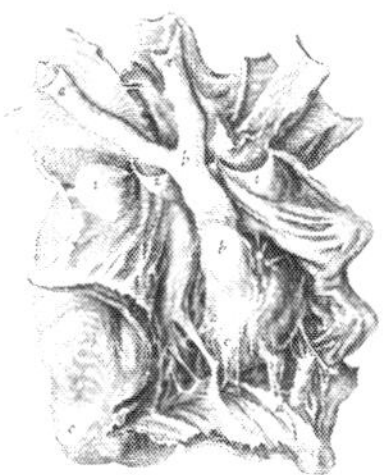

»Und was ist an diesem Fall jetzt anders?«

Meine Stimme zitterte.

»Zum einen die Funde von Quecksilber und *Fowlerscher Lösung*. Beides war bei den anderen Leichen nicht auffindbar«, antwortete er. »Und dann das Röntgenbild. Aus diesem Grund ist die Leiche bei uns gelandet und nicht in der Kühlkammer irgendeines Institutes. Hier!«, sagte er und heftete ein weiteres Röntgenbild an den Betrachter. »Fällt euch etwas auf?«

Mirella stellte sich so dicht neben mich, dass sich unsere Arme fast berührten.

Während wir beide das Bild ansahen, spürte ich ihre Gegenwart als schmerzliches Ziehen in meinem Herzen. Ich biss mir auf die Unterlippe und starrte auf die Tafel, als offenbare sich uns dort im nächsten Augenblick eine Erscheinung.

Erwartungsvoll blickte Hades uns an. »Na? Toll, oder?«

Ich hatte nicht die leiseste Ahnung, wovon er sprach. Für mich sah es aus wie jedes andere Röntgenbild. Aber ich war auch nicht bei der Sache. Er hätte mir eine Aufnahme komplett ohne Lunge vorlegen können, wahrscheinlich wäre es mir in diesem Moment nicht einmal aufgefallen.

Mirella zog scharf die Luft ein und beugte sich vor, um das Bild genauer zu betrachten.

»Das gibt's ja gar nicht!«

Es schwang eine fassungslose Aufregung in ihrer Stimme mit.

Hades lachte leise.

»Richtig, so könnte man das sagen. Guter Blick. Sollten sich die paar Semester Medizinstudium doch gelohnt haben?«

Mirella schnaubte leise, ignorierte aber ansonsten die Anspielung. Ich wusste, dass sie nicht gern an das abgebrochene Studium erinnert wurde. Sie haderte noch immer damit, damals die Wahl zugunsten der Akademie getroffen zu haben. Und für mich. Was unsere Beziehung nicht immer einfach gemacht hatte.

»Könnte mir mal jemand sagen, was hier so Hervorragendes zu sehen ist?«, fragte ich gereizt. »Oder soll ich rausgehen, damit ihr in Ruhe fachsimpeln könnt?«

»Er meint es nicht so«, raunte Mirella Hades zu und streifte mich dabei mit einem Blick.

»Doch, ich meine das sehr wohl so! Und fang nicht wieder mit diesem Er-will-doch-nur-spielen-Tonfall an!«

Mirella runzelte die Stirn.

»Ich fange mit überhaupt nichts an. Wieso sollte ich auch?«

Während wir uns anstarrten, wurde die Stille im Raum zum Schneiden dicht. In mir rangen die widersprüchlichsten Gefühle miteinander. Sie hatte mich verlassen. Sie hatte mir nicht geglaubt. Und dennoch …

Hades seufzte und schüttelte den Kopf.

»Tut mir den Gefallen und geht zusammen essen, ja? Oder … nein, besser: Springt miteinander in die Federn, aber schleunigst! Dann ist wenigstens Ruhe. Und jetzt würde ich mich gerne wieder dem Fall widmen, wenn ihr nichts dagegen habt.«

Mirella funkelte mich wütend an, dann drehte sie sich dem Rechtsmediziner zu.

»Ich bitte darum. Es gibt Wichtigeres als die Befindlichkeiten meines überspannten Ex-Mannes.«

Ich hatte einen bissigen Kommentar auf der Zunge, doch ich schluckte ihn runter. Es brachte nichts. Nicht jetzt.

»Gut, dann erklär doch bitte dem emotional verwirrten Vollidioten neben dir, was es mit dieser Leiche auf sich hat«, sagte ich stattdessen betont liebenswürdig.

Mirella verzog keine Miene. Sie tippte auf das Röntgenbild.

»Hier, siehst du? Kavernen in beiden Lungenflügeln. Das sind Höhlen im Lungengewebe, die aufgrund von entzündlichen Einschmelzungen im Rahmen eines jahrelangen Verlaufs der TBC entstehen können.«

Sie wandte sich an Hades.

»Solche Kavernen habe ich allerdings noch nie gesehen. Sie sind nur noch als leichte Umrisse zu erkennen, so, als hätte sich das Gewebe wieder erholt und die Löcher hätten sich geschlossen. Ein Fehler im Röntgenbild?«

Hades lächelte sanft.

»Mitnichten, Schönste. Die Kollegen haben die Leiche so oft geröntgt, dass sie mit Sicherheit aufgrund von Strahlenschäden von uns gegangen wäre, hätte der Tod sie nicht schon vorher in seine gnädig sanften Arme geschlossen. Es sind tatsächlich Überreste von Kavernen. Die Lunge sah aus wie ein Schweizer Käse. Bis irgendetwas dafür gesorgt hat, dass die TBC abheilte. Komplett abheilte. Und neues Lungengewebe entstand.«

»Das Gewebe ist nachgewachsen?« Ich hob die Brauen. »Das ist jetzt nicht wirklich normal, oder?«

»Nein, das ist nicht wirklich normal«, antwortete Hades schlicht.

Ein leichter Schwindel erfasste mich. Das also war es, was uns diesen Fall eingebracht hatte! Die unerklärliche Gesundung einer Schwerkranken. Es gab keine Neubildung von Lungengewebe. Nicht einmal mit den heutigen medizinischen Möglichkeiten konnte man das erreichen. Wie war es im Jahr 1911 möglich gewesen?

»Sie ist also nicht an der TBC gestorben?«

Hades schüttelte den Kopf.

»Nein. Was immer sie getötet hat, die Tuberkulose war es definitiv nicht.«

»Und was könnte dafür gesorgt haben, dass die Lunge sich so eindrucksvoll erholt hat?«

Hades zuckte mit den Schultern.

»Wenn ich das wüsste, wäre ich ein reicher Mann.«

Mein Herzschlag beschleunigte sich.

»Moment mal! Soll das heißen, wir haben hier nicht nur eine Leiche, die eventuell aus dem Jahr 1911 stammt – die hatten damals auch ein Mittel gefunden, um die TBC zu heilen?«

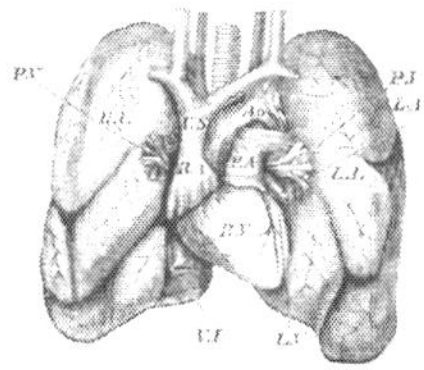

Meine Stimme überschlug sich fast.

Hades blickte mich an.

»Möglich. Oder es war ein Wunder. Mein Glaube an Wunder ist allerdings rudimentär.«

Er griff nach einem kleinen Fläschchen mit Desinfektionsmittel und balancierte es wie beiläufig auf einem Zeigefinger.

»Es gibt übrigens noch einen weiteren Fund im Gewebe. Ein wenig rätselhaft, muss ich zugeben. Es ist ein Alkaloid, von dem ich nicht sagen kann, woher es kommt. Und da begegnen sich unsere Fälle, denn dieses Alkaloid gab es auch im Gewebe der drei anderen Frauen. Allerdings mit leicht veränderter molekularer Struktur.«

Ich ließ den Blick aus dem Fenster schweifen. Dieser Fall wurde immer verzwickter.

»Und die Herkunft des Alkaloids ist nicht zu klären?«

Hades stellte das Fläschchen auf einem Regal ab.

»Nicht zweifelsfrei. Leider. Es passt zu keiner Zuordnung in unseren Datenbanken.«

Ich unterdrückte ein Stöhnen und spürte, wie sich ein leichter Druck hinter meinen Schläfen aufbaute.

»Wissen wir denn sicher, dass diese junge Dame hier Patientin in den Heilstätten war? Es wäre logisch, aber … hat das jemand überprüft? Vielleicht ist das einfach nur ein Trick, um die Tat zu verschleiern? Vielleicht ein Irrer, der ihr das Tagebuch dazugelegt hat, ihr Quecksilber und anderes gruseliges Zeug injiziert und die Kleider angezogen hat? Wir sollten sichergehen.«

»Bisher hat das niemand geprüft«, antwortete Mirella. »Wir haben auf dich gewartet. Das ist doch etwas für dich. Du kannst dich im Archiv vergraben und die schöne bunte Welt ausschließen.«

Ich begegnete ihrem Blick und war mir für einen Moment nicht sicher, ob sie sich über mich lustig machte oder mir einfach nur einen Job überlassen wollte, der mir entgegenkam. Archive waren nichts für Mirella. Waren es noch nie gewesen. Zu staubig, hatte sie einmal gesagt. Zu dunkel und zu tot. Ich dagegen genoss die Gesellschaft der schweigenden Akten. Und wenn ich mich recht erinnerte, gab es im Archiv noch Katherine …

Ich nickte förmlich.

»Gut, ich kümmere mich darum. Aber zuerst fahre ich nach Beelitz. Willst du noch immer mit? Oder hast du es dir anders überlegt?«

Mirella schwieg für einen Moment, dann zuckte ein Lächeln um ihre Mundwinkel.

»Natürlich komme ich mit. Dann muss ich später wenigstens nicht mit dir essen gehen. Außerdem habe ich ein Auto – im Gegensatz zu dir.«

Sie drehte sich um und verließ den Raum.

Hades streifte den Kittel ab, der ihn bei der Arbeit schützte, und ließ ihn in einem Abfallschacht in der Wand verschwinden.

»Wirklich schön, dass du wieder da bist, Jakob«, sagte er. »Spannender Fall. Aber wenn ihr mir einen Gefallen tun wollt, dann beeilt euch nicht zu sehr.« Er klopfte mit der flachen Hand auf den Seziertisch. »So faszinierende Leichen habe selbst ich nur selten zu Besuch.«

KAPITEL 3

Ich konnte mir nicht helfen, die Aura der Beelitzer Heilstätten jagte mir kalte Schauer über den Rücken. Immer. Einerseits vor Faszination. Andererseits war die Atmosphäre so dicht und so speziell, dass ich sie manchmal kaum ertragen konnte. Die frühere Klinik für Lungenerkrankungen lag völlig verlassen in der Einöde. Ein schlummerndes Tier, dem Verfall preisgegeben. Und über allem lag der Hauch von Tod und Verwesung.

»Faszinierend«, konstatierte Mirella, während sie neben mir die bröckelnden Stufen zur ehemaligen Frauenheilanstalt hinaufstieg. »Das ist ja wie im Film.«

»Ja, und gleich kommen tuberkulitische Halbtote aus den Ecken. Oder Zombies«, murmelte ich und stieß die quietschende Flügeltür des Eingangs auf.

Insgeheim schüttelte ich den Kopf über mich selbst. Wieso nur hatte ich mich auf diesen Unsinn eingelassen? Ich war mit Sicherheit nicht der Einzige, der diesen Fall bearbeiten konnte. Warum hatte Brenner unbedingt mich gewollt? Es fühlte sich seltsam an. Und irgendwie wurde ich den Eindruck nicht los, dass man mir noch nicht alles gesagt hatte, was ich wissen sollte.

Drinnen war das Licht fahl, gebrochen vom Schmutz auf den ausladenden Fensterscheiben. Der Geruch von Moder und Staub lag in der Luft.

»Wow!« Mirella ließ den Blick durch die Eingangshalle schweifen. »Das ist wirklich mondän. Also, ich meine, es muss mondän gewesen sein …«

Ihr Blick traf meinen.

»Kein Wunder, dass du hier nicht mehr weggekommen bist vor Begeisterung. Du hattest schon immer eine Leidenschaft für den Verfall.«

Ich verzog die Mundwinkel. Mirella kannte mich einfach zu gut – und das gefiel mir nicht. Nein, das gefiel mir ganz und gar nicht.

»Ich bin gerne hier gewesen, weil es so schön ruhig ist«, antwortete ich kühl. »Keine Menschen, keine Autos, keine Störungen. Hier gibt's nicht einmal ein Handynetz. Das reinste Paradies für jemanden wie mich.«

Dass ich immer wieder auch wegen der seltsamen Erscheinungen hergekommen war, wegen des Gefühls, dass mich flüchtige Seelen umgaben, behielt ich für mich.

Mirellas Gesicht blieb unbewegt.

»Und jemand wie du hat noch immer nicht gelernt, besser mit diesen Fähigkeiten umzugehen? Oder sollte ich lieber sagen: mit der Behinderung?«

Bei ihren Worten zuckte ein Flackern durch meinen Kopf.

»Das ist es, was mich an dir wahnsinnig macht!«

Ich wirbelte herum und deutete mit dem Zeigefinger auf Mirella, als wäre er eine Speerspitze.

»Deine Kommentare! Du verstehst nicht, wie das ist!«

Mirella hob die Brauen.

»Meine Güte.« Sie schlenderte zum Geländer der Freitreppe, deren zerfallene Stufen in einem weiten Bogen in die oberen Stockwerke führten. Dabei ließ sie mich nicht aus den Augen. »Du solltest dich beruhigen. Das war ein Witz, okay? Nur ein Witz.« Sie warf einen Blick auf ihre Armbanduhr. »Wir müssen noch einen Moment warten.«

Ich runzelte die Stirn.

»Warten? Warum?«

»Weil noch jemand kommt. Hat Simon dir das nicht gesagt?«

»Nein.«

Ich spürte, wie eine düstere Ahnung mir den Rücken hinaufkroch.

»Was hätte er mir denn sagen sollen?«

»Wir warten auf Ernesto. Ernesto Sanchez«, antwortete sie und wich meinem Blick aus. »Er ist Berater der Akademie. Innere Abteilung.«

»Was macht die Innere hier?«

Ich brauchte einen Moment, dann fiel es mir wie Schuppen von den Augen.

»Simon lässt mich überwachen? Von irgend so einem internen Verräterschnösel? Das ist jetzt nicht euer Ernst, oder?«

Mirellas Gesicht zuckte kurz, dann fing sie sich wieder.

»Niemand redet hier von einer Überwachung. Ernesto kommt lediglich zu deiner Begleitung her. Zu *unserer* Begleitung. Drei Augenpaare sehen mehr als zwei.«

»Was für ein unfassbarer Blödsinn! Das glaubst du doch selbst nicht!«

Meine Stimme hallte laut durch die gewaltigen Rundbögen des Foyers, brach sich an den verrotteten Wänden und kehrte als schillerndes Echo zu mir zurück. Für einen Moment standen wir inmitten von Wortfetzen, die sich wie feine Häute über uns legten. Dann verklangen sie.

Mirella stemmte die Hände in die Seiten. In ihrem Blick lag dieses unterdrückte Glimmen, das ich in all den Jahren ohne sie schon fast vergessen hatte.

»Was kann ich dafür, dass du so einen Mist gebaut hast?«, schrie sie mir entgegen.

»Zum hundertsten Mal«, brüllte ich zurück, »ich habe keinen Mist gebaut! Warum glaubt mir das eigentlich keiner?«

Das akustische Chaos war unbeschreiblich. Echos hagelten wie spitzer Eisregen auf uns hinab, kreuzten sich und brachen sich schließlich in den Ecken das Genick. Erst als der letzte Hall verklungen war, legte sich eine beklemmende Stille über das Foyer. Und in diese Stille hinein sagte eine samtige Männerstimme: »Doch, das haben Sie. Sie haben sogar unfassbaren Mist gebaut, Jakob Roth. Und genau deshalb werden wir beide sehr viel Spaß miteinander haben.«

Ich fuhr herum. Am Türrahmen lehnte ein großer, schwarzhaariger Mann. Er trug einen dunklen Anzug, der ihm perfekt auf den Leib geschneidert war, und schien sich köstlich über die Show zu amüsieren, die Mirella und ich ihm eben geliefert hatten. Ein feines Lächeln umspielte seine Mundwinkel.

Ich straffte mich.

»Ernesto Sanchez, nehme ich an?«

Allein der Anblick dieses Fremden an der Tür führte dazu, dass ich mich merkwürdig fühlte. Eine leichte Übelkeit stieg in mir auf und plötzlich spürte ich meinen Herzschlag deutlicher als sonst. Ein feines Vibrieren lief über meine Haut und setzte sich bis in die Haarspitzen fort.

Ernesto Sanchez lächelte einnehmend und ließ dabei strahlend weiße Zähne aufblitzen. Seine Haut hatte die natürliche Bräune südlicher Länder und verlieh ihm eine gesunde und vitale Ausstrahlung.

»Mirella hat Ihnen also von mir erzählt.« Er stieß sich von der Wand ab und schlenderte auf uns zu. »Wunderbar, dann wissen Sie ja Bescheid. Das erspart uns langwierige Erklärungen.«

Bevor ich begriff, was geschah, hatte er Mirella den Arm um die Taille gelegt und sie an sich gezogen.

»Schön, wenn Ex-Partner so vertrauensvoll miteinander umgehen«, fuhr er fort und küsste sie flüchtig auf die Wange. »Alles andere macht es nur kompliziert. Und Sie haben ja wirklich genug Komplikationen hinter sich, nicht wahr?«

Seine Hände glitten an Mirellas Hüfte hinunter. Ich spürte, wie meine Kehle trocken wurde. Mirella presste die Lippen zusammen und wich meinem Blick aus, doch sie löste sich einige Zentimeter aus der Umarmung.

Ich zwang mir ein Lächeln aufs Gesicht.

»Ich weiß zwar nicht, inwieweit Sie unsere Ermittlungen unterstützen können, aber wenn Sie sich nützlich machen wollen, halte ich Sie ganz sicher nicht davon ab. Irgendeinen Job für Anfänger gibt es immer.«

Ernesto Sanchez lachte amüsiert auf.

»Oh, Sie werden dankbar sein, dass ich hier bin. Ich sorge dafür, dass Sie nicht wieder vom Weg abkommen. Und außerdem interessiert mich brennend, wie der ehemals beste Ermittler der Akademie sich bei seinem ersten Fall seit Jahren schlägt.«

Er zwinkerte mir zu.

»Herausforderungen sind doch etwas Wunderbares, oder nicht? Sehen Sie es sportlich.«

Er griff nach Mirellas Hand.

»Mi corazón, es wartet Arbeit auf uns.«

Ich schluckte schwer und folgte den beiden in die Tiefen des verfallenen Sanatoriumsgebäudes.

Die Sohlen von Ernesto Sanchez' blankgeputzten Lederschuhen hallten bei jedem seiner energischen Schritte auf den rissigen Böden und ich hatte mehr als genug Zeit, seine hochgewachsene Gestalt zu betrachten. Er wirkte sportlich, durchtrainiert, bewegte sich in einer lässigen, fast katzenhaften Art – und war irgendwie zu perfekt für meinen Geschmack. Ich verstand die Welt nicht mehr. Seit wann stand Mirella auf Blender?

Ich räusperte mich und sofort verlangsamte Ernesto Sanchez seine Schritte, drehte sich um und blickte mich mit hochgezogenen Augenbrauen an.

Ich grinste breit.

»Da Sie für die Akademie arbeiten, gehe ich davon aus, dass Sie eine besondere Begabung haben. Wären Sie so freundlich, mir zu verraten, in welchem Gebiet Sie exzellent sind? Nur damit ich weiß, für welche Tätigkeiten Sie eventuell unterstützend zur Verfügung stehen …«

Er lächelte schmal.

»Sicher. Alles zu seiner Zeit.«

Ich verschränkte herausfordernd die Arme vor der Brust.

»Richtig. Und diese Zeit ist jetzt.«

Einen Moment lang starrten wir uns an. Ernesto Sanchez' Gesicht blieb unbewegt, aber ein Glitzern trat in seine dunklen Augen. Schließlich zuckte er gleichmütig mit den Schultern.

»Kontakte. Meine Stärke sind Kontakte zu Menschen, Organisationen und allem, was dazwischen liegt. Ich bin so etwas wie ein unabhängiger Berater für die Akademie und alle, die mich sonst brauchen. Und das sind eine Menge Menschen.«

Ich glaubte mich verhört zu haben. Dann brach ich in Gelächter aus. Es war auch einfach zu komisch. In der Akademie wimmelte es von Menschen mit allen möglichen Sonderbegabungen, eine faszinierender als die andere, und dann sagte jemand einfach nur: Kontakte.

Er schien meine Reaktion erwartet zu haben, denn er lächelte freundlich. »Nicht jede Fähigkeit ist spektakulär, dafür im Alltag umso wertvoller.«

Damit wandte er sich um und setzte seinen Weg fort.

Für einen winzigen Moment begegnete ich Mirellas Blick und mein Herz krampfte sich zusammen. Was machte dieser Typ an ihrer Seite? Wieso hatte sie sich eingelassen auf jemanden, der so aalglatt war, dass er sich kaum greifen ließ?

Langsam folgte ich den beiden, während in mir eine völlig neue Mischung aus Wut, Hilflosigkeit und Misstrauen aufstieg. Zu sehen, wie dieser Typ Mirella betatschte, war widerlich. Und mir auszumalen, was geschah, wenn sie alleine waren, war weit jenseits der Grenze des Erträglichen. Zur Hölle mit Ernesto Sanchez! Wo immer die auch sein mochte …

*

»Hier hat sie also gelegen?«

Ich ließ den Blick durch den Raum wandern.

Mirella nickte.

»Ja, hier hat der Wachmann sie gefunden, als er früh am Morgen zu seiner Schicht kam. Sie trug das weiße Kleid, den Hut, die Schuhe … Und in den Händen hielt sie das Tagebuch. Wenn man ihm glauben kann, sah sie aus, als wäre sie eben erst eingeschlafen.«

Wir standen zu dritt um eine verrostete Zinkbadewanne mit Löwenfüßen herum, die mitten im früheren Speisesaal des Sanatoriums stand und dort mindestens so deplatziert wirkte wie Ernesto Sanchez an Mirellas Seite.

Einen Moment lang sagte keiner von uns ein Wort, dann räusperte ich mich.

»Also, fassen wir zusammen: Eine junge Frau in altertümlichen Kleidern liegt tot in einer Badewanne. Irgendwo am Rande des Nichts. Des verrotteten Nichts, um genauer zu sein. Erklärungen?«

Ernesto Sanchez lächelte mild.

»Dafür sind Sie doch da, Herr Kollege. Oder irre ich mich?«

Ich spürte ein leises Brodeln in meiner Magengegend, ein Aufkeimen von Groll und unbändiger Lust, diesem unerträglichen Schnösel eins auszuwischen. Doch ich lächelte.

»Mitnichten nur dafür. Was mich aber generell interessieren würde – haben Sie nichts Wichtigeres zu tun, als in meine Arbeit hineinzupfuschen? Sie sind Berater der Inneren Abteilung. Das ist schön und gut, befähigt Sie aber in keiner Weise zur Teilnahme an Ermittlungen in einem potenziellen Mordfall.«

Ernesto Sanchez' Blick traf mich wie ein Dolchstoß. Ein eisiger Schauer rann mir über den Rücken, als ich die Härte wahrnahm, die sich in seinen Augen spiegelte.

»Die Akademie will eine schnelle und lückenlose Aufklärung dieses Falles«, sagte er ruhig. »Die dazu nötigen Kontakte sollen so rasch wie möglich gefunden, genutzt und abgewickelt werden. Und genau dafür bin ich da. Ich muss nah dran sein, um exakt zu wissen, was nach außen kommuniziert werden soll.«

Gefunden, genutzt und abgewickelt ... Wenn das auch seine Art war, Beziehungen zu führen, dann sah ich schwarz für Mirellas Seelenheil.

»Was nach außen kommuniziert werden soll? Das ist einfach«, entgegnete ich. »Wie immer in unseren Fällen – nichts. Es wird nichts kommuniziert, weil niemanden etwas angeht, was wir tun. Höchstens die Polizei. Und auch die nur, wenn *wir* das für richtig halten.«

Die Akademie hatte ein gutes Verhältnis zu staatlichen Institutionen, war selbst aber stets unabhängig geblieben. Ein entscheidender Schachzug, der es ermöglichte, in den letzten einhundertfünfzig Jahren seit der Akademiegründung die verschiedensten politischen Systeme ebenso unbeschadet zu überstehen wie sich die Mitarbeit an bestimmten Fällen vorzubehalten. Die Mitglieder der Akademie waren Experten auf ihrem jeweiligen Gebiet. Exoten, auf die man sich berief, wenn es irgendwo brannte, und ansonsten eher mied. Ich konnte mir nicht vorstellen, dass es eine Presseabteilung gab, die unsere Arbeit in die Welt hinausposaunte.

»Sie irren, wie so oft«, sagte Ernesto. »Aber was verstehen Sie schon von den Feinheiten.«

Seine Miene wurde unnahbar.

»Ermitteln Sie. Machen Sie Ihren Job gründlich. Und überlassen Sie mir die Fäden im Hintergrund. Die ziehe ich sowieso, ob es Ihnen gefällt oder nicht. Und eigentlich können Sie sich glücklich schätzen. Ohne Mirella wüssten Sie nicht einmal, dass ich involviert bin und über jeden Ihrer Schritte Bescheid weiß. Sie war dafür, dass wir mit möglichst offenen Karten spielen.«

Sein Gesichtsausdruck wurde wieder weicher.

»Also machen Sie es uns beiden doch nicht schwerer als nötig. Geben Sie Ihr Bestes; nicht mehr und nicht weniger. Das kann nicht so schwer sein, das kriegen selbst wir auf Kuba hin.«

Ich schnappte nach Luft, doch Mirellas durchdringender Blick sagte mir, dass ich nun besser den Mund hielt.

»Natürlich«, sagte ich, ohne den ironischen Unterton verstecken zu wollen. »Gründlich arbeiten wie auf Kuba. Si Señor.«

»Ich bin sicher, wir verstehen uns.«

Sanchez streckte sich, wobei sein weißes gestärktes Hemd sich über die wohlproportionierten Muskeln seines Oberkörpers spannte.

»Na, dann legen Sie mal los mit Ihren … Talenten. Ich bin sehr gespannt.«

Ich unterdrückte den bissigen Kommentar, den ich auf der Zunge hatte. Wir waren hier, um zu arbeiten, ob mir nun die Anwesenheit dieses Yuppies passte oder nicht. Und der Fall war ohne Frage spannend. Ich hatte mich seit Langem nicht mehr so lebendig gefühlt – auch wenn ich das niemals zugegeben hätte.

Ich heftete den Blick auf Mirella.

»Also gut …«

Ihr Gesicht blieb unbewegt, doch ich sah, wie ihre Brust sich in schnellen Atemzügen hob und senkte. Sie wusste, was jetzt kam. Und ich konnte nur hoffen, so gut zu sein wie früher, auch wenn seitdem Jahre vergangen waren.

Ich zwinkerte ihr zu und bemerkte mit einer inneren Befriedigung, dass Ernesto Sanchez es genau gesehen hatte. Dann drehte ich mich um und schritt langsam durch den Raum, der sich immer weiter in die Länge zu strecken schien wie ein schlafendes Tier. In der Mitte des Speisesaales blieb ich stehen und atmete tief durch. Es war wirklich lange her, dass ich in einer solchen Situation gewesen war. Dass meine Fähigkeiten gefragt gewesen waren. Wahrscheinlich war ich ein wenig aus der Übung. Und wenn schon …

Ich merkte, wie Ernesto sich zu Mirella hinüberbeugte.

»Was macht er da?«, hörte ich ihn murmeln.

»Ruhe!«

Meine Stimme hallte durch den leeren Raum und wurde von den kahlen Wänden zurückgeworfen, viel lauter und eindrucksvoller als ich gedacht hätte. Und tatsächlich – es funktionierte. Der Schnösel verstummte augenblicklich.

Ich unterdrückte ein Grinsen. Interessant. Offensichtlich führten wir beide eine seltsame Art von Machtspiel. Unterschwelliges Schwanzmessen. Und jetzt war ich an der Reihe.

Wer Dinge erspürt, wer wahrnimmt, was andere nicht wahrnehmen, ist wie ein Seismograf. Alles in der Umwelt sendet leichte Erschütterungen aus, die in mir ankommen und ihrerseits Reaktionen auslösen. Es gibt Tage, an denen es mir schwerfällt, mich abzuschotten, an denen ich meine Fähigkeiten hasse. Und es gibt Momente wie diesen, in denen sie meinem Leben einen Sinn geben.

Ich schloss die Augen, atmete einmal tief durch und ließ mich in die Atmosphäre des Raumes hineinfallen. Ein Wispern und Summen stieg auf, erst ganz langsam und verwischt wie aus weiter Ferne, dann immer deutlicher. Stimmengewirr, Geschirrklappern, hin und wieder ein Husten. Eilende Schritte. Gelächter. Das Quietschen von Schwingtüren, ein sanfter Lufthauch, fast unmerklich auf der Haut.

Ich ging weiter und spürte mit jedem Schritt einen immer heftiger werdenden Druck auf der Brust. Es war, als läge ein eiserner Ring um meinen Oberkörper. Das Atmen wurde schwer und eine seltsam fiebrige Hitze stieg in mir auf. Das diffuse Summen leichten Schwindels breitete sich aus, ließ meinen Kopf schwer werden und meine Gedanken wie betäubt.

Mühsam hob ich den Blick – und erstarrte mitten in der Bewegung. Die feinen Härchen auf meinen Armen stellten sich auf. Neben mir, keinen Meter entfernt, stand jemand. Eine blasse, stumme Gestalt, die ich unter Tausenden wiedererkannt hätte. Es war die junge Frau aus der Pathologie. Sie blickte durch mich hindurch, so, als wäre ich gar nicht da. Das Gesicht hell und die Lippen von einem blassen Violett, das nichts Gutes erahnen ließ. Kein Zweifel, sie war es!

Ich keuchte leise auf, als mich ein kalter Luftzug so unvermutet streifte, als hätte mir jemand in den Nacken gehaucht. Das Atmen … wurde schwerer. Der Schwindel verstärkte sich, ließ mich taumeln. Die feinen Alveolen in meiner Lunge schienen ihren Dienst zu versagen, es war eine Starrheit in meinem Brustkorb, als wäre er erfroren, zu Eis geworden innerhalb von Sekundenbruchteilen.

Zu wenig Luft!

Meine Lunge brannte und das Blut rauschte mir in den Ohren.

Atmen! Atmen! Du musst atmen!

Die Grenzen verschwammen und es fühlte sich an, als würde ich durch einen unsichtbaren Schleier treten.

In diesem Augenblick legte die junge Frau neben mir den Kopf schief und ein erstaunter Ausdruck huschte über ihr Gesicht. Sie blickte mir direkt in die Augen!

Sah sie mich? Hieß das, ich …

»Jakob!« In dem Moment, als ich taumelnd zu Boden fiel, hörte ich den Schrei. Und es war, als würde ich fortgerissen von diesem Ort und viel zu schnell vom Grunde eines trüben Sees wieder auftauchen. Keuchend schnappte ich nach Luft.

Luft! Frische, betörend süße Luft, die meine Lungen füllte und meinen Körper durchströmte! Atmen!

Als ich die Augen öffnete, war die junge Frau verschwunden. Stattdessen schob sich Mirellas Gesicht in mein Blickfeld. Und direkt neben ihr das von Ernesto Sanchez.

Egal. Ich atmete. Alles andere war zweitrangig.

»Was ist passiert?«, fragte Mirella, während sie mir half, mich aufzusetzen. »Was hast du gesehen?«

Ich brauchte einen Moment, bis ich antworten konnte. Noch immer war meine Brust wie zugeschnürt.

»Nichts«, presste ich schließlich hervor. Ein heftiger Hustenreiz schüttelte mich. »Ich bin wohl etwas … aus der Übung …«

Mirellas Blick zeigte deutlich, dass sie mir kein Wort glaubte. Doch ich schwieg. Ich würde später mit ihr reden, wenn überhaupt. In Ernesto Sanchez' Gegenwart würde nichts von meinem Ausflug in die Vergangenheit über meine Lippen kommen. Keine Sekunde davon.

»Also, noch mal: Was hast du gesehen?«

Ich hob überrascht den Kopf. Mirella war mir in einen der alten Baderäume der Beelitzer Heilstätten gefolgt und stand nun schräg hinter mir. Ich betrachtete sie durch das fast blinde Glas des Spiegels und lächelte matt.

»Wo ist der Yuppie?«

»Draußen. Telefoniert. Besser gesagt, er versucht es ... Hier gibt's ja anscheinend wirklich kein Netz.«

Ich stieß ein heiseres Schnauben aus und stützte mich auf dem gesprungenen Emaille-Waschbecken ab. Noch immer traute ich meinen weichen Knien nicht und der Schwindel in meinem Kopf war einem altbekannten dumpfen Pochen gewichen.

»Es gibt leider auch kein Wasser«, sagte ich und deutete mit einem Nicken auf den rostigen Hahn. »Ist aber wohl auch besser so, die Leitungen sind total verrottet. Wahrscheinlich fängt man sich sonst was ein, wenn man hier nur an Wasser denkt.«

Ich hob den Blick und musterte Mirella. Es war schwer, sie in solcher Distanz von mir zu wissen. Und noch schwerer, ihr nah zu sein. Ein Dilemma, das nicht gut ausgehen konnte, egal, wie man es drehte und wendete. Unsere Zusammenarbeit würde alles andere als einfach werden. Aber das hatte ich gewusst, von Anfang an. Und mich dennoch darauf eingelassen.

»Und? Nimmst du die Medikamente noch?«

Die Frage glitt mir über die Lippen, ohne dass ich es hätte verhindern können.

Ein Ruck ging durch Mirella. Meine Worte hatten sie wie aus dem Nichts getroffen und für einen Moment fürchtete ich, sie würde sich einfach umdrehen und gehen. Doch sie atmete nur einmal tief durch.

»Ja, das tue ich. Und bevor du weiterfragst: Es geht mir hervorragend. Wirklich wunderbar. Alles im Griff.«

»Gut.«

Ich versuchte ein Lächeln, auch wenn es schwerfiel. Es war lange her, dass wir darüber geredet hatten. Dass wir überhaupt geredet hatten.

Als wir uns kennenlernten, damals im Lehrprogramm des *Paranormal Arts Institute*, war Mirella eine Mischung aus eiskalter Göttin und brodelnder Glut gewesen. Und das meine ich nicht nur körperlich, sondern vor allem mental. Ihre Fähigkeit, sich von allem abzukoppeln und sich auf diese Weise unabhängig zu machen von Emotionen und subjektiven Entscheidungen, stand auf wackligen Füßen. Ich bin bis heute nicht sicher, ob es eine gute Idee war, dass sie sich für die Mitarbeit in der Akademie entschieden hatte. Das unstete Auf und Ab ihres Wesens forderte seinen Tribut und die Tatsache, dass niemand in der Akademie mitbekommen durfte, was mit ihr los war, machte es nicht einfacher. Es war ein Segen, als wir damals ein Mittel fanden, das Mirella in der Balance hielt. Sofern nichts Unvorhergesehenes passierte … Wenn doch, dann schlug das Pendel gelegentlich noch immer in die eine oder andere Richtung aus. Mirella hatte ihre Unberechenbarkeit nie ganz verloren. Und vielleicht liebte ich sie genau darum. Sie war kompliziert. Sie war anders. Und deshalb war sie in gewisser Weise wie ich.

In all der Zeit war ich der Einzige, der von ihrem Geheimnis wusste. Und es war für mich nach wie vor unerklärlich, weshalb sie sich von mir abgewandt hatte, von einem Tag auf den anderen. Als wäre all das zwischen uns nie wichtig gewesen. Als wäre ich ihr nicht wichtig gewesen.

Mirella stellte sich neben mich und erneut spürte ich ihre Anwesenheit wie einen brutalen Stich ins Herz.

»Also …«, bohrte sie weiter. »Was hast du gesehen? Ich kenne dich. Und da war etwas.«

Ich atmete tief durch.

»Nichts, was uns helfen könnte. Ich bin aus der Übung. Mehr nicht.«

Ihre Augen verengten sich zu schmalen Schlitzen.

»Und warum glaube ich dir nicht?«

Ich zuckte mit den Schultern und seufzte leise.

»Weil das dein Grundproblem ist, Mirella. Erinnerst du dich? Daran scheiterte unsere Ehe.«

Sie funkelte mich gereizt an.

»Nein, Jakob, unsere Ehe scheiterte, weil du offensichtlich krumme Dinger gedreht hast. Nutten aus der Ukraine. Schon vergessen?«

»Wie könnte ich? War doch so eine schöne Zeit …« Ich lachte heiser. »Du glaubst den Quatsch also immer noch, ja? Du glaubst wirklich, ich wäre in einen Menschenhandel verwickelt gewesen und hätte dafür gesorgt, dass verzweifelte junge Frauen gegen ihren Willen ins Land geschleust wurden? Ich? Mirella, das kann einfach nicht dein Ernst sein!«

Sie schüttelte den Kopf.

»Ehrlich gesagt, weiß ich nicht, was ich glauben soll. Auch nach all den Jahren nicht. Aber ich bin ein logischer Mensch, Jakob. Das dürfte nichts Neues für dich sein. Und die Beweislage war erdrückend.«

»Ein paar Fotos, die so unscharf waren, dass jeder der Typ darauf hätte sein können, und die Aussage von zwei offensichtlich gekauften Prostituierten aus Moldawien und Litauen?« Ich stöhnte auf. »Das sind doch keine Beweise.«

»Nicht zu vergessen: Du hattest kein Alibi.«

»Nein, hatte ich nicht. Weil ich zur besagten Zeit im Urlaub war. Alleine. Wie das nun mal meine Art ist. Das dürfte wiederum nichts Neues für *dich* sein!«

»Niemand im Hotel konnte sich an dich erinnern.«

»Weil alle bestochen wurden! Belege sind verschwunden, um mir all das in die Schuhe zu schieben! Das ist so offensichtlich, Mirella, ich kann einfach nicht glauben, dass …«

Ich seufzte erneut. Dann zuckte ich resigniert mit den Schultern. »Ist ja auch völlig egal. Lange her. Erledigt.«

Mirella starrte mich unverwandt an.

»Und sonst hast du mir nichts zu sagen?«

Ich lehnte meinen Hinterkopf gegen die kühlen Fliesen. Das Zittern in meinen Beinen ließ langsam nach.

»Doch, habe ich«, sagte ich mit fester Stimme. »Warum denn bitte schön dieser Knilch?«

Mirella hob amüsiert die Brauen.

»Was heißt denn hier *Knilch*? Ernesto ist großartig. Sehr erfolgreich, gut aussehend, hat fast so viel Hirn wie ich …«

»Ich traue ihm nicht.«

Mirella schnaubte.

»Und was soll ich mit dieser Information anfangen? Ihn in den Wind schießen, nur weil mein Ex-Mann sein sensibles Nervenkostüm strapaziert sieht?«

»Zum Beispiel, ja.«

Mirella lachte laut auf und schüttelte den Kopf.

»Du bist noch viel gestörter, als ich dich in Erinnerung hatte. Unsere Scheidung war wirklich die beste Idee unseres Lebens.«

»*Deine* Idee, Mirella. Es war *deine* Idee.«

Einen Augenblick lang trafen sich unsere Blicke.

Mirella presste die Lippen aufeinander.

»Ganz abgesehen von dieser Sache mit den Nutten ... Vielleicht warst du mir einfach zu viel. Deine Emotionalität ist furchtbar anstrengend.«

Ich zuckte mit den Schultern.

»Deine analytische Beherrschtheit auch, meine Liebe. Vor allem, wenn man weiß, welchen Preis du dafür zahlst.«

Mirellas Augen funkelten.

»Gefühle sind eine chemische Fehlregulation, die Verlierer hervorbringt. Das hast *du* nur nie verstanden, Jakob.«

Ihre Worte trafen mich wie ein Schlag ins Gesicht. Ich schluckte schwer. Ein Verlierer also? War es das, was sie in mir sah? Und Ernesto Sanchez – was war er dann?

»Und du hast nie verstanden, dass genau darin die ganze Kraft liegt. Und der ganze Zauber. Wenn man den Mut hat, sich einzulassen.«

Mirella musterte mich stumm und für einen kurzen Moment hatte ich das Gefühl, dass sich etwas in ihrer Aura veränderte. Als würde sich ein Zugang öffnen, der mir lange verschlossen geblieben war.

Doch nach wenigen Sekunden war es vorüber und sie verzog spöttisch die Mundwinkel.

»Ich weiß nicht, warum wir überhaupt darüber reden. Es ist so lange her. Konzentrieren wir uns auf die Arbeit, ja? Und zwar nur auf die Arbeit.«

Sie drehte sich um und ging mit festen Schritten zur Tür. Ich sah ihr nach, wobei ich es nicht lassen konnte, meinen Blick an ihrem Körper hinunterwandern zu lassen. Sie hatte recht, es war verflucht lange her. Viel zu lange ...

Ich räusperte mich.

»Das mit Ernesto ist dann also auch eine chemische Fehlregulation?«

Ich sah, wie Mirellas Körper sich anspannte. Sie drehte sich zu mir um. In ihrem Blick lag ein explosives Funkeln. *Bis hierhin und nicht weiter*, sagte es. Doch ich bin gut darin, Mirellas Warnungen zu ignorieren. Besonders, wenn ich etwas wissen will. Genau wissen will.

Ich legte den Kopf schief.

»Oder ist es der Sex? Mal ehrlich, mir kannst du es doch sagen. Sind Kubaner tatsächlich so …«

Mirella kam gefährlich langsam zu mir zurück und blieb dicht vor mir stehen. Dann ging alles ganz schnell. Sie holte aus und im nächsten Moment spürte ich ein schneidendes Brennen auf meinem Gesicht. Mirella wirbelte herum und rauschte mit hoch erhobenem Kopf davon. Ich sah ihr nach und rieb mir die Wange. Der Schlag hatte gesessen. Doch ich war nicht wütend. Stattdessen breitete sich ein Lächeln in mir aus.

»… gut im Bett?«, vollendete ich meinen Satz. »Nein, das sind sie nicht. Ganz sicher nicht.«

Gut zu wissen.

KAPITEL 4

23. September 1911
Die Nacht ist wie eine Vorahnung des Todes. Ich höre das rasselnde Atmen der anderen. Das Husten. Meinen Herzschlag. Ich weiß, dass Viktor nächste Woche herkommen wird. Er hat es doch versprochen. Und ich zähle die Tage, die Stunden, die Minuten, Sekunden, weil mir nichts anderes bleibt. Ich warte. Es ist nichts als Warten hier. Als wäre das ganze Sanatorium nur dafür gemacht. Für Wartende. Wie ein prachtvoller Bahnhof. Nur dass niemals mehr ein Zug abfährt.

Ich ließ das in brüchiges Leder gebundene Buch sinken und starrte für einen Moment reglos an die weiße Wand meines Wohnzimmers. Die feine Kurrentschrift, mit blauer Tinte auf die hauchdünnen Seiten geschrieben, war an manchen Stellen kaum noch zu entziffern. Und trotzdem ging von den Aufzeichnungen im Tagebuch des Mädchens eine Intensität aus, als hätte sie die Zeilen erst gestern verfasst.

Vorsichtig blätterte ich weiter. Die meisten Einträge handelten von der unerträglichen Langeweile im Sanatorium, von ewig gleichen Liegekuren der Tuberkulosekranken, vom faden Essen, von den flüchtigen Bekanntschaften, die der Tod wieder zerriss. Die Schreiberin dieses Tagebuchs war die älteste Siebzehnjährige, die mir jemals begegnet war. Und jede ihrer Eintragungen ein schonungsloser Bericht des Erlebten.

Ich blätterte vor zur ersten Seite. Ein Namenseintrag, umgeben vom verblichenen Siebdruck gerankter Blüten: Clara von Rieckhofen.

Das also war ihr Name. Clara. Und der erste Eintrag vom 16. August. Es waren nur zwei Sätze, flüchtig hingekritzelt.

Ankunft Beelitz-Heilstätten mit dem Morgenzug. Der Koffer schwerer als gedacht.

Ich seufzte und rieb mir die müden Augen. Draußen vor dem Fenster hatte sich die abendliche Dämmerung wie ein blausamtenes Tuch über die Stadt gelegt. Der diffuse Spannungskopfschmerz des Tages hatte sich verzogen, doch in meinem Kopf blieben die Nebel.

Wie konnte eine Frau, die im Jahr 1911 als Patientin der Belitzer Heilstätten ein Tagebuch geführt hatte, heute als frische Leiche wieder auftauchen? Es gab dafür keine logische Erklärung – zumindest keine, die Hades uns hätte liefern können. Sie war laut seiner Aussage weder einbalsamiert worden noch lagen Spuren einer Erfrierung vor, was der Fall gewesen wäre, wenn sie in Eis gelegen hätte. Und nach einer Moorleiche sah sie ebenfalls nicht aus.

Ich seufzte erneut. Nein, die junge Frau war entweder weit über einhundert Jahre alt geworden, ohne dabei das Aussehen einer Siebzehnjährigen zu verlieren – oder es fehlte uns ein Stück im Puzzle.

Behutsam klappte ich das Buch zu und schloss für einen Moment die Augen. Eine der unangenehmen Seiten einer hochsensiblen Wahrnehmung ist, dass man viel schneller ermüdet als andere. Ich gebe es nicht gerne zu und habe lange gebraucht, um es für mich zu akzeptieren. Aber ich muss darauf achten, genug Ruhe zu haben. Abgeschiedenheit. Stille. Alleinsein. Das, wovor viele andere Menschen sich fürchten, ist für mich eine absolute Bedingung, um überhaupt zu existieren. Ich würde durchdrehen, wenn ich in dem Rhythmus leben müsste, der gemeinhin als »normal« gilt. Aber was ist schon normal …

Ich öffnete die Augen wieder. Meine Gedanken kreisten unablässig um Clara. Was, wenn doch alles eine falsche Fährte war? Wenn jemand die Leiche absichtlich altmodisch gekleidet und ihr das Tagebuch in die Hand gedrückt hatte? Was, wenn das Tagebuch eine geschickte Fälschung war? Vielleicht war es doch kein Fall für unsere Abteilung, sondern wir hatten es mit einem abgebrühten Täter zu tun, der sein Verbrechen kaschieren wollte?

Für einen Augenblick spürte ich eine tiefe Erleichterung bei diesem Gedanken. Diese Lösung würde mir quälende gemeinsame Ermittlungen mit Mirella ersparen. Die alten Vorwürfe, die unhaltbar waren und sich dennoch nicht aus den Köpfen verscheuchen ließen. Und diese lächerliche und demütigende Beobachtung durch Ernesto Sanchez. Welch himmlische Aussichten! Es wäre für uns alle am einfachsten.

Doch noch während ich darüber nachdachte, wusste ich, dass es so leicht nicht werden würde. Ich hatte Clara von Rieckhofen gesehen, heute, in diesem alten Speisesaal. Ich konnte wahrnehmen, was sich an Orten abgespielt hatte, wenn ich mich wirklich darauf einließ. Und ich hatte sie gesehen. Eindeutig erkannt. Sie war da gewesen, eine Patientin des Sanatoriums. Und das Tagebuch Zeugnis einer längst vergangenen Epoche.

Ein bohrender Zweifel begann an mir zu nagen. Was, wenn ich mir das alles nur eingebildet hatte? Ich war fehlbar. Und ich hatte meine Fähigkeiten lange nicht genutzt. Konnte ich mich auf die Wahrnehmungen wirklich verlassen?

Ich schloss die Augen und sofort war das Bild der jungen Frau wieder da. In einer Deutlichkeit, dass es mir fast wieder den Atem nahm. Es war kein Trugbild gewesen. Sie hatte neben mir gestanden, keinen Meter von mir entfernt, in diesem alten Speisesaal. Ich hatte ihre kühle Anwesenheit gespürt. Und die Symptome einer heimtückischen Krankheit, die mir die Luft geraubt hatte, als wäre ich selbst davon betroffen gewesen. Claras schwere Tuberkulose. In einem Stadium, in dem der Tod schon längst auf leisen Sohlen durch die Gänge schlich.

Der Druck auf meinem Brustkorb nahm zu. Hastig schlug ich die Augen auf. Nein, ich zweifelte nicht an meinen Wahrnehmungen. Clara von Rieckhofen war Patientin der Beelitzer Heilstätten gewesen. Sie war durch diese Räume gegangen, hatte dort gelebt und war dort gestorben. Die Frage war nur, wann.

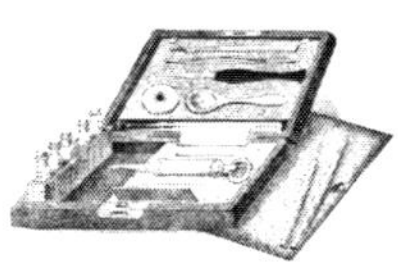

Ich schwang mich vom Sofa hoch. Frische Luft, das war es, was ich jetzt brauchte. Sauerstoff würde mir helfen, meinen Kopf frei zu bekommen.

Ich ging zur Tür und stieg die wenigen Stufen im Treppenhaus hinauf bis zur Dachluke, stieß sie auf und kletterte auf das flache

Dach. Hunderte Male hatte ich das in den vergangenen Jahren getan.

Die Aprilnacht war kühl und der Geruch nach Regen mischte sich mit der leisen Vorahnung von Fliederblüten und aufbrechender Erde. Ich schloss die Augen und atmete tief durch. Ich liebte die Nächte auf diesem Kreuzberger Dach, wo man dem Himmel näher zu sein schien als der Schwere der Erde. Von hier oben hatte man einen atemberaubenden Blick über Berlin. Über diese Stadt, die niemals wirklich schlief, die immer mit einem leisen Bereitschaftsrauschen im Hintergrund zu warten schien. Ich wandte den Blick nach links und sah in der Ferne die schlanke Silhouette des Fernsehturms in die Nacht aufragen, die Kugel an der Spitze ein glitzernd erleuchtetes Raumschiff, das merkwürdig friedlich über die Stadt wachte. Ganz langsam fiel die Anspannung des Tages von mir ab und erst jetzt merkte ich, wie müde ich wirklich war. Eine bleierne Schwere lag auf meinen Gliedern.

Zeit, im Schlaf die Gedanken zu ordnen. Mein Unterbewusstsein würde wissen, was zu tun war. Es hatte es immer gewusst. Früher.

*

Ich hatte das Gefühl, gerade erst die Augen geschlossen zu haben, als mich die *Tatort*-Titelmelodie aus dem Schlaf riss. Emilie Wimschneider, die neunzigjährige schwerhörige Nachbarin aus der Wohnung unter mir, konnte wie so oft nicht schlafen. Ich stöhnte leise auf. Wenn Emilie fernsah, war an Schlaf nicht mehr zu denken. Nicht jetzt und nicht in den nächsten Stunden. Das Dröhnen des Fernsehers bohrte sich durch die Altbauwände wie ein hartnäckiger Wurm und setzte seine zermürbende Arbeit direkt in meinem Nervensystem fort.

Ich weiß nicht mehr, wie oft ich in den Anfangsjahren nachts vor Emilies Wohnungstür stand und mir die Fingerknöchel wund klopfte. Sie hörte es nicht. Sie hörte auch nicht die Klingel und nicht die Anrufe, mit denen ich sie etwas später schlau aufzuschrecken versuchte. Meistens war es so, dass Emilie erst vor dem dröhnend lauten Fernseher selig einschlummerte. Und mich damit um meine Nachtruhe brachte.

Nicht, dass hier ein falscher Eindruck entsteht, meine Nachbarin ist eine reizende alte Dame. Aber ihre Schwerhörigkeit wird mich früher oder später noch in den Wahnsinn treiben. Sobald es warm genug ist, weiche ich zum Schlafen auf das Dach aus. Doch daran ist jetzt, Anfang April, noch nicht zu denken.

Entnervt blickte ich auf die Uhr. Es war zwanzig vor drei. Ich stieg aus dem Bett, schlüpfte in Hose, Pullover und Schuhe, angelte den Mantel von der Garderobe und klaubte den Schlüssel aus dem Chaos auf dem Küchentisch. Laut ließ ich die Tür hinter mir ins Schloss fallen, obwohl ich wusste, es war ein unnützer Protest. Emilie würde es ohnehin nicht hören.

*

Manche Wege gehe ich nach zwanzig Jahren in Berlin vollautomatisch. Und nachts, wenn Emilie dafür sorgt, dass ich nicht schlafen kann, dann gibt es genau zwei Möglichkeiten, wo es mich hinführt: in den »Waschsalon«, eine Kneipe in der Nähe meiner Wohnung, oder auf den Bouleplatz direkt um die Ecke.

Heute entschied ich mich für den Bouleplatz.

Ich mag Boule. Und vor allem mag ich die Einsamkeit auf dem Platz. Er liegt am Kreuzberger Paul-Lincke-Ufer und tagsüber ist dort stets Trubel. Ein Kindergarten befindet sich in der Nähe, Restaurants, Cafés, der Uferweg lockt Jogger an, Ausflugsboote kreuzen in dem kleinen Kanal. Tagsüber ist der Bouleplatz eine Art Zoo, in dem alle Tiere sich gegenseitig anstarren. Meine Hölle. Nachts aber, da ist er mein stilles und verlassenes Paradies.

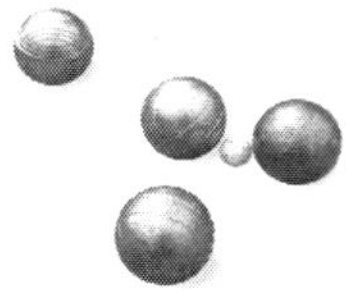

Doch in dieser Nacht war es anders als sonst. Ich war nicht allein. Ich bemerkte die Blicke sofort, auch wenn der Mann, der sie mir zuwarf, auf der Bank am Rande des Platzes fast von den Schatten der Bäume verschluckt wurde.

Ich unterdrückte ein leises Stöhnen. Das konnte einfach nicht wahr sein! Ich war hier, weil ich allein sein wollte. Weil hier immer nur ich war in der Nacht und niemand sonst.

Gereizt ging ich zu der Holzkiste, in der die Spieler ihre Utensilien aufbewahrten, holte Boulekugeln heraus und begann zu spielen. Doch die Anwesenheit des fremden Mannes störte meine Konzentration. Fast war es, als könnte ich seine argwöhnischen Gedanken wahrnehmen. Seine Blicke prallten nicht an mir ab, sondern bohrten sich regelrecht in meine Zellen. Ich versuchte zu spielen, ganz für mich, wie ich es immer tat. Doch es ging nicht. Ich spielte so schlecht wie schon seit Jahren nicht mehr.

Und dann der Geruch nach Rauch! Zigarillos. Zigarettenrauch war schlimm, Zigarren waren schlimmer. Aber dieser süßlich-fade Zigarillo-Tabak war die Höchststrafe. Ähnlich wie zu opulentes Parfüm führt er bei mir stets zu dem Impuls, mich übergeben zu wollen. Und von Sekunde zu Sekunde fiel es mir schwerer, mich zusammenzunehmen.

Schließlich reichte es mir. Ich wirbelte auf dem Absatz herum und starrte den Mann an, der noch immer auf der Bank saß. Im gelblich-fahlen Licht der alten Gaslaternen sah er gespenstisch aus. Von seinem Zigarillo stiegen feine Rauchschwaden auf, die der noch kalte Frühlingswind zu mir herübertrug wie ein Bote eine Herausforderung. Der Mann blickte mich nicht an, sondern kritzelte irgendetwas in ein Notizbuch. Für einen kurzen Moment befürchtete ich, es könnte ein von Ernesto Sanchez geschickter Beobachter sein – doch das war wohl paranoid. Nein, auf solche Ideen würde nicht einmal der schnöselige Kubaner verfallen. Und wenn doch?

Ich beschloss, dem Spuk ein Ende zu bereiten, straffte mich und ging mit energischen Schritten über den Platz. Der Fremde sah erst auf, als ich dicht vor ihm haltmachte. Sein Blick war abwartend. Kühl. Und nicht im Geringsten beeindruckt.

»Ich glaube, einer von uns ist hier zu viel.«

Der fremde Mann hob die Brauen. Jetzt, da ich so dicht vor ihm stand, erkannte ich endlich genauer, mit wem ich es zu tun hatte. Er musste etwa in meinem Alter sein, hatte ein rundes, freundliches Gesicht, eine Halbglatze und dunkle Ringe unter den Augen. Ein Schlafloser wie ich also? Aber bitte nicht auf meinem Bouleplatz!

Der Fremde lehnte sich auf der Bank zurück, nahm einen Zug von seinem Zigarillo und musterte mich mit zunehmendem Interesse.

»Das hier ist öffentlicher Raum.«

»Interessiert mich nicht. Und machen Sie das Ding aus.« Ich deutete knapp auf das Zigarillo. »Schauderhafter Geruch. Und es bringt Sie ins Grab.«

Der Mann lachte leise auf.

»Ein Gutmensch, besorgt um meine Gesundheit? Das nehme ich Ihnen nicht ab.«

Ein Funkeln trat in seine Augen.

»Was für ein Spinner sind Sie?«

»Keiner, den Sie zum Feind haben wollen.«

Der Mann legte den Kopf schief und lächelte amüsiert.

»Interessant. Eigentlich sollte sich jeder einen Erzfeind zulegen, finden Sie nicht auch? In jeder richtig guten Geschichte gibt es einen Erzfeind.«

Das Schweigen dehnte sich endlos in die Nacht. Ich spürte schmerzhaft meine angespannte Kiefermuskulatur. Man merkt, wenn Situationen nicht weiterführen. Umso eleganter muss der Abgang sein.

»Danke, mein Bedarf an Möchtegern-Erzfeinden ist für dieses Leben gedeckt«, sagte ich. »Wenn Sie unbedingt frische Luft brauchen, dann gehen Sie woanders hin. Nachts spiele ich hier Boule. Allein. Immer. Und allein heißt: kein Rauch, keine Beobachter.«

Der Mann schob das Zigarillo vom linken in den rechten Mundwinkel. Im gedämpften Licht der Gaslaternen wirkten seine Augenringe wie schattige Krater.

»Nachts also …«, sagte er und machte sich eine Notiz in seinem Buch. »Und weiter?«

Ich hob irritiert die Brauen.

»Wie – weiter?«

»Schlafloser Misanthrop. Da frage ich mich doch, warum? Verlassen worden? Todkrank? Traumatisiert?«

Er stand auf und blickte mir direkt in die Augen.

»Wahrscheinlich alles zusammen, oder?«

Ich atmete tief durch. Was bildete dieser Typ sich eigentlich ein? Er störte meine Ruhe, besetzte meinen Platz, faselte unfassbar dämliches Zeug und strahlte dabei eine Selbstsicherheit aus, dass ich ihm am liebsten direkt ins Gesicht gesprungen wäre. Doch aus irgendeinem Grund konnte ich es nicht. Es war nicht mehr als ein Gefühl, aber auf meine Gefühle war meistens Verlass.

Also lächelte ich matt.

»Bedaure, Sie werden es nie erfahren.«

Er nickte bedächtig, klappte das Notizbuch zu und wandte sich zum Gehen.

»Oh doch, das werde ich. Versprochen.«

Er grinste mir zum Abschied zu, hob die Hand zum Gruß, als wären wir alte Freunde, und verschwand mit langsamen Schritten in der Dunkelheit des Ufers.

Für einen Augenblick starrte ich ihm reglos nach. Dann schnaubte ich leise, drehte mich um, ging kopfschüttelnd zu meinen Boulekugeln zurück und setzt das Spiel fort. Doch immer wieder wanderte mein Blick zu der Bank am anderen Ende des Platzes zurück. Merkwürdig, auf einmal wirkte sie zu leer …

KAPITEL 5

»Wie erklärt es sich, dass die Leiche mitten im Speisesaal in einer Badewanne lag?« Ich trommelte mit den Fingern auf der Tischplatte herum und richtete meinen Blick auf Mirella.

Sie strich sich die widerspenstigen Locken zurück und zuckte mit den Schultern.

»Der Wachmann sagte, dass immer mal wieder altes Mobiliar herumgeschoben wird. Es ist zwar verboten, das Gelände zu betreten, weil es sich in Privatbesitz befindet, aber das scheint niemanden zu kümmern. Der Vandalismus ist enorm und leider kann das auch die Security nicht wirklich verhindern. Investoren scheinen zu zögern, denn die Auflagen des Denkmalschutzes sind hoch. Alles in allem ein Dilemma. Jammerschade.«

Ich nickte und lehnte mich in dem Schreibtischstuhl zurück, den Mirella mir hingeschoben hatte. Simon hatte nicht nur unsere Zusammenarbeit an diesem Fall festgelegt, er hatte es auch für sinnvoll gehalten, dass wir uns ein Büro teilten. Mirellas Büro, um genau zu sein. Ein winziger Raum in einer ruhigen Ecke des Akademie-Areals, der über nicht viel mehr als einen großen Schreibtisch, ein paar Regale und einen Stuhl verfügte. Durch das kleine ovale Fenster zum Hof fiel nur wenig Licht und auf der Fensterbank stand einsam die einzige Pflanze, die hier eine Chance zum Überleben hatte: Herr Schröder, ein Kaktus. Mirella hegte und pflegte ihn mit einer solch liebevollen Hingabe, dass jeder, der sie nicht besser kannte, stutzig werden musste.

Mir dagegen war klar, dass sich hinter ihrer kühlen Fassade eine Frau versteckte, die sehr wohl um die Kraft der Emotionen wusste – und die es bis auf seltene Ausnahmen vorzog, sich ihnen nicht auszuliefern. Das war immer unser größter Unterschied gewesen. Während ich mich in Gefühle hineinfallen ließ und sie als meine Wegweiser betrachtete, koppelte Mirella sich von allen Emotionen ab, wenn sie ihr zu viel wurden oder sie in ihrer Wahrnehmung beeinträchtigten. Dass dies seinen Preis hatte, stand auf einem anderen Blatt. Manchmal war sie mir unheimlich. Und doch – ich bildete mir noch heute ein, einer der wenigen Männer zu sein, die einen Zugang zu Mirellas emotionaler Seite gefunden hatten. Wir ergänzten uns perfekt. Zumindest hatten wir das einmal getan. Vor langer Zeit.

Die Tür schwang auf und Thomas Jarasch steckte den Kopf zu uns herein. Thomas war Mitte dreißig, nicht besonders intelligent und so etwas wie die gute Seele der Akademie. Er sprang ein, wenn Botendienste zu erledigen waren, brachte gelegentlich einen Kaffee vorbei, wenn man selbst vor lauter Arbeit nicht in die Kantine kam, und hatte für jeden ein freundliches Wort. Ansonsten bewegte er sich so unauffällig durch die Räume und Flure der Akademie, dass man ihn kaum wahrnahm.

Thomas lächelte uns an. »Braucht ihr irgendwas?«

Mirella lächelte zurück und schüttelte den Kopf.

»Im Moment nicht. Aber danke, dass du nachfragst.«

»Mach ich doch gerne.«

Thomas verabschiedete sich mit einem Nicken und schloss die Tür leise wieder hinter sich.

»Also, wo waren wir stehen geblieben? Wir haben die Leiche, den Fundort, das Tagebuch«, sagte ich.

Mirella sah mich aus ihren klaren Augen an. Zum ersten Mal seit unserem gestrigen Streit begegneten sich unsere Blicke, doch ihr Gesicht blieb vollkommen unbewegt. Ich hätte nicht mit Sicherheit sagen können, was in ihrem Inneren vorging.

»Wie ich dich kenne, hast du dir das Tagebuch schon angesehen. Irgendetwas Interessantes dabei?«

Ich schüttelte den Kopf.

»Nein, bisher nicht. Aber wenn man nicht weiß, wonach man sucht, fällt einem entweder alles oder nichts auf.«

Mirella nickte und starrte grübelnd aus dem Fenster.

»Wir sollten noch mal zu den Heilstätten fahren. Aber vielleicht nicht am Tage, sondern nachts. Wer weiß, wer sich da so herumtreibt.«

Ich lächelte matt.

»Wenn du die Nacht mit mir verbringen willst, dann ginge das auch an einem weniger ungemütlichen Ort.«

Sie wich meinem Blick aus und schwieg.

Ich legte nach.

»Und – wird das dann ein Dreier? Du, ich und Ernesto?«

Mirella seufzte leise, legte den Kopf schief und musterte mich wie ein bemitleidenswertes Insekt.

»Verschon mich damit, ja? Verschon uns beide. Wir haben es versucht, es hat nicht funktioniert. Finito. Ich wäre dir dankbar, wenn du die alten Geschichten aus unseren Ermittlungen heraushalten könntest. Ob du es glaubst oder nicht, ich bin sehr glücklich mit Ernesto.«

Ich streckte mich genüsslich und stand lächelnd auf.

»Wie schön. Dann gehe ich mal ins Archiv und wühle in den Schatten der Vergangenheit. Vielleicht hilft das weiter.«

Im Türrahmen drehte ich mich noch einmal um.

»Und wenn du mir schon die Wahl lässt, mi corazón: Ich glaube dir kein Wort.«

*

»Du bist wieder dabei? Freut mich!«

Mit einem energischen Ruck schob Katherine einen Stapel Akten zur Seite. Sie saß hinter dem gewaltigen Empfangstisch, an dem jeder Archivbesucher vorbei musste, und gab Daten in das Computersystem ein. Auf ihren Wangen lag eine leichte Röte, doch das konnte auch einfach geschickt aufgetragenes Rouge sein.

»Heilstätten zwischen 1910 und 1912? Lass mich mal nachsehen.« Ihre Finger flogen über die Tastatur. Dann runzelte sie die Stirn und strich die glatten blonden Haare zurück.

»Wird nicht ganz einfach, schätze ich«, sagte sie, während ihr Blick über die Einträge auf dem Bildschirm wanderte. »Da gibt es eine Menge Material. Ich suche es dir raus, aber das kann dauern.«

»Und das heißt was?«

»Na ja, morgen früh dürfte alles da sein.«

»Morgen früh?«

Entgeistert beugte ich mich vor und betrachtete die nicht enden wollenden Einträge auf dem Monitor.

Katherine scrollte auf dem Bildschirm nach unten.

»Die Heilstätten waren ein riesiges Krankenhaus. Bei so etwas fällt einiges an Verwaltungsaufwand an. Und da du mir so gut wie keine eingrenzenden Infos liefern kannst, musst du da jetzt wohl durch.«

Sie zuckte mit den Schultern.

»Immerhin musst du zunächst nur die Dokumentation des Frauentraktes durchgehen, das ist doch schon mal etwas.«

»Schwacher Trost …«

Ich begegnete dem amüsierten Funkeln im Blick der jungen Archivarin und fragte mich einmal mehr, ob in ihr nicht doch eine ausgeprägte Sadistin schlummerte. Manchmal konnte man diesen Eindruck gewinnen. Und dann wieder war sie so hinreißend nett zu mir, dass man glauben konnte, sie wäre verliebt. Wenn das nicht absolut absurd gewesen wäre … Was konnte dieser junge Hüpfer schon von jemandem wie mir wollen? Nein, Katherine war einfach nur ein netter Mensch. Und das kam in dieser Akademie voller Genies und soziopathischer Individualisten so selten vor, dass es fast misstrauisch machte.

Ich seufzte leise.

»Lass mich raten: Nichts davon ist digital archiviert?«

Katherine zerstörte meine ohnehin geringen Hoffnungen mit einem gnadenlosen Kopfschütteln.

»Nein, dazu kam noch niemand. Wir haben Wichtigeres zu tun.«

Ich runzelte die Stirn.

»Und warum müsst *ihr* euch darum kümmern? Gibt es keine zentrale Stelle, die so etwas regelt?«

Katherine zog die Nase kraus.

»Seit diesem Computercrash vor zwei Jahren zieht die Akademie es vor, Originaldokumente prüfen und nochmals in unser internes System eingeben zu lassen. Rat mal, an wem das hängen bleibt! Die Stellenstreichungen machen es nicht einfacher. Aber das Problem kennst du ja.«

Ich lächelte schief.

»Ja, mit Stellenstreichungen kenne ich mich wirklich bestens aus. Gut, dann warte ich mal ab, was auf mich zukommt.«

Katherine lächelte zurück.

»Tapfer. Ich beeile mich, versprochen.«

»Danke, Katherine.«

»Für dich doch gerne. Ich lege dir die Akten in dein Fach«, murmelte sie und für einen Moment hatte ich den Eindruck, dass sich die Röte auf ihren Wangen noch verstärkte. Doch ich konnte mich getäuscht haben, denn schon hatte sie sich umgedreht und verschwand durch eine der massiven Stahltüren im mysteriösen Inneren des Archivs.

*

1. Oktober 1911
Ein Tag ist wie der andere und wir alle altern um Jahre mit jeder Stunde. Meine Zimmernachbarin weiß nicht mehr, wann sie hierherkam; irgendwann im Frühling, glaubt sie. Und sagt, dass die Erinnerungen verwischen mit der Zeit. Dass man stumm wird und taub, von innen heraus, wenn man nicht auf sich achtet. Manchmal spricht sie in Rätseln. Sind das die nachmittäglichen Fieber? Es riecht nach Kiefern, nach Campher und nach Chloroform. Luise, so heißt sie, ist nicht viel älter als ich. Sie versorgt mich mit Birnen, die sie nachts aus der Küche stiehlt. Und sie hat mir ein Buch gegeben, Gedichte von Else Lasker-Schüler. Ich habe nie von ihr gehört. »Meine Wunder« heißt der Band und Luise sagt, er sei im Frühjahr erst erschienen. Nie habe ich Vergleichbares gelesen. Luise lächelt nur, wenn ich sage, dass es mich aufrüttelt. Meine Wunder – finde ich sie hier?

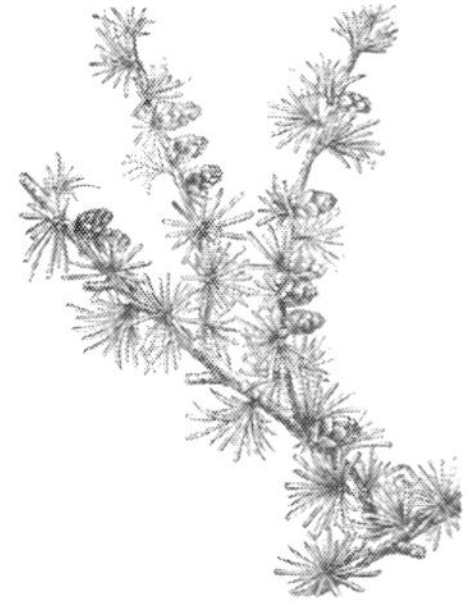

Mit gerunzelter Stirn ließ ich das Tagebuch sinken. Je mehr ich über Clara von Rieckhofen las, desto vertrauter wurde sie mir. Und desto mehr wollte ich ergründen, was mit dieser jungen Frau geschehen war. Ihr Tagebuch war das Abbild einer Zeit, in der man der Tuberkulose nichts entgegenzusetzen hatte als frische Luft und Ruhe. *Mycobacterium tuberculosis* hatte die schmutzigen und überbevölkerten Hinterhöfe der Städte ebenso erobert wie die edlen Salons. Eine Krankheit, deren Stärke nicht in fulminantem Schrecken lag, zumindest nicht in der Mehrzahl. Es war der schleichende Verfall, der sie so beängstigend machte und jedem Behandler das Gefühl gab, hilflos zusehen zu müssen, wie Menschen mehr und mehr dahinschwanden. Überall waren Lungenzentren aus dem Boden gestampft worden und die Beelitzer Heilstätten waren das größte und beeindruckendste Sanatorium seiner Zeit. All das schien Ewigkeiten her zu sein – und doch fiel es nun in meinen Alltag ein und wirbelte alles durcheinander.

Gedichte von Else Lasker-Schüler …

Ich erhob mich vom Sofa und ging hinüber zu meinem Bücherregal, das aus allen Nähten platzte. Mein Zeigefinger wanderte über die dicht gedrängten Buchrücken. Hatte ich nicht irgendwo …? Da! Ich zog einen schmalen Band hervor, alt und abgegriffen, mit einem beigefarbenen, fleckig gewordenen Leinenumschlag. Tatsächlich: »Meine Wunder«.

Ich schlug eine beliebige Seite auf, überflog einige Zeilen und musste lächeln. Die Gedichte von Else Lasker-Schüler hatte ich immer gemocht. Und Mirella hatte sie gehasst. ›Findest du das nicht ein wenig hysterisch?‹, hatte sie mich gefragt, vor vielen Jahren. Nein, fand ich nicht. Und Clara anscheinend auch nicht.

Warum Luise ihr das Buch wohl gegeben hatte?

Je mehr ich mir die beiden vorstellen konnte, desto neugieriger wurde ich auf das, was sich 1911 in den Heilstätten ereignet hatte. Was aus Clara geworden war, wusste ich. Sie lag in Hades' Kühlfach und dazwischen fehlte uns ein Zeitraum von etwa einhundert Jahren. Aber Luise? Was war mit ihr geschehen? Hatte sie die Krankheit überlebt?

Ich seufzte leise. Je mehr man erfuhr, desto mehr Fragen taten sich auf. Es war immer das Gleiche. Überall.

KAPITEL 6

»Wir haben eine Spur! Beeil dich, wir müssen los!«

Ich hatte die Tür zum Büro noch nicht hinter mir geschlossen, als Mirella mir die Neuigkeit präsentierte.

»Darf ich erst mal frühstücken?«

Ich warf die Tüte mit dem Croissant auf den Schreibtisch und wollte aus meiner Jacke schlüpfen, doch Mirella packte mich am Arm und schob mich wieder Richtung Ausgang.

»Später. Unterwegs. Oder faste mal ein wenig, würde dir auch guttun.«

Sie zog ein Foto aus der Tasche ihres Mantels und hielt es mir vor die Nase.

»Hier! Schon mal gesehen?«

Ich griff nach dem Bild. Es zeigte einen jungen Mann mit kinnlangen schwarzen Haaren und bleichem Gesicht. Er war ganz in Schwarz gekleidet.

Ich zuckte mit den Schultern.

»Ein Grufti. Und? Was hat der mit unserer Leiche zu tun?«

Sie schnappte sich das Bild.

»Bevor du das Tagebuch von Clara bekommen hast, haben unsere Leute von der Spurensicherung es natürlich gründlich untersucht. Und bei den Fingerabdrücken gab es einen Volltreffer.« Sie wedelte mit dem Foto vor meiner Nase herum. »Diesen sympathischen jungen Herrn hier. Der Computer hat ihn beim Datenabgleich ausgespuckt. Hausfriedensbruch im letzten Herbst.«

Ich grinste breit.

»Lass mich raten … Auf einem Friedhof?«

Mirella lächelte schwach zurück.

»Guter Versuch, aber nein. In den Beelitzer Heilstätten.«

Ich pfiff leise durch die Zähne.

»Ach was! Den Vogel sollten wir uns dringend einmal ansehen.«

Ich lehnte mich vor und angelte die Croissant-Tüte vom

Schreibtisch. Dabei strich mein Körper wie beiläufig an Mirellas Hüfte entlang. Sie zog scharf den Atem ein. Für einen kurzen Moment begegneten sich unsere Blicke, dann machte ich einen Schritt zur Seite und öffnete schwungvoll die Tür.

»Bitte schön. Ladies first.«

*

»Wenn ich's doch sage: Ich habe damit nichts zu tun!«

Das Gesicht des jungen Mannes hatte einen fast flehenden Ausdruck angenommen und sein Blick huschte unsicher zwischen Mirella und mir hin und her. Offensichtlich war er alles andere als begeistert davon, Besuch von Mitarbeitern der Akademie zu bekommen. Doch das überraschte mich nicht. Für gewöhnlich betrachtete man uns eher misstrauisch denn herzlich, auch wenn die Akademie alles dafür tat, in der Öffentlichkeit gut dazustehen. Ich hatte es nach Möglichkeit immer vermieden, über meinen Beruf zu sprechen, selbst ohne das brisante Detail einer geheimen Abteilung für paranormale Phänomene. Aus gutem Grund.

Mirella nickte mir unmerklich zu und räusperte sich.

»Herr Landinger, Ihre Fingerabdrücke sind auf dem Tagebuch«, sagte sie. »Wenn Sie nichts mit der Sache zu tun haben, wie erklären Sie sich dann diesen überaus seltsamen Zufall?«

Der junge Mann schluckte schwer. Dann strich er sich mit zitternden Fingern das strähnige Haar zurück.

»Es ist kompliziert«, murmelte er.

Ich nutzte die Möglichkeit, um unauffällig meinen Blick durch das Zimmer schweifen zu lassen. Manuel Landinger war der Archetyp eines Gruftis. Einer der romantischen Sorte, der sich klischeehaft mit der Ästhetik des Todes umgab. Schwarze Möbel, schwarze Vorhänge, Fotografien winterlicher Landschaften, schwarze Kerzen in opulenten Leuchtern. Es lag ein unterschwelliger Geruch in der Luft, den ich nicht deuten konnte. Er erinnerte mich an etwas von früher, doch ich kam nicht darauf, was es war. Räucherstäbchen vielleicht?

Manuel selbst war von Kopf bis Fuß in Schwarz gekleidet und wirkte müde. Kein Pentagramm um den Hals. Für einen Moment fragte ich mich amüsiert, ob er vielleicht in einem Schrein schlief, doch die Frage erschien mir gerade unpassend. Später vielleicht.

»Was ist kompliziert?«, hakte Mirella nach, ohne die Miene zu verziehen.

Manuel Landinger rang wortlos die Hände. Dann ging er mit den typisch wiegenden Bewegungen eines zu schnell in die Höhe geschossenen jungen Mannes, der sich noch immer nicht an seine langen Beine gewöhnt hat, zum Sofa hinüber und ließ sich darauf fallen.

»Verstehen Sie doch, ich kann es Ihnen nicht sagen. Wirklich nicht.«

Mirella nickte. »Natürlich. Kein Problem.«

Ich hob eine Augenbraue. Diesen Tonfall kannte ich. Es war eine besondere Nuance in ihrer Stimmlage, die immer dann eintrat, wenn Mirella das Gefühl hatte, nicht ernst genommen zu werden. Und das war grundsätzlich ein Fehler. Es war nie gut, Mirella zu unterschätzen, nur weil sie in einer hübschen Verpackung steckte. Wenn ich mich nicht sehr irrte, würde Manuel gleich sein blaues Wunder erleben.

»Willst du mich verarschen?«

Mit drei schnellen Schritten durchquerte Mirella das Zimmer und schlug mit der Faust so heftig auf den Tisch, dass einer der opulenten Kerzenleuchter aus der Balance geriet und laut scheppernd auf den Dielenboden fiel.

»Das Mädchen ist tot und deine Fingerabdrücke sind auf ihrem Tagebuch! Sieht verdammt mies für dich aus, um ehrlich zu sein. Also mach das Maul auf! Aber schnell – oder ich vergesse meine gute Kinderstube!«

Manuel klappte den Mund auf und wieder zu wie ein Fisch auf dem Trockenen. Er starrte erst Mirella, dann mich mit großen Augen an. Anscheinend brauchte er einen Moment, um sich zu fassen, und ich konnte ihn gut verstehen. Das Überraschungsmoment von Mirellas Ausrastern war atemberaubend, weil sie in einem so heftigen Gegensatz zu ihrer sonstigen Beherrschtheit standen. Das waren die seltenen Augenblicke, in denen die Gene der sizilianischen Mutter denen des norddeutschen Vaters ein Schnippchen schlugen.

»Darf sie das?«, fragte Manuel irritiert in meine Richtung.

Ich unterdrückte ein Grinsen.

»Was denn? Ich habe nichts gehört oder gesehen.«

Manuel blinzelte. Er schien sich nicht sicher zu sein, inwieweit Mirella und ich für wichtige Informationen vielleicht noch etwas ganz anderes tun würden, als nur ein wenig lauter zu werden. Die Akademie arbeitete zwar mit den polizeilichen Behörden zusammen, hatte aber bei Weitem nicht deren Befugnisse, doch das wusste Manuel nicht. Und was er nicht wusste, spielte uns in die Hände.

»Also gut …«, presste er schließlich hervor und atmete tief durch. »Ich weiß gar nicht, wo ich anfangen soll.«

»Am besten am Anfang«, sagte Mirella, lehnte sich mit der Schulter gegen die Wand und hakte die Daumen in die Gürtelschlaufen ihrer Jeans.

Ich stellte mich unauffällig in Manuels Nähe. Je näher ich jemandem bin, desto wahrscheinlicher ist es, dass ich Dinge wahrnehme. Das, was zwischen den ausgesprochenen Zeilen liegt. Unsicherheit, unterdrückter Zorn, Angst, Trauer. All diese Emotionen liegen wie unsichtbare Diamanten im Raum. Man muss sie nur einsammeln.

»Ja, ich habe die Leiche gesehen«, sagte Manuel mit einem leichten Zittern in der Stimme. Er blickte zu uns auf. Seine Augen wirkten plötzlich gerötet. »Aber das Mädchen war schon tot, als wir sie gefunden haben. Das müssen Sie mir glauben!«

»Wir?«, fragte ich gedehnt. »Du warst also nicht alleine in den Heilstätten?«

Manuel schnaubte leise.

»Was soll ich denn alleine in der Ruine? Nein, ich bin mit Freunden da gewesen.«

Er blinzelte nervös.

»Schon mal was von den *Dark Moon Partys* gehört?«

Ich schüttelte den Kopf.

»Bisher nicht. Aber du wirst mir sicher weiterhelfen können.«

Mirella fixierte Manuel prüfend.

»Die *Dark Moon Partys* finden einmal im Monat statt«, sagte sie. »Immer an Neumond.« Sie warf mir einen kurzen Blick zu. »Es sind Partys an illegalen Orten. Je schwieriger man dorthin kommt und je gefährlich es ist, desto interessanter für die Gäste.«

»Und warum kennst du dich so gut damit aus?«, wunderte ich mich.

Mirella unterdrückte ein Lächeln, ich sah es an dem leichten Zucken in ihren Mundwinkeln.

»Ich habe davon gehört.«

Dann wandte sie sich wieder an Manuel, der wie ein Häufchen Elend auf dem Sofa saß und unruhig an seinem T-Shirt herumzupfte.

»Ihr feiert also diese Partys in den alten Heilstätten, ja?«

Manuel nickte.

»Ja, schon eine ganze Weile. Das Gelände bietet sich einfach an, oder? Jede Menge Gebäude mit jeder Menge Platz.«

»Und im Lauf einer Nacht ist das Ganze eskaliert und irgendjemand hat nun dieses Mädchen auf dem Gewissen?«

Ich runzelte die Stirn. Mirella wusste doch, dass das Mädchen nicht aus diesem Jahrhundert stammte. Wir wären nicht hier, wenn es sich um einen normalen Todesfall handeln würde.

»Nein, eben nicht!«, entgegnete Manuel und rang die Hände. »Verdammt, ich hätte einfach nicht in diesen beschissenen Keller gehen dürfen!«

Ich spürte eine Veränderung im Raum. In Manuels Anspannung mischte sich ein anderes Gefühl. So etwas wie … ein schlechtes Gewissen? Warum?

»Was für ein Keller?«, hakte ich nach.

Er zuckte mit den Schultern.

»Das gesamte Gelände ist unterkellert, es gibt unzählige Gänge. Wir wussten nicht, dass es im Frauensanatorium einen Zugang gibt. Viele Gänge haben die Russen noch zu DDR-Zeiten zugemauert, andere sind offen. Man weiß nie, wo man rauskommt, wenn man sich da mal hineinwagt.«

Manuel schluckte.

»Ich hab den Zugang gefunden. Zufall.«

»Wie kam es dazu?«

Er schnaubte leise.

»Ich musste pissen. Es war voll auf der Party und außerdem hat es geregnet wie aus Kübeln. Ich wollte nicht raus und da bin ich ein Stück weiter, zum hinteren Teil des Gebäudes, und die Kellertreppe runter. Nicht an der Seite, wo man leicht rankommt, sondern an der anderen. Von außen kommt man da gar nicht mehr rein, alles voller Schutt. Und da war dann auf einmal diese

Tür.« Er zuckte mit den Schultern. »Ich war einfach neugierig.«

»Es gibt einen Wachschutz auf dem Gelände«, sagte Mirella und straffte die Schultern. »Wie habt ihr es eigentlich geschafft, den zu umgehen?«

Manuel verzog spöttisch die Mundwinkel.

»Das war kein Problem.«

Ich runzelte die Stirn.

»Wie – kein Problem?«

Er blickte mich an, als wäre ich minderbemittelt.

»Mein Gott, jeder ist bestechlich, oder? Und so ein kleines Gehalt als Wachmann … Da freut man sich eben über das eine oder andere Zubrot. Der hat mitgemacht. Aber nicht verraten, sonst ist er dran, und das will ich nicht. Der kann ja nichts dafür.«

Ich begegnete Manuels Blick und merkte, dass er nervös blinzelte. Gleichzeitig spürte ich ein leichtes Zittern, das von ihm ausging und sich als unmerkliche Vibration im Raum ausbreitete. Ich kannte dieses Gefühl. Es war für mich immer an eine Farbe gekoppelt, ein verwaschenes Grau. Und es stand für die Lüge.

Kein Zweifel, Manuel erzählte uns nicht die ganze Wahrheit. Und ich hätte zu gern gewusst, warum.

»Und wenn etwas passiert wäre? Die Heilstätten sind teilweise so marode, dass Einsturzgefahr besteht. Dann wäre er auch dran gewesen«, hakte ich nach.

Manuel zuckte mit den Schultern. Sein unnahbares Gesicht sollte Coolness signalisieren, doch die Tatsache, dass er nervös seine Hände knetete, sprach eine ganz andere Sprache.

»Ach was. Wir können schon auf uns aufpassen.«

Ich verzog den Mund.

»Klar. Und weil so viele das von sich glauben, gibt es auf dem Gelände der Heilstätten jedes Jahr wieder Todesfälle. Die Leute überschätzen sich oder denken, dass die Bausubstanz noch nicht ganz so schlecht ist, wie es scheint. Und hoppla – schon stürzt man mitsamt Balkon ins Jenseits.«

Als Manuel nicht antwortete, atmete ich tief durch.

»Okay, ihr habt dann also die Tür aufgeschoben und seid in den Keller. Und dann?«

Manuel legte den Kopf in den Nacken und schloss die Augen.

»Das war so dämlich! So was von scheißdämlich!«

»Erzähl einfach nur, was ihr gefunden habt«, sagte ich.

Er wandte sich mir zu.

»Das Mädchen natürlich. In einem der Gewölbe lag sie. Da waren Blumen und überall brannten Kerzen … Und komische Skulpturen standen herum. Es war wirklich gruselig.«

»Sagt jemand, der die Ästhetik des Todes liebt …«, murmelte Mirella.

Ich unterdrückte ein Grinsen.

»Ich habe noch nie … eine echte Leiche gesehen«, stammelte Manuel. »Und das war so heftig! Wir waren ja auch alle total betrunken und …«

»Schon klar«, sagte Mirella. »Ich nehme an, ihr wart auch bekifft oder hattet irgendwelche bunten Pillen dabei oder Pilze oder was weiß ich. Ehrlich, ich will's gar nicht wissen. Erzähl weiter!«

»Erst dachte ich, es wäre eine Halluzination«, flüsterte Manuel mit belegter Stimme. »Aber es war real. Total real. Sie lag einfach nur da. Und diese Kerzen …«

»Und was habt ihr dann gemacht?«, fragte ich, während mir ein kalter Schauer über den Rücken lief. Ohne Zweifel musste der Anblick des toten Mädchens Manuel geschockt haben. Ich spürte das Anfluten seiner Panik in diesem Moment mehr als mir lieb war.

Hochsensibel für Emotionen und Stimmungen zu sein, hat sehr viele Vorteile. Ich kann mit neunundneunzigprozentiger Sicherheit sagen, ob sich Lügen in die Atmosphäre eines Raumes weben. Ob jemand Angst verspürt. Oder Schuld. Doch wenn ich nicht aufpasse, erwischt mich die Emotion einer anderen Person wie aus dem Nichts. Ein Krake, der seine Tentakel um mich legt und gnadenlos zudrückt.

Ich versuchte, mein stolperndes Herz zu beruhigen, und ärgerte mich über mich selbst. Es gelang mir nicht, mich genug gegen Manuel abzuschotten. Offensichtlich war ich aus der Übung. Oder lag es daran, dass Mirella einmal mehr meine Aufmerksamkeit gefangen hielt? Was es nicht besser machte … Ich spürte ihre Anwesenheit als ständiges Prickeln auf meiner Haut.

Manuel legte die Hände an die Schläfen und atmete mehrmals tief durch. Nur langsam ebbte die Panik im Raum wieder ab.

Ich räusperte mich.

»Geht's wieder? Ja? Gut. Also, ich wiederhole: Was habt ihr dann gemacht?«

Manuel presste die Lippen zusammen.

»Einer von uns kam auf die Idee, eine Séance zu veranstalten. Mit Geistern und so. Ich war nicht scharf drauf, um ehrlich zu sein.«

»Kann ich verstehen«, sagte ich trocken. »Ich persönlich glaube ja nicht an Gespenster, aber das interessiert die Gespenster nicht.«

Manuel lachte gepresst.

»Ja, so in etwa.« Er zuckte mit den Schultern. »Zwei von uns haben die Frau vom Bett gehoben und nach oben getragen.«

»Warum seid ihr nicht im Keller geblieben?«, warf Mirella ein.

Wieder zuckte Manuel mit den Schultern.

»Die Mädels wollten nicht. Sie meinten, das wäre eklig. Spinnen und so.«

»Aber mit einer Leiche hatten die kein Problem?«

Mirella schüttelte den Kopf. Es war auch wirklich zu absurd. Jugendliche, die sich vor Spinnen fürchteten, aber keine Bedenken hatten, eine tote Frau durch eine einsturzgefährdete Ruine zu transportieren ...

»Ich hab doch schon gesagt, wir waren alle nicht ganz nüchtern«, murmelte Manuel und pustete sich eine Strähne aus der Stirn. »Wir sind dann hoch in den ehemaligen Speisesaal, in dem haben wir vorher auch gefeiert. Dort haben wir das Mädchen in die Badewanne gelegt. Die steht da schon länger.«

»Habt ihr euch gar nicht gefragt, wer das Mädchen sein könnte? Kam keiner von euch auf den Gedanken, vielleicht mal die Polizei zu rufen?«

In Mirellas Stimme schwang nun deutliche Ungeduld mit. Sie begegnete Manuels Blick und winkte ab.

»Nee, schon klar. Ihr wart nicht ganz nüchtern, verstehe schon. Und dann?«

»Das mit der Séance hat nicht geklappt.«

»Ach? Welch Wunder.« Mirella trommelte mit den Fingerspitzen gegen den Türrahmen.

»Ich denke, wir sollten berücksichtigen, dass es zwischen Himmel und Erde Dinge gibt, die wir nicht verstehen«, warf ich ein. »Nur weil etwas sich logisch nicht erklären lässt, bedeutete das nicht, dass es nicht existiert.«

»Du musst es ja wissen!«

Mirella fixierte mich mit eisigem Blick.

Manuel sah irritiert zwischen ihr und mir hin und her.

»Soll ich weiterreden oder haben Sie erst was zu besprechen?«

Ich schüttelte den Kopf, ohne Mirella aus den Augen zu lassen. »Nein. Alles gut.« Dann nickte ich ihm aufmunternd zu. »Also, wie ging es weiter?«

Manuel zog die Brauen zusammen.

»Gar nicht. Keine Geister. Ich habe den anderen aus dem Tagebuch vorgelesen, das wir bei der Frau gefunden haben, aber die fanden das langweilig. Und außerdem fing es schon an zu dämmern. Wir sind dann nach Hause, bevor es hell wurde.«

»Ihr habt die Leiche einfach so in der Badewanne liegen lassen?«

»Ja, klar. Was hätten Sie denn gemacht? Eine feierliche Beisetzung im Morgengrauen?«

Anscheinend half Zynismus ihm über die Schrecken des Leichenfundes hinweg. Doch ich wusste jetzt, dass es Risse in seiner Fassade gab. Und diese Risse reichten tief.

»Okay«, sagte Mirella und stieß sich locker von der Wand ab. »Der Rest ist uns bekannt. Der Mann von der Tageswache hat die Leiche in der Badewanne gefunden und die Polizei verständigt. Und die hat uns eingeschaltet. Das wäre es dann wohl. Oder gibt es noch irgendwas, das du uns erzählen möchtest?«

Manuel schüttelte den Kopf.

»Nein, ich habe alles gesagt.«

»Dann brauchen wir jetzt noch die Namen der anderen, die mit am Fundort waren.«

»Die wissen auch nicht mehr, das können Sie mir glauben.«

Mirella hob die Brauen.

»Ist mir egal. Wir müssen jeden befragen, der mit der Sache zu tun hatte.«

»Vergessen Sie es«, murmelte Manuel. »Es reicht, wenn ich da mit drinhänge.«

»Du hast ausgesagt, dass ihr mehrere wart.«

»Dann ziehe ich diese Aussage jetzt eben wieder zurück. Alles Quatsch, okay? Ich war alleine. Ich habe sie nach oben geschleppt, ihr Tagebuch gelesen und mir eine hübsch schaurige Nacht in den Ruinen gemacht. Punkt.«

Mirella schnaubte und wandte sich zur Tür.

»Alles klar. Dann kommst du jetzt mit.«

»Wohin?«

Manuel klang alarmiert.

»Zu den Heilstätten natürlich. Wenn du alleine warst, bist du der Einzige, der uns zeigen kann, wo die Leiche ursprünglich lag. Also los, beweg dich!«

Als Manuel zögerte, verengten sich Mirellas Augen zu schmalen Schlitzen.

»Ich erinnere daran, dass wir deine Fingerabdrücke auf dem Tagebuch gefunden haben. Ich lasse dich hochgehen, ohne mit der Wimper zu zucken, das kannst du mir glauben«, sagte sie.

Manuel fluchte leise, doch er schien zu begreifen, dass es besser war, mit uns zu kooperieren. Auch wenn er für einen Moment so aussah, als würde er sich lieber inhaftieren lassen als noch einmal in die Heilstätten zurückzukehren.

»Scheiß Erpressung!«, murmelte er, griff mit zitternden Händen nach seinem Mantel und folgte uns zur Tür.

*

»Hier ist der Eingang.«

Manuel deutete auf eine zerborstene Tür, hinter der brüchige Stufen in einen dunklen Keller hinabführten. Ich zückte eine Taschenlampe und leuchtete hinunter. Der Geruch nach Moder und Feuchtigkeit schlug uns entgegen, nach Herbst und verfallenem Gestein.

»Na, dann wollen wir mal.« Ich schob die Tür auf, die herzzerreißend in den Angeln quietschte, und begann, vorsichtig die Treppe hinunterzusteigen. Die Stufen waren so marode, dass ich mehrere Male innehielt, um sicherzugehen, dass sie mich trugen. Manuel folgte mir zögernd und auch nur, weil ihm unter Mirellas unerbittlichem Blick keine andere Wahl blieb. Sie hielt sich dicht hinter uns.

Am Ende der Treppe blieb ich

stehen und leuchtete in die Finsternis. Der Keller bestand aus unzähligen schmalen Gängen, deren Wände vor Feuchtigkeit dunkel schimmerten. Die Decken waren so niedrig, dass man mit dem Kopf anzustoßen drohte. Beklemmend.

»Nicht gerade eine Kathedrale«, sagte ich und drehte mich zu Manuel um. »Wo habt ihr das Mädchen gefunden?«

Er deutete in einen Gang, der nach links führte und sich schnell verzweigte.

»Dort entlang«, sagte er. Das nervöse Beben in seiner Stimme war deutlich wahrzunehmen. »Es ist nicht weit, der Weg gabelt sich und führt dann zu einem Raum. Und da lag sie. Aber Vorsicht, hier sind überall Löcher im Boden.«

Und tatsächlich – alle paar Meter führten seltsame Schächte in die Tiefe. Ein Mal ein Meter unendliche Schwärze. Wer auch immer diese Schächte ausgehoben hatte, war entweder verrückt oder wollte nicht, dass irgendjemand hier unten besonders weit kam. Wahrscheinlich beides.

Ich spürte einen Schauer über meinen Rücken laufen. Es war ein Wunder, dass Manuel und seine Freunde aus diesem Labyrinth aus Gängen und schwarzen Löchern heil wieder herausgefunden hatten.

»Und hier seid ihr im Dunkeln langmarschiert?«, sagte Mirella etwas zu laut. Ihre Stimme hallte von den feuchten Wänden wider, wurde unzählige Male zurückgeworfen und verklang schließlich im Nichts.

Manuel zuckte zusammen.

»Ja, klar«, sagte er nervös. »Mit Taschenlampe. Ich habe immer eine dabei. Gerade bei den *Dark Moon Partys* geht's nicht ohne. Und … na ja … außerdem waren wir eben …«

»Vergiss es«, antwortete Mirella schlicht.

Wir gingen schweigend weiter, umrundeten vorsichtig weitere Schächte, kreuzten unzählige Gänge. Dann machte der Weg einen Bogen – und ich merkte, dass meine Taschenlampe nicht mehr die einzige Lichtquelle war.

Abrupt blieb ich stehen.

»Stopp!«

Ich knipste die Taschenlampe aus.

Mirella schob sich an Manuel vorbei neben mich.

»Wie es aussieht, sind wir nicht alleine.«

Manuel scharrte nervös mit den Füßen.

»Das sind die Kerzen. Glaube ich …«

Ich runzelte die Stirn. Er hatte zwar von Kerzen gesprochen, die brannten, als er Clara in dem Raum gefunden hatte, aber das war mehrere Tage her.

»Die Kerzen brennen noch?«

Ich begegnete Mirellas Blick. Sie schien genauso an Manuels Worten zu zweifeln, wie ich es tat.

Vorsichtig tasteten wir uns voran, bis wir schließlich den Raum erreichten. Die Tür war nur angelehnt.

Und Manuel hatte recht: Das Zimmer vor uns war menschenleer, aber von unzähligen Kerzen erleuchtet. Ihre Flammen standen so still, als würden sie zu einem Gemälde gehören, und doch roch es unverkennbar nach Wachs und Ruß.

Irgendetwas in mir ging mit der Atmosphäre in diesem Raum in Resonanz. Es war, als würde man sich in einem Vakuum bewegen, fast unmerklich.

In der Mitte des Zimmers befand sich ein breites Bett, das von Blumen umgeben war.

Manuel deutete mit einem Nicken darauf.

»Dort hat sie gelegen.«

»Lauschig«, sagte Mirella.

Mein Blick wanderte über die Wände und ich schluckte schwer. Anatomische Präparate. Unzählige von ihnen standen auf Regalen, in Vitrinen, selbst auf dem Boden. Und es waren ausschließlich Lungenflügel. Im goldenen Licht der Kerzen schimmerten sie fast durchsichtig und gaben den Blick frei auf das Geäst feinster Kapillargefäße, das sich filigran durch das fragile Gewebe zog.

Es war vollkommen still in diesem Raum und fast erschien es mir, als würden die Präparate ein unmerkliches Atmen von sich geben.

Manuel schnaubte heiser und machte auf dem Absatz kehrt.

»So, das war's! Ich muss hier raus.«

»Sobald wir das Okay dazu geben.«

Mirella packte ihn am Ärmel.

Manuels Blick huschte zwischen uns hin und her. Ich konnte sehen, wie seine Lippen zitterten.

»Ich habe Ihnen alles gezeigt. Mehr ist hier nicht. Wirklich nicht.« Er schluckte schwer. »Darf ich jetzt bitte gehen?«

Einen Augenblick rührte sich niemand von uns, dann ließ Mirella ihn los.

»Ja, hau ab! Aber halt dich zu unserer Verfügung, falls wir noch Fragen haben. Vorerst wird die Polizei nichts gegen dich unternehmen, denn noch weiß keiner außer uns, dass deine Fingerabdrücke auf dem Tagebuch sind. Ich bin allerdings nicht sicher, wie lange wir diesen Zustand aufrechterhalten können. Es macht übrigens auch keinen Sinn zu türmen. Wir finden dich. Die Akademie findet jeden. Verstanden?«

Manuel nickte gequält.

»Verstanden.«

Mirella griff ohne Umschweife in seine Manteltasche und zog die Taschenlampe hervor, von der er gesprochen hatte.

»Hier. Ich würde sie benutzen. Damit du nicht vom Erdboden verschluckt wirst.«

Über Manuels Gesicht zuckte der Hauch eines Lächelns und für einen Moment hatte ich das Gefühl, er würde noch etwas sagen wollen. Doch dann drehte er sich um und tauchte ohne ein weiteres Wort in die Dunkelheit.

Als seine Schritte verhallt waren, blickte ich Mirella an.

»Er war es nicht.«

»Wie kannst du dir da so sicher sein? Es spricht alles gegen ihn.«

Ich zuckte mit den Schultern.

»Ein … Gefühl.«

Mirella schnaubte leise.

»Dann hoffe ich, dein Gefühl hilft uns dabei, den richtigen Mörder zu finden, sonst sieht's schlecht aus für den kleinen Grufti.«

Ja, dachte ich und blickte in die Dunkelheit, dorthin, wo Manuels Gestalt sich verloren hatte.

»Du glaubst doch auch nicht, dass er es war.«

»Nein, aber ich frage mich, ob es nicht sinnvoller gewesen wäre, den Fall einfach der Polizei zu überlassen, anstatt dich zurückzuholen. Jeder einigermaßen geschulte Ermittler wäre wahrscheinlich schon viel weiter.«

Ich runzelte die Stirn.

»Man möge mir verzeihen, dass ich ein wenig Zeit brauche, um mich in der anheimelnden Atmosphäre der Akademie zu akklimatisieren.«

Mirella seufzte leise und machte eine wegwischende Handbewegung.

»Entschuldige. Ich stehe ein wenig ... unter Strom. Nein, ich glaube auch nicht, dass Manuel es war. Schon allein, weil dieser Raum hier existiert ... Ein Teenager auf Drogen verliert vielleicht im Affekt die Kontrolle, aber das hier? Sieh dich um, das ist gruselig. Irgendjemand hat diesen Keller eingerichtet.« Sie schüttelte den Kopf. »Ich kann mir nicht vorstellen, dass Manuel etwas damit zu tun hat. Aber wir brauchen Beweise. Wie üblich. Und dein Gefühl zählt nicht vor Gericht, das weißt du.«

Sie blickte sich im Gewölbe um.

»Also, was haben wir? Eine aufgebahrte junge Frau, Blumen, Kerzen und einen Haufen Lungenflügel.«

Ich ging zu einem der Präparate hinüber und strich vorsichtig mit dem Zeigefinger an den feinen Verästelungen entlang.

»Beeindruckend«, sagte ich leise. »Es muss eine unglaubliche Mühe gemacht haben, all diese Lungen zu präparieren. Das war jemand, der sich damit auskannte.«

»Ja. Ein Irrer.« Mirella schüttelte den Kopf. »Wer hat das alles hier hingestellt? Ich meine, wir sind im verdammten Keller einer baufälligen Geisterklinik.«

Sie zupfte eine weiße Lilie vom Bett und drehte sie zwischen Daumen und Zeigefinger.

Nur mit Mühe konnte ich meinen Blick von dem anatomischen Präparat losreißen. Die Grazilität hielt mich gefangen. Manuel hatte recht: Es wirkte wie eine Skulptur, längst vergessen von dem Künstler, der sie einst schuf.

Mirella deutete auf das Bett.

»Eigentlich ganz gemütlich, oder? Also, den Umständen entsprechend ... Ein schönes Bett, weißes Leinen. Hochwertig. Könnte auch aus der Zeit um 1900 sein, denke ich.«

»Es hat sich definitiv jemand Mühe mit diesem Ort gegeben«,

sagte ich. »Wie für jemanden, der noch gar nicht gestorben ist. Ein Rückzugsort. Wer betreibt einen solchen Aufwand für eine Leiche?«

Mirella starrte mich an.

»Und was, wenn Clara von Rieckhofen noch gar nicht tot war, als sie hierherkam? Was, wenn es ein Gefängnis war?«

Ihre Worte legten sich über den Raum wie eine drückende Last. Die Frage war berechtigt. Hatte jemand Clara hier festgehalten? Und wenn ja, wann war das gewesen?

Ich schüttelte den Kopf.

»Das passt nicht zusammen«, sagte ich und deutete auf den Blumenschmuck. »Die Lilien, die Kerzen. Es ist arrangiert wie für ein Totenbett.«

»Wir können von Glück reden, dass hier noch keine Polizisten herumgestöbert haben«, sagte Mirella leise. »Sonst wäre wahrscheinlich nichts mehr an seinem ursprünglichen Platz.«

»Auf einmal ist es also doch eine gute Idee, dass ich den Fall übernommen habe und nicht irgendein Ermittler?« Ich lächelte. »Mach die Spurensicherung mal nicht schlechter als sie ist.«

Mirella verzog den Mund.

»Ich mache überhaupt niemanden schlecht. Für normale Todesfälle ist die Spurensicherung der Polizei ja auch hervorragend geeignet. Hier aber brauchen wir unsere Leute. Und niemanden, der sonst noch rumschnüffelt. Ich gebe nachher Simon Bescheid, er soll ein paar Leute vorbeischicken. Mal sehen, was die noch so finden.«

»Mirella?«, unterbrach ich sie sanft.

Sie hob den Kopf.

»Ja?«

»Können wir uns darauf einigen, dass dieses Zimmer noch ein paar Tage unberührt bleibt?«

Mirella runzelte die Stirn.

»Was soll das bringen?«

»Bitte«, sagte ich und trat einen Schritt auf sie zu. »Ich würde gerne … wie soll ich sagen … herausfinden, was es mit diesem Ort auf sich hat. Und das kann ich nur, wenn ich noch ein wenig Zeit bekomme, ohne dass sich hier etwas ändert.«

Mirella presste kurz die Lippen aufeinander. Dann nickte sie.

»In Ordnung. Bisher weiß niemand außer uns beiden von diesem Raum. Ich gebe dir Zeit bis Montag. Reicht das?«

»Ich weiß es nicht«, sagte ich ehrlich. »Ich hoffe.«

Dann ließ ich meinen Blick durch das Gewölbe wandern und versuchte, ein Gefühl für das zu entwickeln, was hier vor sich ging. Ähnlich wie ich mich in die Atmosphäre des Speisesaals hatte hineinfallen lassen. Doch hier war irgendetwas anders. Ich bekam keinen Zugang und das war merkwürdig. Es stiegen keine Bilder auf, keine Gerüche, keine Geräusche. Es war, als läge alles wie unter einer Schutzhülle. Oder war ich doch einfach aus der Übung und der erneute Versuch, mich auf eine solch tiefe Erkundung der Atmosphäre eines Ortes einzulassen, überstieg meine momentanen Kapazitäten? Möglich wäre es. Und deshalb war es gut, noch ein paar Tage Zeit zu haben, bevor die Spurensicherung der Akademie hier alles auseinandernahm.

Das laute Knarren einer Tür riss mich aus meinen Gedanken. Es kam aus dem Treppenhaus.

Mirella hatte es ebenfalls gehört, denn sie straffte sich. Unsere Blicke trafen sich und fast gleichzeitig legten wir den Zeigefinger an die Lippen.

»Hallo?«, ertönte in diesem Moment eine Männerstimme. »Ist da jemand?«

Mirella zog scharf die Luft ein. »Still!«

Jemand kam die Stufen herunter. Deutlich knirschten Kies und Geröll unter seinen Sohlen. Es musste eine Person mit festem Schuhwerk sein.

Mirella und ich traten wie auf Kommando hinaus in die Schwärze des Kellerganges und pressten uns an die klamme Wand hinter einem Mauervorsprung.

»Hallo? Ich weiß, dass jemand da ist«, rief der Fremde erneut, nun schon wesentlich näher. Er würde sicher gleich um die Ecke biegen. »Ich habe Stimmen gehört. Sie können sich nicht verstecken!«

Es sollte bedrohlich klingen, doch das nervöse Flattern in seiner Stimme war nicht zu überhören. Wer auch immer das war, er fühlte sich alles andere als wohl in seiner Haut.

Mirella biss sich auf die Unterlippe. Ich fühlte ihre vibrierende Anspannung bis in die Tiefen meines eigenen Nervensystems.

Sie wartete, bis die Schritte des Mannes direkt vor uns zu hören waren – dann ging alles blitzschnell: Sie sprang vor, packte den vollkommen überraschten Fremden und drehte ihm beide Arme auf den Rücken.

»Was soll das? Wer sind Sie?«, schrie er und keuchte vor Schmerz.

Ich versuchte, ein möglichst unbeteiligtes Gesicht aufzusetzen. Verdammt, sie schaffte es noch immer, mich zu beeindrucken. Früher hatten wir gewitzelt, dass es mit Sicherheit *sie* sein würde, die mich irgendwann aus einer lebensbedrohlichen Situation würde retten müssen. Die Heldenrolle war verteilt – und definitiv an mir vorübergegangen.

Ich musterte den Mann, der sich mit schmerzverzerrtem Gesicht aus Mirellas festem Griff zu befreien versuchte. Er war in eine dunkelblaue Uniform gekleidet, hatte einen Schlagstock am Gürtel und musste auch eine Kappe getragen haben, die ihm bei dem plötzlichen Angriff vom Kopf gerutscht war.

»Ich glaube, du kannst ihn loslassen.« Ich lehnte mich gegen die Wand. »Es ist nur ein Wachmann.«

*

»Sie sind also erst seit einer Woche für diese Firma tätig?«

Der Wachmann nickte nur nervös auf meine Frage und bewegte vorsichtig die Arme, die nach Mirellas festem Griff noch immer zu schmerzen schienen.

Wir hatten das Kellergewölbe verlassen und uns auf die verfallene Freitreppe des Klinikgebäudes gesetzt. Das Gespräch kam nur stockend in Gang, denn der Schreck saß dem Mann offensichtlich noch immer in den Knochen.

»Ja«, erwiderte er zögernd. »Davor war ich über drei Jahre arbeitslos. Und dann im neuen Job gleich so was! Man rechnet ja nicht damit, dass man in seiner ersten Woche sofort eine Leiche findet … Aber ich hätte wissen müssen, dass diese Arbeit nichts für mich ist. Der ewige Wechsel zwischen Tages- und Nachtschicht, diese merkwürdige alte Klinik … Man sollte das Ding abreißen. Meine Meinung.«

Mirella musterte den Mann prüfend.

»Wer hat die Arbeit vorher gemacht?«

Der Wachmann zuckte mit den Schultern.

»Keine Ahnung, wie der heißt. Aber er war lange hier, wohl schon seit der Wende.«

»Ist er in Rente gegangen?«, fragte ich, während Mirella sich Notizen machte.

»Nein, er musste ins Krankenhaus. Keine Ahnung, warum. Man erfährt ja nichts. Riskiert nur seinen Hals … für ein paar verrottete Ruinen.«

Ich hob eine Augenbraue.

»Sie halten Ihren Job für gefährlich? Warum?«

»Na, sehen Sie sich doch um!« Der Wachmann schnaubte leise. »Verfallene Gebäude mitten im Wald. Hier ist nachts jede Menge komisches Volk unterwegs, das können Sie mir glauben.«

»Geht's vielleicht etwas genauer?«, fragte ich ungeduldig.

Der Wachmann runzelte die Stirn und spuckte auf den Boden.

»Namen hab ich keine, aber hier treffen sich nachts irgendwelche Kids, um Partys zu feiern. Das weiß doch jeder.«

»Und der Wachschutz tut nichts dagegen?«, fragte ich nach.

Der Mann lachte.

»Na, hören Sie mal! Ich bin alleine hier – und das war mein Vorgänger auch. Da können Sie nicht viel ausrichten, selbst wenn Sie wollten. Aber ich bin ja nicht irre und komme den Kids in die Quere. Ich hab Familie, wissen Sie? Da riskiere ich doch nichts.«

Ich nickte stumm. Ja, das war verständlich. Auch wenn ich mir nicht sicher war, ob der Mann den Sinn eines Wachschutzes jemals erklärt bekommen hatte.

Mirella blickte von ihren Notizen auf.

»Können Sie mir sagen, wo wir Informationen über Ihren Vorgänger bekommen können?«

»Klar. Über die Firma. *Dragonfight Security*. Die sitzen in Treptow.«

Mirella schrieb wieder mit unbewegter Miene. Es war schwer zu sagen, was gerade in ihr vorging, selbst für mich. Oder gerade für mich.

»Vielen Dank.« Sie wandte sich zu mir um. »Lass uns gehen. Der Mann hat zu tun. Drachen töten und so.«

Ich nickte dem Wachmann zum Abschied zu und folgte Mirella mit breitem Grinsen zum Auto. Eines musste man ihr lassen: Je schlechter ihre Laune war, desto amüsanter wurde die Zusammenarbeit.

*

»Verdammt!«

Mirella trat mit voller Wucht gegen ihren olivfarbenen alten *Jetta*.

»Ich dachte, ich hätte es im Griff! So ein verfluchter Scheiß!«

Ich zuckte mit den Schultern.

»Mir gefällt es, wenn du aus der Rolle fällst und armen, unschuldigen Männern die Arme ausrenkst. Das ist sexy.«

»Idiot!«

Ich sah, dass sie nur mit Mühe ein Lächeln unterdrückte.

»Komm, lass uns fahren.«

Sie setzte sich hinter das Steuer, warf die Lilie, die sie aus dem Keller mitgenommen hatte, auf das Armaturenbrett und öffnete mir die Beifahrertür. Ich ließ mich in den ausgebeulten Sitz fallen. Alles wie früher. Die metallenen Federn unter der verschlissenen Polsterung drückten einem unangenehm in den Rücken und man saß so tief, dass die Knie fast ans Kinn stießen.

Ich beobachtete aus dem Augenwinkel, wie Mirella eine kleine Kapsel aus einem Pillenetui fischte und sie sich seufzend unter die Zunge legte. Sie nahm die Medikamente also noch. Ob sie es regelmäßig tat? Da war ich mir nicht so sicher. Die Art, wie sie vorhin in Manuels Wohnung innerhalb von Sekunden von einer normalen Vernehmung in eiskalte und zweckmäßige Distanz gewechselt war, ließ mich auf der Hut sein. Ebenso die übertriebene Reaktion auf den Wachmann. Doch ich versuchte, mir nichts anmerken zu lassen. Was immer vor sich ging, war allein Mirellas Angelegenheit. Zumindest so lange, bis sie von selbst damit zu mir kam …

»Wie spät ist es?«, fragte ich, während ich mit dem verknoteten Sicherheitsgurt kämpfte.

Mirella hob eine Augenbraue.

»Hast du noch immer keine Uhr?«

»Das Ticken macht mich irre.«

»Wir leben im digitalen Zeitalter.«

»Digitales macht mich irre. Deshalb ist das Handy ja auch immer aus.«

Ich seufzte leise und zuckte mit den Schultern.

»Nein, Signora Mistrani, ich habe keine Uhr. Also, wie spät ist es? Schaffen wir es heute noch zu dem anderen Wachmann?«

Mirella warf einen Blick auf ihre Armbanduhr und stutzte. Dann klopfte sie mit dem Fingernagel vorsichtig auf das fragile Abdeckglas.

»Halb fünf? Das kann nicht sein! Es war ja schon drei, als wir mit Manuel hier ankamen. Außerdem wird es gleich dunkel.«

»Vielleicht stehen geblieben?«, fragte ich und unterdrückte ein Gähnen. Ich war müder, als ich es mir eingestehen wollte. Ganz offensichtlich war ich all die Aufregung nicht mehr gewohnt. Ich sehnte mich nach Ruhe, einem guten Buch und einem schönen Rotwein. Und vielleicht einem kleinen Flirt mit meiner Klarinette.

Mirella schüttelte den Kopf.

»Nein, die Uhr läuft ganz normal.«

Sie hielt mir ihren Arm hin. Es stimmte. Der Sekundenzeiger umrundete in beneidenswert gelassener Regelmäßigkeit das Ziffernblatt.

Ich zuckte erneut mit den Schultern.

»Vielleicht hast du sie unbemerkt verstellt, als du dem Typen an die Gurgel gegangen bist.«

»Möglich«, murmelte Mirella, doch es klang nicht überzeugt.

Sie stellte das Autoradio an. Nachrichten. Es war bereits sieben.

Mirella schüttelte den Kopf, korrigierte die Zeiteinstellung ihrer Uhr und drehte dann den Zündschlüssel herum. Mit einem asthmatischen Keuchen startete der *Jetta*. Tatsächlich – alles wie früher.

»Das Gespräch verschieben wir lieber auf morgen«, sagte sie, während sie den Wagen rumpelnd über den Vorplatz der Klinik lenkte, zurück zur Straße. »Für heute reicht es mir und der Wachmann läuft uns sicher nicht weg. Wie auch ... im Krankenhaus ...«

Nach etlichen Gesprächen mit Hades würden mir so einige Gründe einfallen, gerade aus einem Krankenhaus wegzulaufen. So schnell wie möglich. Aber das behielt ich lieber für mich. Wenn wir jetzt nichts mehr zu tun hatten, taten sich unerwartete Möglichkeiten für den Abend auf.

»Und?«, fragte ich deshalb und setzte ein betont harmloses Gesicht auf.

»Was – und?«

»Gehst du mit mir essen?«

Mirella bremste abrupt und musterte mich für einen Moment mit zusammengekniffenen Augen. Dann grinste sie breit und schüttelte den Kopf.

»Nie im Leben, Jakob Roth. Nie im Leben.«

KAPITEL 7

Normalerweise behalte ich es für mich, dass die Kopfschmerzen mich begleiten wie mein Schatten. Und gerade jetzt, da die Akademietüren sich auf unerwartete Weise wieder für mich geöffnet hatten, brauchte niemand davon zu wissen. Meine Verschwiegenheit hatte mich schon immer geschützt, nun aber war sie wichtiger als je zuvor.

Doch an diesem Abend gewann der Kopfschmerz ein Eigenleben und eine Intensität, der ich nichts mehr entgegenzusetzen hatte. Das war nicht mehr nur diese leichte Spannung unter der Schädelkalotte, die sich gelegentlich wie ein schlummerndes Tier drehte. Es war ein heftiger Schmerz, der sich in Wellen ausbreitete und unter meiner Kopfhaut tobte wie ein entfesselter Sturm. Ich lag erschöpft auf dem Sofa und versuchte, meine Sinne wieder unter Kontrolle zu bekommen. Kein Medikament half. Und auch sonst nichts. Gut, dass Mirella sich geweigert hatte, den Abend mit einem gemeinsamen Essen zu beenden. Ich hätte mich nur ungern als taumelnder Kopfschmerz-Pflegefall von ihr nach Hause bugsieren lassen. Es gibt wenige Dinge, die entwürdigender sind als eine Migräneattacke mit allem Drum und Dran.

Ich glitt vom Sofa, robbte auf Knien zu meinem Schreibtisch und zog eine Schublade auf, in der ich einen Haufen Visitenkarten aufbewahrte. Wo war bloß diese eine Karte, die mir Emilie einmal im Treppenhaus zugesteckt hatte?

Sie schwor auf diesen Therapeuten. Und ich hatte ihr versprochen, ihn beim nächsten Kopfschmerzanfall zu kontaktieren. Falls ich in diesem Zustand überhaupt würde lesen können …

Ich kramte in dem Gewühl aus Papier, bis mir endlich die Karte in die Hände fiel. Schlichtes helles Beige, ein dunkelrotes chinesisches Schriftzeichen in der Ecke und ein Name. Die Buchstaben tanzten vor meinen Augen und eine heftige Übelkeit erfasste mich. Trotzdem fokussierte ich den Blick so lange auf die Karte, bis ich die Schrift entziffern konnte: »*Oliver Menke, Heilpraktiker. Chinesische Medizin*« Auf der Rückseite die Kontaktdaten.

Es kostete mich alle Kraft, die Telefonnummer zu wählen. Hinter meinen Schläfen konzertierte ein Presslufthammer-Orchester und der Rufton des Telefons dröhnte nahezu unerträglich in meinen Ohren. Endlich – es kam mir vor, als wären Stunden vergangen – hob am anderen Ende der Leitung jemand ab.

*

Noch nie war ich einem Menschen so dankbar für die Bereitschaft, mich zu Hause aufzusuchen. Als es endlich klingelte, hangelte ich mich mit dem Mut eines Verzweifelten zur Tür und öffnete. Im Treppenhaus flammte die Beleuchtung auf, dann hörte ich unter regelmäßigen Schritten das Knarren der Stufen.

Das Orchester hinter meinen Schläfen hatte sich gerade auf ein *Adagio* eingelassen, in das sich wohltuend schleppende Synkopen einfügten wie erleichterte Seufzer. Ich lehnte mich erschöpft an den Türrahmen und sah, wie der Heilpraktiker die letzten Stufen zu mir hinaufstieg. Als unsere Blicke sich trafen, blieb er stehen.

»Sie?«, fragte ich fassungslos.

Ein Sirren wie von Hornissen bahnte sich den Weg an den Synapsen vorbei. Es folgte ein irritierender Moment atemberaubender Stille. Dann setzte mich das Orchester mit einem gigantischen Paukenschlag schachmatt.

*

Als ich die Augen aufschlug, brauchte ich einen Moment, um mich zu orientieren. Direkt neben meiner Nase der Parkettboden. Mein Blick wanderte unter das Flurregal. Schuhe, Büroklammern, Wollmäuse, ein zerfledderter Regenschirm. Neue Perspektiven. Aber warum nur lag ich hier auf dem …

»Geht's wieder?«

Die Stimme eines Mannes brachte meine Gedanken mit erschreckender Schnelligkeit auf Trab. Ich richtete mich auf und geriet ins Taumeln. Spürte sofort die stützenden Hände meines Gastes, der mich aufmerksam an den Schultern packte.

»Langsam, nicht so eilig. Wir wollen doch nicht, dass Sie gleich wieder umkippen.«

Ich schüttelte den Mann ab, wankte fluchend ins Wohnzimmer und ließ mich auf das Sofa fallen.

»Was zur Hölle machen Sie hier?«

Oliver Menke zuckte mit den Schultern.

»Sie haben mich angerufen. Kopfschmerzen, Sie erinnern sich?«

Er setzte sich in den Sessel mir gegenüber und schlug lässig die Beine übereinander.

Ich starrte ihn an. Er hatte deutlich weniger Augenringe als in meiner Erinnerung und auch sonst wirkte er frischer, erholter.

»Sie sehen besser aus als bei unserer letzten Begegnung.«

»Das Kompliment würde ich gerne zurückgeben«, sagte der Heilpraktiker trocken, »aber ich lüge nicht. Sie sehen noch beschissener aus als neulich.«

Das Schicksal hat wirklich Sinn für Humor. Dass ich mir von allen Heilpraktikern Berlins ausgerechnet die seltsame nächtliche Begegnung vom Bouleplatz in meine Wohnung gerufen hatte, war mehr als komisch.

»Sind Sie immer so einfühlsam?« Vorsichtig fasste ich mir an die Schläfen. Das Wummern und Sirren war leiser geworden, gedämpfter, aber noch immer deutlich zu spüren.

Oliver Menke verzog die Mundwinkel zu einem Grinsen.

»Sie sollten mich mal erleben, wenn ich unfreundlich werde.«

Dann erhob er sich.

»Sie haben Glück, normalerweise mache ich keine Hausbesuche. Aber Sie klangen am Telefon so verzweifelt, dass ich eine Ausnahme gemacht habe.«

»Ja, ich kann mein Glück kaum fassen«, murmelte ich.

Oliver Menke kniete sich vor mich und leuchtete mir mit einem kleinen Lämpchen in die Augen. Ich blinzelte geblendet und stöhnte leise auf, weil das Orchester in meinem Kopf ein drohendes *Crescendo* andeutete.

»Schön«, sagte der Heilpraktiker. »Pupillenreaktion normal. Das ist doch schon mal was.«

Ein paar weitere Tests folgten, dann musterte er mich prüfend.

»Ist nicht das erste Mal, oder? Waren Sie damit beim Arzt?«

»Ja«, grummelte ich. »Alles abgeklärt. Ich war in MRTs, CTs, Weltraum-Testarealen, was weiß ich, wo. Ich bin völlig gesund. Sagen die …«

»Sieht man«, sagte Oliver Menke trocken und stand auf. »Ich hol dann mal die Nadeln.«

Ich beobachtete misstrauisch, wie er seine Tasche aufschnappen ließ und darin zu kramen begann.

»Und Sie wissen, was Sie da tun? Also … mit den Nadeln und so?«

Oliver Menke richtete sich auf.

»Genügt Ihnen ein Wochenendkurs an der Volkshochschule?«

Ich sah, wie seine Mundwinkel amüsiert zuckten.

Dann deutete er mit einem Nicken auf das Sofa.

»Hinlegen. Den Rest mache ich.«

*

Der Morgen war trüb. Ganz Berlin lag wie unter einem dunstigen Schleier verborgen und nicht einmal der Fernsehturm war in der Ferne auszumachen. Ich stand mit dem Kaffeebecher in der Hand auf dem Balkon und wunderte mich noch ein wenig über meinen seit der Akupunktur beschwerdefreien Kopf, als ich Mirellas *Jetta* in voller Fahrt in meine Straße einbiegen sah.

Ich runzelte die Stirn.

Mirella – morgens um halb sieben bei mir? Das konnte nicht sein. Wir waren nicht verabredet. Ich war davon ausgegangen, sie später in der Akademie zu treffen. Es gab noch einiges zu tun – vor allem die Überprüfung dieses Wachmanns.

Der *Jetta* stoppte direkt vor dem Haus und im nächsten Moment ging der Warnblinker los. Ich hielt den Atem an. Sie würde doch nicht? Nein, das würde sie nicht, nicht morgens um …

Wildes Hupen begann. Dreimal kurz, zweimal lang, dreimal kurz. Und wieder von vorne. Die Jakob-komm-in-die-Puschen-Fanfare!

Fluchend hastete ich in die Wohnung zurück, schleuderte den Becher ins Spülbecken, wobei der Kaffeerest sich in eindrucksvollen Spritzern über die Fliesen verteilte, und schlüpfte in Windeseile in meine Schuhe. Gleichzeitig merkte ich, wie ich eine Stinkwut auf Mirella bekam. Hatte sie sie noch alle? Es war zu früh, um sich hier derart aufzuführen. Selbst in Berlin war das rücksichtslos, verdammt!

Grollend schnappte ich mir den Schlüssel, warf den Mantel

über und stolperte die Treppe hinunter. Mirella würde eine verdammt gute Erklärung brauchen, weshalb sie so früh dran war. Und eine noch bessere Ausrede, wenn sie mir ein gemeinsames Essen erneut abschlagen wollte!

*

»Ist ja gut, du brauchst nicht den ganzen Kiez aufzuwecken!«

Mit finsterer Miene kletterte ich ins Auto und schlug die Tür hinter mir zu.

Mirella nahm die Hand von der Hupe und grinste mich an.

»Guten Morgen. Frisch und munter?«

»Geht so.« Ich rieb mir die Augen. »Und? Weshalb der frühe Ausritt? Hast du Sehnsucht nach deinem Ex-Mann?«

Mirella schnaubte leise, aber ihr Gesicht blieb entspannt.

»Weit gefehlt. Ich habe heute früh mit der Klinik in Weißensee telefoniert und mich als Nichte des Wachmanns ausgegeben. Die sagten mir, es stünde nicht besonders gut um ihn, wollten aber am Telefon keine weiteren Angaben machen. Deshalb nutzen wir die Chance, ihm auf den Zahn zu fühlen, solange es noch geht.«

»Und das hättest du nicht alleine machen können?«

»Nein. Ich wusste, dass du wach bist.«

Sie beugte sich vor und kramte im Handschuhfach, bis sie einen Zettel fand.

»Hier«, sagte sie und drückte ihn mir in die Hand. »Das sind die Infos, die wir von ihm haben.«

»Richard Wilms«, las ich vor. »Geboren 1959 in der Steiermark, mit elf Jahren Umzug mit den Eltern nach Ostberlin, Wachmann in den Beelitzer Heilstätten seit Januar 1990, zuvor jahrelanger Aufenthalt in … Kuba?«

Ich hob die Brauen.

»Interessant. So klein ist die Welt.«

»Jetzt tu nicht so, als wäre das im Osten so ungewöhnlich gewesen. Der Mann hatte da eben zu tun«, sagte Mirella ungeduldig und lenkte den Wagen an einem Transporter der Müllabfuhr vorbei.

»Und wieso sind die nach Ostberlin gezogen? Aus der Steiermark?«

Mirella zuckte mit den Schultern.

»Wahrscheinlich hatten seine Eltern den Traum, in einem sozialistischen Staat ein besseres Leben führen zu können.«

»Wahrscheinlich«, erwiderte ich. »Und was ist mit Kuba? Was hat er da gemacht? *Cuba Libre* gemixt?«

»Darüber gab's leider nichts in den Akten. Aber das wird er uns sicher selbst sagen können. Zumindest hoffe ich das.«

»Ich hasse *Cuba Libre*.«

Dann fiel mein Blick auf das Armaturenbrett und ich stutzte.

»Sag mal, ist das die Blume von gestern? Diese Lilie?«

Mirella folgte meinem Blick.

»Ja, die aus dem Kel…«

Sie verstummte mitten im Satz und trat abrupt auf die Bremse. Quietschend kam der *Jetta* zum Stehen. Hinter uns fuhr fast ein anderes Auto auf. Wütendes Gehupe folgte, doch Mirella beachtete es gar nicht. Ihr Blick hing fasziniert an der Blume – oder besser an dem, was von ihr übrig war. Ein Häufchen Staub und, nur mit viel Fantasie zu erkennen, die Reste von Kelchblatt und Blütenstempel.

»Das gibt's ja gar nicht!«, stieß sie hervor.

Ich nahm die brüchigen Überreste vorsichtig hoch, doch sie zerfielen zwischen meinen Fingerspitzen sofort zu Staub.

»Wow! Ich weiß, dass Blumen fragile Geschöpfe sind … und die Luft hier in deinem *Jetta* ist mies … aber so schnell läuft ein biologischer Verwesungsprozess eigentlich nicht ab, oder?«

Mirella schüttelte irritiert den Kopf.

»Nein. Wirklich nicht. Ist mir völlig unerklärlich.«

Unsere Blicke trafen sich und ich merkte, dass sie ebenso wie ich krampfhaft versuchte, eine Erklärung für diesen seltsamen Vorgang zu finden.

»Vielleicht irgendein Pestizid?«, sagte ich schließlich halbherzig. »Ich nehme den Staub mit ins Labor und lasse eine Analyse machen. Dann sehen wir ja, was dabei herauskommt.«

Sorgfältig schob ich die Reste der Blüte in einen alten Briefumschlag, den ich in Mirellas Handschuhfach fand, und steckte ihn ein. Dann setzten wir die Fahrt fort. Doch die ganze Zeit über begleitete uns ein leichtes Gefühl der Beklemmung. Dinge, die man nicht erklären kann, sind faszinierend – und auch für Mitarbeiter der Akademie immer wieder unheimlich.

*

»Richard Wilms?«

Der Mann schlug die Augen auf. Er hatte nicht bemerkt, dass wir zu ihm ins Zimmer gekommen waren – oder aber er hatte nur so getan. Als er uns neben seinem Bett stehen sah, musterte er uns flüchtig und zog dann missmutig die Brauen zusammen.

»Sie gehören nicht zum Personal.«

Es war eine Feststellung, die zugleich die Frage implizierte, was wir in seinem Zimmer zu suchen hatten.

Ich musterte Richard Wilms unauffällig. Seine Stimme war leise, er wirkte schwach und eingefallen und es fiel mir schwer, sein Alter zu schätzen. Er hätte um die fünfzig Jahre alt sein können oder auch schon Mitte sechzig. Sein Haar war dunkel, hier und da von einigen grauen Strähnen durchzogen, und sein Gesicht wirkte trotz seines offensichtlich schlechten Gesundheitszustandes relativ jung. Seine Hände wurden von einem leichten Tremor geschüttelt, der unwillkürlich zu kommen und zu gehen schien. Als ich seine Hände genauer betrachtete, fiel mir eine starke Verhornung an den Fingern auf, die mich irritierte. So etwas hätte ich bei jemandem erwartet, der viel mit den Händen arbeitete. Bei einem Maurer zum Beispiel oder einem Schreiner. Nicht aber bei einem Mitarbeiter von *Dragonfight Security.*

»Sie sind also Richard Wilms?«, fragte Mirella lächelnd und streckte die Hand zur Begrüßung aus. »Ich bin Mirella Mistrani. Das hier ist mein Kollege Jakob Roth. Haben Sie einen Moment Zeit? Wir würden Ihnen gerne einige Fragen stellen.«

Der Mann ignorierte ihre ausgestreckte Hand. Sein Blick wanderte zu mir herüber.

»Jakob Roth.« Seine Stimme war so leise, dass ich nicht sicher war, ob er tatsächlich gesprochen hatte. Sein Blick verharrte auf mir und für einen Moment spürte ich die Intensität seiner Aufmerksamkeit wie elektrischen Strom. Dann wandte er den Kopf ab und blickte zum Fenster hinaus.

»Fragen also … Und die wären?«

»Uns interessiert Ihre Tätigkeit als Wachmann in den Beelitzer Heilstätten«, sagte ich und stellte mich ans Fußende seines Bettes. »Die *Dark Moon Partys.* Was können Sie uns darüber sagen?«

»Sie sind nicht von der Polizei, oder?«, fragte Wilms leise.

Ich schüttelte den Kopf.

»Nein, das nicht. Aber so ähnlich.«

»So ähnlich reicht nicht. Informationen bekommt die Polizei. Nur die Polizei. Die war bereits hier und ich habe alles gesagt, was ich dazu sagen kann. Aber mit Sicherheit rede ich nicht mit zwei dahergelaufenen Möchtegern-Detektiven.«

Wilms musterte Mirella und mich prüfend.

»Sind Sie von der Presse?«

Mirella lachte leise. »Nein, keine Sorge. Wirklich nicht.« Dann wurde sie ernst. »Herr Wilms, die Polizei wird Ihnen erklärt haben, dass in den Heilstätten die Leiche einer jungen Frau gefunden wurde. Clara von Rieckhofen. Kennen Sie sie?«

Ohne Vorwarnung zückte Mirella ein Foto der Leiche und hielt es Wilms direkt vor die Nase. Der Mann zog scharf den Atem ein und ich sah, dass sein Mund kurz zuckte. Ein schmerzlicher Ausdruck huschte für Sekundenbruchteile über sein Gesicht, dann wandte er den Kopf erneut ab.

»Ich wiederhole mich ungern: Ich habe dazu nichts zu sagen.«

»Und was ist mit Manuel Landinger? Sagt Ihnen dieser Name etwas?«, hakte Mirella nach.

Wilms schwieg.

Ich räusperte mich.

»Wir wissen aus verlässlicher Quelle, dass Sie Kontakt zu ihm und anderen Jugendlichen hatten. Und wir wissen, dass Sie ganz offensichtlich Grenzen überschritten haben. Sie haben gegen die Auflagen Ihres Arbeitgebers verstoßen, indem Sie die Jugendlichen auf das Gelände gelassen haben.«

Wilms blickte mich mit müden Augen an.

»Was wissen Sie denn schon davon, wie man Grenzen überschreitet, junger Mann?« Er verzog die schmalen Lippen zur Andeutung eines Lächelns. »Sie wollen mir etwas anhängen? Dann viel Vergnügen. Allerdings müssen Sie sich beeilen, denn die Chancen, dass ich nicht überlebe, stehen gut.«

Mir verschlug es für einen Moment die Sprache. Die Aura, die Richard Wilms umgab, war so kühl, dass ich fröstelte. Irgendetwas stimmte nicht mit diesem Mann, doch ich konnte nicht ausmachen, was es war.

Mirella straffte sich.
»Und das käme Ihnen gelegen? Wenn Sie sterben würden? Warum? Weil man Sie ansonsten noch für etwas anderes haftbar machen könnte, was in den Heilstätten passiert ist?«
Wilms lächelte matt.
»Das klingt gut, oder? Wie einfach dann alles wäre.«
Sein Lächeln erstarb.
»Gehen Sie. Ich habe Ihnen nichts zu sagen. Nicht jetzt und auch nicht später.«
Damit wandte er den Blick wieder zum Fenster und schloss die Augen.
Mirella bedeutete mir mit einem Nicken, ihr zu folgen.
Draußen auf dem Krankenhausflur fasste ich sie am Arm.
»Warum lassen wir ihn so einfach davonkommen?«
»Weil er krank ist. Und weil wir nicht das geringste Druckmittel gegen ihn in der Hand haben. Immerhin war er zur anzunehmenden Tatzeit bereits hier in der Klinik.«
Ich schüttelte den Kopf.
»Und was, wenn er stirbt? Nur mal angenommen, der hängt wirklich in der Sache mit drin, dann ...«
»Bleibt dieser Fall wohl ungelöst, ja«, sagte Mirella.
Ihr prüfender Blick traf mich.
»Geht es dir wirklich nur darum, Jakob? Um diesen Fall?«
Ich stieß einen leisen Fluch aus.
»Nein, der Fall ist mir vollkommen schnuppe. Ich mache mich einfach gerne lächerlich in einer Akademie voller Genies ...«
Ich fiel für einen Moment in Mirellas graue Herbsthimmelaugen. Dann atmete ich tief durch.
»Ich habe Albträume. Seit Jahren. Seit diesen ... merkwürdigen TBC-Fällen. Und ich werde das nicht mehr los. Nur deshalb habe ich mich auf diesen neuen Fall eingelassen. Man könnte sagen, ich therapiere mich selbst.«
Mirella schwieg für einen Moment, ohne mich aus den Augen zu lassen. Dann glitt ein weicher Ausdruck über ihre Züge. Sie blickte den langen Gang hinunter. Ein Pfleger stand hinter dem verglasten Empfangstresen und notierte etwas auf einem strahlend weißen Bogen.
Mirella zwinkerte mir zu, drehte sich um und ging zu ihm hin-

über. »Entschuldigen Sie bitte«, sagte sie und schenkte dem Mann ihr hinreißendstes Lächeln. »Ich bin die Nichte von Richard Wilms, er liegt auf Zimmer 814. Ich habe heute Morgen erst erfahren, dass er im Krankenhaus ist, und wollte ihn besuchen. Er schläft gerade. Können Sie mir sagen, wie es um ihn steht?«

Der Pfleger musterte sie prüfend.

»Dazu bin ich nicht befugt, tut mir leid. Sie werden mit einem Arzt sprechen müssen. Oder aber einfach warten, bis Ihr Onkel aufwacht.«

Mirella seufzte leise.

»Das kann ich leider nicht, ich muss wieder zur Arbeit. Könnten Sie einem Arzt Bescheid geben, dass ich hier bin? Vielleicht habe ich ja Glück und es hat gerade jemand ein paar Minuten Zeit für mich.«

Der Pfleger taute unter ihrem Lächeln sichtlich auf.

»Natürlich, ich kümmere mich sofort darum.«

»Danke schön«, hauchte Mirella.

Der Mann errötete leicht, drehte sich um und hastete den Gang hinunter.

Mirella wartete, bis er um die Ecke gebogen war, dann wirbelte sie zu mir herum. »Ein Hoch auf die Personalpolitik! Kaum noch Leute auf den Stationen. Los, schnell! Gib mir ein Zeichen, wenn jemand kommt.«

Sie drückte die Klinke zu der verglasten Kabine herunter. Die Tür öffnete sich ohne Probleme. Mirella schnaubte verächtlich.

»Was für Stümper! Wieso baut man solche Käfige, wenn man sie dann sperrangelweit offen lässt?!«

Während ich den Gang im Auge behielt, durchsuchte Mirella den Computer nach Informationen über Richard Wilms. Es dauerte nicht lange, dann hörte ich sie leise durch die Zähne pfeifen. Sekunden später stand sie wieder neben mir und zog die Tür zur Kabine leise hinter sich zu. In ihren Augen lag ein amüsiertes Funkeln.

»Ich denke, wir haben jetzt, was wir brauchen.«

»Also, raus mit der Sprache! Was hast du entdeckt?«, fragte ich gespannt, als wir nebeneinander im Fahrstuhl standen und langsam wieder Richtung Erdgeschoss schwebten.

Mirella verzog die Mundwinkel zu einem Lächeln. Sie genoss es sichtlich, mich auf die Folter zu spannen.

»Etwas Hochinteressantes«, sagte sie, warf einen Blick in den wandfüllenden Spiegel und strich sich eine Locke hinter das Ohr. »Richard Wilms ist hier wegen einer Prostatahyperplasie.«

Ich stöhnte leise auf. »Eine vergrößerte Prostata nennst du interessant? Soweit ich weiß, gibt es kaum etwas Gewöhnlicheres in fortgeschrittenem Männeralter.«

»Stimmt«, sagte Mirella und in ihrer Stimme lag ein amüsiertes Glucksen. »Aber nicht in Verbindung mit einer Quecksilbervergiftung.«

Ich starrte sie an.

»Wie bitte? Der Wilms hat auch eine Quecksilbervergiftung?«

Mirella nickte.

»Und was für eine. Er kann von Glück sagen, dass er noch nicht das Zeitliche gesegnet hat. Aber da ist noch etwas. Hast du die Schwielen an seinen Händen gesehen? Ein Symptom für chronische Arsenbelastung. Es ist mir wieder eingefallen, weil mir so etwas vor vielen Jahren im Medizinstudium einmal begegnet ist.«

Für einen Moment schwiegen wir beide.

»Er hat die gleichen auffälligen Befunde wie Clara«, sagte ich dann leise. »Quecksilber und Arsen. Das kann doch kein Zufall sein.«

»Für die Arsenbelastung gibt es eventuell eine Erklärung«, sagte Mirella. »Ich habe gestern Abend noch Wilms' Daten durch den Computer gejagt. Wie du vorhin gesehen hast, kommt er ursprünglich aus der Steiermark.«

Ich runzelte die Stirn.

»Das ist eine der Gegenden, in denen man über Jahrhunderte Arsen in kleinen Dosen zu sich genommen hat.«

»Ganz genau«, sagte Mirella. »Zur Leistungssteigerung. Und manche sagen auch, die Menschen hätten sich davor gefürchtet, vergiftet zu werden, und den Körper deshalb durch stetige kleine Gaben an das Gift gewöhnt. Offiziell ist das Arsen-Essen heute nicht mehr üblich, aber wer weiß schon, was Menschen so alles anstellen, wenn sie es von klein auf gewohnt sind.«

»Aber das erklärt nicht den Fund von Quecksilber«, warf ich ein.

»Vielleicht eine Belastung auf dem Areal der Heilstätten?«, sagte Mirella. »Immerhin befand sich Clara lange Zeit auf dem Gelände. Genau wie Wilms.«

»Und warum gab es dort früher keine Fälle von Quecksilberbelastungen? Darauf gab es nicht den geringsten Hinweis«, antwortete ich kopfschüttelnd. »Nein, das kann nicht sein.«

Ich lehnte meinen Hinterkopf gegen die kühle Wand des Fahrstuhls. Konnte es Zufall sein, dass Clara von Rieckhofen und Richard Wilms die gleichen Befunde zeigten? Ich glaubte schon lange nicht mehr an Zufälle. Und ich wurde das Gefühl nicht los, dass Wilms' Quecksilbervergiftung nicht weniger mysteriös war als die viel zu schnell zerfallende Lilie in Mirellas Wagen.

*

»Was glaubst du, was ich bin? Botaniker? Ein Freak, der zu Hause neue Funde in ein Herbarium einklebt und sorgfältig beschriftet?«

Hades schnaubte und deutete auf die Reste der Lilie.

»Ich habe keine Ahnung, was das für ein Gewächs ist und warum es seit gestern so schnell zerfallen konnte.«

»Und dir fällt auch nicht ein, wie man das herausfinden könnte? Wozu haben wir hier ein hervorragendes Labor?«

Hades warf einen flüchtigen Blick auf seine Armbanduhr.

»Ich habe keine Zeit für solchen Firlefanz, Jakob. Sieben Leichen warten auf eine Audienz bei mir und du willst allen Ernstes, dass ich eine modrige Blume analysiere?«

Ich zuckte mit den Schultern.

»Ja, so habe ich mir das gedacht.«

Hades seufzte. Dann nahm er den Umschlag mit dem Lilienstaub an sich.

»Ich werde sehen, was ich tun kann, in Ordnung? Vielleicht findet sich ja ein Student dafür. Und ich werde ein Auge darauf haben, wenn es dich beruhigt.«

Ich lächelte Hades dankbar zu.

»Das wollte ich hören. Wann kann ich mit Ergebnissen rechnen?«

»Wie immer«, antwortete der Rechtsmediziner. »Schneller als in jedem anderen Institut. Nur wie viel schneller, kann ich dir noch nicht sagen. Aber ich gebe dir Bescheid, sobald die Ergebnisse da sind.«

Er musterte mich prüfend, während er den Umschlag mit den Resten der Lilie in ein Regal legte.

»Und sonst so?«

Ich hob wie ahnungslos die Augenbrauen, obwohl ich mir natürlich denken konnte, worauf er anspielte.

»Was – und sonst so?«

»Mirella und du? Läuft's?«

»Kommt drauf an, was man unter *laufen* versteht«, antwortete ich frustriert. »Sie hat da diesen Vorzeige-Kubaner an ihrer Seite und mir bleibt die Rolle des Sprücheklopfers.«

Hades lachte leise.

»Stell dein Licht nicht unter den Scheffel. Mirella hat mehr von dir geredet in den letzten Jahren, als du dir vorstellen kannst.«

Mein Herz machte einen kleinen Sprung.

»Tatsächlich?«

Hades nickte lächelnd.

»Tatsächlich.« Er lehnte sich lässig gegen eines der Kühlfächer. »Darf ich dich etwas fragen?«

Ich zuckte mit den Schultern und nickte.

»Ja, klar.«

»Willst du sie zurück?«

Ich lachte verlegen auf.

»Keine Ahnung ... ja ... vielleicht. Was weiß ich.«

Hades ließ mich nicht aus den Augen. Es lag eine merkwürdige Besorgnis in seinem Blick.

»Was guckst du denn so komisch?«

Ich merkte, wie sich ein flaues Gefühl in meiner Magengegend ausbreitete.

»Wenn du sie wirklich zurückhaben möchtest, solltest du dich beeilen«, sagte Hades schlicht. »Der Flurfunk ist verlässlich, wie du weißt.«

»Und? Was wird so gefunkt?«

Ein heiseres Raspeln schlich sich in meine Stimme. Ich war mir nicht sicher, ob ich die Antwort wirklich hören wollte.

Ein milder Ausdruck huschte über Hades' Gesicht.

»Hochzeitspläne. Mirella und Ernesto wollen heiraten.«

Es war nur eine kurze Bemerkung, doch kein noch so präziser Schlag hätte mich effektiver niederstrecken können.

*

3. Oktober 1911

Viktor ist verhindert, er kann nicht zu Besuch kommen. Ich bemühe mich, ihn zu verstehen. Als Offizier ist er nicht frei in seinen Entscheidungen. Und doch kann ich meine Enttäuschung kaum verbergen. Mein Husten ist schlimmer geworden und die nachmittäglichen Fieber greifen um sich. Doktor Ewald hat von einer neuartigen Kur berichtet, die Linderung verschaffen soll. Sogar Heilung, hat er gesagt, Heilung sei möglich. Er will mir die Spritzen geben, wenn ich es möchte. Ich frage mich, wie gefährlich es ist. Was, wenn ich sterbe? Es sei nicht auszuschließen, sagt der Doktor. Doch sterben werde ich ohnehin, oder etwa nicht? Mama will so etwas nicht hören und doch stimmt es. Ich sehe es hier jeden Tag.

Luise sagt, man stirbt hier nicht an Tuberkulose, sondern an Langeweile. Ich glaube, sie hat recht. Und immer nur dieses Rauschen der Kiefern. Luise hat Zigaretten geschmuggelt, vom Männersanatorium jenseits der Straße zu uns. Es muss jemanden geben, der sie gernhat. Warum nur gibt dieser Gedanke meinem Herzen einen Stich? Ich werde wunderlich. Die Kiefern, die Langeweile. Würde ich geheilt, endlich, dann könnte ich zu Viktor. Wir würden heiraten. Ich hätte mein Leben zurück. Und meine Liebe.

Ich ließ das Tagebuch sinken und starrte von meinem Platz auf dem Dach über die Stadt. Selbst in Claras Tagebuch war die Rede vom Heiraten. Ich hatte eigentlich gehofft, die Konzentration auf den rätselhaften Fall würde mich ein wenig ablenken von der Flut an Gedanken, die mich seit Hades' Worten am Nachmittag wie ein verletztes Tier vor sich hertrieben. Dass Mirella diesen widerlichen Schnösel tatsächlich heiraten könnte, erschien mir ebenso unglaublich wie unerträglich. Und noch schlimmer war die Furcht, nichts, absolut gar nichts dagegen tun zu können. Ich hatte meine Chance gehabt. Und wie es aussah, hatte ich verloren. Für immer.

Die letzten Sonnenstrahlen spiegelten sich in der Kuppel des Fernsehturms und zeichneten ein breites Kreuz auf die Fläche. Die Architekten der DDR hatten nicht bedacht, dass die Krümmung der Kuppel diesen Effekt erzeugen würde. Und ein sozialistischer Staat, auf dessen Prestigeprojekt in der Hauptstadt sich bei Sonne das urchristliche Symbol des Kreuzes abbildete, war eine unfassbar peinliche Panne gewesen. Geändert hatte man es nicht mehr. Und auch heute noch schwebte das Kreuz über der Stadt wie ein höhnisches Lachen, nur dass die meisten Berliner es nicht einmal mehr bemerkten. Auch mir, dem Ur-Kreuzberger, fiel es heute seit Langem erstmals wieder auf. Vielleicht weil so viele lose Gedankenfäden durch meinen Kopf flirrten, dass sich Unzusammenhängendes hier und dort verhedderte.

Was alles passieren kann, nur weil jemand eine scheinbare Kleinigkeit übersieht, dachte ich und griff nach dem Bier, das ich mit aufs Dach genommen hatte.

Plötzlich schoss mir ein Gedanke durch den Kopf. Fehler passierten überall und ständig. Niemand war davor gefeit. Was, wenn auch Clara Opfer eines Fehlers geworden war? Wenn sie nicht an der Krankheit, sondern an der Behandlung gestorben war? Hatte jemand etwas übersehen? Oder aus übertriebenem Ehrgeiz rücksichtslos gehandelt? Der Wunsch, ein Heilmittel gegen die Tuberkulose zu entwickeln, war mit Sicherheit eine enorme Triebkraft gewesen. Hatte einer der Ärzte seine Befugnisse überschritten?

Ich spürte, wie mein Herz schneller zu schlagen begann, und senkte meinen Blick zurück auf das Tagebuch.

Doktor Ewald will mit der Behandlung beginnen.

Um welche Art von Behandlung hatte es sich gehandelt? Was war mit Clara passiert? Sie schrieb nichts darüber und hatte wahrscheinlich selbst nicht gewusst, was genau mit ihr geschehen sollte.

Ich nahm einen weiteren Schluck Bier. Wenn wir schon bei Richard Wilms gerade nicht weiterkamen, dann sollte ich die Zeit nutzen und diesen Doktor Ewald genauer unter die Lupe nehmen. Im Archiv wartete ein Haufen Akten auf mich und nicht zuletzt die Überprüfung von Quecksilbervergiftungen in der Nähe der Beelitzer Heilstätten. Die Arbeit würde mich von Mirella ablenken und dafür sorgen, dass sich nicht alle paar Sekunden ein messerscharfer Schmerz in mein Herz bohrte. Und selbst für den Fall, dass Clara von Rieckhofen nirgendwo in den Akten auftauchte – über einen in Beelitz tätigen Arzt war doch mit Sicherheit etwas zu finden. Und vielleicht auch über seine Methoden.

KAPITEL 8

Fast unmerklich klickte das Türschloss hinter mir. Merkwürdig, nach so langer Zeit einfach wieder in die Akademie spazieren zu können, wann immer man wollte. Und wohin auch immer man wollte.

Selbst nachts um eins ins Archiv.

Dunkel lagen die langen Gänge vor mir. Die Sohlen meiner Schuhe hinterließen ein leises Quietschen auf dem spiegelnden Linoleum und durchsetzten die Stille mit Leben.

Mein Herz begann wie aus dem Nichts schneller zu schlagen und ließ sich nur mit Mühe wieder beruhigen. Was war los mit mir? Es war nur die Akademie. Der Ort, den ich geliebt hatte, der so viele Jahre meines Lebens wie ein Zuhause für mich gewesen war. Und doch – zum ersten Mal fühlte ich mich beklommen und die Luft erschien mir merkwürdig steril.

Ein lästiger Bazillus, das bist du …

Ich verlangsamte meine Schritte und blieb schließlich stehen. War das gerade eine Stimme gewesen?

Ich drehte mich um, doch die Flure lagen vollkommen verlassen da. Ich schluckte schwer. Meine Einbildung begann mir Streiche zu spielen.

Lästiger Bazillus – so hatte ich mich gefühlt, als man mich von einem Tag auf den anderen vor die Tür gesetzt hatte. Doch noch heute war ich unsicher, ob ich nicht überreagierte.

Mehr als ein Jahrzehnt hatte ich die Akademie als das begriffen, was sie auch in der Öffentlichkeit repräsentierte: einen Ort der Sonderbegabten, einen Schutzraum, ein Biotop für Entfaltung und Selbstverwirklichung. Die Akademie lag mitten in Berlin und stand Tag und Nacht offen. Kein Außenstehender ahnte etwas von den geheimen Sicherheitsvorrichtungen. Und bisher hatten wir sie auch nie gebraucht. Es gehörte zu den absurden Tatsachen des Lebens, dass die Akademie bisher von Einbrüchen,

Vandalismus oder sonstigen Problemen verschont geblieben war. Vielleicht weil sich trotz der offenen Wirkung kaum jemand in das Gebäude wagte? Den meisten Außenstehenden war die Akademie auf unbewusste Art unheimlich. Und langsam verstand ich, warum. Wir alle waren Marionetten, aufgehängt an unsichtbaren Fäden, die sich im Zweifelsfall blitzschnell um den Hals wickelten und zusammenzogen. Doch das zeigte sich nur im zwielichtigen Dämmern von Zweifel und Misstrauen. Ein Misstrauen, das mir niemand zugestand. Wie konnte man zweifeln an einer so renommierten Institution wie der Akademie? Wie konnte man argwöhnen, dass sich hinter der glatten Fassade ein undurchsichtiges Netz aus Intrigen ausbreitete und mit jedem Atemzug neue Verknüpfungen fand?

Ein merkwürdiger Druck legte sich auf meine Brust, während ich mich wieder in Bewegung setzte.

Mit diesen Zweifeln war ich immer allein gewesen.

Mirella glaubte mir nicht.

Simon glaubte mir nicht.

Hades interessierte sich für anderes.

Und doch hatte man mich zurückgeholt. Für diesen einen Fall. Obwohl mit meiner Loyalität nicht mehr zu rechnen war.

Warum hatten sie das getan? Wer hatte das entschieden? Wieder einmal fragte ich mich, wer die höchsten Instanzen dieses gewaltigen Apparates sein mochten. Mein Chef war Simon, doch bereits die Ebene darüber lag im Dunkeln. Wem war eigentlich Simon verpflichtet?

Grübelnd durchquerte ich den Vorraum zum Archiv und passierte den großen Empfangstresen, an dem ich kürzlich erst mit Katherine gesprochen hatte. Alles lag verlassen im Dunkel.

Ich näherte mich der gewaltigen Tür, hinter der sich das Archiv befand. Der massive Stahl glänzte im Mondlicht. Ich verlangsamte meine Schritte und blieb schließlich stehen. Mein Blick wanderte über den in die Tür eingravierten Schriftzug. »Ad fontes«. »Zu den Quellen«. Ich hatte keine Ahnung, ob die Römer ursprünglich reale Quellen damit gemeint hatten, Bäche, Fontänen. Wahrscheinlich. Aber der Satz passte perfekt zu unserem Archiv, denn hier fand sich die Quelle zu allem, man musste nur lange genug suchen. Oder Katherine kennen.

Ich atmete tief durch, strich mit der Zugangskarte am Sensor neben der Tür entlang und auch hier ertönte ein fast unmerkliches Klicken in den Tiefen des Türschlosses. Der schwere Stahl glitt mit einem leisen Surren zurück und eröffnete den Weg ins Archiv. Zu den Quellen.

Jeder, der einmal Einblick in dieses Innere bekam, war überrascht. Denn das, was von außen so kühl und unnahbar wirkte, entpuppte sich als ältester Kern des weitläufigen Akademiegebäudes. Hier lag das Zentrum von allem. Und das Archiv hatte nichts gemein mit den sonst so sterilen Fluren, den kahlen Büros, den ausladenden und von Licht durchfluteten Hörsälen.

Das Archiv war ein altertümliches Refugium der absoluten Stille. Der Geruch von Holz, Papier und Staub lag in der Luft und die Atmosphäre glich der Verschwiegenheit eines versunkenen Schiffes.

Langsam schloss ich die schwere Stahltür hinter mir. Leise klickend rastete das Schloss ein.

Auf den Arbeitstischen aus dunklem Holz brannte hier und da ein kleines Lämpchen mit grünem Glasschirm. Das Licht war viel weniger grell als im restlichen Teil der Akademie. Es hatte etwas Friedliches, dieses goldene Licht. Kleine Sonnen, in deren Schein man Dokumenten und Schriften in die Seele blicken konnte. Vielleicht war ich deshalb so gerne hier. Bücher verrieten meist mehr über Menschen als die Menschen selbst.

Ich schloss kurz die Augen und genoss die absolute Ruhe. Selten hatte ich die Chance, meine eigenen Gedanken leise schreiten zu hören.

»Jakob? Was machst du hier?«

Die Stimme erklang so unerwartet, dass ich heftig zusammenzuckte. Direkt hinter mir stand Katherine. Ihr blasses, schmales Gesicht schimmerte im Halblicht der Lämpchen.

»Ich … Das könnte ich dich auch fragen«, entgegnete ich, während ich die Hände in die Hosentaschen stopfte, um ihr nervöses Zittern zu kontrollieren. Im Dunkeln von hinten überrascht zu werden, gehörte nicht gerade zu den Dingen, die meine seelische Ausgeglichenheit förderten.

Katherine schien es zu bemerken. Vorsichtig machte sie einen Schritt auf mich zu. »Habe ich dich erschreckt?«

»Nein, nein.« Ich atmete tief durch. »Zugegeben, ein bisschen. Nicht sehr.«

Sie lächelte verlegen.

»Das wollte ich nicht. Entschuldige. Aber ich bin auch nicht daran gewöhnt, hier nachts überrascht zu werden. Deswegen bin ich hinter ein Regal geflüchtet. Bis ich dich erkannt habe …« Ein Funken Neugierde blitzte in ihren Augen auf. »Hast du nicht gespürt, dass ich in der Nähe bin?«

»Nein, nicht im Geringsten«, sagte ich – und bereute es sofort.

Katherine wurde noch bleicher als zuvor und schluckte schwer.

»He, das ist nicht außergewöhnlich!«, beeilte ich mich zu sagen. »Ich merke oft nicht, was um mich herum geschieht. Andere Dinge dafür umso mehr. Es ist ein wenig …«

»Kompliziert?«, murmelte Katherine und senkte den Kopf. »Ja, das dachte ich mir schon.«

Plötzlich fühlte ich den Impuls, sie umarmen zu wollen, doch das war absurd. Ich schob den Gedanken beiseite, trat einen großen Schritt zurück und räusperte mich etwas zu laut.

»Also, was treibst du hier mitten in der Nacht?«

Katherine lächelte gequält.

»Ich lerne für das Examen.«

Ich hob überrascht die Brauen. »Du studierst?«

Ich hatte keine Ahnung gehabt, dass Katherine noch etwas anderes tat, als hier im Archiv zu arbeiten. Wann immer ich mich an sie erinnerte, war sie hier, in der Akademie.

»Ja«, sagte sie. »Psychologie. Und wenn ich hier lerne, spare ich eine Menge Zeit, die ich sonst mit Fahrten in der U-Bahn verplempern würde.«

Sie blickte mich an.

»Aber bitte verrat es niemandem, ja? Ich dürfte gar nicht hier sein.«

Ich lächelte und hob zwei Finger zum Schwur.

»Von mir erfährt niemand etwas. Kein Wort. Ich weiß zu gut, wie das ist, wenn man eigentlich gar nicht hier sein dürfte.«

Katherines Gesicht entspannte sich. Sie ging zu einem der Tische hinüber, knipste die Leseleuchte an, eine weitere kleine goldene Sonne im Universum des Archivs, und wandte sich dann wieder zu mir um, die Hände in den Hosentaschen ihrer Jeans.

»Und du, Jakob Roth?«, fragte sie. »Was ist mit dir? Kannst du nicht schlafen? Zu viele Leichen im Keller?«

Ich lachte heiser.

»Könnte man so sagen, ja. Weit mehr als eine. Aber wegen der aktuellsten bin ich hier. Clara von Rieckhofen geistert durch meine Träume.«

»Besser als gar keine Frauen«, murmelte Katherine so leise, dass ich mir nicht sicher war, ob ich sie richtig verstanden hatte. Doch bevor ich nachhaken konnte, fuhr sie lauter fort: »Dann sollten wir anfangen, findest du nicht?«

»Anfangen?«

Sie deutete mit einem Nicken auf den gewaltigen Aktenstapel, der sich vor ihr auf dem Tisch türmte.

»Das sind die von dir angeforderten Unterlagen. Beelitzer Heilstätten 1910 bis 1912. Es passte nicht alles in dein Fach, deshalb habe ich es hierhergelegt.«

Entgeistert starrte ich auf den Aktenberg.

»Das alles?«

Katherine lachte.

»Ja, das alles.« Dann legte sie den Kopf schief. »Also, wonach suchen wir?«

*

Ich wusste nicht, warum Katherine mir half, anstatt für ihr Examen zu büffeln. Vielleicht weil sie in mir einen interessanten psychologischen Fall sah. Vielleicht aber auch einfach, weil sie ein wenig Abwechslung brauchte.

Die Stunden vergingen, während wir uns durch die vergilbten Aufzeichnungen wühlten. Es fühlte sich seltsam an, Katherine an meiner Seite zu haben. Seit Mirella hatte es niemanden mehr in meinem Leben gegeben, der die Arbeit mit mir teilte. Das Bett ja, wenn auch immer nur spontan und selten länger als für eine Nacht. Woran ich entscheidend die Schuld trug, es lag allein an mir. Jede Nähe war mir zu viel. Und vor allem seelische Nähe vertrug ich nicht mehr gut, seit mein Leben aus den Fugen geraten war. Umso mehr erstaunte es mich, dass ich mich hier neben Katherine, eingepfercht zwischen riesigen Stapeln staubiger Akten, wohlfühlte wie schon lange nicht mehr. Der Nachmittag mit Mirella verblasste, bis nichts mehr übrig war als eine nagende Erinnerung, die genauso Jahrhunderte hätte her sein können.

Ich beobachtete Katherine aus den Augenwinkeln. Sie hatte sich in eine Akte aus dem Jahr 1912 vertieft, während ich noch die Reste des Jahrgangs 1911 durchging. Im weichen Licht der Bibliothekslampe wirkten ihre Züge sanfter als sonst und das glatte dunkelblonde Haar, das ihr bis zum Kinn reichte, schimmerte wie Messing. Mein Blick wanderte weiter über die geschwungenen Augenbrauen, die langen dunklen Wimpern und die gerade Nase, die ihrem Gesicht etwas Zeitloses gab. An ihren Lippen blieb ich hängen.

In diesem Moment sah Katherine auf und mir direkt in die Augen. Ich fühlte mich ertappt.

Sie lächelte.

»Und? Schon fündig geworden?«

Ich räusperte mich, streckte den verspannten Rücken und schüttelte den Kopf.

»Nein. Weit und breit nichts über eine Patientin namens Clara von Rieckhofen. Dafür jede Menge Uninteressantes. Dienstpläne, Arzneimittelbestellungen, Inventurlisten. Der Traum eines jeden Ermittlers.«

Katherine lachte und ich sah eine Reihe heller, gleichmäßiger Zähne aufblitzen. Zahnspangengeneration. Zu jung für mich. Viel zu jung.

»Und bei dir?«

Katherine zuckte mit den Schultern.

»Ähnlich. Aber es warten ja noch jede Menge Akten auf uns. Irgendwann stolpern wir schon über Clara. Oder über diesen Doktor Ewald.«

»Aber nicht mehr heute Nacht«, sagte ich und rieb mir müde die Augen. Mein Kopf schmerzte. Zum ersten Mal seit Stunden nahm ich es wieder wahr. Ein vehementes Ziehen hinter den Schläfen, das mich daran erinnerte, auf mich aufzupassen und dass jede Tat, jeder Gedanke, jeder Fehler Konsequenzen nach sich zog.

Das Pochen wurde so intensiv, dass ich mir an den Kopf fasste.

Ich musste das Gesicht verzogen haben, denn Katherine sah mich besorgt an.

»Alles in Ordnung?«

»Ja, alles wunderbar«, sagte ich schnell. »Ich bin nur ein wenig müde.« Dann deutete ich mit einem leichten Nicken zum Fenster. »Sieh mal, es dämmert schon.«

Sie folgte meinem Blick und lächelte.

»Tatsächlich. Da kann ich also nun behaupten, ich hätte eine Nacht mit Jakob Roth verbracht.«

Ich lachte heiser.

»Na ja, wenn das irgendwie erstrebenswert ist.«

Katherine heftete den Blick fest auf mich.

»Ich glaube schon.«

Irgendetwas an der Art, wie sie mich ansah, war anders als bisher. Und es brachte mich aus dem Konzept. Ich räusperte mich erneut.

»Hör mal, Katherine, ich bin kein besonders gutes Objekt für psychologische Studien, auch wenn das vielleicht so wirken mag. Ich …«

Sie runzelte die Stirn.

»Wer spricht denn von Studien?«

»Ich wüsste nicht, was du sonst an mir interessant finden könntest. Außer dieser nervtötenden Fähigkeiten, die ich nun mal habe.«

Katherines klare blaue Augen funkelten amüsiert.

»Du bist noch viel verkorkster, als ich befürchtet hatte.«

Womit sie recht hatte. Eindeutig.

Ich wollte etwas sagen, doch Katherine kam mir zuvor. Sie legte ihren Zeigefinger auf meine Lippen.

»Schscht. Kein Wort mehr von dem Unsinn. Sonst komme ich auf böse Ideen für böse Versuchsreihen.«

Plötzlich wurde mein Kopf seltsam frei und leicht. Das Herz schlug mir bis zum Hals und ein Prickeln jagte über meine Haut. Katherines Gesicht war dem meinen so nah, dass ich mich nur ein wenig hätte vorbeugen müssen, um …

Die Tür zum Archiv flog auf und krachte gegen die Wand. Katherine und ich wirbelten herum. Im Türrahmen, atemlos, als wäre sie schneller gerannt als je zuvor, lehnte Mirella. Ihr Blick, der zwischen Katherine und mir hin und her wanderte, sprach Bände.

»Hier bist du, dachte ich es mir doch«, sagte sie schließlich keuchend. »Du musst kommen! Schnell! In die Pathologie wurde eingebrochen.«

»Seit wann stehst du auf Küken?«

Das war keine Frage, sondern eine Feststellung. Mirellas Tonfall war so eisig, als hätte ich ihr soeben eine verwerfliche Vorliebe gebeichtet. Und ihr gleichgültiges Gesicht passte nicht zu dem Funkeln in ihrem Blick.

»Wie kommst du denn darauf?«

Meine Stimme war ruhig, während wir durch die langen Flure gingen, immer weiter in Richtung Pathologie. Dass meine Ex-Frau in Anbetracht der Ungeheuerlichkeit eines Einbruchs in der Akademie mir gegenüber lieber Katherine thematisierte als die Möglichkeit eines Übergriffs von Dieben, Spionen oder Terroristen, brachte mich fast zum Lachen.

»Jakob, ich bitte dich«, sagte Mirella kühl. »Das war nicht zu übersehen. Sie saß quasi auf deinem Schoß.«

»Tatsächlich? Muss mir entgangen sein. Aber du hattest ja schon immer einen unfehlbaren Blick für Details. Ich erinnere an Fotos von mir im trauten Ambiente des russischen Rotlichtmilieus.«

Mirella schnaubte leise und beschleunigte ihre Schritte.

»Und? Macht es dir etwas aus?«, hakte ich nach.

»Dass eine Midlife-Crisis dich in die Arme kaum ernst zu nehmender junger Frauen treibt? Nein. Wieso auch?«

Ich unterdrückte ein Grinsen. Nein, wieso auch …

Plötzlich war mir egal, was der Flurfunk Hades geflüstert hatte. Die Sache begann, Spaß zu machen.

»Merkwürdig«, murmelte Mirella und ließ den Blick durch den Sektionssaal wandern. »Es wurde nichts gestohlen?«

Hades nickte.

»Ganz sicher. Aber wir hatten auf jeden Fall unerwünschten Besuch.«

Er deutete mit dem Kopf auf die offen stehenden Schränke. Jemand hatte sich in der Nacht Zugang zu den Räumen verschafft. Jemand, der ganz offensichtlich Interesse an den Dingen hatte, die hier gelagert wurden.

»Wieso wird hier eigentlich nicht abgeschlossen?«, fragte ich. Die Tatsache, dass auch die Räume des Pathologischen Instituts jederzeit zugänglich waren, hatte mich überrascht.

Hades zuckte mit den Schultern.

»Die Kühlräume müssen offen sein, weil man nie weiß, wann neue Leichen angeliefert werden. Keiner von den Mitarbeitern ist rund um die Uhr hier. Und wenn wir Schlösser hätten, bräuchten alle einen Schlüssel. Nicht nur die Assistenten und Hilfswissenschaftler, auch die Bestattungsunternehmen, die Notärzte, die Sanitäter, die Putzfrauen, die …«

»Danke, ja, ich hab's begriffen.«

Ich rieb mir gähnend die vor Müdigkeit brennenden Augen. Nach der langen Nacht im Archiv hatte ich ein wenig Schlaf bitter nötig. Stattdessen durfte ich mich jetzt mit diesem Vorfall herumschlagen.

»Vielleicht eine Mutprobe?«, sagte ich schließlich. »Nachts in der Pathologie einzubrechen, steht bei Jugendlichen bestimmt hoch im Kurs. Kommt wahrscheinlich direkt nach *Frauenleichen-durch-alte-Krankenhäuser-Schleppen*.«

Hades zuckte mit den Schultern.

»Möglich ist alles.« Er musterte mich prüfend. »Hat eigentlich irgendjemand mitbekommen, an welchem Fall ihr beide arbeitet?«

»Wieso fragst du?«, meinte Mirella.

»Na ja …« Hades rieb sich den Dreitagebart. »Es wäre nicht das erste Mal, dass etwas aus der Akademie nach außen dringt und Neugierige angelockt.« Er klopfte gegen eines der Kühlfächer. »Und so eine Leiche hat man eben nicht ständig herumliegen.«

Mit schnellen Schritten war ich bei ihm.

»Hol sie raus! Sofort!«

Hades grinste breit.

»Hab ich doch schon längst gemacht. Clärchen geht's blendend, alles unverändert. Sofern man das sicher sagen kann. Wir haben schließlich ganz schön an ihr herumgefuhrwerkt. Ein Schnitt mehr oder weniger fällt da kaum auf.«

»Du denkst also, dass jemand wegen der Leiche hier war?«, fragte Mirella.

Hades ging zum Waschbecken, drehte das Wasser auf und begann mit dem ewig gleichen Händewasch-Ritual.

»Vielleicht war es auch eine Schar entfesselter Groupies, die mich vernaschen wollten, aber das ist wohl etwas realitätsfern«, sagte er, während er sorgfältig jeden einzelnen Finger einseifte.

Trotz der angespannten Situation konnte ich mir ein Grinsen nicht verkneifen. Der bloße Gedanke an eine wild gewordene Frauenmeute, die es sich zum Ziel gesetzt hatte, den staubtrockenen Rechtsmediziner flachzulegen, reizte mich zum Lachen, auch wenn die Begleitumstände keinesfalls witzig waren.

»Ein Maulwurf also?«, fragte ich schließlich.

Mirella zuckte mit den Schultern.

»Außer uns beiden weiß nur Simon von dem Fall.«

»Und der Kubaner«, antwortete ich mit sanfter Stimme.

»Ernesto? Ja, natürlich«, sagte Mirella amüsiert. »Aber das kannst du vergessen. Er ist absolut loyal.«

»Wie jeder unabhängige Berater, der sich besonders gut auf Kommunikation versteht. Richtig.«

»Vermutungen bringen uns nicht weiter«, sagte Hades knapp, während er sich die Hände abtrocknete und danach sorgfältig ein Desinfektionsmittel auftrug. »Wer auch immer, warum auch immer in die Pathologie wollte – es ist nichts kaputt gegangen und mein Sexualleben ist auch noch wie es war.«

»Immerhin hast du eins«, sagte Mirella spitz. »Kann sicher nicht jeder hier von sich behaupten.«

Ich lächelte breit, machte zwei Schritte auf sie zu und beugte mich vor, sodass meine Lippen ihr Ohrläppchen streiften.

»Tatsächlich?«, murmelte ich. »So kenne ich dich ja gar nicht …«

Ich nickte Hades zum Abschied zu und verließ mit einem Grinsen die Pathologie. Die Tür fiel mit einem schmatzenden Geräusch hinter mir zu.

*

Ich hatte vorgehabt, so schnell wie möglich zu verschwinden und zu Hause endlich ein paar Stunden Schlaf nachzuholen. Doch es kam anders. Ganz anders.

Auf dem Weg zur U-Bahn fiel mein Blick auf die gegenüberliegende Straßenseite – und dort auf Ernesto Sanchez. Er schien es eilig zu haben, doch sein Weg führte ihn nicht zur Akademie, wie ich erwartet hätte, sondern in Richtung Berlin-Mitte.

Ich weiß nicht, warum ich dem plötzlichen Impuls gefolgt bin, mich an seine Fersen zu heften, aber ich bin es gewohnt, mich auf meine Eingebungen zu verlassen, weil sich das meist als hilfreich herausstellt. Bis auf seltene Ausnahmen, in denen mich dies, zugegeben, fast den Kopf gekostet hätte. Doch dieses Mal entschied ich mich innerhalb von Sekundenbruchteilen dafür, Ernesto unauffällig zu folgen.

Der Weg führte uns durch die Mitte Berlins, wobei ich stets darauf bedacht war, Ernesto Sanchez nicht so nahe zu kommen, dass er mich hätte bemerken können. Er war vorsichtig und blickte sich mehrfach um, was mein Interesse am Sinn seines Ausflugs nur noch verstärkte. Was hatte er hier morgens in aller Frühe so Dringendes zu erledigen? Er wirkte nervös. Und ich war wild entschlossen, den Grund dafür herauszufinden.

Er bog in die Große Hamburger Straße ein und verschwand für Sekunden aus meinem Blickfeld. Als ich vorsichtig um die Ecke bog, war er verschwunden. Rasch trat ich in einen Hauseingang. Hatte er etwas bemerkt und war deshalb in Deckung gegangen? Das konnte ich mir nicht vorstellen. Ich war ebenso vorsichtig vorgegangen wie er. Er konnte mich nicht gesehen haben.

Doch Fakt war: Die Straße lag vor mir, hier und da hasteten Menschen mit müden Gesichtern in Richtung U-Bahn-Station Weinmeisterstraße – von Ernesto Sanchez jedoch keine Spur. Hatte ich ihn wirklich verloren?

Ich unterdrückte ein Fluchen und wollte schon wieder umdrehen, um endlich den verdienten Gang nach Hause anzutreten, als mein Blick auf die Fensterfront eines kleinen Cafés fiel. Das Licht im Innenraum war ungewohnt gedämpft für ein Lokal in Berlin-Mitte und doch konnte ich deutlich erkennen, dass sich zwei Männer an einem der Bistrotische förmlich die Hand schüttelten. Einer von ihnen war Ernesto Sanchez.

Ich schob mich tiefer in den Schatten des Hauseingangs und spähte vorsichtig in Richtung des Cafés. Der andere Mann saß mit dem Rücken zu mir, sodass ich lediglich seine kurzen hellbraunen Haare erkennen, jedoch keinen Blick auf sein Gesicht werfen konnte. Aber was er sagte, schien Ernesto nicht besonders zu gefallen. Ein reger Wortwechsel entspann sich. Was hätte ich in diesem Moment dafür gegeben, mitzubekommen, worum es ging! Wer war dieser Typ? Und warum regte sich unser Vorzeigekubaner so auf?

Ich zog mein Handy aus der Tasche und fluchte über meine Angewohnheit, es immer ausgeschaltet zu lassen. Es schien Ewigkeiten zu dauern, bis es endlich angesprungen war und ein Netz fand. Ich nutzte die Chance, ein Bild von Ernesto und dem Fremden zu machen, als beide gerade im Profil zu sehen waren. Doch das Foto war so unscharf, dass man lediglich Ernesto darauf erahnen konnte.

In diesem Moment sah ich, wie Ernesto sich erhob, sich flüchtig von dem Mann am Fenster verabschiedete und das Café verließ. Sein Gesicht wirkte bleicher als sonst, angespannt, doch ich war zu weit weg, um seine Stimmung wahrnehmen zu können.

Vor dem Café blieb er stehen, zog ein silbernes Etui aus der Tasche und zündete sich eine Zigarette an. Selbst auf die Entfernung hin konnte ich seine Hände zittern sehen. Nach drei tiefen Zügen warf er den halb gerauchten Glimmstängel auf den Boden und trat ihn energisch mit dem Absatz aus.

Erst hatte ich gedacht, er würde sich nach rechts wenden und die Straße weiter hinaufgehen, doch ich hatte mich getäuscht. Mein Herzschlag beschleunigte sich. Ernesto kam direkt auf mich zu!

Ich drückte mich in den Hauseingang, dessen Wände über und über mit Graffiti bedeckt waren, und wusste doch, dass es sinnlos war. Er würde mich entdecken, sobald er den Hauseingang passierte. Ich präsentierte mich ihm hier wie auf einem Silbertablett. Es fehlte nur noch der Apfel im Mund. Schon nahm ich das Geräusch von Ernestos Ledersohlen auf dem Bürgersteig wahr und rechnete damit, dass er jede Sekunde an mir vorbeikommen würde.

Doch dann drang das Läuten eines Handys an mein Ohr. Ernestos Schritte verlangsamten sich, er blieb stehen.

»Was soll das?«, hörte ich ihn zischen.

Ich hielt den Atem an.

»Sie wollen mir drohen?«

Er lachte leise, doch ich konnte deutlich die Nervosität in seiner Stimme hören.

»Nein, ich werde mich nicht an vermeintliche Absprachen halten. Ich bin draußen, verstanden? Das habe ich Ihnen schon vor

Jahren gesagt. Und ich werde meine Meinung nicht ändern, ganz egal, was Sie tun!«

Seine Worte überschlugen sich fast.

Ich spürte, wie meine Kehle trocken wurde. Offensichtlich war der Mann aus dem Café am Apparat. Doch worum ging es? Von welchen Absprachen redete Ernesto?

»Rufen Sie mich nicht mehr an! Schon gar nicht auf diesem Telefon!«, zischte er und legte auf.

Ich hörte ihn leise fluchen und drückte mich noch tiefer in den Schatten. Für einen Augenblick schien die Zeit stillzustehen. Nichts war zu hören. Dann drehte sich Ernesto zu meiner großen Überraschung um und ich hörte, wie sich seine Schritte schnell auf dem Kopfsteinpflaster entfernten.

Vorsichtig lugte ich aus meinem Versteck und sah ihn gerade noch in einer Querstraße verschwinden. Ich atmete tief durch. Das war verflucht knapp gewesen. Hätte er mich hier erwischt, wäre ich mit Sicherheit in einige unangenehme Fragen verwickelt worden. Aber so wie sich die Sache darstellte, wollte ich Ernesto lieber noch eine Weile heimlich im Auge behalten – und vor allem herausfinden, wer der geheimnisvolle Mann im Café war.

Ich trat aus dem Eingang und blickte zu dem Lokal hinüber. Die Fensterfront glänzte im Morgenlicht. Und der Fremde dahinter war verschwunden.

*

»Und?«

Simon stand hinter seinem Schreibtisch, hatte die Hände auf der spiegelnden Platte aufgestützt und den Blick fest auf Mirella, Hades und mich gerichtet.

»Kommt ihr voran?«

Mirella und ich wechselten einen Blick. In Simons Büro zitiert zu werden, um über den aktuellen Fall zu reden, war nur in den seltensten Fällen wirklich angenehm. Simon wollte Ergebnisse – und bisher sah es damit ziemlich mau aus. Außerdem hatten wir noch immer keine Ahnung, wer in die Pathologie eingebrochen war. Und warum. Außer den durchwühlten Schränken gab es keine Spuren. Und soweit wir feststellen konnten, war auch nichts entwendet worden.

Ich war noch immer nicht zu Hause gewesen und die Müdigkeit nagte an mir. Der Anruf von Simons Sekretärin hatte mich direkt aus Berlin-Mitte zurück in die Akademie geholt. Ich hatte noch versucht, ein paar Stunden rauszuschlagen, aber die Anweisung war unmissverständlich gewesen. Termin bei Simon. Sofort. Der Schlaf musste warten.

Ich nahm mich so gut wie möglich zusammen und erklärte Simon die aktuelle Lage der Ermittlungen. Dabei erwähnte ich nichts von dem Raum im Keller der Heilstätten, auch wenn ich Mirellas Blick brennend auf mir spürte. Wir hatten eine Abmachung. Noch ein paar Tage, in denen der Raum blieb, wie er war.

Simon sah unzufrieden aus und ich zuckte mit den Schultern.

»Du weißt doch, wie das ist. Es braucht seine Zeit. Wir sind dran.«

Doch sein Blick bohrte sich regelrecht durch meine Schädeldecke.

»Jetzt hör mir mal genau zu: Ich habe mit Mühe und Not durchgesetzt, dass du wieder hier tätig werden kannst«, sagte er. »Ich habe das getan, weil ich weiß, dass du gut bist. Enttäusch mich jetzt nicht!«

Ich blickte Simon herausfordernd an.

»Und was, wenn doch? Werde ich dann geköpft? Oder gibt es Kerker in dieser Vorzeigeinstitution, in denen die hoffnungslosen Fälle auf Nimmerwiedersehen verschwinden?«

Hades lachte auf, legte den Arm lässig auf die Sessellehne und stützte das Kinn auf die Handfläche.

»Nicht unwahrscheinlich. Vielleicht eine Art Circus Maximus. Brot und Spiele, das hat schon immer funktioniert.«

»Das ist nicht witzig!«, sagte Mirella und drückte sich tiefer in den Sessel neben mir.

»Doch, genau das ist es«, antwortete ich gereizt. »Mal ehrlich, ich bin doch hier derjenige, der nur gewinnen oder sich endgültig ruinieren kann. Das ist mir mehr als deutlich bewusst.« Ich funkelte Simon wütend an. »Dafür brauche ich keinen Antreiber wie dich, der mir auch noch erklärt, auf welches Messers Schneide ich tanze.«

Bei meinen ungewohnt scharfen Worten ging ein Ruck durch Simon. Er räusperte sich.

»So war das nicht gemeint. Du weißt, dass ich auf deiner Seite bin.«

»Ach, weiß ich das?« Ich lachte heiser. »Merkwürdig, dass plötzlich alle auf meiner Seite sind. Vor zwei Jahren war da niemand …«

Die Anspannung im Raum nahm an Dichte zu und fast hatte ich das Gefühl, sie mit Händen greifen zu können. Aus dem Augenwinkel sah ich, wie Mirella eine Hand an ihre Schläfe legte. Doch noch bevor sie oder Simon etwas erwidern konnten, zerschrillte das Telefon die Stille.

Simon zuckte zusammen und riss gereizt den Hörer hoch.

»Ja?«

Ich lehnte mich in meinem Sitz zurück und ignorierte Mirellas prüfenden Blick. Mir war inzwischen fast alles egal, wenn wir nur halbwegs schnell hier rauskamen. Doch nur Sekunden später zog eine Veränderung in Simons Verhalten meine Aufmerksamkeit auf sich.

»Was interessieren mich Einbrüche von irgendwelchen Junkies in irgendwelche Apotheken?«, brüllte er unvermittelt ins Telefon. »Ich habe Wichtigeres zu tun! Es ist mir egal, ob der Polizei Leute fehlen, so etwas ist kein Fall für die Akademie. Dann müssen die im Polizeipräsidium eben ein paar neue Stellen schaffen!«

Wütend knallte Simon den Hörer zurück.

Ich hob die Augenbrauen.

»Wollten die mal wieder unsere Hilfe?«

»Ja, wegen Peanuts«, antwortete Simon und stemmte die Hände in die Seiten. »Aber wenn wir jetzt anfangen, uns wegen jeder Kleinigkeit einspannen zu lassen, dann kommen wir hier überhaupt nicht mehr voran.«

Er heftete den Blick fest auf mich.

»Womit wir wieder beim Anfang unseres Gespräches wären. Ich will, dass ihr herausfindet, was es mit dieser seltsamen Leiche aus den Heilstätten auf sich hat. Und das zügig! Comprende?«

Meine Gedanken wanderten zu Ernesto Sanchez – und zu dem merkwürdigen Treffen, das ich beobachtet hatte. Für einen Moment war ich versucht, Simon davon zu erzählen, doch irgendetwas hielt mich zurück. Vielleicht schwieg ich, weil Mirella neben mir saß. Vielleicht auch, weil ich selbst noch nicht wusste, was ich mit meinen Beobachtungen anfangen sollte. Was ich aber nicht lassen konnte, war, Ernesto zum Thema zu machen. Wo war er überhaupt? Hätte er nicht an diesem Meeting teilnehmen müssen?

»Ich könnte sicher effektiver arbeiten, wenn ich nicht ständig mit der Überwachung eines Mitarbeiters aus der Inneren Abteilung zu rechnen hätte«, sagte ich deshalb kühl.

Neben mir hörte ich Mirella leise aufstöhnen.

»Er beeinträchtigt unsere Ermittlungen in keinster Weise.«

»Das sehe ich anders«, stellte ich klar. »Ich bin nicht frei in meinen Entscheidungen, fühle mich eingeschränkt und kann so nicht gut arbeiten.«

Ich fixierte Simon.

»Also, wenn du willst, dass ich meinen Job vernünftig mache, dann pfeifst du diesen Schnösel zurück. Auf der Stelle. Oder ihr könnt euren Fall alleine lösen. Ich habe hier nichts zu verlieren, falls das irgendjemand von euch vergessen haben sollte.«

Erneut legte sich eine gedrückte Stille über den Raum, doch der Ausdruck in Simons Gesicht zeigte deutlich, dass ich gewonnen hatte. Offensichtlich brauchten sie mich wirklich für diesen Fall, sonst hätte meine kleine Erpressung weitaus weniger Wirkung gezeigt.

Simon zuckte resigniert mit den Schultern.

»Also gut. Ich werde dafür sorgen, dass Ernesto Sanchez in Zukunft nicht mehr in die direkten Ermittlungen eingebunden ist. Das wird ihm nicht gefallen, denn dieser Fall scheint ihm sehr am Herzen zu liegen. Ich nehme an, er verspricht sich einen Schub für seine Karriere. Aber da wird er sich noch ein wenig gedulden müssen.«

Ich grinste.

»Weißt du was? Jetzt bin ich mir sicher, dass du wirklich auf meiner Seite stehst.«

Ich glaubte, den Hauch eines Lächelns auf Simons Zügen zu entdecken, aber noch bevor er etwas erwidern konnte, klopfte es an der Tür.

»Herein!«, sagte Simon laut.

Die Tür öffnete sich und ich sah, dass Katherine vorsichtig ins Büro lugte. Sie war ein wenig außer Atem, ihr Brustkorb hob und senkte sich in schnellen Bewegungen. Als sie mich sah, huschte ein Lächeln über ihr Gesicht.

»Jakob? Entschuldigung, dass ich störe ... aber es ist wichtig.«

Ich erhob mich.

»Katherine, was ist los?«

Ich sah, wie ihr Blick zu Mirella hinüberwanderte und sich eine leichte Anspannung in ihre feinen Züge schlich.

»Mirella, ich wusste nicht, dass du auch hier ... Ich meine ... ich wollte nicht ...«

»Was ist passiert?«, unterbrach ich sie, ging mit zwei schnellen Schritten zur Tür und ergriff wie aus einem Reflex heraus Katherines Hand. Sie fühlte sich kühl an und ich merkte, dass Katherine bei der Berührung kurz zusammenzuckte. Dann löste sie sich aus meinem Griff.

»Ich habe etwas entdeckt, das du dir ansehen solltest«, sagte sie leise, während ihre großen blauen Augen sich ernst auf mich richteten. »In den Beelitz-Akten. Du wirst nicht glauben, was damals passiert ist.«

Ich hob die Brauen. Mirella stand auf und stellte sich neben mich. Ich konnte die Anspannung in ihr wahrnehmen wie eine Vibration, die sich durch den Raum bewegte und in Wellen auf mich traf.

»Wieso? Was ist denn genau passiert?«, fragte sie, ohne den Blick von Katherine abzuwenden.

Die atmete tief durch. »Clara von Rieckhofen, das ist doch eure Leiche, oder?«, fragte sie.

Ich nickte stumm.

»Ich bin noch mal die Polizeiakten von 1911 durchgegangen«, fuhr Katherine fort. »Alles, was sich im Archiv dazu finden lässt. Clara verschwand im November 1911 spurlos. Sie wurde als vermisst gemeldet, aber nie gefunden. Bis jetzt ...«

*

Mit einem ungewöhnlich lauten Knall fiel die Wohnungstür hinter mir zu. Für einen Augenblick hallte der plötzliche Lärm als Echo in meinem Nervensystem nach, dann legten sich die Wellen.

Ich lehnte mich mit dem Rücken an die Wand und atmete tief durch. Ich musste vergessen haben, ein Fenster zu schließen, und Zugluft hatte die Tür so heftig herangezogen. Vielleicht das Fenster in der Küche?

Ich brauchte einen Moment, bis sich mein rasendes Herz beruhigt hatte. Lächerlich, dass unerwarteter Lärm mir immer so zusetzte, aber der Knall der Tür hatte sich angehört wie ein Schuss. Und darauf reagierte ich nicht gut. Gar nicht gut. Vor allem nicht in dem völlig übernächtigten Zustand, in dem ich inzwischen war. Mir war leicht übel vor Müdigkeit und die Tatsache, dass Katherine in den Akten interessante Neuigkeiten entdeckt hatte, die meine Gedanken kreisen ließen, trug nicht gerade dazu bei, dass ich gut abschalten konnte.

Ich bezweifelte, dass ich die dringend nötige Ruhe finden würde. Es lag ein leichtes Sirren in meinen Nerven, als würde ich unter Strom stehen. Zusammen mit der ungewöhnlichen Schreckhaftigkeit war das ein mehr als deutliches Zeichen dafür, dass ich Schlaf brauchte.

»Nur eine Tür«, murmelte ich leise und senkte dazu die Hände, wie um mich selbst zu beschwichtigen.

Nur eine harmlose Tür …

Ich stieß mich von der Wand ab und schälte mich aus dem Mantel. Meine Gedanken wanderten in die unterschiedlichsten Richtungen. Ernesto Sanchez' merkwürdiges Treffen in diesem Café in Mitte. Der Einbruch in der Pathologie, für den wir keine Erklärung fanden. Claras ungeklärtes Verschwinden im Jahr 1911. Und nicht zuletzt die Erinnerung an die vergangene Nacht im Archiv. An Katherines Nähe, die mich verwirrt und irritiert hatte und zugleich meinen Herzschlag beschleunigte, wie ich es seit Langem nicht mehr erlebt hatte. Es war alles ein wenig viel auf einmal.

Ich schlüpfte aus meinen Schuhen und merkte, wie die Müdigkeit sich bleiern auf mich legte. Ich gähnte leise, dann ging ich durch den schmalen, langgezogenen Flur hinüber ins Wohnzimmer. Vielleicht würde ein Glas Rotwein helfen. Es war zwar noch nicht einmal zehn Uhr morgens, aber das war mir in diesem Augenblick herzlich egal. Ich wollte nur noch schlafen. In Ruhe schlafen.

Ein kühler Wind strich mir ins Gesicht, als ich das Wohnzimmer betrat. Ich hielt mitten in der Bewegung inne. Die Balkontür stand sperrangelweit offen! Ich verließ niemals die Wohnung, ohne die Balkontür zu schließen.

»Hallo, Jakob«, sagte in diesem Moment eine samtige Stimme hinter mir.

Ich wirbelte herum und spürte, wie mein Herz sich wild überschlug. Im Sessel vor dem Bücherregal saß Ernesto Sanchez, die Beine übereinandergeschlagen und die Hände locker im Schoß verschränkt. Als er meine Überraschung sah, zuckte ein schiefes Grinsen in seinem Mundwinkel.

»Na? War's schön bei Simon?«

Er erhob sich und schlenderte langsam auf mich zu.

»Ich wusste gar nicht, dass meine Anwesenheit in diesem Fall für Sie so unerträglich ist. Aber Simon hat es mich direkt nach der Besprechung wissen lassen.« Ein kaltes Funkeln trat in seine Augen. »Ich bevorzuge allerdings das persönliche Gespräch, wenn es Unstimmigkeiten gibt. Und deshalb dachte ich, wir beide unterhalten uns jetzt einmal in aller Ruhe. Ganz ungestört unter Männern.«

Bevor ich etwas erwidern konnte, hatte Ernesto ausgeholt und einen gezielten Schlag in meinem Magen platziert. Ich keuchte auf und krümmte mich vor Schmerzen. Ernesto setzte nach und beobachtete ungerührt, wie ich zusammensackte.

»Wenn Sie denken, dass Sie mich aus dem Weg räumen können, um sich erneut an Mirella ranzumachen, dann haben Sie sich geschnitten. Ist das angekommen? Halten Sie sich von ihr fern, Jakob Roth, oder Sie werden sich wünschen, mir nie begegnet zu sein!« Er schnaubte verächtlich. »Ich merke doch, wie Sie sie ansehen. Mirella kann froh sein, Sie los zu sein. Sie sind ein jämmerlicher Versager.«

Er beugte sich zu mir herunter, fasste eine Ecke meines T-Shirts und wischte damit einen Fleck auf seinem Schuh fort.

Ich setzte mich mühsam auf und rang nach Luft.

»Und deshalb sind Sie hergekommen? Um mir das auf so charmante Art zu sagen?«, presste ich hustend hervor.

Ernesto lächelte matt.

»Nett von mir, nicht wahr?« Er musterte mich verächtlich. »Finger weg von Mirella! Sie würden ohnehin scheitern.« Er klopfte sich ein Staubkorn vom Anzug. »Aber daran sind Sie ja gewöhnt.«

Damit drehte er sich um und verschwand mit leisem Pfeifen aus meiner Wohnung.

*

»Sie sind wirklich ein interessanter Patient«, sagte Oliver Menke leise, während er mit geschickter Hand die Akupunkturnadeln setzte. Die Ruhe, die er dabei ausstrahlte, war bemerkenswert. »Unerklärliche Kopfschmerzen, Schlaflosigkeit, Verfolgungswahn und jetzt mysteriöse Prügeleien ... Was sagten Sie, sind Sie von Beruf? Agent Ihrer Majestät?«

»So was in der Art«, murmelte ich.

Meine Rippen schmerzten noch immer von dem unerwarteten Schlag. Weit mehr allerdings schmerzte die Tatsache, dass dieser Schnösel mich so hatte erniedrigen können. Irgendwann würde ich es ihm heimzahlen. Mit Sicherheit. Was war nur in Mirella gefahren, dass sie mit diesem Kerl ins Bett stieg? Es wollte mir einfach nicht in den Kopf.

Menke hatte die letzte Nadel gesetzt und trat einen Schritt von der Behandlungsliege zurück. Vor einer halben Stunde war ich zusammengekrümmt in seiner Praxis aufgetaucht. Nun lag ich auf der Liege in einem puristisch gehaltenen Raum, der durch Einfachheit und Symmetrie eine erholsame Klarheit ausstrahlte. Der Schmerz ließ von Minute zu Minute mehr nach. Ohne Zweifel, Oliver Menke verstand sein Handwerk. Und dazu war sicher mehr Ausbildungszeit vonnöten gewesen als nur ein Wochenendkurs an der Volkshochschule, wie er ironisch behauptet hatte.

Oliver Menke legte eine leichte Decke über mich und musterte dabei meinen Oberkörper, der sich im Bereich des unteren linken Rippenrandes ganz langsam rot-bläulich zu verfärben begann.

»Und Sie sind sicher, dass Sie mir nicht erzählen wollen, wie das passiert ist?«

Ich nickte. »Absolut sicher, ja.«

Menke schwieg einen Moment. Dann schüttelte er leicht den Kopf.

»Gut, in Ordnung.«

Er ging zum Schrank hinüber und nahm ein kleines Fläschchen heraus.

»Sind Sie Allergiker?«

»Nicht, dass ich wüsste«, murmelte ich. Wenigstens ein Bereich in meinem Leben, in dem ich nicht übersensibel auf alles reagierte. »Warum?«

Oliver Menke kam mit dem Fläschchen zurück an die Behandlungsliege. Ich beobachtete, wie er den Deckel abschraubte.

»Das hier ist ganz gut bei Muskelschmerzen«, sagte er, während er ein paar Tropfen eines Öls auf seine Handfläche träufelte. »Und die werden Sie in den nächsten Stunden und Tagen wohl bekommen, so viel ist klar. Wer auch immer Ihnen das hier verpasst hat, war nicht gerade zimperlich.«

»Ja, er hatte eine harte Rechte«, antwortete ich trocken. Dann stockte mir der Atem. Die Duftstoffe des ätherischen Öls verteilten sich im Raum und ich konnte deutlich einen Geruch wahrnehmen, der mir merkwürdig bekannt vorkam. Nur woher?

Mein Herzschlag beschleunigte sich. Ich war mir sicher, dass ich genau diesen Duft erst vor Kurzem gerochen hatte.

»Was ist das?«, fragte ich und merkte, wie aufgeregt meine Stimme klang.

Menke, der gerade die Decke zurückschlagen wollte, um ein wenig von dem Öl auf meinem Thorax zu verteilen, musterte mich überrascht.

»Keine Sorge, es wird nicht wehtun. Im Gegenteil, es wirkt leicht schmerzstillend und fördert im Anschluss die Durchblutung.«

»Was das ist, will ich wissen!«

Menke trat einen Schritt zurück.

»Kampfer. Ganz harmlos. Das Öl wird seit Jahrhunderten verwendet.«

Ich starrte ihn an und in meinem Kopf begannen die Gedanken zu rasen: Kampfer … Was wusste ich über Kampfer? Irgendein Gewächs, ein Baum … Der Geruch erinnerte mich an die Erkältungszeiten meiner Kindheit. Und ganz diffus an noch etwas anderes …

»Kann ich bitte … noch mal … daran riechen?«, sagte ich stockend und ignorierte Oliver Menkes verwunderten Blick.

»Ja, natürlich.«

Er hielt mir das Fläschchen unter die Nase.

Ich schnupperte vorsichtig.

Der Geruch war intensiv, leicht stechend, er erinnerte an Eukalyptus und Fichtennadel. Medizinisch …

Ein Bild stieg in mir auf: Vor langer Zeit, ich konnte nicht älter als fünf oder sechs gewesen sein, hatte ich die Nachmittage manchmal in der Apotheke eines Freundes meiner Eltern verbracht. Ich weiß noch genau, wie ich es geliebt habe, in dieser alten Apotheke herumzustromern. Die Schränke aus dunklem Holz, die neben meiner kleinen Gestalt wie mysteriöse Bäume an die geschwungene hohe Decke ragten. Die spannenden Momente, wenn eine der tiefen Schubladen aufgezogen wurde, wenn Mittel, Tuben, Salben und Öle zum Vorschein kamen. Der Freund meiner Eltern stammte aus einer Apothekerfamilie. Viele der überlieferten Rezepturen wurden von ihnen noch selbst hergestellt, was für mich damals unglaublich aufregend war. Und über allem hing stets der leichte Geruch nach Kampfer …

Ich merkte, wie die Zahnräder der Gedanken in meinem Kopf ineinandergriffen. Dann rastete etwas ein. Ein unmerkliches Klicken, ein kurzer Halt – und dann wurde es hell. Ich spürte den Impuls, laut aufzulachen. Ja, ich hatte diesen Duft wahrgenommen, vor einigen Tagen erst! Schwach, aber dennoch deutlich genug, dass er in mein Unterbewusstsein gedrungen war. Es war in Manuels Wohnung gewesen. Und an Manuels Kleidung. Entweder war er Rheumatiker und benutzte ein kampferhaltiges Mittel gegen Muskel- und Gelenkbeschwerden oder aber es musste einen anderen Grund geben, weshalb dieser Geruch ihn umgab wie eine zweite Haut.

»Also, darf ich?«, fragte der Heilpraktiker.

Ich wandte den Kopf und starrte ihn einen Augenblick lang verständnislos an.

Er hielt das Fläschchen hoch.

»Die Einreibung. Gegen den Schmerz. Darf ich?«

Ich lächelte, während sich in meinem Inneren ein sonniges Gefühl ausbreitete. Manuel hatte das Mädchen nicht umgebracht, nein. Aber er hing weitaus tiefer in der Sache drin, als er zugegeben hatte.

»Ja«, sagte ich leise. »Sie dürfen.«

*

»Simon? Hier ist Jakob.«

Stille am anderen Ende der Leitung. Es schien ihm die Sprache verschlagen zu haben.

»Was gibt's?« Simon war merklich irritiert, doch es schwang auch so etwas wie Neugierde in seiner Stimme mit. Er wusste, dass ich mich nicht so schnell wieder gemeldet hätte, wenn es nicht wichtig gewesen wäre.

»Erinnerst du dich an den Anruf, den du heute Morgen erhalten hast, als wir in deinem Büro saßen?«, fragte ich und wich im letzten Moment einer Frau aus, die eilig einen Kinderwagen den Bürgersteig entlangschob. In den letzten Jahren hatte sich Kreuzberg in ein zweites Prenzlauer Berg verwandelt – nicht nur, was die Mietpreise anging. Man konnte den Eindruck gewinnen, dass sich in unserem Kiez in einer Tour fortgepflanzt wurde.

Simon brauchte einen Moment.

»Ja, wegen dieser Lappalie«, sagte er dann. »Die Diebstähle in der Apotheke.«

»Genau das meine ich … Kannst du mir sagen, was genau gestohlen wurde?«

Simon zögerte.

»Ich bin nicht sicher. Ich glaube, es war die Rede von irgendetwas ganz Einfachem. Natrium? Oder Kalium? Ich weiß es nicht mehr genau. Und dann ist noch irgendetwas Fieses aus dem Giftschrank verschwunden, was natürlich weniger erfreulich ist.«

»War es Arsen?«

Mein Pulsschlag beschleunigte sich.

»Hades hat Arsenverbindungen in Clara von Rieckhofens Gewebe gefunden. Und er sagte irgendetwas von Kaliumarsenit, das früher Patienten zur Kräftigung verabreicht wurde. Außerdem haben wir herausgefunden, dass dieser Wachmann, der noch im Krankenhaus liegt, ebenfalls mit Arsen belastet ist. Wenn sich jetzt herausstellt, dass irgendwo mit diesem Zeug gehandelt wird, dann könnte uns das weiterbringen, meinst du nicht auch?«

»Kann sein, dass es Arsen war. Ich bin kein Pharmazeut«, sagte Simon. »Aber das klingt vielversprechend. Hängst du dich bitte an die Sache dran?«

»Natürlich«, antwortete ich, während ich für einen Moment die müden Augen schloss. Auf Oliver Menkes Liege hatte ich eine halbe Stunde ruhen können, während die Akupunkturnadeln ihren Job machten. Doch erholt war ich dadurch natürlich nicht. Meine Lider fühlten sich inzwischen an, als wären sie von innen mit Sandpapier überzogen.

Ich zog einen Stift aus der Tasche und kramte einen zerknüllten Kassenzettel hervor.

»Um welche Apotheke geht es?«

»Die Apotheke am Markt. In Potsdam.«

Ich unterdrückte ein Stöhnen, während ich mir die Angaben notierte. Potsdam. Großartig. Eine halbe Weltreise.

»Danke, Simon. Ich melde mich wieder.« Dann steckte ich die Notizen ein, schlug den Mantelkragen hoch und machte mich auf den Weg zur nächsten U-Bahn-Station.

*

Die Apotheke am Markt lag in einer stillen Seitengasse nahe der Potsdamer Innenstadt. Ich hatte mich direkt nach dem Anruf bei Simon in die Bahn gesetzt und war in die Landeshauptstadt Brandenburgs gefahren. Inzwischen hatte sich meine Müdigkeit in einen Zustand aufgekratzter Nervosität gewandelt, an dem auch ein kurzes Einnicken während der über vierzigminütigen Fahrt nichts hatte ändern können.

Der Schmerz am Rippenbogen hatte seinen stechenden Charakter verloren und war in ein dumpfes Brummen übergegangen, das ich fast ausblenden konnte. Offensichtlich hatte der Besuch bei Oliver Menke seinen Zweck erfüllt. Und wenn ich ehrlich war, dann verdankte ich ihm auch die Spur mit dem Kampfergeruch, der ich jetzt nachging. Ein Zufall, sicher, aber ein hilfreicher, ohne den auch die besten Ermittler manchmal nicht auskommen. Aus diesem Blickwinkel betrachtet, konnte ich Ernesto Sanchez für unsere unkonventionelle Unterredung fast dankbar sein.

Ich musterte kurz das rote Backsteinhäuschen, in dem sich die Apotheke befand, und öffnete dann die schwere Holztür.

Ein kleines silbernes Glöckchen erklang. Ich trat ein und schloss die Tür wieder sorgfältig hinter mir.

Die Apotheke war alt, fast so alt wie die aus meiner Kindheit, in der ich so viele spannende Stunden verbracht hatte. Auch hier dominierte dunkles Holz, es herrschte sanftes Dämmerlicht und ein Vorhang hinter dem Tresen trennte die weiter hinten liegenden Räume vom Verkaufsbereich. Ich atmete tief durch und lächelte. Der Geruch nach Holz, nach Desinfektionsmittel – und nach Kampfer. Unverkennbar deutlich und ganz typisch für diese alten Apotheken, in denen in jeder Schublade und jedem Regal eine eigene geheimnisvolle Welt schlief.

Ich trat an den Tresen aus geöltem Teakholz und wartete darauf, dass jemand zu mir nach vorne kam. Man musste mich gehört haben, die Türglocke war laut genug gewesen.

Neugierig ließ ich den Blick über die alten Wandverkleidungen wandern. Sie waren mit figürlichen Schnitzereien verziert: Äskulap, der griechische Gott der Heilkunst, dessen Vater Apoll und nicht zuletzt Äskulaps Töchter Hygieia und Panakeia, die Göttinnen der Gesundheit und der Heilpflanzen. Zwischen den Figuren, die ernst auf die Besucher der Apotheke hinunterblickten, schlängelte sich eine geschnitzte Natter die gesamte Wand entlang.

Während ich noch fasziniert die Bilder auf mich wirken ließ, bewegte sich plötzlich der graue Vorhang hinter dem Tresen. Ein junger Mann in schwarzer Jeans und einem weißen Kittel trat hervor.

Als unsere Blicke sich trafen, blieb er wie angewurzelt stehen. »Hallo, Manuel«, sagte ich lächelnd. »Schön, dich wiederzusehen.«

*

»Die Apotheke gehört meinem Stiefvater«, sagte Manuel, ohne den Blick von der Tischplatte zu nehmen. »Ich helfe dort aus.«

Nachdem ich so unerwartet aufgetaucht war, hatte er um eine Pause gebeten, »wegen dringender Besprechungen für die Schule«, und war mit mir in ein Café in der Nähe gegangen. Während des kurzen Weges hatte er kein Wort gesagt. Erst jetzt, als wir einander gegenübersaßen, er vor sich eine Cola, ich eine Tasse Espresso, bekam er die Lippen auseinander. In jedem seiner Worte schwang eine angespannte Wachsamkeit mit, die mir nicht entging.

»Wie haben Sie mich gefunden?«, fragte er und musterte mich durch halb gesenkte Augenlider. »Ich habe einen völlig anderen

Nachnamen als mein Stiefvater und von der Apotheke hatte ich nichts erwähnt. Spionieren Sie mir nach?«

»Nein, keine Sorge, wir haben Wichtigeres zu tun als Schülern aufzulauern«, entgegnete ich und ließ zwei Löffel Zucker in meinen Espresso rieseln.

»Es war aber auch nicht wirklich schwierig«, fuhr ich dann fort, während ich den Zucker verrührte. »Der Geruch nach Kampfer hat dich verraten.«

Manuel runzelte irritiert die Stirn. »Der Kampfer?«

»Ja«, sagte ich und nahm einen Schluck von dem Kaffee, dessen Geschmack sich herrlich bitter in meinem Mund ausbreitete und sofort die Lebensgeister weckte. »In der Apotheke deines Stiefvaters verschwinden seit Monaten immer wieder ganz bestimmte Mittel. Mittel, mit denen eigentlich niemand etwas anfangen kann – außer man möchte Menschen um die Ecke bringen.«

Ich verengte die Augen zu schmalen Schlitzen.

»Weißt du, ich sage es nicht gern, aber irgendwie legt sich gerade eine mächtig große Schlinge um deinen Hals. Wenn du mir also irgendetwas zu sagen hast, dann wäre jetzt ein guter Zeitpunkt dafür.«

Manuel presste die Lippen aufeinander und schwieg.

Ich beschloss, nachzulegen.

»Wir haben die Mittel, die immer wieder bei euch in der Apotheke verschwinden, im Gewebe der Leiche gefunden.«

Ich sah, wie Manuels Gesicht in Sekundenschnelle jegliche Farbe verlor. Geschockt starrte er mich an.

»Sie haben … was? Ich … war das nicht. Das müssen Sie mir glauben!«

Ich hielt seinem Blick stand.

»Muss ich das? Kaliumarsenit. Im Gewebe von Clara von Rieckhofen. Quecksilber allerdings auch. Wie lässt sich das nur erklären? Du hattest Zugang zu dem Zeug, du warst in den Beelitzer Heilstätten, deine Fingerabdrücke sind auf Claras Tagebuch. Was meinst du, wird die Polizei dazu sagen?«

Manuel rutschte nervös auf seinem Stuhl herum. Plötzlich war er überhaupt nicht mehr so cool.

»Das ist nicht von mir. Das Quecksilber … meine ich. Das können nur noch Labore legal kaufen. Mit Nachweisen.«

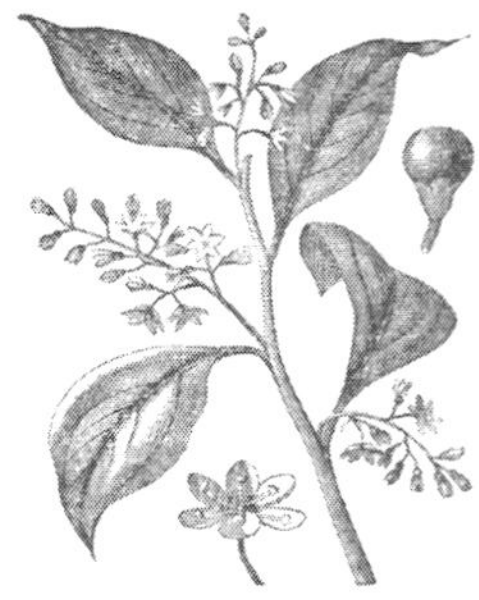

»Du kennst dich aber verdammt gut aus.«

Manuel schnaubte.

»Das bringt die Arbeit so mit sich.« Er fluchte leise und zerrte am Ärmel seines Pullovers. »Dieser verdammte Geruch!«

»Du meinst den Kampfer?«

Manuel nickte und runzelte die Stirn.

»Man wird ihn nicht mehr los. Er hängt in den Klamotten, in den Haaren, in der Haut. Wie eine Schicht.«

Ich zuckte mit den Schultern.

»Im Prinzip ja nicht weiter schlimm, oder? Du riechst einfach immer ein bisschen nach Rheumamittel.«

Manuel verzog die Mundwinkel.

»Ja. Schön, wenn auch Sie das geglaubt hätten.«

Im Hintergrund ertönte das ohrenbetäubende Fauchen der Espressomaschine. Ich wartete, bis es verklungen war, stützte die Ellbogen auf die Tischplatte und heftete den Blick fest auf mein Gegenüber.

»Gut, nehmen wir an, mit dem Quecksilber hast du nichts zu tun. Aber was ist mit dem Kaliumarsenit? Wenn jemand dir was anhängen will, dann geht das unter diesen Umständen verdammt schnell. Willst du das wirklich?«

Manuel hob den Blick. Seine dunkelbraunen Augen waren matt und für einen kurzen Moment glaubte ich, Verzweiflung darin aufblitzen zu sehen.

»Denken Sie denn, dass ich es war?«

Ich lächelte müde.

»Was *ich* denke, spielt keine Rolle. Aber wenn ich du wäre, dann würde ich die Chance nutzen und jetzt erzählen, was genau gelaufen ist. Wieso hast du Kalium und Arsenit mitgehen lassen? Und was genau ist damit passiert?«

Manuel zögerte noch immer, sein Blick wanderte aus dem Fenster ins Leere. Er schien einen inneren Kampf auszufechten. Und mir blieb nichts als abzuwarten.

Schließlich nickte er knapp.

»Ich kann nicht viel dazu sagen«, begann er langsam. »Von dem Mädchen wusste ich nichts. Wirklich nicht. Ich habe sie zum ersten Mal gesehen, als ich in den Keller gegangen bin.« Er schluckte schwer und blickte mich an. »War sie schon vorher da unten?«

»Möglich«, antwortete ich. Es war zu früh, um Manuel mehr zu verraten. Noch konnte ich nicht abschätzen, wie tief er wirklich in der Sache mit drinhing. »Also, weiter.«

Er atmete tief durch.

»Ich habe die Mittel für jemanden besorgt. Übergabe war immer in den Heilstätten. Ich habe die Päckchen da abgelegt ... an einem vereinbarten Platz. Aber ich habe den Auftraggeber selbst niemals zu Gesicht bekommen.«

Ich pfiff leise durch die Zähne.

»Ein Auftraggeber? Interessant. Was hast du für deine Dienste gekriegt?«

Manuel zuckte mit den Schultern.

»Na ja, was schon ... Geld.« Er hob unsicher den Blick. »Ich habe Schulden. Eine Menge. Online-Games und ... na ja ... was man sonst noch so braucht, um Spaß zu haben. Meine Eltern haben keine Ahnung davon. Und als dann eines Tages dieser Brief kam ...«

»Was für ein Brief?«

»Jemand hat mich angeschrieben. Er wüsste um meine Lage und würde mir gerne helfen wollen. Alles, was ich dafür tun müsste, wäre, hin und wieder ein paar Mittel aus der Apotheke zu schleusen ... und ihm zu überlassen.«

Manuel nahm einen Schluck von seiner Cola.

»Anfangs hat das überhaupt keiner mitgekriegt. Bei dem Kalium ohnehin nicht, das war kein Problem. Arsenit war tricky ... wegen dem Giftschrank. Aber Unterlagen lassen sich fälschen.«

»Und du bist gut in so was.«

Er zuckte resigniert mit den Schultern.

»Offensichtlich nicht gut genug. Es ist ja rausgekommen.«

»Bisher weiß niemand, dass du es warst. Außer mir.«

»Richtig. Bisher.«

Manuel richtete den Blick flehend auf mich.

»Bitte verraten Sie mich nicht! Ich bin so dermaßen am Arsch, wenn das rauskommt ...«

Ich räusperte mich. Selbst jetzt mit den neuen Informationen blieb die ganze Sache undurchsichtig. Clara von Rieckhofen hatte vor langer Zeit gelebt, wenn wir ihrem Tagebuch und den Akten glauben konnten. Und doch war sie erst jetzt gestorben. Am Arsen? Es machte keinen Sinn, denn nichts von alldem erklärte, weshalb eine junge Frau, die 1911 ein Tagebuch in den Beelitzer Heilstätten geschrieben hatte, nahezu ungealtert heute wieder auftauchte. Tot oder nicht. Trotzdem beschloss ich, den Druck auf Manuel noch zu erhöhen. Ich glaubte zwar nicht, dass er absichtlich jemanden in Gefahr bringen wollte, doch Arsen weiterzugeben, ohne auf den Gedanken zu kommen, dass jemand dieses Mittel missbrauchen könnte, war mehr als nur grob fahrlässig. Außerdem interessierte mich brennend, wer dieser ominöse Kontaktmann war.

Ich lehnte mich zurück und verschränkte die Arme vor der Brust. »Dir ist klar, dass vielleicht ein Mensch gestorben ist, weil du diese Mittel weitergegeben hast?«

Manuel rang die Hände.

»Ich habe nicht drüber nachgedacht. Ich stand unter Druck. Ich wollte doch nur … Diese Schulden … Wenn ich die nicht zurückzahle, dann …«

Er brach ab.

»Dann was?«

Er ließ die Schultern hängen.

»Keine Ahnung. Die killen mich. Oder so.«

Ich hob eine Augenbraue.

»Nicht, wenn du ihnen ein bisschen Arsen unterjubelst.«

Manuel verzog die Mundwinkel.

»Das ist nicht witzig.«

»Nein, das ist es wirklich nicht.«

Ich erhob mich, zog einen Schein aus der Tasche und legte ihn auf den Tisch.

»Hier, zum Bezahlen der Getränke. Und wehe, du lässt den mitgehen und prellst die Zeche!«

Manuel schüttelte den Kopf.

»Keine Sorge. Die kennen mich hier. Da kann ich das nicht bringen.«

Nein, da konnte man so was nicht bringen. Klar.

Ich legte meine Visitenkarte neben das Geld und nickte Manuel zu.

»Falls du noch mal kontaktiert wirst wegen der Lieferungen, gib mir Bescheid. Und ansonsten – halt dich aus dem Kram raus. Sofern das noch geht. Ich würde es nicht darauf anlegen, alles noch schlimmer zu machen.«

Er verzog den Mund.

»Ich gebe mir Mühe.« Dann wandelte sich sein Gesichtsausdruck. »Ich hoffe, ich habe nichts kaputt gemacht …«

Ich horchte auf.

»Was meinst du?«

»In der Pathologie.« Seine Stimme war jetzt so leise, dass ich seine Worte kaum verstehen konnte. »Ich war da. Letztens. Weil ich wissen wollte, was mit Clara passiert … da in diesem Institut …«

Ich stöhnte leise auf.

»Du warst das? Hast du nicht mehr alle Tassen im Schrank?! Du bist in die Akademie eingebrochen!«

Manuel zuckte mit den Schultern.

»Es war keine große Sache. Steht ja alles offen.«

Keine große Sache? Ein Teenager auf Pilzen hielt es für »keine große Sache«, in das Pathologische Institut der Akademie einzubrechen? Simon würde begeistert sein.

Manuel schluckte.

»Ich wollte wirklich nichts kaputt machen. Ich wollte sie nur noch einmal sehen.«

»Clara?«

Manuel nickte bestimmt.

»Ja. Ganz genau.«

»Das glaube ich dir nicht«, sagte ich. »Du hattest überhaupt keine Ahnung, wer diese junge Frau war. Warum also solltest du das Risiko eingehen, bei uns einzubrechen? Das macht keinen Sinn. Außerdem hat jemand in den Schränken herumgestöbert. Du hättest ein wenig besser aufräumen müssen, wenn du gewollt hättest, dass niemand etwas mitbekommt.«

Manuel schluckte trocken.

»*Er* hat es so gewollt.«

»Wer?«

»Der Typ mit den Briefen. Er sagte, ich solle das Tagebuch zurückbringen. Aber es war nicht bei der Leiche. Und auch nicht im Schrank.«

Nein. Da konnte es auch nicht sein. Das Tagebuch war bei mir.

»Wer ist dieser ominöse Typ, hast du irgendeine Ahnung?«

Manuel neigte den Kopf.

»Ich weiß es nicht. Ehrlich. Wenn ich es wüsste, ich würde sofort auspacken. Er ist irgendwie … beängstigend.«

Ich schnaubte leise.

»Dann pass mal gut auf, dass keiner nachts unter deinem Bett hervorspringt.«

Ich wandte mich zum Gehen.

»Gib sofort Bescheid, wenn er sich noch mal meldet! Verstanden? Und ansonsten erwarte ich von dir, dass du deinem Stiefvater beichtest, wer für das Verschwinden der Mittel verantwortlich ist! Dann könnt ihr überlegen, ob du dich selbst anzeigst.«

Ich fixierte Manuel mit meinem Blick, bis er beschämt die Augen niederschlug.

»Das ist ein Deal zwischen uns und ich erwarte, dass du ihn einhältst! Wenn du es nicht freiwillig machst, werde nämlich ich dich anzeigen. Und das ist kein Bluff. Schönen Tag noch.«

KAPITEL 9

9. Oktober 1911
Die Frau des Doktors wacht über unsere Ruhephasen. Wie sehr ich auch versuche, sie zu täuschen und mir ein Buch auf die Liegeterrasse mitzunehmen, sie bemerkt es immer. Luise nennt sie »Adlerauge«.

Heute hat sie mir den Lasker-Schüler-Band abgenommen. Ich werde den Verdacht nicht los, dass sie mich hasst. Dass sie mich mehr noch als alle anderen im Auge behält. Wo ich gehe und stehe, Alma Ewald beobachtet mich. Ich spüre ihre Gegenwart überall. Was habe ich getan, dass sie so zu mir ist? Was kann ich dafür, dass der Doktor alles tut, um mir zu helfen? Vielleicht mehr tut als er müsste?

Sie tadelte mich wegen des Buches. Solche Texte würden den Geist beunruhigen und die Gedanken flatterhaft machen wie Gespenster. Fast hätte ich laut gelacht. Was sind wir alle hier denn anderes als wandelnde Geister, schon jetzt?

Ich werde zum Doktor gehen und meine Lasker-Schüler zurückfordern! Und wenn es das Letzte ist, was ich tue.

Es dauerte einen Moment, bis ich das zögerliche Klopfen an meiner Wohnungstür realisierte. Nach meiner Rückkehr aus Potsdam war ich ins Bett gefallen und hatte einige Stunden geschlafen wie ein Toter. Dann – nach einer Dusche und einer Portion Rührei mit Schinken – hatte ich mich soweit wiederhergestellt gefühlt, dass ich mir noch einmal Claras Tagebuch vorgenommen hatte. Ich war eingetaucht in ihre Erzählungen von damals, hatte mich der Entzifferung der feinen Kurrentschrift gewidmet und dabei das Gefühl gehabt, mehr und mehr in Bereiche einzudringen, die mich nichts angingen. Die Welt dieser jungen Frau, die aus verarmtem Adel stammte und in den Beelitzer Heilstätten ums Überleben kämpfte – und dann, urplötzlich, verschwunden war. Das Tagebuch endete abrupt am 17. November 1911. Danach verlor sich jede Spur. Ich hatte das Gefühl, das entscheidende Puzzleteil nicht zu finden. Laut Hades war Kalium in Verbindung mit Arsenit bis in die 60er Jahre des 20. Jahrhunderts eine gängige Medikation gewesen. Doch die Mengen, die er im Gewebe der Leiche gefunden hatte, waren verschwindend gering. Vielleicht Restbestände einer Behandlung, die viele Jahrzehnte zurücklag? Was, wenn das Kaliumarsenit, das Manuel besorgt hatte, gar nicht für Clara bestimmt gewesen war, sondern für jemand anderen? Doch für wen? Wer war der Auftraggeber? Und was genau war das für ein geheimnisvolles Alkaloid in den Körpern aller Leichen, das Hades bisher nicht hatte identifizieren können?

Ich merkte, wie sich ein dumpfer Kopfschmerz hinter meinen Schläfen auszubreiten begann. Die Sache war verfahren. Wirklich verfahren.

Als dann das leise Pochen an meiner Tür erklang, legte ich stirnrunzelnd das Tagebuch zur Seite und blickte auf die Uhr. Es war schon fast Mitternacht. Wer konnte um diese Zeit noch etwas von mir wollen?

Da war es wieder, das Klopfen. Zurückhaltend, so, als wäre der Besucher gar nicht wirklich darauf aus, dass ich es hörte.

Ich erhob mich von meinem Sessel und ging langsam zur Tür. Noch immer schmerzte mein Körper von Ernestos gezieltem Schlag, doch das Heftigste schien vorüber zu sein.

»Wer ist da?«, fragte ich.

Einen Augenblick lang war es still. Dann hörte ich ein tiefes Durchatmen. »Ich bin es, Katherine«, sagte eine vertraute Stimme. »Ich weiß, es ist schon sehr spät, aber es gibt etwas, was ich dir gern zeigen würde.«

Mein Herzschlag beschleunigte sich. Katherine? Vor meiner Tür? Mitten in der Nacht? Ich sah an mir herunter und unterdrückte ein Stöhnen. In zerschlissener Jeans und dem uralten zerknitterten T-Shirt war ich nicht gerade das, was man unwiderstehlich nennen konnte. Aber darum ging es ja auch nicht. Nein, darum ging es nicht. Außerdem waren mir Ernesto Sanchez' präzise Schläge noch mehr als deutlich in Erinnerung. Hormone hin oder her – heute Nacht würde sicher nichts passieren. Außer ich entdeckte plötzlich eine Vorliebe für Schmerzen …

Ich atmete tief durch und öffnete die Tür.

Katherines Blick war schüchtern, so, als fürchtete sie, ich würde sie auf der Stelle wieder fortschicken.

»Hallo, Jakob. Darf ich reinkommen?«

Sie sah noch viel hübscher aus, als ich sie von unseren Begegnungen im Archiv in Erinnerung hatte. Ihr dunkelblondes Haar fiel in weichen Wellen um ihr Gesicht und ihre blauen Augen funkelten im warmen Licht der Treppenhausbeleuchtung. Sie trug ein schlichtes violettes Kleid und kniehohe Stiefel, den Mantel hatte sie über den Arm gelegt und über ihrer Schulter hing eine Collegetasche aus dunklem Leder. Alles in allem war sie umwerfender, als ich es erwartet hatte.

Ich räusperte mich kurz, dann ließ ich die Tür aufschwingen.

»Ja. Klar. Hereinspaziert.«

Katherine betrat meine Wohnung zögerlich, als wäre sie nicht sicher, ob das wirklich eine so gute Idee war. Und auch ich selbst fühlte mich merkwürdig bei dem Gedanken, dass sie nun hier war. Ich konnte nicht leugnen, dass ich mir in der Vergangenheit bereits ausgemalt hatte, wie es wäre, Katherine einmal außerhalb der Akademie zu treffen. Dass sie aber gleich bei mir zu Hause aufkreuzen würde, damit hatte ich nicht gerechnet.

»Hübsch hast du es hier«, sagte sie und deutete auf die Regale, die sich an den Wänden bis zur Stuckdecke hochzogen. »Ich habe auch so viele Bücher. Entsetzlich, wenn man mal umziehen muss.«

Dann fiel ihr Blick auf meine Klarinette.

»Oh, du bist Musiker?«

»Musiker wäre zu viel gesagt«, antwortete ich, während ich mit einer hastigen Bewegung einige alte Zeitungen vom Sofa schob. »Hin und wieder versuche ich mich an ein wenig Klezmer. Sozusagen back to the roots. Mein Urgroßvater soll Rabbiner gewesen sein und das ist meine Art, einen Hauch Familientradition zu bewahren. Aber ich bin nicht wirklich gut. Möchtest du etwas trinken?«

Katherine nickte lächelnd.

»Ja, sehr gerne.«

Ich hob die Brauen.

»Okay. Wie wär's mit … Limonade?«

Sie lachte auf.

»Jakob, ich bin sechsundzwanzig. Ich trinke auch etwas anderes als Limonade.«

»Ja, natürlich«, sagte ich hastig. »Also … Rotwein?«

»Ja. Rotwein klingt sehr gut.«

Ich deutete mit einer fahrigen Geste auf das Sofa.

»Setz dich doch. Ich bin gleich wieder da.«

Auf dem Weg in die Küche versuchte ich, mein wild pochendes Herz zu beruhigen. Was war nur los mit mir? Ich wollte doch gar nichts von Katherine. Ich wollte Mirella zurück! Warum nur machte es mich dann so nervös, mit unserer Archivarin in einem Raum zu sein?

Sie ist nicht einfach nur eine Archivarin und du bist nicht einfach nur mit ihr in einem Raum, dachte ich. *Sie sitzt in deinem Wohnzimmer und sieht aus wie eine Mischung aus Brigitte Bardot und der Venus von Milo. Es ist Mitternacht. Und da soll man so tun, als ginge es um die Arbeit?*

Vor dem Weinregal blieb ich unschlüssig stehen. Merlot? Merlot. Merlot war nie verkehrt.

Soso, du willst also nichts falsch machen, ja? Ist dir wohl doch nicht so egal, die Kleine …

Ich unterdrückte ein Fluchen. Was auch immer da zwischen mir und Katherine war, es musste schnellstens aufhören. So schnell, dass keiner von uns beiden auch nur auf die Idee kam, es hätte irgendetwas zu bedeuten. Denn das hatte es nicht.

Sie war zu jung für mich. Viel zu jung. Und dazu noch Psychologiestudentin. Um Himmels willen, als hätte Mirella nicht gereicht!

Ich entkorkte den Wein, nahm zwei großbauchige Gläser aus dem Regal und pustete den Staub heraus. Anscheinend war es länger her, dass ich jemanden zum gemeinsamen Weintrinken hier gehabt hatte. Ich selbst trank Rotwein immer nur aus kleinen flachen Gläsern, die ich aus Spanien mitgebracht hatte. Die großen Weingläser fristeten währenddessen ein trauriges Dasein.

»Kann ich dir helfen?«

Ich drehte mich um und sah Katherine am Rahmen der Küchentür lehnen. Sie lächelte mir zu.

Ich grinste schief zurück und reichte ihr die Gläser.

»Wenn du die mit ins Wohnzimmer nehmen könntest?«

Als Katherine mir die Gläser abnahm, berührten sich für einen kurzen Moment unsere Finger. Ich spürte ein merkwürdiges Prickeln auf der Haut. Ähnlich dem Gefühl, das ich gehabt hatte, als wir uns im Archiv gegenübersaßen. Sanft zog ich die Hand zurück, drehte mich wortlos um und griff nach der Weinflasche.

»Hades hat mich geschickt«, sagte Katherine, wie um das unangenehme Schweigen zu brechen.

Ich hob die Brauen.

»Mitten in der Nacht? Das ist mal wieder typisch.«

»Nein«, gab Katherine lachend zu. »Ich sollte dir die Infos eigentlich erst am Montag geben, aber ich dachte, es wäre wichtig … und außerdem …«

Sie errötete leicht, dann hob sie entschlossen das Kinn.

»Außerdem wollte ich dich sehen.«

»Aha.«

»Ja.«

Sekundenlang standen wir voreinander und blickten uns an. Aus dem Hinterhof erklang das raue Bellen eines Hundes.

»Und … was ist diese wichtige Neuigkeit, die Hades mich wissen lassen will?«, fragte ich schließlich.

Katherine schluckte und rang sich ein Lächeln ab.

»Es geht um diese Blume. Die Lilie«, sagte sie dann.

Ich horchte auf.

»Gibt es schon Ergebnisse? Das ging aber schnell.«

Katherine nickte.

»Das Labor hat die Bestandteile analysiert. Hades hat einen Freund angerufen, der Botaniker ist, und ihm die Daten gemailt. Und der war dann ganz aus dem Häuschen.«

Ich stellte die Weinflasche wieder ab und runzelte verwundert die Stirn. »Und warum bitte schön?«

Katherine blickte mir fest in die Augen.

»Weil es diese Blumenart seit fast einhundert Jahren nicht mehr gibt.«

*

Wir saßen gemeinsam auf dem Sofa, die noch leeren Weingläser vor uns auf dem Tisch. Draußen hatte es zu schneien begonnen. Ein Schneesturm mitten im April. Man konnte sehen, wie die weißen Flocken im Licht der Straßenlaternen vor dem Fenster vorbeiwirbelten, aufstoben und wieder nach unten sanken. Der Sturm machte meine Wohnung zu einem geschützten Kokon. Nur was sich hier entwickelte, hing noch diffus in der Schwebe …

»Hier, siehst du?«

Katherine zog ein schmales Buch mit Pflanzenabbildungen aus ihrer Tasche und schlug es auf.

»Hier ist sie. Das ›Weiße Gold‹. Eine Unterform der Oster-Lilie oder botanisch: *Lilium longiflorum.*« Katherine richtete sich auf. »Ich habe ein wenig recherchiert. Lilium longiflorum ist noch heute eine der bekanntesten und beliebtesten Lilienarten überhaupt, aber diese Unterart war schon damals sehr selten. Und wie gesagt, heute ist sie ausgestorben.«

Ich konnte es kaum glauben. Nicht nur die Leiche stammte aus einer längst vergangenen Zeit, sondern auch die Blumen, die sie umgeben hatten? Aber wie konnte all das so lange Bestand gehabt haben, ohne zu verwesen? Nichts war konserviert worden und doch hatte es sich in unsere Zeit hinübergerettet, als wären einhundert Jahre gar nichts.

Ich betrachtete das Bild der Blume.

»Was sagt uns denn, dass es tatsächlich genau diese Pflanze ist? Für mich sehen Lilien irgendwie alle gleich aus.«

Katherine lächelte. »Wie schön, dass es Labore gibt, oder? Das ›Weiße Gold‹ hatte eine Besonderheit. Die Pflanze enthielt spezifische Alkaloide, nicht nur in der Zwiebel, sondern vor allem in den Blüten. Sie ist giftig.«

»Alkaloide?« Ich starrte Katherine an. »Aber das ist ja …«

»Richtig«, sagte sie leise. »Es scheint der Stoff zu sein, den Hades gefunden hat. Allerdings stimmt er bei den Leichen nicht ganz genau überein. Bei Clara von Rieckhofen fand Hades eine bestimmte Form dieses Giftes, doch bei den anderen Frauen hatte das Alkaloid eine abweichende molekulare Struktur. Warum auch immer.«

»Ein Pflanzengift also …«, murmelte ich, während meine Gedanken fieberhaft kreisten.

Katherine zog ein paar weitere Dokumente aus ihrer Tasche.

»Das ›Weiße Gold‹ ist definitiv nicht einfach nur irgendeine Pflanze. Sie scheint sehr besonders gewesen zu sein. Aber da ist noch etwas«, sagte sie. »Hier. Ich dachte, das würde dich auch interessieren.«

Es lag ein erwartungsvolles Funkeln in ihren Augen, das mich neugierig machte. Rasch überflog ich die Unterlagen, die sie mir zugeschoben hatte. Und schon nach drei Sätzen stockte mir der Atem.

»Das sind die Behandlungsdokumentationen von diesem Doktor Ewald!«, stieß ich hervor. »Du hast sie gefunden!«

Katherine nickte.

»Es hat ein wenig gedauert, aber du weißt ja: Das Archiv vergisst nichts. Leider sind die Dokumentationen nicht ganz vollständig. Kein Wunder nach der langen Zeit, da wird in den Jahren sicher einiges verschollen sein. Aber … darf ich?«

Sie nahm mir die Blätter ab und suchte nach einem bestimmten Abschnitt.

»Hier«, sagte sie schließlich und das Lächeln kehrte auf ihr hübsches Gesicht zurück. »Der Beweis dafür, dass Clara in der Klinik war.«

Mit zitternder Hand griff ich nach dem Dokument:

»Clara Begine von Rieckhofen, geboren am 18. Dezember 1894 in Berlin. Fortgeschrittene Tuberkulose mit ausgeprägtem Husten und Auszehrung. Beginn der Behandlung am 1. September 1911. Behandelnder Arzt: Dr. Heinrich Ewald.«

Und darunter eine detaillierte Auflistung des Behandlungskonzeptes: Liegekuren, spezielle Diät, Bäder. Ich überflog die Tabelle. Die Schrift war verblichen und an manchen Stellen fast unleserlich. Und doch – mit Datum vom 27. Oktober 1911 fand sich ein Eintrag, der mir das Blut schneller durch die Adern jagte:

»Beginn der Injektionsserie 7B unter Berücksichtigung der individuellen Patientenkonstitution.«

Ich runzelte die Stirn und blätterte weiter. Injektionsserie 7B?

Was auch immer das gewesen sein mochte, in den Unterlagen fand sich nichts mehr dazu. Aber immerhin wussten wir nun, dass es eine zusätzliche Behandlung durch Doktor Ewald gegeben und dass diese Ende Oktober begonnen hatte. Das deckte sich mit den Angaben in Claras Tagebuch.

»Und die Behandlung wurde durchgeführt, bis Clara im November 1911 verschwand?«, fragte ich nach.

Katherine zuckte mit den Schultern.

»Das lässt sich nicht genau sagen, ist aber anzunehmen.« Sie zog einen weiteren Bogen aus der Akte. »Hier, das ist der Bericht über ihr Verschwinden.«

Ich überflog den Text. Es war nur eine kurze Meldung. Offensichtlich hatte niemand dem Verschwinden eine große Bedeutung beigemessen.

»Merkwürdig. Anscheinend hat sich keiner darum gekümmert, was mit ihr passiert ist«, sagte ich.

»Vielleicht deshalb.«

Katherine tippte mit dem Zeigefinger auf einen Vermerk ganz unten auf der Seite:

»Es wird vermutet, dass Clara von Rieckhofen die Klinik verlassen hat, um sich zu ihrem Verlobten zu begeben. Sie hat diese Pläne in der Vergangenheit mehrfach geäußert. Da die Identität des Verlobten unbekannt ist, werden die Ermittlungen eingestellt.«

Überrascht blickte ich Katherine an.

»Und danach hat niemand mehr nach ihr gefragt?«

Sie nickte. »Sieht ganz so aus. Aber wie gesagt, unsere Akten sind alles andere als vollständig.«

Ich lehnte mich zurück und versuchte, Ordnung in die Puzzleteile zu bekommen.

»Angenommen, dieser Doktor Ewald hat versucht, Clara mit einer neuartigen Injektionsbehandlung zu helfen, weil die *Fowlersche Lösung* keine Wirkung zeigte«, überlegte ich. »Das lässt sich anhand der Eintragungen in ihrem Tagebuch vermuten. Und nun auch aufgrund der Akten, in denen etwas von einer Injektionsserie zu lesen ist.« Ich musterte mein Gegenüber versonnen. »Könnte es dieses Pflanzengift gewesen sein?«

»Dieser Verdacht ist Hades auch schon gekommen«, sagte Katherine. »Aber er hält das für unwahrscheinlich. Injiziert löst das Mittel Nekrosen aus und zerstört Gewebe, doch davon ist keine Rede, oder?«

»Nein«, antwortete ich und strich mir die Haare zurück. »Zumindest wissen wir nichts darüber ...«

Ich überlegte einen Moment.

»Hat Clara von Rieckhofen eigentlich noch Angehörige? Nachfahren, welchen Grades auch immer?«

Katherine schüttelte den Kopf.

»Nein, anscheinend nicht. Die Familie war nicht sonderlich mit Glück gesegnet, wie es aussieht. Die letzte Familienangehörige starb 1944 während eines Bombenangriffs auf Berlin. Sie war wohl eine Cousine von Clara.«

Ich nickte stumm. Keine Nachfahren. Niemand, der vielleicht noch etwas beitragen konnte, und sei es nur aus Erinnerungen, die innerhalb von Familien wie selbstverständlich weitergetragen und bewahrt werden.

Ich riss mich von den Gedanken los und blickte zu Katherine hinüber.

»Und? Wein? Inzwischen dürfte er genug geatmet haben.«

Sie nickte lächelnd.

»Gerne.«

Ich schenkte ein, hob mein Glas und prostete Katherine zu.

»Auf eine beeindruckende Frau, die mir diese Neuigkeiten nicht bis Montag vorenthalten wollte und sich deshalb durch Eis und Schnee zu mir nach Hause kämpfte!«

Katherines Wangen färbten sich dunkelrot. Sie griff nach ihrem Glas, ließ es sanft gegen meines klingen und setzte es dann an die Lippen.

»Gern geschehen«, murmelte sie kaum hörbar.

Während wir tranken, hingen unsere Blicke aneinander. Dann stellte Katherine ihr Glas wieder ab und atmete tief durch.

»Wir müssen aufpassen, oder?«, sagte sie schließlich leise.

Ich hob die Brauen.

»Was meinst du?«

Sie legte den Kopf schief.

»Das weißt du genau.«

Sie nahm mir das Glas ab, stellte es zur Seite und rückte auf dem Sofa ein Stück näher an mich heran.

»Das zwischen uns …«, sagte sie, ohne den Blick von mir abzuwenden. »Ich schätze, es könnte gefährlich werden.«

Ich fiel in das funkelnde Blau ihrer Augen, sah, dass Katherines Lippen leicht zitterten, und spürte ihren warmen Atem auf meiner Wange. Ohne nachzudenken legte ich ihr meine Hand in den Nacken und zog sie sanft zu mir heran. Ihre Lippen samtig auf meinen. Ein süßes Gefühl durchströmte mich, während Katherine sich mit einem leisen Seufzen in meine Umarmung hineinsinken ließ. Ihre Haare strichen wie Seide über meinen Hals. Die Zeit schien stillzustehen, während unser Kuss tiefer wurde, inniger. Ich wollte nicht denken, mir nicht klarmachen, dass es Wahnsinn war, etwas mit Katherine anzufangen. In diesem Moment kam es mir vor, als böte sich eine Tür. Eine echte Chance, hindurchzugehen und Mirella hinter mir zu lassen, für immer. So wie sie mich hinter sich gelassen hatte.

Ich ließ meine Hände über Katherines Hals wandern, zur zarten Haut über dem Schlüsselbein und dann weiter hinunter über die weiche Rundung ihrer Brüste. Unsere Lippen lösten sich voneinander und für Bruchteile einer Sekunde, die mir wie eine Ewigkeit erschienen, begegneten sich unsere Blicke. Es war lange her, dass mich eine Frau mit einem solchen Glühen in den Augen angesehen hatte.

Mein Denken schaltete sich aus. Alles, woran ich mich erinnere, ist Katherines samtige Haut, ihr Duft nach Zitrone und einem Hauch von Zeder, ihr weiches Haar zwischen meinen Fingern. Und das elektrisierende Gefühl, als sie sich mir entgegendrängte.

Die Nacht verschwamm in einem Strudel aus Berührungen. Ich war glücklich wie lange nicht mehr. Und in diesem Moment hätte ich sterben wollen.

*

Am nächsten Morgen hatte der Sturm die ganze Stadt mit einem weißen Teppich aus Stille überzogen. Ich erwachte mit dem Geruch von Schnee in der Nase und der Erinnerung an Katherines Küsse auf meinen Lippen. Verschlafen blinzelte ich in die Morgendämmerung und brauchte einen Moment, bis meine Gedanken sich klärten – und die letzte Nacht sich wieder vor mir ausbreitete.

Mein Herzschlag beschleunigte sich unwillkürlich und ich wandte den Blick nach rechts. Das Bett neben mir war leer. Nur die Spur achtlos auf den Boden geworfener Kleidung, die sich vom Wohnzimmer bis zum Bett zog, bestätigte mir, dass ich all das nicht nur geträumt hatte.

Ich lehnte mich vor und angelte Katherines BH, der direkt neben dem Bett lag, vom Boden. Für einen winzigen Moment vergrub ich meine Nase in dem feinen Gespinst aus schwarzer Spitze. Da war er wieder, der zarte, fast unauffällige Duft nach Zitrone und Zeder. Und mit ihm die Erinnerung an Katherines samtige Haut, an ihre Berührungen und an das Glühen, das uns beide in der letzten Nacht verbunden hatte.

Seufzend ließ ich das Dessous aus den Fingern gleiten und zog mir die Bettdecke über den Kopf, um das fahle Morgenlicht auszuschließen. Ich war ein solcher Idiot! Das hätte niemals zwischen uns passieren dürfen, denn es machte alles nur noch viel komplizierter, als es ohnehin schon war.

Ich hörte, wie Katherine im Badezimmer die Dusche anstellte und dann leise zu singen begann. Fieberhaft kreisten meine Gedanken. Wie sollte ich ihr nur beibringen, dass zwischen uns nichts sein konnte? Nichts sein würde? Katherine war wirklich der letzte Mensch auf dieser Erde, dem ich wehtun wollte, schließlich war sie so gut wie der letzte Mensch auf der Erde, der mich zu mögen schien. Sie war intelligent, witzig – und verdammt attraktiv. Es wäre eine glatte Lüge zu behaupten, dass ich mich nicht zu ihr hingezogen fühlte. Und doch fühlte sich all das hier an wie ein riesiger Fehler.

Warum eigentlich, drang ein fast unhörbares Stimmchen in meine Gedanken ein. *Wieso erscheint es dir so vollkommen abwegig, etwas mit ihr anzufangen? Ihr hattet eine tolle Nacht. Katherine ist eine tolle Frau … Wieso gibst du dem Ganzen nicht einfach eine Chance?*

Ich wusste, warum. Auch wenn ich es mir lieber nicht eingestanden hätte.

Als die Unruhe der Gedanken übermächtig wurde, stieg ich aus dem Bett und streckte mich.

Kaffee. Jetzt.

Im Spiegel sah ich, dass ein Teil meines Oberkörpers sich inzwischen bläulich verfärbt hatte. Ernestos kleines Andenken. Doch der Schmerz hielt sich in Grenzen. Ich hatte ihn ja auch in der letzten Nacht nicht wahrgenommen – was wahrscheinlich an der Unmenge an Endorphinen lag, die mich durchflutet hatte. War das ein gutes Zeichen? War Katherine gut für mich?

In Boxershorts und T-Shirt tappte ich in die Küche und stellte die Kaffeemaschine an. Der Blick aus dem Fenster in den Hinterhof war atemberaubend. Noch nie hatte ich eine solche Menge Schnee im April erlebt. Schon in dieser Hinsicht war es ein Morgen, den ich nicht so schnell vergessen würde.

Als ich im Kühlschrank nach etwas Essbarem suchte, klingelte es. Ich blinzelte irritiert. Es war Samstag. Wer tauchte samstagmorgens unangemeldet bei mir auf?

Erneutes Klingeln. Wer auch immer es war, er musste bereits direkt vor meiner Wohnungstür stehen, denn die Klingel unten am Haus hörte sich anders an. Wahrscheinlich war es Emilie, die irgendetwas brauchte, Milch oder Zucker oder irgendwen zum Reden.

Ich schlurfte gähnend durch den Flur, öffnete und zuckte im selben Moment überrascht zusammen. »Hallo, Jakob«, sagte Mirella und hielt lächelnd eine Tüte mit Brötchen hoch. Der frische Geruch nach Gebäck drang mir in die Nase. »Lust auf Frühstück?«

»Mirella!«

Für einen Moment suchte ich nach Worten. Was zur Hölle tat sie hier? Sie hätte sich keinen unpassenderen Morgen aussuchen können.

»Ich liebe es, wenn dir vor Überraschung das Gesicht entgleist.« Grinsend schob sie sich an mir vorbei in die Wohnung.

»Ich dachte, wir beide könnten in Ruhe besprechen, wie wir jetzt bezüglich Clara weiter vorgehen.« Sie schnupperte kurz. »Super, es riecht schon nach Kaffee. Dann komme ich ja genau richtig.«

Ich schloss die Tür und merkte, wie sich ein flaues Gefühl unaufhaltsam in meinem Magen ausbreitete.

Mirella ging ins Wohnzimmer und blieb nach einigen Schritten abrupt stehen. Ich sah, wie ihr Blick sich auf Katherines Mantel geheftet hatte, der noch immer über der Lehne des Sessels hing.

Und dann weiterwanderte über die eindeutige Spur aus T-Shirts, meiner Jeans und Katherines violettem Kleid, die in Richtung Schlafzimmer führte.

»Du hast Besuch?«

In diesem Moment kam Katherine aus dem Bad. Das weite T-Shirt, das ich ihr zum Schlafen geliehen hatte, reichte ihr bis zu den Oberschenkeln. Ansonsten war sie nackt. Eine Strähne ihres noch nassen Haares fiel ihr in die Stirn.

Als sie Mirella erblickte, blieb sie wie angewurzelt stehen. Jegliche Farbe wich aus ihrem Gesicht.

»Mirella«, sagte sie leise.

Die straffte sich.

»Guten Morgen, Katherine. Das ist ja wirklich eine … Überraschung.«

Ihre Stimme war so förmlich, dass mir ein Frösteln über den Rücken lief.

Sie drehte sich halb zu mir um.

»Entschuldigt, dass ich euer Idyll störe. Ich wusste nicht, dass ihr beide was miteinander habt.«

Sie legte die Brötchentüte betont ordentlich auf dem Tisch ab, drehte sich um und ging zurück zur Tür.

»Schönes Wochenende!«

»Mirella!«

Eine leichte Panik breitete sich in mir aus. Ich konnte sie doch nicht gehen lassen, jetzt, in dem Glauben, dass Katherine und ich …

»Lass gut sein«, sagte sie leise, als ich sie an der Wohnungstür einholte. Ihr Blick war nicht zu deuten. »Die Zeit ist eben doch nicht stehen geblieben. Du hast Katherine, ich habe Ernesto. Vielleicht sollten wir es einfach dabei belassen.«

»Aber es ist alles ganz anders!«

Ich streckte Mirella die Handflächen entgegen.

»Katherine und ich, das ist doch … Du weißt doch, dass ich eigentlich nur …« Ich stockte mitten im Satz.

Mirella heftete den Blick gnadenlos fest auf mich.

»Dass du eigentlich nur *was*?«

Ich schluckte schwer und ließ mich mit dem Rücken gegen die Wand fallen. Dann schüttelte ich den Kopf.

»Vergiss es. Nicht so wichtig. Wen interessiert schon, was ich möchte …«

Mirella presste die Lippen zusammen, dann nickte sie.

»Richtig. Wen interessiert das schon.«

Damit zog sie energisch die Tür hinter sich zu.

Mein Nervensystem schien zu flirren, während ich auf die Tür starrte, die Mirella soeben vor mir zugeknallt hatte. Ein Flackern setzte sich vor meine Augen und eine tiefe Fassungslosigkeit breitete sich in mir aus. Das konnte einfach nicht wahr sein! Ich musste träumen! Es *durfte* nicht wahr sein, dass von allen Samstagmorgen meines Lebens Mirella ausgerechnet an diesem hier aufgetaucht war! Als hätte es in der Vergangenheit nicht genug einsame Tage und Nächte gegeben, Wochenenden, an denen ich fast krank geworden war vor Sehnsucht nach ihr. Und an denen ich niemand anderen in meiner Wohnung geduldet hätte.

Ich stöhnte auf, ließ meine Stirn gegen das kühle Holz der Tür sinken und schloss die Augen. Mein Herzschlag fühlte sich wie ein Raspeln an, direkt hinter meinem Brustbein. Und der fassungslose Blick, den Mirella mir zugeworfen hatte, brannte sich tief in meine Erinnerung.

Hinter mir hörte ich die leisen Schritte von Katherines nackten Füßen auf dem Dielenboden.

»Es ist anders als sie denkt? Stimmt das?«

Ich drehte mich um. Katherine stand mit hängenden Schultern in der Flügeltür zum Wohnzimmer. Sie trug noch immer mein T-Shirt und erst jetzt fiel mir auf, dass es das Shirt von der *Rolling-Stones*-Tour war. Das erste Konzert, auf dem Mirella und ich gemeinsam gewesen waren. Die Übelkeit in meiner Magengegend verstärkte sich. Für Mirella musste das eindeutig ausgesehen haben. Zu eindeutig.

Ich merkte, dass Katherine noch immer den Blick auf mich geheftet hielt, und hob hilflos die Hände.

»Katherine, ich … ich wollte mit dir reden. Später. In Ruhe. Das, was zwischen uns passiert ist, das kann nicht … geht einfach nicht … Das verstehst du doch, oder?«

Alle Hoffnung in Katherines Augen zerfiel zu Scherben. Ich sah, dass ihre Brust sich unter dem dünnen Stoff in Atemzügen hob und senkte, die plötzlich wie zusammengeschnürt wirkten.

»Nein«, flüsterte sie dann mit bebender Stimme, »das verstehe ich nicht. Erklär es mir.«

Langsam ging ich zu ihr hinüber. Und mit jedem Schritt, den ich näher kam, spürte ich die tiefe Verletzung in Katherines Seele deutlicher. Es war, als würde ein stummes Schreien von ihr ausgehen, als würde jede einzelne Faser ihres Körpers zerreißen. Und ich war daran schuld. Es war fast unerträglich, mich ihr zu nähern. Doch eine Erklärung war das Mindeste, wenn ich nicht als komplettes Arschloch dastehen wollte.

»Es war eine wunderschöne Nacht«, sagte ich und blieb dicht vor Katherine stehen. Sie hob den Blick und sah zu mir hoch. Zwischen ihren Augenbrauen hatte sich eine steile Falte gebildet wie ein bedrohlicher Widerhaken. Ihre blauen Augen schimmerten leicht. Und zugleich mischte sich Zorn in das Gefühl der Verletzung hinein. Ein glühender Zorn, der mir aus jeder einzelnen Silbe, die sie sagte, entgegenschlug.

»Du verdammter Mistkerl!«

»Katherine, ich …«

Ich griff nach ihrer Hand, doch sie schüttelte mich ab.

»Fass mich nicht an!« Es zuckte in ihrem Gesicht. »Ich habe dir vertraut. Blind. Niemals hätte ich gedacht, dass du …«

Sie presste die Kiefer so fest aufeinander, dass sich die Muskulatur deutlich abzeichnete.

»Katherine, was passiert ist, war so nicht geplant. Und glaub mir, du bist der letzte Mensch auf der Welt, dem ich wehtun möchte. Aber wir beide … das kann einfach nicht funktionieren.«

Ihre Augen blitzten.

»Und? Wusstest du das gestern auch schon, als du mich gevögelt hast? Oder ist dir das heute früh ganz zufällig bei Mirellas Anblick eingefallen? Sei ehrlich!«

Ich seufzte.

»Du willst eine ehrliche Antwort? Also gut.«

Ich sammelte kurz die Worte zusammen, die mir durch den Kopf jagten. Dann sah ich Katherine fest in die Augen.

»Ich fühle mich zu dir hingezogen. Das lässt sich nicht wegdiskutieren und auch nicht verleugnen. Und dir sollte in der letzten Nacht aufgefallen sein, welche Wirkung du auf mich hast, denn sonst habe ich irgendetwas ziemlich falsch gemacht.«

Katherines Gesicht blieb unbewegt.

Ich fuhr fort zu sprechen: »Dass wir beide kein Paar werden, war mir auf eine diffuse Art klar, ja. Aber gestern dachte ich, dass es vielleicht gut wäre, dem Ganzen eine Chance zu geben.«

Katherine verengte die Augen zu schmalen Schlitzen.

»Und warum gibt es diese Chance heute nicht mehr?«

Ich legte den Kopf schief.

»Weil bei Tageslicht vieles nicht mehr so einfach erscheint wie nachts nach ein paar guten Gläsern Wein.«

Katherine atmete zischend aus.

»Alles klar. Und weil eine gewisse Mirella Mistrani zufällig heute diese verdammten Scheißbrötchen vorbeibringen musste!«

Zielstrebig ging sie an mir vorbei und sammelte dabei ihre Kleidung vom Boden auf. Das Kleid, die Stiefel, die Strumpfhose. Ich ging ihr nach, während sie im Schlafzimmer Höschen und BH zusammenraffte.

Dann drehte sie sich zu mir um. Ich war an der Tür stehen geblieben und erschrak vor der distanzierten Kälte, die mir plötzlich aus Katherines Aura entgegenschlug.

»Du solltest dich freuen«, sagte sie eisig.

Ich hob die Brauen.

»Darüber, dass meine Lieblingsarchivarin mich jetzt zur Hölle wünscht?«

»Die Hölle wäre zu gut für dich.« Sie atmete tief durch. »Nein. Ganz offensichtlich bist du Mirella nicht egal. Und das ist es doch, was du dir wünschst, auch wenn du es niemals zugeben würdest.«

Als ich schwieg, nickte Katherine knapp und drehte sich um.

»Ich ziehe mich jetzt an. Vermutlich hast du nichts dagegen.«

»Katherine«, sagte ich und stellte schnell den Fuß in den Spalt der Schlafzimmertür, damit sie sie nicht schließen konnte.

Katherine hob stumm die Brauen.

»Es tut mir leid«, sagte ich leise und zog meinen Fuß zurück. »Wirklich. Ich wünschte, ich … wäre nicht so verkorkst. Aber so bin ich. Leider.«

Unsere Blicke trafen sich. Katherine nickte wortlos und das Schimmern in ihren Augen verstärkte sich. Dann zog sie die Tür hinter sich zu.

KAPITEL 10

Das Wochenende zog sich hin und erst am Sonntagvormittag ließ das Schneegestöber vor dem Fenster wieder nach, gefolgt von abrupt steigenden Temperaturen und dem Wechsel von Sonnenschein und grauen Wolken. Es war ein merkwürdiger April, voller Überraschungen. Nicht nur, was das Wetter anging.

Seit Katherine gegangen war, hatte ich mich vergraben und bemühte mich, mein schlechtes Gewissen damit zu verdrängen, dass ich die Puzzleteile des Falles, die wirr um mich herum verstreut zu sein schienen, zusammenzusetzen versuchte. Doch so sehr ich mir auch den Kopf zerbrach, es ergab kein klares Bild. Woran war Clara gestorben? Am Arsen? An pflanzlichen Toxinen? Am Quecksilber? Oder an etwas ganz anderem? Was hatte dafür gesorgt, dass ihre TBC abgeheilt war? Wer hatte sie in diesen Kellerraum gebracht und vor allem: Warum war sie nicht gealtert?

Es erschien mir, als würden sich immer mehr Fragen auftun, je tiefer wir in diesen Fall einstiegen. Dass ich ab sofort wohl nicht mehr mit Katherines Hilfe würde rechnen können – und das ganz zu Recht –, lag mir noch zusätzlich schwer auf der Seele.

Am frühen Sonntagabend lag ich schließlich rücklings auf dem Dielenboden, hatte eine alte Louis-Armstrong-Aufnahme aufgelegt und blätterte einmal mehr in Claras Tagebuch. Die Heilstätten. Die Liegekuren. Luise, Viktor, Doktor Ewald. Es musste eine Spur geben. Einen Zusammenhang. Irgendetwas, was ich übersehen hatte! Ich stand auf und starrte auf das Chaos aus Akten, Archivdokumenten und Notizen, das sich auf meinem Schreibtisch ausbreitete wie ein gierig wachsender Dschungel. Die Unterlagen warteten, das Geheimnis der Lösung tief in sich verborgen. Und für einen Moment war mir, als könnte ich die vielen vergessenen Jahre unter dem Papier atmen hören.

10. Oktober 1911

Ich habe meine Lasker-Schüler zurück. Doch nicht das ist es, was mich nicht schlafen lässt. Es ist Doktor Ewalds Büro, in dem ich heute war. Er arbeitet unentwegt, scheint mir. Wenn er sich nicht um uns kümmert, die wir hier mühsam das letzte bisschen Luft in unsere Lungen hineinziehen und wieder ausatmen, dann widmet er sich seinen Studien. Nächtelang brennt Licht in seinem Raum, man sieht es an den hell erleuchteten Fenstern, wenn man über das Gelände streift. Manchmal stehe ich einfach nur im Dunkeln, sehe hinauf und frage mich, was genau er tut. Luise meint, die Intensität, mit der er arbeitet, sei nicht normal. Ist das so? Und kann es nicht sein, dass ein Mensch einfach nur beseelt ist von seiner Arbeit? Von einem Lebenswerk?

Ich war so aufgeregt, als ich zu ihm ging, denn es ist den Patienten nicht erlaubt, die Büros zu betreten. Doch was sollte ich machen? Der Gedichtband! Ich wollte ihn doch zurück. Ich klopfte vorsichtig an, aber niemand reagierte. Als ich schließlich die Tür öffnete, lag das Büro verlassen da.

Ich weiß nicht genau, warum ich blieb. Vielleicht waren es die seltsamen Präparate, die im ganzen Raum verteilt waren, auf Regalen, in Vitrinen, die mich wie magisch anzogen. Ich habe sie mit einer nie gekannten Mischung aus Faszination und Angst betrachtet. Es waren menschliche Lungen, unzählige, kleine und große, immer und immer wieder, nichts als Lungenflügel, die wie erstarrte, aufgespannte Schmetterlinge im Raum schwebten.

»Gefallen sie dir?«

Niemals hat mich etwas so erschreckt wie die Stimme des Doktors plötzlich hinter mir. Ich hatte ihn nicht kommen hören und wirbelte herum, mein Herz raste.

Er muss meine Angst gesehen haben, denn er lächelte und legte mir beruhigend eine Hand auf die Schulter. Er hat große, kräftige Hände, deren Wärme sich wie ein schützender Schirm auf der Haut ausbreitet, und die trotzdem feingliedrig sind wie die eines Chirurgen. Wenn er einen berührt, dann möchte man die Augen schließen und nie wieder öffnen. Er ist so ganz anders als Viktor.

Ich weiß nicht, warum Luise immer sagt, dass sie dem Doktor nicht traut. Ich werde sehr ruhig, wenn er zugegen ist. Wer solche gütigen Hände hat, kann kein schlechter Mensch sein.

Es scheint, als würde ich endlich einen Ausweg aus der unendli-

chen Langeweile dieses Ortes finden. Der Doktor erklärte mir, was es mit der Präparation der Lungen auf sich hat. Wie man sie säubert, mit Lösung behandelt, wie man sie in Form bringt, damit sie grazil und luftig ihre Schönheit entfalten. Es ist mehr eine Kunst denn ein Handwerk. Er muss meine Faszination gespürt haben, denn er fragte mich, ob ich assistieren möchte.

Vielleicht brauche ich die Bücher bald nicht mehr. Vielleicht habe ich etwas gefunden, was mich in andere Welten bringt. Meine Wunder.

Ich starrte grübelnd aus dem Fenster. Ganz offensichtlich hatte Clara dem Doktor vertraut. Und war außerordentlich fasziniert gewesen von den anatomischen Präparaten. Ihre Worte erinnerten mich fast ein wenig an Hades' schwärmerische Ausführungen über die Schönheit der Tuberkulose. Mir mochte es befremdlich erscheinen, dass ein Arzt sich mit präparierten Lungen umgab. Hades hätte das sicher nur ein müdes Achselzucken entlockt.

Clara hatte die Präparate bis zuletzt um sich gehabt. Es musste sich um dieselben handeln, die wir im Kellerraum der Heilstätten entdeckt hatten.

Ein Schauer lief mir über den Rücken bei dem Gedanken, dass sie vielleicht auf unzählige Lungen geblickt hatte, während ihr das letzte bisschen Atemluft ausging. Welch grausame Ironie!

Ich griff nach der Akte. Injektionsserie 7B. Solange wir darüber nicht mehr Informationen hatten, schien alles in eine Sackgasse zu führen. Und wir kamen keinen Schritt voran. Die Unterlagen, die Katherine zusammengetragen hatte, brachten uns auch keine weiteren Erkenntnisse über den Verbleib dieses Doktor Ewald. Während des Ersten Weltkrieges hatten die Beelitzer Heilstätten als Lazarett gedient und er wurde noch in den Akten der behandelnden Ärzte geführt. Doch danach verlor sich seine Spur. Ganz offensichtlich hatte die Injektionsserie 7B nicht den Erfolg gebracht, den er sich erhofft hatte. Erst die Entdeckung des Penizillins durch Alexander Fleming Ende der 1920er Jahre hatte den Kampf gegen die Tuberkulose entschieden. Vorerst.

Ich lenkte den Blick aus dem Fenster, hinauf zu dem grauen Himmel, der sich über Berlin zusammengeballt hatte. Eine Decke aus trübem Blei, die schwer über uns hing, die Gedanken betäubte und das Gemüt träge werden ließ.

Die Erinnerung an Katherine kehrte zurück und verursachte einen leichten Druck in der Magengegend.

Betäubung – war es das gewesen? Hatte ich mir ihr geschlafen, um endlich nicht mehr den alten Dämonen ausgesetzt zu sein? Was immer der Grund gewesen war, es hatte nicht funktioniert. Und ich konnte nur hoffen, Katherine nicht so maßlos verletzt zu haben, dass eine Zusammenarbeit nun völlig undenkbar wurde.

Seufzend schob ich die Unterlagen zur Seite. Heute würde ich nicht mehr weiterkommen. Weder mit dem Fall noch mit den Irrungen und Wirrungen meines Privatlebens. Zeit, den Kopf freizubekommen.

*

»Ich dachte mir, dass ich Sie hier finde.«

Oliver Menke hob den Kopf, als er meine Stimme hörte, und ich sah den Hauch eines Lächelns in seinen Mundwinkeln. Er deutete neben sich auf die Bank, während ich langsam, die Hände in den Taschen meines Mantels verborgen, über den Bouleplatz schlenderte.

»Unverhoffte Gesellschaft. Möchten Sie sich setzen?«

Ich nickte und ließ mich auf den Platz neben ihm fallen. Eine Weile schwiegen wir. Ich starrte auf die dunklen Wasser des Landwehrkanals, während Menke etwas in sein Notizbuch kritzelte. Mein Blick wanderte über die Schatten der Hecken, in denen die letzten Reste des Schneematsches tapfer ausharrten, und dann hoch zum Himmel, der zur Nacht hin aufgerissen war und vereinzelte Sterne ins Freie ließ. Ein müde-gelber Mond hing wie erstarrt über den Dächern.

Schließlich wandte ich mich Oliver Menke zu.

»Was schreiben Sie da eigentlich?«

Er ließ den schwarzen Füller sinken.

»Krimis. Aber nur zum Spaß. Ich bin nicht besonders gut.«

Ich lachte leise.

»Immerhin ehrlich.«

Oliver Menke grinste.

»Alles andere rächt sich früher oder später.« Er musterte mich von der Seite. »Und? Was macht die Boxkarriere?«

»Ist den Bach runtergegangen. Meine Gehirnzellen waren mir wichtiger«, antwortete ich trocken. »Danke übrigens, der Schmerz ist deutlich zurückgegangen, nachdem ich bei Ihnen war.«

»Gern geschehen«, antwortete Menke, während er das Schreiben wieder aufnahm. »Verraten Sie mir früher oder später auch, was Sie wirklich tun?«

Ich zögerte. Lange. Dann streckte ich die Beine aus und lehnte mich entspannt zurück.

»Vielleicht.«

Menke lachte auf.

»Ich harre gespannt der Dinge.«

»Dann harren Sie mal.«

Mein Banknachbar schwieg einen Augenblick. Dann räusperte er sich.

»Hatte ich damals eigentlich recht? Todkrank zumindest sind Sie nicht, wenn auch nicht gerade in bester Verfassung. Bleibt der Misanthrop, schlaflos, traumatisiert, verlassen worden, einsam.«

Ich spürte seinen Blick auf mir und plötzlich erschien es mir gar nicht mehr so absurd, ihm alles zu erzählen. So wie man einem Freund Dinge von sich erzählt. Ihm einen Vertrauensvorschuss gibt in der Hoffnung, nicht enttäuscht zu werden. Ich hatte den Eindruck, als könnte Oliver Menke eines Tages diesen Vertrauensvorschuss verdienen. Doch noch war ich nicht so weit.

Ich deutete mit einem Nicken auf den Bouleplatz. »Was ist, spielen wir eine Runde? Macht den Kopf frei. Kann ich brauchen.«

Für einen Moment hingen unsere Blicke aneinander. Dann grinste mein Heilpraktiker breit. »Aber nicht weinen, wenn Sie verlieren. Ich mag ein verdammt schlechter Schriftsteller sein, aber auf dem Bouleplatz werde ich zum Tier.«

*

»Ich will nicht darüber reden!«

Noch bevor ich am Montagmorgen die Tür des Büros hinter mir schließen konnte, hatte Mirella die Fronten abgesteckt. Sie saß weit zurückgelehnt auf dem Schreibtischstuhl, hatte die Beine auf den Tisch gelegt und die Arme vor der Brust verschränkt. Ihr Gesichtsausdruck war so entschieden, dass ich lediglich stumm nickte, meinen Mantel ans Regal hängte, mich mit dem Rücken gegen die Wand lehnte und Mirella schweigend zu betrachten begann. Sie hielt meinem Blick stand und nur wer sie wirklich gut kannte, sah das leichte Lodern in ihren Augen.

Katherine hatte recht: Ich war ihr nicht egal. Alles andere als das. Aber wieso war dann eigentlich alles so furchtbar kompliziert?

»Gut«, unterbrach ich endlich das eisige Schweigen, stieß mich von der Wand ab und zog einen Zettel aus der Hosentasche. »Dann tun wir das, was wir am besten können. Arbeiten.«

Ich entfaltete das Blatt, das Katherine mir Freitagnacht gegeben hatte, und hielt es Mirella hin.

»Es gibt Neuigkeiten. Außerordentlich interessante Neuigkeiten. Diese Blume, die in deinem Auto das Zeitliche gesegnet hat, war nicht einfach nur irgendeine Lilie.«

Mirella überflog die Notizen mit gerunzelter Stirn und ich sah, wie ihr der Atem stockte. Dann blickte sie zu mir auf.

»Du weißt, was das bedeutet?«

Ich hob die Brauen.

»Allerdings. Dass wir beide zurück in die Heilstätten müssen. Tun wir's jetzt gleich oder lieber romantisch bei Mondschein?«

Mirella schnaubte leise, nahm die übereinandergeschlagenen Beine vom Tisch und erhob sich.

»Mach dir keine Hoffnungen. Für Mondscheinnächte ist definitiv jemand anderes zuständig. Und Katherine hätte da sicher auch noch ein Wörtchen mitzureden. Oder betrügst du deine jetzige Freundin ganz offen, nachdem du mir gegenüber nicht den Mumm hattest, ehrlich zu sein?«

»Ich dachte, du willst nicht darüber reden.«

»Tu ich auch nicht.«

»Sie ist nicht meine Freundin.«

»Klar. Deshalb kommt sie auch Samstagmorgens halb nackt aus deinem Bad. Für wie blöd hältst du mich eigentlich?«

Ich machte einen Schritt auf Mirella zu und blieb so dicht vor ihr stehen, dass unsere Körper sich fast berührten.

»Viel interessanter ist doch die Frage, was *du* am Samstagmorgen bei mir zu suchen hattest. Findest du nicht?«

Ich sah, wie sich eine hektische Röte in Mirellas Gesicht ausbreitete. Ärgerlich versuchte sie, sich an mir vorbei in Richtung Tür zu drängen.

»Das tut nichts zur Sache.«

Ich packte Mirella am Arm und hielt sie fest.

»Doch, ich finde, das tut es.«

Sekundenlang starrten wir uns in die Augen. Es fiel mir schwer, ihren Blick zu deuten. Wütend war sie und verletzt. Aber da war noch etwas. Etwas, das ich nicht sehen sollte – und das mich genau deshalb umso mehr interessierte.

»Wo war eigentlich Ernesto?«, fragte ich betont sanft. »Wusste er, dass du zu mir wolltest? Und überhaupt, was für eine bescheuerte Idee war das? Frühstück mit dem verhassten Ex?«

»Ich hasse dich nicht«, sagte Mirella, schüttelte mich ab und rauschte mit hoch erhobenem Kopf zur Tür. »Noch nicht. Aber wir sind ganz nah dran.«

Der Schnee vom Wochenende war inzwischen der wärmer werdenden Aprilsonne zum Opfer gefallen und hatte das gesamte Waldgelände um die Heilstätten herum in sumpfigen Morast verwandelt. Mirella und ich kämpften uns zum Haupteingang vor. Während der Fahrt hatten wir kein Wort gewechselt, doch die Spannung zwischen uns schien sich elektrisch aufzuladen und stärker zu werden mit jedem Augenblick.

Vor der Freitreppe blieb ich stehen und zückte meine mitgebrachte Taschenlampe. »Und? Bist du bereit für ein bisschen Gruselatmosphäre im Keller?«

Mirellas Gesicht blieb unbewegt. »Ich bin nicht scharf drauf, aber was sein muss, muss sein. Die Sache mit den Blumen ist einfach zu merkwürdig.«

Ich runzelte die Stirn und ließ den Blick über das Gelände schweifen.

»Wo ist eigentlich der Wachschutz? Sollte nicht jemand hier sein?«

»Das Gelände ist riesig«, erwiderte Mirella schulterzuckend. »Man kann nicht erwarten, dass ein einzelner Mann alles mitbekommt. Genau das ist ja das Problem. Und ehrlich gesagt ... es ist mir lieber, wenn wir ungestört sind.«

Sie stieß die Tür auf, die sich mit einem lauten Knarren öffnete. Nur Sekunden später kamen wir zum Treppenhaus, das in den Keller führte. Wieder die zerfallenen Stufen, die wir schon mit Manuel hinuntergestiegen waren. Und wieder die Dunkelheit, die alles zu verschlucken schien, was sich in sie hineinbegab.

»Dann mal los!«, sagte ich und ging mit festen Schritten die Treppe hinunter. Mirella folgte mir.

Die Dunkelheit umfing uns wie ein Mantel. Ich konnte Mirella dicht neben mir spüren. Die Wärme, die von ihr ausging. Ich nahm das leise Geräusch ihres Atems wahr und für einen kurzen Augenblick genoss ich das Gefühl, ihr nah zu sein wie schon lange Zeit nicht mehr, während zugleich die Ungewissheit an meinem Herzen nagte wie ein unermüdliches Tier.

Ich atmete ein. Atmete aus.

Dann knipste ich die Taschenlampe an.

Das Licht jagte flüchtige Schatten an den Wänden der Kellergänge entlang. Für einen Moment glaubte ich, einen kühlen Hauch im Nacken zu spüren, den Atem einer neugierigen Seele, die sich mit uns auf die Reise machte. Dann war diese Empfindung fort.

Mirella musterte den Boden vor uns. »Wie ein Schweizer Käse«, sagte sie und deutete auf die Löcher, die uns schon bei unserem ersten Besuch hier unten aufgefallen waren. Sie hob einen kleinen Kiesel vom Boden auf, trat an den Rand eines der Schächte und ließ den Stein hineinfallen. Es dauerte einen Moment, bis in ferner Tiefe ein hohles Geräusch erklang.

»Wasser«, sagte Mirella leise. »Da unten steht Wasser in den Gruben.«

Ich spürte einen Schauer auf der Haut. Die Vorstellung, im Dunkeln in eines dieser Löcher zu stürzen, war unangenehm genug. Aber der Gedanke daran, in der Enge der Gruben zu ertrinken, schnürte mir die Kehle zu. Vor allem, wenn man bedachte, dass jemand sie wahrscheinlich zu genau diesem Zweck ausgehoben hatte.

Mirella schien es nicht anders zu gehen. Ich konnte ihre Beklemmung spüren.

»Meinst du, es gab hier Tote?«, fragte sie tonlos, während sie in die Tiefe starrte.

»Das werden wir jetzt definitiv nicht herausfinden. Lass uns weitergehen.«

Ich fasste Mirella sanft am Arm und zog sie mit mir. Wir gingen schweigend durch das Labyrinth der Gänge, eingehüllt in den kleinen Lichtkegel der Taschenlampe wie in eine schützende Hülle. In der Kälte stieg unser Atem als feiner Dampf auf.

Es dauerte eine Weile, bis wir den Raum erreichten, zu dem uns Manuel bei unserem ersten Besuch geführt hatte. Vor der halb offenen Tür blieben wir stehen. Noch immer brannten die Kerzen. Ihr Schein erhellte das gesamte Zimmer und tauchte es in ein sanftgoldenes Licht, in welchem sich das strahlende Weiß der Lilien von den dunklen Wänden abhob. »Weißes Gold« – in voller Blüte.

Mein Blick wanderte weiter zu den unzähligen Präparaten, die wie stille Soldaten auf den Regalen standen. Wie alt mochten sie sein? War es eine offizielle Sammlung, die einmal dem Krankenhaus gehört hatte? Oder hatte Heinrich Ewald sie in seinem Privatbesitz gehabt? Wieder Fragen, auf die ich keine Antwort fand.

»Diese Kerzen …«, sagte Mirella. »Es kann doch nicht sein, dass die so lange brennen, oder?«

Ich schüttelte wortlos den Kopf. Nein, das konnte es nicht. Doch auch ich fand keine schlüssige Erklärung – bis auf die Tatsache, dass hier irgendetwas nicht stimmte. Ich musterte die brennenden Kerzen, deren Dochte so stillstanden, als befänden sie sich unter Glas. Merkwürdig war das alles. Und erneut hatte ich das Gefühl, dass ich einer Lösung ganz nahe war. Dass ich den Schlüssel kannte, der uns Claras Geheimnis offenbarte. Und dieses unbestimmte Wissen, das sich nicht greifen ließ, machte mich wahnsinnig.

Ein erneuter kühler Hauch in meinem Nacken jagte mir ein Prickeln über den Rücken. Ich musste mich nicht einmal umdrehen, um zu wissen, dass Mirella und ich nicht allein hier unten waren. Jemand war bei uns, beobachtete uns, folgte jedem unserer Schritte.

Unauffällig, um Mirella nicht zu beunruhigen, warf ich einen Blick über meine Schulter. Und wirklich – keinen Meter von mir entfernt konnte ich Claras Geist erkennen. Ihr Blick ruhte abwartend auf uns.

Verrat mir, was du weißt, bat ich sie in Gedanken.

Doch Clara blieb stumm. Sie deutete nur mit einem Nicken auf das Zimmer. Ihr Zimmer.

Als wir den Raum betraten, zuckte ich innerlich zusammen. Es war mir beim ersten Besuch nicht aufgefallen, vielleicht war ich zu beschäftigt gewesen mit der Beobachtung von Manuel. Oder von Mirella. Aber jetzt, jetzt nahm ich es ganz deutlich wahr. Es war, als würde sich ein feines Netz aus Spinnenweben ganz leicht auf meine Haut legen – genau in dem Moment, als ich die Schwelle überschritt. Ich versuchte zu fühlen, was mit mir passierte. Dann war es vorbei. Ich hielt mitten in der Bewegung inne, drehte mich um und starrte auf den Durchgang.

Mirella musterte mich.

»Was ist los?«

Ich schüttelte irritiert den Kopf. Dann machte ich eine wegwerfende Handbewegung.

»Nichts«, sagte ich betont gleichgültig. »Gar nichts.«

»Hier, die Lilien«, sagte Mirella, während sie zum Bett hinüberging. »Sie sehen noch immer aus wie vorher. Anscheinend verwelken sie nicht.«

Sie zog ein Foto aus der Tasche, das die ausgestorbene Lilienart zeigte, und verglich es mit den im Zimmer verbliebenen Blumen.

»Sieht für mich vollkommen identisch aus«, sagte sie. »Also selbst wenn das Labor einen Fehler gemacht hätte, was ich nicht glaube, ist die Chance, dass das hier wirklich ›Weißes Gold‹ ist, verdammt groß.«

Ich ließ meinen Blick durch den Raum schweifen und spürte, wie mein Herz schneller zu schlagen begann. Eine Vermutung hatte sich in meine Gedanken geschlichen, ein verrückter Verdacht, der nun bewiesen werden wollte. Die ewig blühenden Lilien, die starren Kerzenflammen …

Ich sah zu Mirella hinüber.

»Sag etwas.«

Sie hob die Brauen.

»Wie bitte? Was meinst du?«

Fasziniert blickte ich sie an.

»Dein Atem!«, entgegnete ich und meine Stimme überschlug sich fast vor Aufregung. »Es ist kalt hier unten. Kein Wunder, es hat geschneit und wir sind in einem modrigen Keller. Und als wir durch die Gänge gelaufen sind, war unser Atem als Wasserdampf in der Luft zu sehen. Aber hier? Nichts.«

Ich machte eine Pause und ein breites Grinsen drängte sich auf mein Gesicht.

»Hier ist von unserem Atem nichts zu sehen. Weil es wärmer ist. Nur hier … in diesem Raum.«

Mirella starrte mich an.

»Du hast recht«, sagte sie.

»Warte einen Moment.«

Ich ging zurück auf den Gang hinaus, spürte erneut das fast unmerkliche Spinnennetz auf meinem Gesicht, atmete mit offenem Mund aus – und sah, wie sich Wasserdampf in weiten Kreisen von meinem Mund zur Decke kräuselte. Dann eilte ich in den Raum zurück.

»Was macht deine Uhr?«, rief ich Mirella zu, während ich zu einer Kerze hinüberging.

Mirella hob überrascht die Brauen.

»Meine Uhr? Was soll damit sein?« Sie warf einen Blick auf das Ziffernblatt und verstummte augenblicklich. »Sie steht still …«, sagte sie dann leise.

»Dachte ich es mir doch!«

Ein wildes Lachen stieg unaufhaltsam in mir auf. Es war verrückt. So einfach und doch so genial! Und ich hatte es die ganze Zeit übersehen.

»Jakob, was ist hier los?«

Aufgeregt kam Mirella zu mir herüber und fasste mich am Arm.

»Es ist dieser Raum«, rief ich. »Siehst du die Kerze? Pass auf!«

Ich beugte mich vor und versuchte sie auszupusten. Die Flamme flackerte nicht einmal. Die Kerze stand so still, als gehöre sie zu einem Gemälde.

»Siehst du?«

Dann ergriff ich den Kerzenständer und trug die Kerze vorsichtig vor mir her, raus auf den Gang.

»Aufgepasst!«, rief ich Mirella zu.

Vor der Tür angekommen, wiederholte ich meinen Versuch. Ich pustete leicht – und die Flamme erlosch. Ein feiner Faden aus Rauch stieg auf.

»Denkst du, was ich denke?«, flüsterte Mirella aufgeregt.

Ich stellte die Kerze vorsichtig auf den Boden. Dann blickte ich Mirella an. Eine wilde Aufregung hatte mich erfasst und ich wusste, ihr ging es ebenso.

»Die hundertjährige Leiche, die aussieht wie siebzehn. Längst ausgestorbene Lilien, die blühen, als hätte man sie erst heute früh gepflückt. Kerzenflammen, die nicht verlöschen.«

Und das Gefühl, durch ein unsichtbares Tor zu schreiten, fügte ich in Gedanken hinzu. Ich straffte mich.

»In diesem Raum steht die Zeit still.«

*

»Ich fasse es einfach nicht!«

Mirella konnte sich kaum beruhigen, als wir nebeneinander zum Auto zurückgingen.

»Ein Raum, in dem die Zeit nicht vergeht! Während der Ausbildung habe ich in einer Vorlesung gehört, dass es das geben soll. Aber so etwas in der Realität zu erleben …«

Sie stockte und wurde ernst.

»In der Forschungsliteratur steht, dass zeitlose Räume nur entstehen, wenn an diesem Ort fürchterliche Verbrechen begangen wurden. Quasi eine Resonanz auf das Unrecht, das nicht weitergeführt werden darf.«

Ich nickte stumm. Man konnte sich viele Szenarien ausmalen, die in der ehemaligen Klinik zur Entstehung eines Raumes ohne Zeit geführt hatten. Ich war mir nur nicht sicher, ob ich das wollte. »Auf jeden Fall ist es so kein Wunder, dass Clara von Rieckhofen nicht älter wurde«, sagte ich.

Aus den Augenwinkeln sah ich, wie Mirella die Lippen zusammenpresste. »Heißt das, sie ist wirklich schon vor einhundert Jahren gestorben? Und nur jetzt gefunden worden? Oder lebte sie die ganze Zeit in diesem Raum und …«

Ihre Stimme stockte und ich konnte fühlen, wie ein Schauer des Entsetzens über ihre Seele lief.

Ich schluckte schwer.

»Wir können nicht mit Sicherheit ausschließen, dass sie gefangen gehalten wurde. Möglich wäre es. Aber dann hätte sie noch gelebt, als die Jugendlichen die Tür geöffnet haben. Oder nicht?«

Mirella zuckte ratlos mit den Schultern.

»Ich weiß nicht … Welche Gesetze gelten in einem Raum ohne Zeit? Einmal angenommen, sie war dort eingeschlossen und hat es irgendwann nicht mehr ertragen.« Mirellas graue Augen richteten sich fest auf mich. »Kann man sich in einem Raum ohne Zeit umbringen? Würde das funktionieren?«

Abrupt blieb ich stehen. War Clara bereits tot gewesen, als sie in den Raum gebracht wurde, oder hatte sie jahrelang dort gelebt? Hatte sie sich selbst getötet oder war sie durch die Hand eines anderen gestorben?

Zu viele Fragen, die ich nicht beantworten konnte. Auch dieses Mal war mein Versuch, mich in die Atmosphäre des Raumes hineinsinken zu lassen und ihm so die Geheimnisse der Vergangenheit zu entlocken, gescheitert. Ich bekam keinen Zugang. Es war mehr als frustrierend, lag aber wahrscheinlich an der stillstehenden Zeit, die wie eine unerbittliche Mauer alles blockierte, was sie zu überwinden suchte. Und somit auch mich.

Ich richtete meinen Blick auf Mirella.

»Sie war da.«

Mirella hob die Brauen.

»Wer?«

»Clara. Sie war mit uns da unten.«

»Hast du sie gesehen?«

Ich nickte.

»Ja. Aber vor allem konnte ich sie spüren.« Ich strich mir die Haare zurück. »Mirella, ich kann es nicht beschwören, aber in all der Zeit, die wir da unten waren, habe ich von Clara nichts anderes mitbekommen als interessierte Aufmerksamkeit. So etwas wie Neugierde. Ja, das trifft es ganz gut, denke ich.«

Mirella runzelte die Stirn und blickte mich fragend an.

»Und was willst du mir damit sagen?«

Ich zuckte mit den Schultern.

»Stell dir vor, du wärst in diesem Raum gefangen gehalten worden. Oder dort zu Tode gekommen, egal wie.« Ich musterte Mirella prüfend. »Würdest du dann nicht andere Emotionen aussenden als bloße Neugier?«

Mirellas Mundwinkel zuckte.

»Ich denke schon. Aber gilt das, was ein Mensch tun würde, automatisch auch für einen Geist?«

»Meiner Erfahrung nach, ja«, erwiderte ich. »Und genau deshalb glaube ich, dass Clara erst in das Kellerzimmer kam, als sie bereits gestorben war. Es war keine Angst in ihr, verstehst du? Nichts, was darauf schließen lassen würde, dass sie dort etwas Furchtbares erlebt hat.«

Mirella nickte und biss sich auf die Unterlippe.

»Gut, das leuchtet mir ein – obwohl ich trotzdem gerne wissen würde, ob man sich bei stillstehender Zeit das Leben nehmen kann.«

Ich musterte sie amüsiert.

»Wieso? Hast du diesbezüglich Ambitionen? So schlimm ist die Zusammenarbeit mit mir nun wirklich nicht.«

Mirella verzog die Mundwinkel.

»Sagen wir, sie ist verbesserungswürdig.«

Ich zuckte mit den Schultern. »Wenn du dieses Rätsel unbedingt lösen möchtest, brauchen wir wohl jemanden, der freiwillig für dich über die Klinge springt. Wie wäre es mit deinem Lover? Um den wäre es nicht schade.«

Ich merkte, wie Mirellas Körper sich blitzschnell anspannte. Dann traf mich ihr funkelnder Blick von der Seite.

»Du kannst es nicht lassen, oder?«, fauchte sie. »Selbst jetzt, da wir so viel Wichtigeres zu tun und zu klären haben! Hör auf, dich lächerlich zu machen, Jakob! Es reicht! Du hast keine Chance gegen Ernesto.«

Sie strich sich mit einer wütenden Handbewegung die Locken aus dem Gesicht und beschleunigte ihre Schritte.

»Mirella, warte!«

Sie blieb stehen.

»Ist eigentlich wahr, was gemunkelt wird?«, fragte ich leise.

Mirella drehte sich wie in Zeitlupe um und musterte mich prüfend. »Was genau meinst du?«

»Diese Hochzeitspläne. Du und ... dieser Typ ... Ernesto.«

Mirella schwieg entsetzlich lange. Dann kam sie langsam zu mir zurück. Ich hörte das Knirschen des Kieses unter ihren Sohlen, beängstigend laut, und es fühlte sich an, als würde mit jedem Schritt ein weiteres Stück meines wild pochenden Herzens zertreten.

Dicht vor mir blieb sie stehen. Für einen Moment blickten wir uns einfach nur an und ich sah, wie sich die Herbsthimmel in ihren Augen jagten. Dann brach sie die Stille.

»Ja, es stimmt.«

Ich starrte sie an, unfähig, auch nur ein einziges Wort über die Lippen zu bringen. Doch in mir schrie alles. Ein wilder, stummer Protest, der nie Gehör finden würde.

»Sie würden scheitern ... Aber das sind Sie ja inzwischen gewohnt ...« Ernestos Stimme und sein Lachen gellten mir in den Ohren, während Mirellas Blick sich mir tief in die Haut grub.

»Er hat mich gefragt und ich habe ja gesagt«, fuhr sie fort. »Aber nicht nur das.«

Das Schreien in mir wurde schriller, breitete sich in jeder einzelnen Zelle aus, bis ich das Gefühl hatte, nur noch eine einzige große Wunde zu sein.

»Was denn noch?«, sagte ich fast unhörbar.

Mirella atmete tief durch.

»Wir gehen weg. Im Sommer. Ernesto hat eine vielversprechende Stelle in Havanna angeboten bekommen. Und ich gehe mit ihm.«

KAPITEL 11

18. Oktober 1911

Kein Besuch, haben sie gesagt. Ich bräuchte Ruhe. Die Krankheit kam in einem heftigen Schub über mich in der letzten Woche. Ich bin schwach, doch mein Denken ist klar. Ich langweile mich in diesem Bett, auf diesen Terrassen, bei diesem Blick auf die Kiefern. Wenn ich doch nur wieder auf die Füße käme.

Zurück zu den Präparaten. Der Doktor sagte, ich sei geschickt. Ich möchte noch so viel lernen! Doch alle halten anderes für wichtiger. Doktor Ewald will mit der Behandlung beginnen, so schnell wie möglich. Ich vertraue ihm. Spritzen sind es, sagte er, drei, vier oder vielleicht auch fünf in den nächsten Tagen. Ich habe Mama und Papa nichts davon gesagt. Sie sollen sich nicht unnötig sorgen. Es wäre müßig, denn umstimmen lassen würde ich mich nicht. Nicht einmal von Luise.

Der Doktor hat gelächelt heute früh. Er hat mir das Medikament gezeigt, weil ich ihn darum gebeten habe. Eine Spritze voll golden funkelnder Hoffnung. Und er hat mich gefragt, ob ich Angst habe. Nein, ich habe keine Angst. Nicht mehr. Wenn nur endlich irgendetwas geschieht.

Der Husten wird schlimmer mit jedem Tag. Aber morgen, morgen endlich geht es los. In aller Frühe, hat er gesagt. Es ist eine verzweifelte Freude in mir.

Das Saxofon jammerte eine alterierte Scala, während das Barpiano lässige Kontrapunkte in die Melodie hineintupfte, als wäre Jazzimprovisation das Einfachste der Welt. Ich klappte das Tagebuch zu und starrte in den dunklen Schimmer des Whiskeys, der vor mir auf der Theke stand. War es der dritte? Oder doch schon der fünfte? Ich war nicht sicher und das Abzählen an den Fingern gestaltete sich zunehmend schwierig.

Es war kurz nach neun am Abend und der »Waschsalon«, meine Lieblings-Jazzkneipe in einer Seitenstraße nahe dem Görlitzer

Bahnhof, um diese Zeit fast menschenleer. In Kreuzberg ging niemand so früh aus. Schon gar nicht zum Jazz-Hören. Aber ich war heute ohnehin nicht wegen der Musik hier.

»Noch einen«, murmelte ich Patrick zu und schüttete den Rest des Whiskeys in einem Zug hinunter.

Der Barmann musterte mich prüfend.

»Sicher? Du bist das doch gar nicht gewöhnt. Nicht, dass wir dann nachher …«

»Noch einen, verdammt!«

Patrick zuckte mit den Schultern und schob mir dann einen weiteren Whiskey über die blanke Thekenplatte.

»Du hättest besser deine Klarinette mitbringen sollen, anstatt dich hier sinnlos zu betrinken.«

Ich spürte den vorwurfsvollen Blick auf mir und seufzte.

»Ich trinke nicht sinnlos. Im Gegenteil. Das hier ist das erste wirklich Sinnvolle, das ich seit Tagen tue.«

Warum nur war ich in die Akademie zurückgekehrt? Warum hatte ich mich auf diesen Wahnsinn eingelassen?

Ich unterdrückte ein kehliges Lachen. Ach ja, richtig! Ich wollte diese Leichenfunde klären, diesen komischen Fall von damals, der mir keine Ruhe ließ. Ich hatte meinen Frieden finden wollen.

»Das ist dir in Gesellschaft deiner Ex-Frau wirklich ausnehmend gut gelungen«, brummte ich und prostete meinem Ebenbild zu, das sich zusammengekauert im Spiegel hinter der Bar abzeichnete. Es lächelte nicht zurück. Warum sollte es auch? Der Anblick war einfach zu erbärmlich.

Und dann dieses Tagebuch … Clara von Rieckhofen, die junge Frau, deren Leben und Tod noch viel geheimnisvoller waren, als ich es je vermutet hätte. Ein Raum, in dem die Zeit nicht verging – das hatte auch ich bisher nicht erlebt. Diese Räume waren selten und entstanden nur unter extremsten Bedingungen. Vielleicht hatte ich deshalb so lange gebraucht, um zu verstehen, womit wir es zu tun hatten. Und das machte es nicht gerade leichter, herauszufinden, wann Clara gestorben war. Doch nicht nur das. Irgendjemandem musste etwas an Clara gelegen haben, denn wie sonst ließe sich diese feierliche Aufbahrung im Keller erklären? Clara war nicht einfach dort abgelegt worden. Jemand hatte sie mit Blumen umgeben, hatte Unmengen von Kerzen angezündet und ihr die anatomischen Präparate, die sie anscheinend sehr geliebt hatte, mitgegeben.

Ich blätterte noch einmal in dem Tagebuch. Die Spur dieses Doktor Ewald verlor sich in den Kriegswirren, soviel wussten wir. Aber wer war eigentlich Viktor? Und was war mit Luise? Die beiden schienen am ehesten infrage zu kommen, denn sie hatten Clara nahegestanden. Was war mit ihnen geschehen?

Fragen, die ich ohne erneutes Wühlen im Archiv wohl nicht würde beantworten können. Und nicht ohne Katherine.

Ich sah Katherines schmales, blasses Gesicht vor mir, sah ihre traurigen Augen, in denen doch noch immer ein leichter Schimmer von Hoffnung glänzte. Und das Bild wurde verdrängt von Mirellas Lächeln, von der Flut dunkelbrauner Locken, die mir über die Wange strichen, von dem fast unmerklichen Duft ihres Parfüms, das sie in all den Jahren nie gewechselt hatte. Der gleiche Duft wie früher.

»Cheers, Darling!«, murmelte ich und schüttete den Whiskey in mich hinein.

Das Brennen des Alkohols war nichts gegen den Schmerz, den der Gedanke an Mirella in mir auslöste. Es wütete und tobte in meinem Herzen, als hätte sich ein heimtückischer Sturm dort eingenistet und beschlossen, keine Faser an Ort und Stelle zu belassen.

Es konnte einfach nicht wahr sein, dass sie heiraten wollte. Nicht diesen Typen. Keinen Typen. Außer mir! Hatte sie wirklich alles vergessen, was uns verbunden hatte? War die ganze Zeit – immerhin fast zwölf Jahre – so vollkommen unwichtig geworden, dass sie einfach einen anderen heiraten konnte? Ein neues Leben beginnen konnte, irgendwo in Kuba? Und mich hier zurücklassen, als hätte es uns beide niemals gegeben?

»Natürlich kann sie das«, lallte ich meinem Spiegelbild entgegen. »Sie denkt ja auch immer noch, dass ich was mit den Nutten zu tun hatte. Lächerlich!«

»Und? Hat sie recht?«, erklang in diesem Moment eine vertraute Stimme neben mir.

Ich drehte mich mühsam zur Seite und musste mich an der Theke festklammern, um vor Überraschung nicht vom Barhocker zu kippen. Der Heilpraktiker.

»Retter in der Not!«

Ich lachte heiser und drehte mich wieder zurück.

»Nein, hat sie nicht. Keine Nutten für Jakob Roth, nein, nein ...«

»Sie sind vollkommen betrunken. Soll ich Sie nach Hause bringen?«

»Quatsch! Bin nüchtern. Völlig nüchtern. Ging mir nie besser.«

»Das bezweifle ich«, sagte Oliver Menke ruhig.

»Was machst'n du hier?«, fragte ich und brauchte drei Anläufe, um die Worte korrekt auszusprechen. Dass ich den Heilpraktiker duzte, obwohl wir uns kaum kannten, erschien mir in diesem Moment in keinster Weise seltsam. Dass jemand wie er eine völlig versiffte Jazzkneipe in einem Kreuzberger Hinterhof aufsuchte, umso mehr.

»Lassen Sie uns gehen«, sagte Menke, fasste mich am Arm und bugsierte mich vorsichtig vom Barhocker.

Die Jazzcombo auf der Bühne war inzwischen um eine Posaune und ein Xylofon angewachsen und jagte feine Gespinste aus Dominantseptakkorden durch den Raum. Ich konnte spüren, wie der Whiskey in meinem Magen schwappte und sich mit dem Gin vermischte, mit dem ich den Abend in der Kneipe begonnen hatte. Schwankend schlüpfte ich in meinen Mantel.

»Moment noch!«

Oliver Menke wartete, während ich das Tagebuch einsteckte und mit zitternden Fingern einige Scheine auf den Tresen warf. Beim Hinauswanken nahm ich einem Zeitungsverkäufer, der gerade die Bar betrat, noch eine Morgenausgabe ab und drückte ihm, schon fast aus der Tür, einen weiteren Schein in die Hand.

»Wertvolle Zeitung«, lallte ich und lachte Menke an. »Informationen. Immer wertvoll. ›Sie sucht ihn‹ und so ...«

»Ich stecke die Zeitung ein, dann können Sie sie morgen früh gleich lesen«, antwortete er gelassen, nahm mir das Blatt ab und verstaute es in der Umhängetasche, die er über seiner Schulter trug. Dann hakte er sich fest bei mir ein.

»Nur damit Sie nicht fallen. Sicher ist sicher.«

Ich starrte in die Kronen der Bäume, die die Straße säumten wie stille Soldaten, während wir über das unebene Kopfsteinpflaster Richtung Ufer wankten. Die alten Gaslaternen wie Glühwürmchen vor meinen Augen, mein Atem als Dampf in der Luft. Und mein Herz ein tanzender Schwarm Mücken.

»Sie sind schwerer als Sie aussehen«, stöhnte Oliver Menke, als er mich mühevoll in den vierten Stock hinaufbugsierte.

»Danke fürs Kompliment«, lallte ich und unterdrückte ein Aufstoßen.

Der Whiskey hatte sich inzwischen vollständig mit dem Gin vermischt und beide machten ihrem Namen als »Feuerwasser« nun alle Ehre in meiner Speiseröhre. Die ganze Welt schien sich um mich zu drehen und ich wusste schon jetzt, dass ich mich am nächsten Morgen entsetzlich fühlen würde. Aber noch entsetzlicher würde es sein, wieder nüchtern an Mirella denken zu müssen. Schon bei der Aussicht darauf wurde mir übel. Mirella und Ernesto würden heiraten. Fortgehen. Und ich würde nie im Leben genug trinken können, um das zu vergessen.

Wir kamen vor meiner Wohnungstür an und ich kramte den Schlüssel aus meiner Hosentasche.

»Den Rest schaff ich alleine«, brabbelte ich und taumelte im nächsten Moment mit solchem Schwung zurück, dass ich fast das Gleichgewicht verloren hätte und über das Treppengeländer gestürzt wäre, hätte mich Oliver Menke nicht gepackt und festgehalten.

»Nein, schaffen Sie nicht«, kommentierte er trocken.

Er fasste mich an der Schulter und schob mich zur Tür zurück. Dann nahm er mir den Schlüssel aus der Hand, schloss auf und bugsierte mich in die Wohnung. Mit einem leisen Klacken fiel die Tür hinter uns zu.

Menke seufzte erleichtert.

»Also, wenn Sie jetzt nicht zufällig auf die Idee kommen, aus dem Fenster zu stürzen, dürften wir das Schwerste hinter uns haben.«

»Selbst wenn … du kriegst mich wieder hin«, lallte ich und patschte Oliver ungeschickt mit der flachen Hand auf den Rücken. Dann schälte ich mich mühsam aus Mantel und Schuhen. Eine bleierne Müdigkeit legte sich auf mich wie ein dunkles Tuch. Gähnend schlurfte ich ins Wohnzimmer und ließ mich aufs Sofa fallen. Im Wegdämmern nahm ich noch wahr, wie Oliver mir eine Decke überlegte.

»Fühl dich wie zu Hause«, murmelte ich undeutlich, dann versank alles im samtigen Dunkel des Schlafs.

*

»Muss ja 'ne interessante Frau sein, wenn man sich aus Liebeskummer so dermaßen volllaufen lässt.«

Oliver Menkes Worte spießten meine ersten vorsichtig zuckenden Gedanken auf wie Pfeile. Stöhnend drehte ich mich um und blinzelte. Es war taghell im Wohnzimmer. Ich lag auf dem Sofa – in Jeans, Shirt und Jackett. Und im Sessel neben mir saß mein Heilpraktiker, hielt ein Buch in der Hand und beobachtete mich mit einem amüsierten Glitzern in den Augen.

»Sie sind ja immer noch da.«

Stöhnend legte ich mir einen Arm vor die Augen. Er fühlte sich unendlich schwer an. Genau wie meine Augenlider. Und mein Kopf. Und jeder einzelne verdammte Muskel meines Körpers.

Menke grinste breit.

»Ich wollte ausschließen, dass Sie nachts aus Versehen an Ihrem Erbrochenen ersticken. Das ist ein so schrecklich unattraktiver Tod.«

Mühsam nahm ich den Arm wieder zur Seite und stützte mich auf dem Ellbogen auf. Mein Schädel fühlte sich an, als hätte jemand ein eisernes Band um ihn gelegt. Und mein Magen …

»Kaffee?«

»Ja, bitte. Viel und schwarz.«

»Wollen Sie ihn trinken oder intravenös?«

Ich verzog die Mundwinkel.

»Sehr witzig.«

Menke lachte auf, erhob sich und legte das Buch auf dem Tisch ab.

»Bin gleich zurück. Sie können sich ja in der Zwischenzeit ein wenig frisch machen. Sie riechen wie eine komplette Destillerie. Eine von der weniger exklusiven Sorte …«

Während Menke in der Küche herumklapperte und die Kaffeemaschine anwarf, schlurfte ich ins Bad. Ein Blick in den Spiegel offenbarte das ganze Grauen dieses Morgens.

»Idiot«, murmelte ich meinem käsigen Spiegelbild zu. »Du weißt doch, dass du nichts verträgst ...«

Ich trank selten, aber wenn, dann richtig. Um mir dann jedes Mal zu schwören, nie wieder auch nur einen einzigen Tropfen Alkohol anzurühren ... Für die meisten Hochsensiblen ist Alkohol ein Problem und ich bildete da einmal keine Ausnahme.

Und alles nur wegen Mirella ...

Ich drehte den Hahn auf, schöpfte mit den Handflächen kaltes Wasser und klatschte es mir ins Gesicht. Allmählich kehrten die Lebensgeister zurück und das trüb-dumpfe Gefühl hinter meiner Stirn verlor ein wenig von seiner Intensität. Doch alles hatte seinen Preis. Mit der gedanklichen Klarheit kehrte auch der Herzschmerz zurück.

»Sie interessieren sich für Pflanzen?«

Oliver Menke stellte eine Tasse dampfenden schwarzen Kaffees vor mir auf den Tisch und deutete dann auf das Buch, in dem er zuvor gelesen hatte. Es war der Band über Botanik, den Katherine mir aus dem Archiv mitgebracht hatte.

Menke blätterte zum Lesezeichen vor.

»Interessant, diese Lilien. Ich kenne sie aus der chinesischen Medizin.«

»Tatsächlich«, murmelte ich finster und griff nach der Tasse.

Die ganze Welt schien sich in unkalkulierbaren Ellipsen um mich zu drehen. An meinem gestörten Gleichgewichtssinn hatte auch das kalte Wasser nichts ändern können.

»Ja«, sagte Menke und tippte auf eine der Abbildungen. »Die Chinesen verwenden die Lilienwurzeln, man nennt sie *Bai He*. Hilfreich bei Tuberkulose.«

Ich verschluckte mich an meinem Kaffee und hustete so heftig, dass ich die Hälfte der Flüssigkeit auf dem Boden verschüttete.

»Was haben Sie da gerade gesagt?«

Oliver Menke runzelte irritiert die Stirn.

»Lilienwurzel. *Bai He*. Bei Tuberkulose. Genauer gesagt, bei Yin-Leere der Lunge, aber damit können Sie nicht viel anfangen, nehme ich an.«

Mit einem Mal war ich hellwach. War das die Erklärung für die Lilien im Kellerraum? Clara von Rieckhofen war nicht einfach nur aufgebahrt worden inmitten von klassischen Totenblumen.

Das, was ich zunächst für eine reine Kulthandlung gehalten hatte, war viel mehr! Die Lilien hatten tatsächlich einem anderen Zweck gedient!

Meine Gedanken überschlugen sich. Die Alkaloide! Injektionsserie 7B! Es konnte doch kein Zufall sein, dass es sich bei Lilien um ein uraltes Heilmittel gegen TBC handelte.

Zitternd streckte ich die Hand aus und deutete auf das Buch.

»Sind Sie sicher? Ich meine … wirklich sicher?«

Oliver Menke zuckte mit den Schultern.

»Ja, natürlich. Allerdings fürchte ich, dass es in wirklich schweren Fällen von TBC nicht allein …« Plötzlich runzelte er die Stirn und musterte mich prüfend. »Warum interessiert Sie das eigentlich so brennend?«

»Tut es doch gar nicht.«

Ich wich seinem Blick aus. Während ich noch so tat, als würde ich mit einem Taschentuch notdürftig den Kaffee vom Dielenboden aufwischen, tastete ich nach meiner Waffe, die normalerweise in ihrem Halfter hätte sein müssen. Unter meinem Jackett. Doch sie war fort.

»Suchen Sie das hier?«

Ein dumpf-metallischer Laut erklang, als Menke meine Pistole vor sich auf den Tisch legte.

»Ich dachte, es wäre besser, sie Ihnen abzunehmen«, sagte er ruhig. »Sich selbst versehentlich im Schlaf zu erschießen, ist fast so unschön wie an dem eigenen Erbrochenen zu ersticken.«

Ich spürte einen bohrenden Druck in der Kehle, wie immer, wenn ich mich in die Ecke gedrängt fühlte.

»Wer zur Hölle sind Sie?«

Olivers Augen funkelten nervös.

Ich konnte seine Anspannung gut verstehen. Er musste alles Mögliche von mir denken. Die Karten lagen halb aufgedeckt auf dem Tisch und mein Blatt machte keinen besonders guten Eindruck.

Ich wusste, dass ich mit brummendem Schädel und dem Gleichgewichtssinn einer dementen Hornisse nichts gegen ihn ausrichten konnte.

Widerwillig zuckte ich mit den Schultern.

»Also gut. Was genau wollen Sie wissen?«

Menke verzog die Mundwinkel zu einem schiefen Grinsen, nahm die Pistole an sich und ließ sich wieder in den Sessel fallen.

»Keine Ahnung. Ich denke, alles.«

*

»Diese Akademie also …«

Menke erhob sich und ging zum Fenster. Seine aufrechte Gestalt wurde zu einem Scherenschnitt im diffus durch die Scheiben fallenden Gegenlicht des Morgens. Einen Augenblick lang stand er vollkommen reglos da, dann drehte er sich auf dem Absatz um und blickte mich an.

»Ich gebe zu, Sie sind der erste Mitarbeiter der Akademie, dem ich begegne. Zumindest wissentlich. Menschen wie Sie geben ihre wahre Identität nicht gerne preis, oder?«

Ich zuckte mit den Schultern.

»Es hat Vorteile, gewisse Dinge für sich zu behalten.«

Menke nickte langsam.

»Und welche Dinge sind das in Ihrem Fall?«

»Sie wollen wissen, was ich kann?« Ich lachte. »Komisch, es ist immer das Gleiche! Menschen sind so furchtbar neugierig. Und wenn sie dann wissen, wie anders man ist, rücken sie von einem ab wie von einem Aussätzigen.«

Ich heftete den Blick fest auf Oliver Menke.

»Sind Sie auch so jemand?«

Menke neigte abwägend den Kopf.

»Kommt wohl darauf an, was Sie mir offenbaren. Das Risiko müssen Sie eingehen. Wenn Sie denn wollen …«

Wollte ich? Ich war nicht sicher. Ich kannte diesen Mann kaum. Und doch hatte es vom ersten Moment an eine merkwürdige Verbundenheit zwischen uns gegeben. Eine kuriose Mischung aus Distanz und Nähe, die ich nicht erklären konnte. Es war keine körperliche Anziehung. Eher eine seelische. Und ich hatte den Eindruck, dass ich ihm vertrauen konnte. Das passierte mir selten genug.

Menke ließ sich wieder im Sessel nieder und zog die Packung mit den Zigarillos aus der Tasche.

»Wissen Sie, was ich glaube?«, sagte er. »Sie brauchen jemanden, mit dem Sie reden können. Jemanden, der nicht in diesen

Akademie-Strukturen gefangen ist. Jemanden mit einem offenen und freien Blick von außen.«

»Danke, dass Sie Ihre therapeutischen Dienste anbieten, aber das halte ich für unnötig«, entgegnete ich trocken.

Menke lächelte sanft und klopfte sich mit einem Zigarillo leicht auf den Knöchel seines linken Daumens.

»Ich rede nicht von einem Therapeuten. Ich rede von einem Freund. Einem verschwiegenen Freund.«

Für einen Moment herrschte Stille zwischen uns. Ich nahm das leise Ticken von Olivers Armbanduhr wahr. Sekunde um Sekunde verging.

Die Uhr. Die Zeit. Der Raum, in dem die Zeit stillstand …

Ein merkwürdiger Druck legte sich auf meinen Brustkorb. Konnte ich diese Dinge jemandem erzählen, der die Akademie nur vom Hörensagen kannte? Der nichts von einer Abteilung für paranormale Kriminalfälle wusste? Die Gefahr, dass er mich für verrückt erklären würde, war nicht gerade gering. Doch warum auch immer, irgendetwas in mir wollte, dass Oliver Menke mich mochte. Irgendetwas in mir sehnte sich nach genau dem, was er mir gerade angeboten hatte: einem verschwiegenen Freund. Vielleicht war es gerade deshalb so schwer. Dieser Wunsch, der mir bisher nicht bewusst gewesen war, machte mich befangen.

Ich seufzte tief und starrte auf die Maserung des Dielenbodens. »Ich weiß nicht genau, wie ich anfangen soll«, sagte ich schließlich.

»Wie wäre es mit dem Anfang?« Dann deutete er auf das Zigarillo. »Darf ich?«

Ich zögerte kurz. Dann lächelte ich matt.

»Wenn es denn sein muss …«

Oliver Menke würde noch eine Menge aushalten müssen, wenn er tatsächlich mein Freund sein wollte. Das Mindeste, was *ich* tun konnte, war, mich an den Geruch des Tabaks zu gewöhnen.

Ich beobachtete, wie er ein Streichholz anriss, die kleine Flamme an das Zigarillo hielt und einige Male paffte, um den Tabak zu entzünden. Dann löschte er das Streichholz, legte es neben das Buch auf den Tisch, zog seine leere Kaffeetasse für die Asche heran und richtete aufmerksam den Blick auf mich.

»Also gut«, sagte ich, lehnte mich auf dem Sofa zurück und rieb mir die Schläfen. »Beginnen wir beim Kompliziertesten. Bei mir.«

*

Es brauchte eine ganze Weile und zwei weitere Zigarillos, bis ich Oliver Menke erzählt hatte, was ich tat. Was mich ausmachte. Und mit welcher Aufgabe ich betraut war. Ich verschwieg nichts, berichtete von den früheren TBC-Fällen, von meinem Ausschluss aus der Akademie und von dem Fall Clara von Rieckhofen, der mir den Weg zurück geebnet hatte. Nicht einmal Mirella verschwieg ich. Und die ganze Zeit über spürte ich die Aufmerksamkeit meines Zuhörers wie einen angenehmen Gefährten im Raum. Keine einzige Sekunde lang wich er gedanklich ab und nicht ein einziges Mal unterbrach er mich.

Als ich schließlich endete, blickte er an mir vorbei ins Leere und schwieg lange. Nur hin und wieder kräuselte ein wenig Rauch aus seinem Mund.

Nach einer gefühlten Ewigkeit richtete er den Blick auf mich.

»Also, wenn ich das richtig verstanden habe, bezeichnen Sie sich als hochsensibel. Sie arbeiten für eine geheime Organisation im Rahmen der Akademie, sind betraut mit der Aufdeckung seltsamer TBC-Fälle in Berlin und haben zudem mit einer Leiche zu tun, die aufgrund eines mysteriösen Raumes, in dem die Zeit stillsteht, seit hundert Jahren nicht gealtert ist. Richtig?«

Ich nickte stumm. Mir war klar, wie absurd sich das alles für einen Außenstehenden anhören musste.

»Tja … Grob gesagt, bleiben mir jetzt wohl zwei Möglichkeiten«, sagte Oliver Menke bedächtig.

Ich hob die Augenbrauen. Ein nervöses Prickeln breitete sich in mir aus.

»Und die wären?«

»Entweder ich rufe den Sozialpsychiatrischen Dienst und lasse Sie wegen wahnhaften Erlebens wegsperren … oder ich glaube Ihnen.«

Ich spürte, wie sich das nervöse Prickeln in handfeste Übelkeit verwandelte. Wenn er mir jetzt tatsächlich nicht glaubte, würde das alles unglaublich verkomplizieren. Ich hatte einem wildfremden Mann interne Ermittlungsvorgänge verraten. Ich hatte ausgeplaudert, was niemand jenseits der Akademie-Mauern erfahren durfte. Simon würde mich umbringen!

Menke schien meine aufsteigende Panik zu spüren, denn er lächelte matt, legte das erloschene Zigarillo neben die Streichhölzer auf den Tisch und erhob sich.

»Wissen Sie was? Ich hatte schon immer eine Schwäche für verrücktes Zeug. Ich glaube Ihnen. Aber auf diese Neuigkeiten brauche ich einen Drink. Ist irgendetwas im Haus?«

Die Anspannung fiel von mir ab wie ein bleischwerer Mantel. Erleichtert lächelte ich Menke an.

»Klar. In der Küche. Im Regal neben dem Kühlschrank.«

»Wollen Sie auch was?«

Ich hob abwehrend die Hände.

»Bloß nicht. Die letzte Nacht hat mir gereicht. Fürs Erste.«

Oliver Menke ging in die Küche und kehrte kurz darauf mit einem Glas Whiskey in der einen und einem Wasser in der anderen Hand zurück. Er stellte das Wasser vor mir auf den Tisch und ließ eine Kopfschmerztablette hineinfallen. »Hier. Wenn's schnell gehen soll, kann man auch mal härtere Geschütze auffahren.«

Dann prostete er mir zu.

»Auf diese verrückte Geschichte, Jakob!«

Ich wartete, bis die Brausetablette sich endgültig im Wasser aufgelöst hatte, hob mein Glas und grinste zurück.

»Und auf den Mann, der mir mehr über chinesische Liliengewächse erzählen kann. Cheers, Oliver!«

*

»Und was hast du jetzt vor?«

Olivers Blick lag so aufmerksam auf mir, dass ich unruhig wurde. Er schien darauf zu warten, dass ich einen ausgefeilten Plan mit ihm teilte. Irgendetwas Durchdachtes, Geniales. Etwas, was jemandem von der Akademie eben zuzutrauen war. Doch ich hatte nichts dergleichen zu bieten. Nur ein großes Loch im Herzen, dort, wo Mirella fehlte.

»Was soll ich schon tun?«, antwortete ich und wusste, welch jämmerlichen Eindruck ich abgeben musste.

Oliver hob überrascht die Brauen.

»Wie bitte? Was du tun sollst?«

Er lehnte sich im Sessel vor und seine Gesichtszüge bekamen etwas Eindringliches.

»Rausfinden, was der schmierige Typ, mit dem es deine Ex jetzt treibt, mit der Sache zu tun hat! Was sonst? Abgesehen davon musst du sie zurückerobern. Gefälligst.«

»Ich bitte dich, ich bin nicht gerade ein Don Juan«, schnaubte ich.

Allein der Gedanke, Mirella gegenüber zugeben zu müssen, was ich noch immer für sie empfand, war absurd.

»Was deine kleine Affäre mit der Studentin natürlich beweist«, antwortete Oliver lachend. Dann schüttelte er den Kopf. »Was hast du zu verlieren? Willst du Mirella zurück? Dann tu was dafür! Was soll passieren, du kannst ja schließlich nicht noch tiefer fallen.«

Gutes Argument. Nur dass Mirella mich wahrscheinlich in Grund und Boden stampfen würde, sobald ich versuchte, sie zu bezirzen.

»Sie will heiraten, reicht das nicht?«, sagte ich genervt. »Wieso sollte ich mich zum Vollidioten machen?«

»Weil du nicht glaubst, dass es wirklich vergebens ist«, entgegnete Oliver trocken. »Sonst hättest du mir gar nichts davon erzählt.«

Er hatte recht, das musste ich zähneknirschend zugeben. Fakt war: Mirella wollte mit einem halbseidenen Typen, der irgendwie Dreck am Stecken hatte, nach Havanna abhauen. Das konnte ich nicht zulassen. Und noch weniger, dass sie genau diesen Typen heiratete. Ich musste herausfinden, in welchen trüben Sümpfen Ernesto Sanchez seine weiße Weste beschmutzt hatte. Und wer dieser Mann war, mit dem er sich getroffen hatte.

»Die beste Möglichkeit, irgendetwas über ihn herauszufinden, ist wahrscheinlich der Computer in seinem Büro. Vielleicht findet sich ein Hinweis. Irgendeine Spur, die mich weiterführt«, spekulierte ich.

Oliver lehnte sich grinsend zurück.

»So gefällst du mir schon viel besser. Also los! Worauf wartest du?«

Ich starrte ihn an.

»Wie, jetzt gleich?«

»Der Restalkohol wird dir die nötige Gelassenheit geben, schätze ich«, sagte Oliver und erhob sich. »Außerdem eignet sich für einen gepflegten Einbruch in ein Akademie-Büro nichts besser als die beginnende Nacht. Was in etwa drei Stunden der Fall sein wird. Du hast also noch Zeit, um zu duschen und dir einen Plan zurechtzulegen.«

»Okay«, sagte ich zögernd und rieb über die Bartstoppeln an meinem Kinn. »Ich mach's. Unter einer Bedingung.«

»Und die wäre?«

Ich grinste ihn an.

»Ganz einfach: Du kommst mit.«

KAPITEL 12

»Du meine Güte!«, murmelte Oliver mit belegter Stimme. »Ich hatte zwar vermutet, dass diese Akademie ein merkwürdiger Ort ist. Aber so merkwürdig …«

Ich zog ihn nur mit Mühe von einer gläsernen Vitrine weg, in der Trophäen für besondere Leistungen im Dienste der Akademie ausgestellt waren.

»Bedaure, wir haben keine Zeit für touristische Attraktionen«, zischte ich. »Aber sobald es sich anbietet, führe ich dich gerne herum.«

Ich war nervös. Die Aussicht, gleich in Ernesto Sanchez' Büro zu spazieren, um nach brisanten Unterlagen zu suchen, förderte nicht gerade meine seelische Ausgeglichenheit. Wie überhaupt diese ganze Akademie meinem inneren Frieden eher abträglich war, aber das war eine andere Geschichte. Wenn ich wirklich herausfinden wollte, in welchen krummen Geschäften Ernesto seine manikürten Finger hatte, blieb mir nichts anderes übrig. Auch auf die Gefahr hin, erwischt zu werden und Jahre wegen Verrats in Haft zu landen. Ein Detail, das ich Oliver im Vorfeld nicht verschwiegen hatte. Er sollte wissen, worauf er sich einließ, wenn er mich begleitete. Und zu meiner Überraschung hatte er zugesagt.

Was soll's, Mirella ist es wert, dachte ich und schloss für einen Moment die Augen.

Selbst wenn es mir nie gelingen sollte, ihre Liebe zurückzugewinnen, sie gehen zu lassen mit diesem windigen Typen, der immer viel zu perfekt wirkte, um real zu sein, dem ich nicht einen einzigen Mikrometer über den Weg traute mit seinen ritterlichen Umgangsformen und seinen Maßanzügen, das war weit mehr, als man von mir verlangen konnte. Nein. Ich würde herausfinden, an welchen verborgenen Stellen Ernestos weiße Weste hässliche Flecken trug. Und ich würde verhindern, dass Mirella ihr Leben versaute. Und wenn es das Letzte war, was ich tat.

Mit schnellen Schritten passierten Oliver und ich die leeren Flure der Akademie.

»Man wagt ja kaum zu atmen«, flüsterte er mir zu.

Ich konnte mir ein Lächeln nicht verkneifen.

»Und du arbeitest nicht mal für den Laden. Du hast keine Vorstellung, wie beklemmend es ist, dazuzugehören ...«

Ernesto Sanchez' Büro lag im elften Stock des Turmes, der zum Areal gehörte. Innere Abteilung. Ich war nie dort oben gewesen und hatte keine Ahnung, ob wir es auch nur in die Nähe seines Zimmers schaffen würden. Wurden Innere Abteilungen nicht für gewöhnlich gesichert? Mit Passwörtern, Sicherheitsschleusen, Todesstreifen?

»Wenn irgendetwas schiefläuft«, flüsterte ich Oliver zu, als wir mit dem Fahrstuhl langsam hinaufschwebten, »dann denk nicht nach. Warte nicht auf mich. Lauf einfach, ja? Lauf.«

»Sehr beruhigend«, murmelte mein Heilpraktiker mit heiserer Stimme, doch ich konnte deutlich wahrnehmen, dass ihn die Situation zugleich erregte.

Eine Erkenntnis, die mich ein wenig überraschte. Oliver Menke schien interessante Facetten hinter seiner gelassenen Fassade zu verbergen. Er war ein Spieler. Einer, der Aufregung suchte und Nervenkitzel genießen konnte. Wer hätte das gedacht.

Willkommen in meinem Leben, dachte ich mit einem Hauch von Zynismus. Nun würde sich zeigen, ob er die für unsere Freundschaft nötigen Nerven mitbrachte.

Das Licht in der elften Etage hatte einen kühlen Blaustich und ließ mich frösteln. Oliver und ich passierten mehrere Flure und Foyers ohne Probleme. Weit und breit war niemand zu sehen. Und es war genau diese einsame Stille, die die Innere Abteilung so beklemmend machte.

Ich hätte es wissen müssen. Es gehört zu den merkwürdig unerklärlichen Dingen der Akademie, dass es immer anders kommt, als man erwartet. Keine Wachposten, keine Selbstschussanlagen, keine Sicherheitsschleusen. Nichts am Sicherheitssystem der Inneren Abteilung war anders als in den Etagen und Sälen weiter unten. Unverständlich für mich, wenn man bedachte, wie speziell diese Sektion war, sofern man den Gerüchten glauben wollte. Und ein Vorteil für uns, denn wir gelangten ohne Probleme zu Zimmer 11.74. Ernesto Sanchez' Büro.

Der Raum empfing uns mit der sterilen Kühle einer distanzierten Persönlichkeit. Ich knipste eine kleine Lampe auf einem Wandregal an und dimmte sie so weit wie möglich herunter. Dann ließ ich den Blick schweifen. Der Schreibtisch war penibel aufgeräumt, ebenso der Rest des Zimmers. Man hätte glauben können, das Büro wäre unbesetzt, hätte sich nicht auf einem kleinen Schrank an der Wand eine Sammlung silberner Pokale in vollem Glanz präsentiert. Ich musterte sie widerwillig. Tennis. Segeln. Fünfkampf. Ernesto Sanchez war alles, was ich nicht war. Und auch gar nicht sein wollte. Aber irgendetwas musste Mirella an ihm finden. Was nur?

»Wonach suchen wir eigentlich?«

Olivers Stimme durchschnitt das Dämmerlicht des Raumes wie ein Pfeil.

Ich drehte mich zu ihm um und sah, dass er am Schreibtisch lehnte, die Hände lässig in den Taschen seiner Jeans.

Ein amüsiertes Funkeln lag in seinen Augen.

»Na, wenn ich meine Nase schon in fremde Angelegenheiten stecke, um dir beizustehen, dann will ich auch wissen, wonach ich schnuppern soll.«

Ich zuckte mit den Schultern.

»Ganz ehrlich? Keine Ahnung. Irgendwas, was dir seltsam erscheint.«

Oliver hob zweifelnd die Brauen.

»Du erwartest, dass ich in einer Akademie für paranormale Künste etwas finde, was mir seltsam erscheint? Du meine Güte, Jakob!«

Er schnaubte leise und ich war nicht sicher, ob es ein Lachen oder eher Resignation war.

»Da könnte ich wahrscheinlich alles hier mitnehmen.«

»Dann mach das«, entgegnete ich knapp, ging zum Schreibtisch hinüber und versuchte, die Schubladen zu öffnen.

»Abgeschlossen. Natürlich.«

Oliver kniete sich neben mich und begutachtete das Schloss.

»Oh, das ist leicht.«

Er griff in seine Hosentasche und zog ein Schweizer Taschenmesser hervor. Es dauerte keine zehn Sekunden und das Schloss gab mit einem leichten Klicken den Weg zum Inhalt der Schublade frei.

»Falls die Praxis mal den Bach runtergeht, böte sich ein neues Standbein als Safeknacker an«, raunte ich und sah aus den Augenwinkeln, wie Olivers Mundwinkel amüsiert zuckten.

»Ich bin eben ein Mann mit vielfältigen Talenten.«

»Offensichtlich.«

Ich spürte Olivers Blick mit irritierender Präsenz auf mir. Manchmal hatte ich das Gefühl, dass in seiner Aura etwas lag, was ich nicht einordnen konnte. Nichts, was mich ängstigte oder sich in irgendeiner Weise unangenehm anfühlte. Im Gegenteil, es war vielmehr eine stille Zuneigung, die ich so von Männern nicht kannte. Es fühlte sich an, als flirte er mit mir. Auf eine aufmerksame und sehr zurückhaltende Art.

»Alles in Ordnung?«

Ich spürte Olivers Hand auf meinem Arm und erhob mich ruckartig.

»Klar. Alles bestens.«

Ich sah, wie sich der Ausdruck in seinen Augen schlagartig veränderte. Er ging auf Abstand.

Ich schluckte schwer und suchte nach Worten, die Grenzen zogen, ohne zu verletzen. Doch schon war der merkwürdige Moment vorüber.

»Wir sollten schleunigst sehen, ob hier etwas zu holen ist«, sagte Oliver mit undurchsichtiger Miene. »Bevor wir noch erwischt werden. So ganz alleine im Halbdunkel.«

Ich musterte ihn prüfend, doch er hatte sich schon abgewandt und machte sich daran, das Schloss des Wandschranks zu knacken. Ich presste die Lippen aufeinander, um ein Fluchen zu unterdrücken, und widmete mich dann den Unterlagen in der Schreibtischschublade. Die ganze Zeit über hatte ich das Gefühl, noch etwas sagen, etwas klären zu müssen. Doch ich fand nicht die richtigen Worte. Alles, was ich hätte sagen können, erschien irgendwie falsch und unpassend. Also schwieg ich. Mit dem sicheren Gefühl, dass dieses Schweigen nur aufschob, was zwischen uns hing.

Einige Zeit später ließ ich entmutigt den letzten Aktenordner sinken. »Nichts. Absolut nichts.«

Wir hatten jedes einzelne Schriftstück durchkämmt, doch nirgendwo fand sich auch nur der entfernteste Hinweis auf krumme Machenschaften.

»War eigentlich zu erwarten, oder?«, sagte Oliver und streckte sich. »Ich meine ... wenn *ich* Dreck am Stecken hätte, dann würde ich belastendes Material auch nicht gerade in meinem Büro aufbewahren. Selbst wenn es in der Inneren Abteilung liegt.«

»Stimmt. Aber er hat keinen Grund anzunehmen, dass ihn jemand verdächtigt«, warf ich ein. »Allerdings gebe ich dir recht: Ich würde brisante Infos auch nicht offen herumliegen lassen. Egal, wo. Es sei denn, es wäre ein gesicherter Ort, zu dem nur ich Zugang habe ...«

Ich richtete den Blick auf den Laptop, der wie ein Stillleben auf dem Schreibtisch thronte.

»Bleibt nur noch der Rechner. Und das hätte ich uns gerne erspart, um ehrlich zu sein.«

Oliver hob neugierig die Brauen.

»Ach ja? Wieso? Das größte Problem dürfte die Verschlüsselung durch ein Passwort sein. Und Passwörter lassen sich knacken.«

Unter meinem prüfenden Blick hob er abwehrend die Handflächen.

»Nicht, dass ich Ahnung davon hätte. Ich meinte nur ...«

Ich seufzte leise.

»Tja ... Passwort. Wenn es nur das wäre.«

Alle Rechner der Akademie waren über drahtlose Verbindungen mit den Sicherheitstüren gekoppelt. Und die falsche Passworteingabe löste spätestens beim dritten fehlgeschlagenen Versuch nicht nur den Alarm aus, sondern auch das automatische Verschließen aller Türen und Fenster in der Nähe des Rechners.

Oliver lachte trocken auf, als ich ihm die Fakten erklärte.

»Ihr habt wirklich einen Vollschlag, oder? Was denkt ihr, wer ihr seid? Die CIA?!«

Ich zog es vor zu schweigen. Was hätte es gebracht, Oliver mitzuteilen, dass die CIA genau genommen ein Witz gegen die Akademie war? Unsere Vernetzungen übertrafen alle anderen Systeme, um unsere Mitarbeiter prügelten sich Geheimdienste aus aller Herren Länder und die Informationen, die die Akademie einholte und weitergab, waren nicht selten hochbrisant. Ein Grund mehr, sich nicht bei einem Einbruch in der Inneren Abteilung erwischen zu lassen. Aber das musste ich Oliver ja nicht unbedingt jetzt auf die Nase binden ...

»Was soll's? Wir haben ohnehin keine Wahl. Zumindest nicht, wenn wir herausfinden wollen, wo unser feiner Ernesto drinhängt ... Denn *dass* er in irgendwas drinhängt, steht außer Frage.«

Ich trat an den Schreibtisch und klappte entschlossen den Laptop auf. Ein feines Sirren erfüllte den Raum, als der Rechner zu laden begann. Der Bildschirm flackerte hell auf und tauchte Oliver und mich in fahl-künstliches Licht. Mein Herz begann beim Anblick des Passwort-Fensters schneller zu schlagen.

Das Feld mit dem blinkenden Cursor wirkte wie ein hämisches Kichern. Ich konnte nur hoffen, dass wir zuletzt lachen würden.

»Na, dann wollen wir mal«, sagte ich und ließ mich auf den Schreibtischstuhl gleiten.

Oliver stellte sich neben mich und stützte sich mit den Handflächen auf der blank geputzten Tischplatte ab.

»Versuch eins.«

Ich grinste Oliver schief von der Seite an.

»Irgendwelche Vorschläge?«

Oliver zuckte mit den Schultern.

»Ich kenne den Typen überhaupt nicht. Schätze, da kann ich dir nicht helfen.«

Ich nickte bedächtig, aber meine Gedanken begannen sich im selben Augenblick zu überschlagen. Welches Passwort brachte uns in Ernestos Rechner? Im schlechtesten Fall war es eine zufällige Kombination aus Ziffern und Buchstaben, die jeden Tag geändert wurde. Aber irgendwie glaubte ich das nicht. Ernesto war analytisch, aber kein Eisberg. Und ich konnte mir nicht vorstellen, dass er ein beliebiges Passwort wählte. Die wenigsten Menschen taten das.

Was also war Ernesto wichtig?

Ich atmete tief durch. Dann tippte ich das erste Wort ein, das mir in den Sinn kam:

»*MIRELLA*«

Oliver schnaubte leise.

»Schließ nicht von dir auf andere.«

Ich ignorierte ihn und drückte die *Enter*-Taste.

»*Error.*

Passwort inkorrekt.«

»Was habe ich gesagt?«

Oliver rollte mit den Augen.

»Ist ja gut«, erwiderte ich gereizt. Dann zog eine plötzliche Veränderung auf dem Bildschirm meine Aufmerksamkeit auf sich.

»Was ist das?«

Ein kleines Fenster mit einer digitalen Zeitanzeige hatte sich geöffnet. Und diese lief rückwärts.

»Noch dreißig Sekunden zur Eingabe des korrekten Passworts«, erklang eine glasklare Frauenstimme aus den Lautsprechern des Computers.

»Scheiße!«

Ich hatte geahnt, dass die Innere Abteilung verschärfte Regeln hatte. Nicht so offensichtlich wie ein Todesstreifen, aber umso fataler. Wir hatten ein Problem.

»Noch zwanzig Sekunden zur Eingabe des korrekten Passworts.«

»Los, hauen wir ab!«

Oliver sprang auf.

»Bringt nichts!«, zischte ich. »Zu wenig Zeit.«

Ich konnte das Klicken der stählernen Schlösser bereits durch die langen Flure hallen hören. Den automatisch ausgelösten Alarm. Schrillend, ohrenbetäubend.

»Noch zehn Sekunden zur Eingabe des korrekten Passworts.«

Denken. Du musst denken!

Doch in meinem Kopf ging alles durcheinander. Ein Wust aus synaptischen Übersprunghandlungen.

Das Passwort …

»Mach irgendwas!«

Oliver starrte mich an, dann drängte er mich zur Seite und hackte blitzschnell etwas in die Tasten.

»Cuba Libre?«

Fassungslos beobachtete ich, wie er *Enter* drückte.

»Error.

Passwort inkorrekt.«

»Immerhin dreißig Sekunden gewonnen!«, keuchte Oliver. »Los, denk nach! Oder meinetwegen erfühl oder ertanz das verdammte Passwort! Aber mach was!«

Ich fühlte den Impuls, laut aufzuschreien. Mein Herz raste.

»Noch zwanzig Sekunden zur Eingabe des korrekten Passworts.«

Die Hände schweißnass.

Fünfzehn Sekunden.

Zehn Sekunden.

Das Passwort!

Fünf Sekunden.

Ernesto. Was war ihm wichtig? Was war …?

Ein Gedanke durchzuckte meinen Kopf.

Drei Sekunden.

Meine Finger flogen über die Tasten.

Zwei Sekunden.

Eine Sekunde.

Enter.

Ich schloss die Augen.

Für einen Moment war es vollkommen still. Kein Klicken von einrastenden Türschlössern. Kein schrillender Alarm. Nur Olivers keuchender Atem neben mir.

»Passwort korrekt«, sagte sie weibliche Computerstimme ungerührt. »Zugang gewährt. Guten Morgen, Señor Sanchez.«

Oliver sackte neben mir zusammen.

»Verdammt, das war knapp!« Dann huschte ein erleichtertes Grinsen über sein Gesicht. »Nicht schlecht. *Mi corazón.* Darauf wäre ich im Leben nicht gekommen. Woher wusstest du das?«

»Glück«, antwortete ich mit rauer Stimme.

Mir schlug das Herz noch immer bis zum Hals und jede andere Antwort wäre eine glatte Lüge gewesen. Mi corazón. Ernestos Art, Mirella als Passwort zu nutzen.

Ich hätte erleichtert sein müssen, denn immerhin stand uns jetzt der Zugang zu allen Daten dieses Rechners offen. Doch ich war nicht erleichtert. Im Gegenteil. Mir war kotzübel. *Mi corazón* … Erneut blitzte eine Erinnerung in mir auf. Wie Ernestos Hände an Mirellas Hüfte entlanggeglitten waren. Besitzergreifend. Sicher. Viel zu sicher.

Die ganze Zeit hatte ich versucht, mir einzureden, dass es zwischen den beiden nichts Ernstes war. Selbst als Hades mir die Gerüchte über die Heiratspläne mitgeteilt hatte, wollte ich mir nicht eingestehen, dass ich verloren hatte. Endgültig. Der Gedanke, dass Ernesto nur mit Mirella spielte, war ein verzweifelter Rettungsanker gewesen – und dumm, wie ich jetzt mit schmerzlicher Härte begriff. Dass Ernesto dieses Passwort benutzte, ließ tief blicken.

Mit aller Kraft riss ich mich von den düsteren Gedanken los.

»Beeilen wir uns!«, sagte ich zu Oliver. »Wer weiß, was die Innere Abteilung noch an Überraschungen bereithält.«

Systematisch ging ich Verzeichnisse, Ordner und Dateien durch, bis mein Blick schließlich an einer Liste hängen blieb. Zahlenkolonnen und Diagramme. Kürzel, die nirgends erklärt wurden. Und vor allem – kyrillische Buchstaben!

Meine Kehle wurde trocken. Das letzte Mal hatte ich eine vergleichbare Liste vor zwei Jahren gesehen. Und dieser Fund hatte mein Leben zerstört.

»Oliver? Siehst du das?«

»Klar und deutlich.«

Sein Blick hastete über den Text. Ein Schnellleser. Umso besser. Das ersparte uns eine Menge Zeit.

Uns?

Ich runzelte die Stirn. Hatte ich mich schon so an den Gedanken gewöhnt, Oliver an meiner Seite zu haben, dass ich ihn automatisch mit in den Fall einbezog? Das war bedenklich. Und doch fühlte es sich gut an. Zum ersten Mal in meinem Leben fand ich es nicht lästig, jemanden während der Arbeit dabei zu haben. Mit Mirella war das anders, das zählte nicht. Und auch Katherine war … ein besonderer Fall. Oliver nun also die dritte Ausnahme. Hieß das, dass ich flexibler wurde? Etwas weniger starr in meiner Weise, die Welt zu sehen? Vielleicht. Vielleicht war ich aber auch einfach nur zu verzweifelt, was diesen TBC-Fall anging.

Oliver räusperte sich. »Viel fällt mir dazu nicht ein. Außer, dass es Russisch ist. Und das hier oben«, er tippte auf ein Logo in der rechten Ecke, »könnte zu einer Firma gehören. Insgesamt sagt mir das alles aber nichts. Dir?«

Ja, allerdings. Es sagte mir etwas. Nur nicht genug. Wie eine Landkarte, die an den entscheidenden Stellen Brandlöcher aufwies und so ihr Geheimnis für sich behielt.

Ich atmete tief durch.

»Ich habe dir doch erzählt, dass ich vor zwei Jahren aus der Akademie geflogen bin. Es hing mit einem Dokument zusammen, das ich damals per Mail bekam. Ein Fehler im Computernetzwerk hatte an diesem Tag alles durcheinandergebracht. Mails wurden an falsche Empfänger geleitet, Daten abgeglichen, obwohl das überhaupt nicht vorgesehen war. Kurzum, ein totales Chaos. Keine Ahnung, weshalb dieses Dokument in kyrillischer Schrift bei mir landete. Aber ich weiß, dass ich es merkwürdig fand, denn die Akademie unterhielt zu dieser Zeit in allen möglichen Ländern Kontakte und Zweigstellen, aber nicht in Russland.«

Oliver hob amüsiert die Brauen.

»Nicht? Dass der Eiserne Vorhang passé ist, habt ihr in eurem Elfenbeinturm aber mitgekriegt, oder?«

Ich schnaubte leise.

»Natürlich. Und inzwischen gibt es auch ein Akademie-Büro in Moskau, stell dir vor. Keine Ahnung, weshalb das so lange gedauert hat. Aber eins weiß ich sicher: Damals, als ich diese Liste in die Finger bekam, hatte die Akademie mit Russland definitiv noch nichts am Hut.« Ich blickte mein Gegenüber fest an. »Fragt sich, was diese Liste auf Ernesto Sanchez' Rechner zu suchen hat.«

»In der Tat«, murmelte Oliver und ich sah, dass seine Augen zu funkeln begannen. Ganz offensichtlich hatte er Blut geleckt.

Was immer Ernesto mit dieser miesen Sache zu tun hatte, wir würden es herausfinden – und wenn ich es aus ihm herausprügeln musste.

»Komm mit!«, sagte ich, druckte die Liste aus und stopfte das Papier in meine Manteltasche. »Wir werden dem Kubaner jetzt einen kleinen nächtlichen Überraschungsbesuch abstatten.«

Ich drehte mich um und erstarrte mitten in der Bewegung. Das kühle Metall eines Pistolenlaufs legte sich an meine Stirn.

»Keine Bewegung … oder ich schieße!«

Mirellas Augen waren eisig und ihre Aura eine Korona aus Stahl. Nie zuvor hatte ich sie so erlebt. Als hätte sie jede Emotion, jede innere Regung vollkommen von sich abgekoppelt. Ihre Seele schien nur noch durch einen hauchdünnen Faden mit dem Hier und Jetzt verknüpft zu sein. Eine Verbindung, die jederzeit abreißen konnte.

Ich schluckte schwer und versuchte, mein jagendes Herz zu beruhigen. Neben mir nahm Oliver die Hände hoch.

Behutsam trat ich einen Schritt zurück.

»Mirella, ich kann dir das erklären. Das hier ist nicht der richtige Zeitpunkt, um falsche Entscheidungen zu treffen. Wenn du erfährst, was wir …«

»Das hier ist die Innere Abteilung. Ihr habt einen Computer gehackt.« Mirellas Gesicht blieb unbewegt wie eine Maske. »Mehr muss ich nicht wissen.«

Ich merkte, wie mir etwas die Kehle zuschnürte, als sie mich musterte. So distanziert, als wäre ich jemand vollkommen Fremdes für sie.

War ich das? War alles, was wir gemeinsam erlebt hatten, unwichtig?

»Wer ist der da?«, fragte Mirella mit glasklarer Stimme und deutete mit einem fast unmerklichen Nicken auf Oliver.

»Er ist ein … Freund«, sagte ich, während ich es nicht wagte, die Hände herunterzunehmen. »Oliver, darf ich vorstellen? Mirella Mistrani. Meine Ex-Frau.«

Ich konnte Olivers fassungslosen Blick regelrecht spüren. Er wusste, dass ich meine Ex-Frau zurück wollte – und offensichtlich hatte er sie sich anders vorgestellt. Aber das hier war auch nicht der günstigste Moment, um Mirellas Bekanntschaft zu machen.

»Seit wann hast du Freunde?«

Das war keine Frage, es war eine Feststellung. Mirella schien auch nicht mit einer Antwort zu rechnen, denn sie dirigierte uns mit einem Wink der Pistole vom Schreibtisch weg.

»Los, da rüber! An die Wand!«

»An die Wand?«, flüsterte Oliver. Ich sah Panik in seinen Augen aufflackern.

»Mirella, jetzt lass den Blödsinn!«

Meine Stimme hallte lauter als geplant durch den Raum und

für einen Moment befürchtete ich, damit endgültig den Kontakt zu ihrer Seele verloren zu haben. Es fühlte sich an, als würde der letzte Rest ihres Selbst sich von ihrem Körper lösen und nichts zurücklassen als eine kalte Hülle, die bereit war, alles zu tun. Alles.

»Und? Was hast du jetzt vor? Willst du uns erschießen, ja? Direkt hier?«

Ich musste mich zusammenreißen, um der Kälte in Mirellas Blick standzuhalten, doch ich hielt durch.

»Du weißt, dass du dann erklären musst, was geschehen ist. Du wirst dich verantworten müssen.«

»Das wäre einfach. Spionage in der Inneren Abteilung«, sagte Mirella ungerührt. »Niemand wird Fragen stellen.«

»Auch wenn ich es bin, den du tötest?«

Meine Stimme bebte. Unsere Blicke hingen aneinander und ich konnte nur hoffen, dass sie sich erinnerte. An mich. An uns. An das, was wir einmal waren.

Die Zeit schien zum Stillstand gekommen zu sein.

Und dann, ganz fein und unhörbar, änderte sich etwas in Mirellas Aura. Es war, als ginge ein zarter Riss durch die eisige Hülle, die sie umgab. Doch dieser Riss genügte. Ich sah, wie Leben in ihre Augen zurückkehrte. Wie das graue Eis wieder zu diesem Herbsthimmelsturm wurde, den ich kannte und liebte.

Entsetzt starrte sie auf die Waffe, die sie mit beiden Händen umklammerte und noch immer auf Oliver und mich gerichtet hielt. Dann ließ sie zitternd die Arme sinken.

Sekundenschnell war ich bei ihr.

»Gib sie her.«

Mirella antwortete nicht. Stumm legte sie mir die Pistole in die Hand. Ich sicherte die Waffe, steckte sie ein und fasste Mirella an den Schultern.

»Und jetzt setz dich.«

Meine Knie fühlten sich an wie Gummi, doch meine Gedanken waren merkwürdig klar. Was immer gerade geschehen war, Mirella hatte zurückgefunden. Unsere Verbindung war stärker gewesen als die Kälte in ihrem Inneren.

Während sie sich auf den Stuhl fallen ließ, wanderte mein Blick zu Oliver hinüber, der noch immer mit erhobenen Händen und starrem Blick an der Wand stand.

»Du kannst die Hände jetzt runternehmen«, sagte ich müde und rang mir ein Lächeln ab.

Oliver zuckte zusammen. Dann ließ er die Hände langsam sinken und rutschte im nächsten Moment mit dem Rücken an der Wand herunter, bis er auf dem Boden zu sitzen kam. Sein Gesicht war kreideweiß.

»Interessant, auf welche Art von Frauen du stehst ...«, murmelte er fast unhörbar.

Ich war froh, dass Mirella es nicht mitbekam. Sie saß auf dem Stuhl, ihre Lippen bebten und sie schien erst jetzt zu begreifen, was gerade geschehen war. Als unsere Blicke sich trafen, schnitt mir ein brennender Schmerz ins Herz. Nur ein einziges Mal hatte ich Mirella so hilflos und verletzlich gesehen wie in diesem Moment. Das war lange her. Und es war kein gutes Zeichen.

»Alles in Ordnung?«, fragte ich leise und ging vor ihr auf die Knie.

Sie nickte stumm. Es war regelrecht zu spüren, wie schwerfällig sich die Erinnerungen in ihrem Kopf wieder zusammensetzten.

»Ich habe eine Nachtschicht eingeschoben, weil mir der Fall keine Ruhe lässt. Ich kam her, weil man von der Dachterrasse aus einen so wunderbaren Blick über die Stadt hat. Dort kann ich gut nachdenken«, flüsterte sie. Ein schmerzliches Lächeln huschte über ihre Züge. »Das haben wir gemein, nicht wahr? Das Denken auf dem Dach ...« Sie schluckte erneut. »Und dann sah ich das Licht in Ernestos Büro ... und dass jemand dort war ... Danach verwischt alles.« Sie stockte kurz. »Habe ich ... irgendetwas ...«

»Nein«, beeilte ich mich zu sagen. »Es ist nichts passiert. Uns geht es gut.«

»Blendend«, knurrte Oliver aus der Ecke. Seine Gesichtsfarbe normalisierte sich nur langsam.

Mirella sah mich fragend an.

»Wer ist das?«

Ich lächelte mild.

»Mach dir keine Sorgen. Das ist Oliver. Ein Freund von mir. Ein Freund.«

Sie sah mich an, die Augen riesig in ihrem schmalen Gesicht. Dann erhob sie sich.

Langsam ging sie zu Oliver hinüber, die ersten Schritte noch unsicher, dann immer stabiler werdend, und blieb schließlich vor ihm stehen. Ich sah, wie er zu ihr aufschaute, eine merkwürdige Mischung aus Neugier und Wachsamkeit im Blick. Mirella streckte die Hand aus. Oliver zögerte kurz, dann ergriff er sie und ließ sich auf die Füße ziehen.

Für einen Moment hielt sie seine Hand noch fest.

»Ich bin Mirella«, sagte sie leise und ich konnte spüren, wie sehr sie um Festigkeit in der Stimme rang. »Jakobs Ex-Frau.«

»Oliver«, entgegnete mein Freund heiser. »Ich habe schon … so einiges von dir gehört.«

»Tatsächlich?« Der Hauch eines Lächelns huschte über Mirellas Züge. »Dann hoffe ich, Jakob hat nur Positives über mich gesagt. So hinterlässt unsere erste reale Begegnung vielleicht nicht allzu viele Narben.«

Oliver rang sich ein Grinsen ab.

»Oh, keine Sorge, ich kann einiges ab. Und erschossen werden kann man ja immer mal. Ist halt Berlin, ne?«

Mirella lächelte ihm dankbar zu. Dann drehte sie sich zu mir um. »Und? Erzählst du mir jetzt, was ihr beide mitten in der Nacht in Ernestos Büro zu suchen habt?«

Für einen Moment überlegte ich, ob ich ihr die Wahrheit wirklich zumuten konnte, immerhin war sie mit dem Mann zusammen, der ganz offensichtlich mächtig in krumme Geschäfte verwickelt war. Doch Mirella sah mich so eindringlich an, dass ich es nicht übers Herz brachte, sie zu belügen. Vielleicht konnten andere das. Ernesto zum Beispiel. Ich konnte es nicht.

»Setz dich«, sagte ich leise und wartete, bis sie wieder auf dem Stuhl Platz genommen hatte. Dann zog ich das Dokument aus der Tasche und atmete tief durch.

»Wir sind hier, weil ich den Verdacht hatte, dass Ernesto Dreck am Stecken hat. Und was wir gefunden haben, scheint zu bestätigen, dass er in den TBC-Fällen mit drinhängt.«

Mirella starrte mich einen Moment lang verständnislos an. Dann öffnete sie die Lippen einen Spalt.

»Ernesto? Nein«, flüsterte sie. »Das kann ich mir nicht vorstellen.«

Ich schob ihr die Papiere zu.

»Er hat Unterlagen, die ich mir nicht erklären kann. Aber ich weiß, dass ich damals wegen ähnlicher Dokumente aus der Akademie geflogen bin. Ich hatte sie irrtümlich erhalten. Von wem, weiß ich nicht. Aber es war ganz sicher ein Fehler. Ich bin damals damit zu Simon gegangen … Mirella, du kennst die Geschichte! Ich habe nicht gelogen!«

Ich holte tief Luft, dann kniete ich mich vor sie und deutete auf die Papiere.

»Das hier sind Forschungsdaten. Analysen … oder so etwas in der Art. Auf Russisch. Die haben mich meinen Job gekostet und ich weiß bis heute nicht, warum. Ich frage dich: Was hat so etwas auf Ernestos Rechner zu suchen?«

Mirella überflog die Papiere und ich sah, wie sie die Lippen zusammenpresste. Dann zuckte sie mit den Schultern.

»Das beweist gar nichts. Wir wissen ja nicht einmal, was da steht.«

»Ich werde schon jemanden finden, der Russisch kann«, sagte ich eindringlich.

Mirella schluckte schwer und ich konnte sehen, wie es in ihr arbeitete.

»Du glaubst also wirklich, er hat etwas damit zu tun?«

Ich nickte stumm.

Mirella starrte zuerst aus dem Fenster in die Dunkelheit, dann wieder zurück auf die Unterlagen.

»Nur mal angenommen, es wäre so«, sagte sie zögernd, »dann wüsste ich jemanden, der uns dabei helfen könnte, das Schreiben zu entziffern.«

»Ja? Und wer?«

Sie blickte mich an. Ihr Gesicht war so ernst, dass ich fast erschrak.

»Katherine. Ihre Familie kommt ursprünglich aus Russland. Oder aus der Ukraine, keine Ahnung …«

Allmählich schien sie ihre innere Stabilität wiedergefunden zu haben, denn sie musterte mich prüfend.

»So etwas solltest du von deiner Freundin aber eigentlich wissen.«

»Sie ist nicht meine Freundin.«

»Ach, richtig, ihr vögelt ja nur.«

Mirella lächelte matt und ich lächelte zurück.

»Ruf sie doch einfach an«, sagte sie dann.

Bei diesem Gedanken breitete sich ein flaues Gefühl in meinem

Magen aus. Katherine war mit Sicherheit noch immer nicht gut auf mich zu sprechen. Aber Mirella hatte recht. Natürlich konnten wir morgen einen Übersetzer auftreiben, aber warum so lange warten? Ich brannte darauf, dem Dokument sein Geheimnis zu entreißen. Vor allem, weil ich allmählich das Gefühl hatte, dass Ernesto Sanchez viel tiefer im Dreck steckte, als ich es mir jemals erträumt hatte.

»Also gut«, sagte ich und zückte mein Handy. »Ich rufe sie an.«

*

»Muss ja wahnsinnig wichtig sein, wenn ihr mich mitten in der Nacht hierher zitiert!«

Katherines Gesicht verriet nicht, was sie davon hielt, nachts um drei aus dem Bett geklingelt worden zu sein. Aber als sie Mirellas Büro betrat, merkte ich, dass sie dunkle Ringe unter den Augen hatte, unausgeschlafen und erschöpft wirkte. Das war neu.

Ich versuchte ein Lächeln. »Ja, es ist wirklich wichtig.«

Ich hatte ihr bereits am Telefon mitgeteilt, dass es um Hilfe bei der Entzifferung eines russischen Dokuments ging. Katherine hatte zugehört, geduldig, wie es ihre Art war, und dann gesagt, dass sie nicht wüsste, ob sie uns würde weiterhelfen können. Es sei lange her, dass sie zuletzt mit der Sprache zu tun gehabt hätte. Aber einen Versuch war es wert.

»Also, wo ist das Fundstück?«

Bis auf einen flüchtigen Blick ignorierte mich Katherine vollkommen und auch mein Lächeln blieb unerwidert. Ich sah, wie Mirella irritiert zwischen Katherine und mir hin und her schaute. Dann blieb ihr Blick fragend an mir hängen. Ich zog es vor, nichts zu erklären. Was auch? Dass ich einer großartigen Frau nach einer heißen Nacht den Laufpass gegeben hatte, nur weil ich Mirella nicht vergessen konnte? Das war nichts, was ich meiner Ex-Frau unter die Nase reiben wollte. Nicht, wenn es sich irgendwie verhindern ließ. Und gerade jetzt, da Oliver und ich fast Opfer von Mirellas Medikamentenfehldosierung geworden waren, stand mir der Sinn eher nicht nach romantischen Bekenntnissen.

Katherine ging zum Schreibtisch und ließ sich von Oliver die Dokumente in die Hand drücken. Beim Blick darauf verengten sich ihre Augen zu schmalen Schlitzen.

»Wo habt ihr das her?«

Ihre Stimme war plötzlich rau.

Ich merkte, wie mein Herz ins Stolpern geriet.

»Tut nichts zur Sache.«

Katherine sah mich an. Für einige Herzschläge war es wieder da, das feine Band der gemeinsam verbrachten Nacht, das uns zueinander zog. Und ich glaubte, ganz kurz einen Funken Wärme in ihren Augen wahrzunehmen. Dann riss sie ihren Blick von dem meinen los.

»Komisch«, sagte sie, während sie das Dokument überflog. Dann räusperte sie sich einen Tick zu laut. »Ich bin nicht sicher, ob ich das richtig verstehe.«

»Wieso? Ich dachte, du kannst Russisch?«, fragte Mirella. Sie lehnte mit dem Rücken an der Wand und hatte die Hände tief in den Hostentaschen vergraben. Ihr Blick ruhte abwartend auf Katherine.

Katherines Gesicht nahm einen noch distanzierteren Ausdruck an.

»Ja, natürlich kann ich das. Und ich kann auch entziffern, was hier steht. Aber das meinte ich nicht. Der Brief kommt nicht aus Russland.«

Ich hob die Brauen.

»Nicht? Aber das ist doch kyrillische Schrift.«

Katherine lächelte matt.

»Weit ist der Osten, Mütterchen …« Dann wurde sie wieder ernst. »Das Dokument kommt aus Weißrussland. Oder ein Weißrusse hat es geschrieben.« Sie tippte auf den Briefkopf. »Hier, das sieht man an der Datumsbezeichnung: 23. Februar 2010. Das russische Wort für diesen Monat ist *Fevral.* Hier aber steht *Ijuty.* Weißrussisch für *Februar.*«

Weißrussland?

Meine Gedanken begannen zu rasen. Das Wort löste irgendetwas in mir aus, eine ferne Witterung, eine Spur, eine Erinnerung …

Ich zog scharf den Atem ein und alle Blicke richteten sich auf mich.

»Zwei der TBC-Opfer kamen aus Weißrussland!«

Katherine nickte.

»Der Rest des Textes legt nahe, dass es eine Verbindung zu den alten Fällen gibt. Das Logo oben rechts gehört zu einem Krankenhaus in Minsk. Und die Daten ...«

Katherine vertiefte sich erneut in das Dokument, dann nickte sie.

»Ja. Kein Zweifel. Es sind Forschungsergebnisse. Auswertungen zu einer Medikamentenstudie. Es geht um ein Mittel gegen Tuberkulose und das Krankenhaus signalisiert Interesse an einer Zusammenarbeit. Sie bieten an, Patienten herzuschicken. Für Studien.«

Katherine presste die Kiefer zusammen.

»Inoffizielle Studien. Das Unternehmen, mit dem sie Kontakt haben, heißt *KehPharma*.«

Ich starrte sie an. In mir breitete sich Fassungslosigkeit aus.

»Die haben angeboten, Leute zur Verfügung zu stellen?«

Katherine nickte erneut. Ihre Augen dunkeltraurige Seen, in denen ich zu ertrinken drohte.

Ein leichtes Schwindelgefühl erfasste mich.

Durch diese Nachricht erschien alles in neuem Licht. Die jungen Frauen mit schwerer offener Tuberkulose – waren sie hergeschickt worden, um in Medikamentenstudien als Versuchskaninchen zu dienen? Der Gedanke war ungeheuerlich und drückte mir die Kehle zu.

»Wer ist der Kontaktmann?«, fragte Mirella in diesem Moment, den Blick fest auf Katherine geheftet. »Gibt es Informationen dazu?«

Katherine presste die Lippen aufeinander und blickte langsam zwischen Mirella und mir hin und her. Sie schien mit sich zu kämpfen, als wäre sie nicht sicher, ob sie wirklich aussprechen sollte, was das Dokument ihr verraten hatte.

Schließlich nickte sie.

»Ja, der Kontaktmann hat unterzeichnet. Er heißt Ernesto Ruiz Sanchez.«

Die plötzlich eintretende Stille lastete wie Beton auf uns. Ich spürte, wie Mirellas Atem stockte, wie ihr Herz aus dem Takt geriet, für zwei Sekunden, für drei. Und ich fühlte Katherines Blick auf mir. *Das ist es doch, was du gesucht hast,* schien er zu sagen. *Das ist es doch, was du wolltest. Bist du jetzt glücklich? Bist du es?*

Nein, glücklich war ich nicht. Wie konnte ich glücklich sein, wenn etwas Mirella so wehtat? Aber noch weniger konnte ich untätig dabei zusehen, wie sie ihr Leben zerstörte.

Noch bevor ich den Gedanken zu Ende gedacht hatte, erhob sich Mirella. Ihr Gesicht war kühl und beherrscht und nur wer sie sehr gut kannte, konnte erahnen, wie sie sich gerade fühlte.

Unsere Blicke trafen sich und sie presste die Lippen zusammen. Dann atmete sie tief durch.

»Ich werde Ernesto jetzt höchstpersönlich den Hals umdrehen«, sagte sie gefährlich sanft. »Wer mitkommen möchte, ist herzlich eingeladen.«

KAPITEL 13

»Das ist absurd! Vollkommen absurd!«

Noch nie hatte ich Ernesto Sanchez so außer sich erlebt. Doch dass wir ihn mitten in der Nacht überraschend aufsuchten – Mirella, Katherine, Oliver und ich –, schien nicht einmal das größte Problem zu sein. Nicht, seit Mirella ihn mit dem Dokument konfrontiert hatte.

»Du bist hier als Kontakt genannt und behauptest trotzdem, du hättest nichts damit zu tun, ja? Dann erklär es mir!«

Mirellas Stimme war so frostig, dass mir ein Schauer über die Haut lief.

Ernesto starrte zuerst den Brief an, dann Mirella und zuletzt mich. Schließlich kam er langsam auf mich zu.

»Ich habe keine Ahnung, was hier gespielt wird«, sagte er gefährlich leise, ohne mich aus den Augen zu lassen. »Aber wenn das hier die persönliche Rache dafür sein soll, dass Sie damals aus der Akademie geflogen sind, dann bin ich der Falsche.«

»Tatsächlich?« Ich parierte seinen Blick. »Dafür sieht die Faktenlage aber ziemlich mies aus.«

»Ich war es aber nicht! Jesus Maria!« Er rang die Hände und seine dunklen Augen blitzten. »Was soll ich denn mit einer Klinik in Minsk zu schaffen haben?«

Ich zückte mein Handy, scrollte mit einigen schnellen Bewegungen durch die Fotos und hielt es Ernesto Sanchez dann direkt vor die Nase.

»Mich würde interessieren, wer dieser Mann ist. Sie haben ihn im Café Flora getroffen … und im Anschluss daran ein hochinteressantes Telefonat geführt, bei dem Sie beide nicht gerade einen harmonischen Eindruck erweckten. Na, klingelt's?«

Ernesto musterte das Foto, das ihn mit dem mysteriösen Fremden zeigte. Ein unmerkliches Zucken glitt über seine Züge. Dann wurde sein Gesicht wieder zu einer undurchdringlichen Maske.

»Das war eine Zufallsbekanntschaft, weiter nichts.«

»Zufallsbekanntschaft? Dafür haben Sie beide sich aber sehr angeregt unterhalten.«

Ernesto zuckte mit den Schultern.

»Man lernt sich eben kennen, wenn man nebeneinander am Tisch sitzt. Außerdem wüsste ich nicht, was Sie das angeht.« Ein gefährliches Glitzern war in seine Augen getreten. »Beschatten gehört nicht zu Ihrem Aufgabengebiet, wenn ich recht informiert bin.«

»Und krumme Geschäfte gehören nicht zu Ihrem. Mich würde zum Beispiel auch sehr interessieren, inwieweit Sie ein Unternehmen namens *KehPharma* kennen«, entgegnete ich kalt.

Ich merkte, wie die Anspannung zwischen Ernesto und mir immer weiter zunahm. Als würde man auf einem Pulverfass sitzen und mit Streichhölzern spielen.

Mirella schob sich energisch zwischen uns.

»Wer war der Mann?« Sie hielt sich sehr gerade und stand so dicht vor Ernesto, dass sich ihre Körper fast berührten. »Die Frau, die wegen dir ihr ganzes Leben hier aufgeben will, geht das alles nämlich sehr wohl etwas an.«

Ernesto seufzte leise.

»Es war niemand, mi corazón. Glaub mir. Ich kenne den Mann nicht.«

Mirella schwieg. Lange. Ohne den Blick von Ernesto abzuwenden. Dann schnaubte sie leise.

»Ich glaube dir kein Wort. Kein einziges verdammtes Wort.« Langsam schüttelte sie den Kopf. »Menschenversuche, ja? Ist es das, worum es geht?«

Ganz plötzlich entlud sich die Spannung. Mirella schlug Ernesto so heftig mit der Faust gegen die Brust, dass er zurücktaumelte.

»Was für ein Monster bist du?!«

Ihr Schrei gellte durch den Raum und erschütterte mich bis ins Mark.

Ernesto starrte sie fassungslos an.

Doch Mirella hatte sich schon wieder gefangen.

»Ich finde es heraus, verlass dich drauf! Wenn du da mit drinhängst, dann gnade dir Gott!«

Sie drehte sich um und verließ die Wohnung. Und das leise, fast unmerkliche Schließen der Tür wirkte bedrohlicher, als wenn sie die Tür mit aller Kraft hinter sich zugeworfen hätte.

Draußen sah ich Mirella nicht sofort. Erst als ich suchend die Straße entlangblickte, entdeckte ich sie. Sie lehnte einige Meter entfernt an einem Baumstamm und wurde fast vollkommen verschluckt von den Schatten der Nacht.

Oliver musterte mich. Er hatte während der ganzen Szene in Ernestos Wohnung keinen Ton von sich gegeben. Er war nur da gewesen. Und das war viel.

»Ich gehe dann mal«, sagte er mit gedämpfter Stimme. »Ihr kommt zurecht?«

Ich lächelte matt.

»Klar. Ich denke schon.«

»Gut«, sagte er leise. »Melde dich, ja?«

»Natürlich.«

Mein Blick glitt zu Katherine hinüber, die ein wenig abseits stand. Sie biss sich auf die Unterlippe, dann holte sie tief Luft.

»Ich habe mir eine Kopie des Dokuments gemacht und übersetze den Brief, sobald ich zu Hause bin. Die Übersetzung schicke ich dir später aufs Handy.«

Ein knappes Nicken zum Abschied und noch bevor ich mich bedanken konnte, verschwand sie gemeinsam mit Oliver in Richtung Hauptstraße. Sie würden ein Taxi nehmen. So spät in der Nacht fuhr auch in Berlin kein öffentliches Verkehrsmittel mehr.

Ich sah, wie die beiden sich im Schein der Straßenlaternen entfernten und schließlich um eine Ecke bogen. Zurück blieben Mirella und ich.

Für einen Augenblick stand ich unschlüssig auf dem Gehweg. Was sollte ich tun? Zu Mirella gehen? Hierbleiben und abwarten? Nach Hause fahren? Uns trennte mehr als nur einige Meter Kopfsteinpflaster. Und noch nie war es mir so schwergefallen, Mirella einzuschätzen. Vielleicht war es besser, sie jetzt alleine zu lassen, doch irgendetwas in mir wollte das nicht.

»Schön, dass du da bist«, hörte ich in diesem Augenblick ihre Stimme aus dem Schatten.

Ich schluckte und versuchte ein Lächeln, während ich langsam zu ihr hinüberschlenderte.

»Ich war nicht sicher, ob du mich hier haben möchtest.«

Sie lachte leise und es klang wie eine Mischung aus Verzweiflung und Resignation.

»Das sagst ausgerechnet du. *Du* bist es doch, der mich zum Teufel wünschen müsste.«

Ich war inzwischen so nah bei ihr, dass ich das Glitzern ihrer Augen in der Dunkelheit sah. Und ihre Nähe spürte.

»Ich habe dir damals nicht geglaubt«, sagte sie leise. »Und jetzt weiß ich noch weniger, was ich glauben soll. Es kommt mir vor wie ein absurdes Déjà-vu. Einem Menschen, an dem mir etwas liegt, wird Unfassbares vorgeworfen. Und ich habe die Wahl, ob ich den Fakten Glauben schenke oder mich auf mich selbst verlasse.«

»Dabei kann ich dir nicht helfen«, erwiderte ich mit belegter Stimme. »Du musst wissen, wem du traust und wem nicht.«

»Das ist es ja«, sagte Mirella tonlos. »Ich vertraue mir selbst nicht. Wie könnte ich jemand anderem trauen, wenn ich nicht mal mehr weiß, was mit mir geschieht …«

Ihre Stimme brach und sie senkte den Blick.

Ich atmete tief durch.

»Die Medikamente versagen, oder?«

Mirella schwieg einen Moment. Dann nickte sie.

»Ja. Schon eine ganze Weile. Aber es war nie so schlimm wie heute Nacht. Ich dachte, es würde gehen, es wäre einfach nur eine Phase.«

Sie schlug die Hände vors Gesicht.

»Mein Gott, um ein Haar hätte ich Oliver und dich erschossen! Einfach so.«

»Nein, nicht einfach so«, entgegnete ich ruhig, auch wenn mir das Herz bis zum Hals schlug. »Du hast das getan, was die Akademie uns eingeimpft hat. Du bist in deiner Funktion als Akademie-Mitarbeiterin hervorragend.«

»Ja, offensichtlich so hervorragend, dass man mich demnächst als eiskalte Killermaschine auf die Leute loslassen kann.«

Ich sah, wie ein Zittern durch ihren Körper lief.

»Kannst du mit jemandem darüber reden?«

Sie lächelte matt.

»Ich rede mit dir. Oder bilde ich mir das auch ein? Sag, dass du kein Hirngespinst bist.«

Ich betrachtete sie und wusste, dass keine Erklärung der Welt ausreichen würde, um sie wirklich sicher sein zu lassen. Ohne nachzudenken trat ich einen Schritt vor und schloss Mirella in meine Arme. Sie schmiegte sich an mich, als hätte sie Jahre darauf gewartet. Genau wie ich.

Ich fühlte die Wärme ihres Körpers, die durch den dunkelgrauen Stoff ihres kurzen Mantels kroch, und roch den frischen Duft ihres Parfüms, während unsere Atemzüge sich einander anpassten. Synchron wurden. Ein einziges Atmen wurden. Wir beide wie unter einer Kuppel zerbrechlichen Glases. Die Zeit schien stillzustehen.

Schließlich löste sich Mirella von mir und für einige Sekunden verfingen sich unsere Blicke. Ich sah, wie sie ganz leicht die Lippen öffnete, fühlte den Impuls, meinen Mund auf den ihren zu senken – und wich im letzten Moment zurück.

Mirella ließ meine Hand los.

»Ich glaube, deine Ex-Frau muss jetzt nach Hause«, sagte sie. Das Zittern in ihrer Stimme war fast unmerklich, nicht mehr als ein leichtes Vibrieren, das meine Haut registrierte wie ein Seismograf unterschwellige Beben aus den Tiefen der Erde.

Ich lächelte.

»Ich begleite dich. Zumindest bis vor die Tür.«

*

»Bist du dir wirklich sicher, dass du deinen überspannten Ex-Mann in deiner Wohnung haben willst?«, fragte ich mit einem feinen Lächeln, als Mirella nach ihrem Wohnungsschlüssel suchte. »Ich bin doch so furchtbar anstrengend. Vielleicht erinnerst du dich nur gerade nicht daran wegen der unzuverlässigen Medikamente?«

»Halt die Klappe.«

Mirella sperrte die Tür auf und ließ mich eintreten.

»Ich brauche jetzt definitiv Gesellschaft.« Sie setzte sich auf den Boden und zerrte sich die Stiefel von den Füßen. »Dass es ausgerechnet dich trifft, ist ein Zufall, den du nicht überbewerten solltest.«

»Würde mir nicht im Traum einfallen«, entgegnete ich grinsend.

Offensichtlich hatte Mirella beschlossen, unsere kurze Annäherung sofort wieder zu relativieren. Und um ehrlich zu sein, war ich fast erleichtert. Es hätte alles nur noch viel komplizierter gemacht. Unsere Zusammenarbeit, den Fall, meinen schwelenden Konflikt mit Katherine, Ernestos dubiose Geschäfte. Zu vieles war zu klären, bevor wir auch nur darüber nachdenken konnten, wie es weitergehen sollte.

Wie das klang … Wie konnte ich nur so sicher sein, dass Mirella und ich eine Zukunft hatten? Gemeinsam?

Ich konnte es nicht. Alles sprach dagegen. Aber in diesem Augenblick fühlte es sich so an.

Neugierig schlenderte ich den Flur entlang, während Mirella sich aus ihrem Mantel schälte. Ich war noch nie hier gewesen. Sie lebte seit ihrem Auszug aus unserer gemeinsamen Wohnung zwar ebenfalls in Kreuzberg, allerdings im anderen Teil, nahe des Mehringdamms. Eine Gegend mit wunderbaren Altbauten, netten Cafés – und ähnlich wie bei mir am Görlitzer Bahnhof mit jedem Jahr mehr durch die Straßen flutenden Touristen aus aller Welt. Mirellas Wohnung lag im Hinterhaus und war wie eine stille Oase in all dem Trubel.

Ich musste lächeln. Seltsam, wie ähnlich wir uns in dieser Hinsicht waren. Die Wohnung war ein Rückzugsort, ein Refugium, das nur ausgewählte Menschen je zu sehen bekamen. Und nichts ging über den Charme von knarrenden Dielenböden und Stuckdecken, auch wenn es im Winter zugig war und alte Wohnungen so ihre Tücken mitbrachten.

»Das Wohnzimmer ist hinten rechts und die Küche gegenüber«, rief Mirella mir zu. »Mach's dir bequem. Ich dusche nur kurz, wenn es dir nichts ausmacht.«

»Wieso sollte mir das was ausmachen?«, entgegnete ich, doch sie zog schon die Badezimmertür hinter sich zu.

Kurze Zeit später hörte ich, wie das Wasser der Dusche zu brausen begann. Einen Moment lang war ich versucht, die Augen zu schließen und mir vorzustellen, wie Mirella jetzt unter der Dusche stand, nur wenige Meter von mir entfernt, wie das heiße Wasser an ihrem Körper herunterperlte und …

Ich schüttelte heftig den Kopf und marschierte dann mit festen Schritten in die Küche. Nein! Nicht mal dran denken! Hormonelle Entgleisungen waren das Letzte, was wir beide jetzt gebrauchen konnten.

Unser altes Weinregal hatte in der Küche einen würdigen Platz neben dem Fenster bekommen. Es lagen einige Flaschen darin und unten, in der vorletzten Reihe, eine einzelne Flasche, die eine feine Staubschicht zierte.

Ich runzelte die Stirn. Konnte es sein, dass Mirella ...

Nein, das hatte sie nicht getan. Ganz sicher nicht!

Vorsichtig zog ich die Flasche ein Stückchen vor, bemüht, die Staubschicht nicht durch meine Fingerabdrücke zu zeichnen. Mir stockte kurz der Atem, als ich das Etikett des Weines sah. Es war ein Merlot. Ein besonderer Merlot. Mirella und ich hatten ihn zu unserer Hochzeit geschenkt bekommen, von einem guten Freund, der inzwischen verstorben war. Mit dem Hinweis, dass dieser Wein für einen ganz besonderen Moment in unserem Leben aufzuheben sei.

Dass sie es tatsächlich getan hatte, dass dieser Wein noch immer hier lag und der besondere Moment noch im Bereich des Möglichen hing, ließ mein Herz für einen Augenblick schneller schlagen. Behutsam schob ich die Flasche wieder an ihren Platz zurück, als wäre sie ein geheimer Schatz. Ein Schatz, um den ich wusste.

Dann nahm ich eine andere Flasche aus dem Regal, öffnete sie und brachte sie gemeinsam mit zwei Gläsern ins Wohnzimmer. Dort wartete ich, bis Mirella in Jogginghose und T-Shirt ins Zimmer kam. Ihre Gesichtszüge waren entspannt und sie lächelte mich an.

»Jetzt geht's mir besser«, sagte sie und ließ sich neben mir aufs Sofa fallen. »Geduscht und wie neu geboren.«

Schweigend schenkte ich uns beiden ein und reichte Mirella eines der Gläser.

»Auf die Dusche!«

Ich prostete ihr zu.

Mirellas Lächeln wurde breiter.

»Auf die Dusche!«

Während wir tranken, verfingen sich unsere Blicke ineinander. Und doch war da nicht mehr die Nähe, die vorhin unsere Umarmung begleitet hatte. Wir waren wieder das ehemalige Paar, das gemeinsam an einem Fall arbeitete und sich nun eher zufällig hier auf dem Sofa befand. Und Mirella schien keinen Zweifel daran lassen zu wollen, dass genau das auch im Mittelpunkt stand. Unsere Arbeit. Nichts anderes.

»Was für ein Chaos«, seufzte sie und richtete den Blick aus dem Fenster. »Ich habe keine Ahnung, was ich von Ernesto halten soll. Was meinst du?«

Ich zuckte mit den Schultern.

»Du weißt, ich kann ihn nicht leiden. Und es widerstrebt mir, das zu sagen, aber er wirkte auf mich doch sehr überrascht von diesem Brief, den wir auf seinem Rechner gefunden haben. Ich frage mich, ob er ein solch brisantes Dokument nicht woanders verwahren würde? Gerade nach dem Crash von vor zwei Jahren, als alle Netzwerke in der Akademie verrückt gespielt haben?« Ich seufzte leise. »Ganz ehrlich – ich fürchte, ich glaube ihm. Ich glaube ihm zumindest, dass er in dieser Sache nicht die Fäden gezogen hat. Dass er allerdings keine ganz reine Weste hat, ist offensichtlich.«

Ich räusperte mich. »Mirella, mir ist klar, dass ich kein Recht habe, dich das zu fragen, und du musst auch nicht antworten, wenn du nicht möchtest. Aber – was hat dieser Typ an sich, dass du dich mit ihm eingelassen hast?«

Mirella starrte auf den Boden, so lange, dass ich zu glauben begann, sie würde mir tatsächlich nicht antworten. Dann aber atmete sie tief durch und blickte auf. Direkt in meine Augen.

»Er ist so ganz anders als du«, sagte sie leise. »Und ich glaube, das ist der einzige Grund.«

Mein Herz wurde bleischwer. Dann nickte ich stumm. Es gab dazu nichts zu sagen. Mirella hatte einen Mann gesucht, der das Gegenteil von mir war. Weniger anstrengend. Weniger emotional. Und in gewisser Weise auch weitaus weniger egozentrisch. Das musste ich hinnehmen, auch wenn es schmerzte.

»Dieser Mann, mit dem er sich getroffen hat«, sagte Mirella mit gesenktem Blick, »würdest du ihn wiedererkennen?«

Ich schüttelte den Kopf.

»Definitiv nicht. Er war zu weit weg und die meiste Zeit saß er mit dem Rücken zu mir. Ich könnte keine eindeutige Aussage machen. Auf keinen Fall.«

Mirella nickte stumm. Dann stand sie auf, ging in den Flur und ich hörte, wie sie in ihrem Mantel kramte. Als sie zurückkam, hatte sie den ausgedruckten Brief bei sich.

Sie tippte auf das Logo.

»Katherine sagte, das sei das Siegel einer Minsker Klinik. Und dass die Klinik ihre Zusammenarbeit anbieten würde. Hat Katherine die Übersetzung schon geschickt?«

Ich zog mein Handy aus der Tasche.

»Warte, ich sehe nach.«

Mirella lächelte, als ich das Handy zuerst anstellen musste.

»Du gewöhnst dich nie daran, die Dinger einfach anzulassen, oder?«

»Nein«, antwortete ich ungerührt. »Und das hat nur Vorteile. Nicht erreichbar zu sein, ist großartig.«

Es dauerte einen Moment, dann blinkte ein kleiner Briefumschlag in meinem Display auf. Katherine war schnell gewesen. Viel schneller als ich erwartet hatte. Und viel schneller, als sie hätte sein müssen.

In mir stieg das schlechte Gewissen auf wie ein nagender Wurm. Katherine hatte die ganze Zeit über versucht, stark zu wirken, doch ich hatte die Verletzung in ihren Augen gesehen, wahrgenommen, was sie mir gegenüber aussandte. Da waren Wut, Traurigkeit, ein stetes Schwanken zwischen Distanz und Anziehung. Und mir fiel einfach nicht ein, wie ich diesen Fehler wieder gutmachen konnte. Wahrscheinlich gab es nichts, was ich noch tun konnte, außer zu hoffen, dass sich die Situation irgendwann entspannte.

»Hier, die Übersetzung ist da«, sagte ich, während ich die Datei öffnete.

Mein Blick huschte über den Text. Es war nicht viel und das meiste hatte Katherine schon vorhin gesagt. Doch einem Detail konnten wir nachgehen.

»*KehPharma* also«, sagte Mirella, die dicht neben mich gerückt war und ebenfalls den Text durchsah. »Wer oder was ist das?«

Ich runzelte die Stirn. Die Minsker Klinik hatte dem Pharmaunternehmen eine Zusammenarbeit angeboten. Ernesto schien nur die Schnittstelle gewesen zu sein. Wenn er es denn wirklich war und nicht, wie er behauptete, von alldem nichts wusste …

Ich schüttelte den Kopf.

»Ehrlich gesagt, habe ich noch nie von denen gehört.«

»Na, das lässt sich ändern«, sagte Mirella, trank einen Schluck Wein, erhob sich und holte ihren Laptop.

Es dauerte keine zehn Sekunden, das Unternehmen im Internet ausfindig zu machen:

»KehPharma – Tradition trifft Innovation«

»Interessant«, sagte Mirella, während wir die Unternehmensseiten durchstöberten. »*KehPharmas* Firmensitz ist in Berlin. Hast du wirklich noch nie von denen gehört?«

Ich schüttelte den Kopf.

»Nein. Aber vielleicht Oliver.«

Mirella grinste mich von der Seite an.

»Richtig, du hast ja jetzt einen Freund. Wird eine Weile dauern, bis ich mich daran gewöhnt habe.«

»Nicht *so* einen Freund«, antwortete ich betont gelassen. »Du weißt, ich bin euch Frauen erschreckend ergeben.«

Ein Lächeln zuckte um ihre Mundwinkel, doch sie sagte nichts. Dann wandten wir uns wieder der Firmenwebsite zu.

»Die haben einen Schwerpunkt im Bereich der Schmerzmittelforschung«, sagte ich, während ich die Unternehmenshistorie las. »Schmerzmittel aller Art. Komisch, dass ich nichts von denen kenne.«

Mirella musterte mich von der Seite und ich war mir nicht sicher, wie ich ihren Blick deuten sollte.

»Sind die Kopfschmerzen niemals besser geworden?«

Ich zuckte mit den Schultern.

»Manchmal sind sie wochenlang weg, manchmal könnte ich aus dem Fenster springen, weil ich denke, im nächsten Augenblick den Verstand zu verlieren. Also – nein, besser geworden ist es nicht wirklich. Seit zwei Jahren bin ich irgendwie … lädiert. Aber ich setze große Hoffnungen in Olivers Künste. Wer weiß, vielleicht macht er aus mir einen normalen Menschen?«

»Das wäre schade, finde ich«, erwiderte Mirella. »Als normaler Mensch kannst du nur verlieren. Oder?«

Einige Sekunden lang sahen wir uns an, dann lächelte ich.

»In Ordnung, kein normaler Mensch. Nur ein wie gewohnt Gestörter ohne Kopfschmerzattacken.«

Mirella lächelte zurück.

»Deal!«

Dann klappte sie den Laptop zu.

»Was auch immer *KehPharma* mit dem Ganzen zu tun hat, auf der Website finden wir dazu nichts. Die sind nicht in der Tuberkulose-Forschung tätig.«

»Zumindest nicht offiziell …«, warf ich ein. »Wer weiß, was sich hinter den Kulissen abspielt. Wir sollten dem nachgehen.«

Mirella nickte gähnend.

»Aber nicht mehr heute Nacht. Es wird bald hell.« Sie strich mir flüchtig über den Arm. »Ich muss jetzt wirklich schlafen, Jakob. Aber würdest du mir einen Gefallen tun?«

Ich blickte sie an. »Fast jeden.«

»Kannst du hierbleiben? Ich meine … hier im Wohnzimmer, auf der Couch?«

Ich sah, wie sie nervös schluckte.

»Zumindest bis ich eingeschlafen bin? Ich würde verstehen, wenn du ablehnst, wirklich, aber ich möchte gerade nicht alleine sein. Falls wieder …«

Sie brach mitten im Satz ab.

»Falls es aus dem Ruder läuft, wolltest du sagen?« Ich nickte. »In Ordnung. Ich passe auf dich auf. Versprochen.«

Ich konnte mir nur ansatzweise vorstellen, wie schlimm es für Mirella sein musste, dass die Anfälle zurück waren. Dass sie dieser mysteriösen Erkrankung, die sich über viele Jahre erfolgreich hatte in Schach halten lassen, nun erneut gegenübertreten musste. Niemand konnte sich erklären, woher die Anfälle kamen, und auch Mirella selbst erinnerte sich nicht genau, wann es begonnen hatte. In der Kindheit, in einem Herbst, mit dem Geruch von Laub in der Nase. Immer wurden die Attacken von genau diesem Geruch begleitet. Und nie konnte Mirella sie aufhalten. Es war keine Epilepsie. Keine Schizophrenie. Es war etwas anderes, etwas Eigenes.

Ich hatte mich schon oft gefragt, ob dieses Phänomen etwas mit Mirellas Sonderbegabung zu tun hatte. Niemand bekommt eine Begabung geschenkt, ohne einen Preis dafür zahlen zu müssen. Mirella konnte Illusionen erzeugen, denen keiner sich zu entziehen vermochte, und in Bilderwelten eintauchen, die sonst niemand sah. Doch der Preis war hoch.

Am beunruhigendsten war jedoch die mit den Anfällen einhergehende Wesensveränderung. Die Krankheit machte aus Mirella, die ohnehin schon ein durch und durch analytischer Mensch war, ein unterkühltes Abziehbild ihrer selbst. Sie hatte mir vor vielen Jahren einmal erzählt, dass es sich anfühlte, als würde sich eine eisige Folie über ihre Seele legen. Bis dann auch dieses letzte Gefühl darunter erstickte.

»Danke«, murmelte Mirella, senkte kurz den Blick und ich merkte, wie sie innerlich aufzuatmen schien. Dann stand sie auf. »Im Schrank im Flur findest du Bettzeug, wenn du welches brauchst.«

»Ich nehme einfach die Decke hier auf dem Sofa«, erwiderte ich. Dann räusperte ich mich. »Allerdings macht es wenig Sinn, wenn ich hier im Wohnzimmer bleibe, oder?«

Mirella verzog die Mundwinkel.

»Wird das eine dumme Anmache? Schlechter Zeitpunkt, Jakob, ganz schlechter Zeitpunkt.«

Ich seufzte leise.

»Ich meinte damit nicht, dass ich zu dir ins Bett krabbeln will. Aber ich sollte dich im Blick behalten, denkst du nicht?«

Ich stand auf und streckte mich.

»Früher hattest du dieses unbequeme Monster von Sessel. Der, dessen Federn einem immer in den Rücken gedrückt haben. Gibt's den noch?«

Mirella nickte.

»Ja. Er steht bei mir im Schlafzimmer.«

»Den nehme ich«, sagte ich schnell.

»Trotz der Sprungfedern?«

Ich zuckte mit den Schultern.

»Ich werde es überleben. Hauptsache, ich habe dich im Auge.«

Mirella musterte mich prüfend.

»Aber keine krummen Dinger! Du bleibst in dem Sessel, klar?«

Ich hob eine Hand zum Schwur. »Klar.« Dann lächelte ich Mirella ermutigend zu. »Du wirst sehen, wir kriegen das alles in den Griff. Hat ja letztes Mal auch geklappt.«

Sie lächelte schief zurück, doch ich erkannte Zweifel in ihren Augen. Und Angst.

»Ja. Das haben wir.«

In der Tür drehte sie sich noch einmal um.

»Jakob?«

»Ja?«

»Warum machst du das für mich?«

Schnell suchte ich nach einer Antwort. Die Frage war mehr als berechtigt nach allem, was passiert war. Mirella hatte mich in einer der schwärzesten Phasen meines Lebens sitzen lassen. Warum also tat ich das für sie?

Einen Moment lang war ich versucht, ihr die Wahrheit zu sagen. Doch ich ließ es bleiben. Es war nicht der richtige Zeitpunkt. Noch immer nicht. Und wer wusste schon, ob der richtige Zeitpunkt jemals kommen würde? Also zuckte ich mit den Schultern, während ich mir die Decke vom Sofa schnappte.

»Ich glaube, ich bin einfach ein netter Kerl. Deshalb.«

Mirella lachte auf.

»Ja, das bist du. Zu nett.«

*

Ich weiß nicht, wie lange ich in Mirellas altem Sessel saß und über sie wachte, während sie in einen unruhigen Schlaf fiel. Die Dämmerung schlich langsam über den Horizont und tauchte den Himmel bereits in flammendes Rot, als ihre Atemzüge schließlich ruhiger und regelmäßiger wurden. Ich betrachtete ihr Gesicht, das im Licht des aufkommenden Morgens filigran und weich wirkte, umrahmt von diesen dunkelbraunen Locken, die ich früher so gern durch meine Finger hatte fließen lassen. Ein leichtes Ziehen im Herzen erinnerte mich daran, dass diese Zeit vorbei war. Dass vielleicht etwas Neues auf uns wartete. Aber zurück konnten wir nicht. Nicht nach allem, was geschehen war.

Ich hätte müde sein müssen, doch ich fühlte keine Erschöpfung. Es kam mir vor, als hätte ich noch Äonen von Jahren einfach nur hier sitzen können, als stiller Wächter über Mirellas Träume.

Als es schließlich hell wurde, erhob ich mich leise, ging zum Fenster und schob vorsichtig die Vorhänge zu, bis nur noch ein kleiner Spalt das Morgenlicht ins Zimmer ließ. Dann trat ich zu Mirella ans Bett und ging neben ihr in die Knie.

»Schlaf«, murmelte ich und strich behutsam mit der Fingerspitze über die feine Linie ihres Wangenknochens. »Schlaf.«

Mirella murmelte etwas und schmiegte ihre Wange in meine Handfläche, doch sie erwachte nicht.

Ich lächelte matt und versuchte, den schneidenden Schmerz in meinem Herzen zu ignorieren. Mirellas Schlaf war ruhig und die düsteren Ängste für den Moment auf dem Rückzug. Zeit für mich zu gehen.

*

Ich schlief wenig an diesem Morgen und die kurze Erholung wurde getrübt durch wirre Träume. Nach kaum zwei Stunden rappelte ich mich auf und beschloss, dass es keinen Sinn hatte, mich weiter im Bett herumzuwälzen. Ich war von Mirellas Wohnung zu mir nach Hause gelaufen, durch die erwachenden Berliner Straßen, doch den Gedanken an Mirella hatte ich mitgenommen. Und die Sorge um sie.

Manche mögen es albern finden, dass ich mir nach allem, was geschehen war, Gedanken um meine Ex-Frau machte, aber genau so war es. Dass Mirellas Attacken sich wieder in den Vordergrund drängten, war besorgniserregend. Wenn sie es nicht in den Griff bekam, war eine weitere Arbeit für die Akademie unmöglich. Krankheiten machten sich nicht besonders gut im Reigen der Hoch- und Sonderbegabten. Ich hatte nicht ohne Grund meine Kopfschmerzen stets für mich behalten.

Mirella hatte mir bereitwillig erzählt, dass die Medikamente versagten. Vertraute sie mir also? Zumindest in diesem Bereich ihres Lebens? Vielleicht. Aber da ging es ja auch nicht darum, welche anderen Frauen ich vögelte. Oder ob ich vermeintlich Teil eines osteuropäischen Menschenhändlerringes war.

Ich stellte die Kaffeemaschine an, duschte, um einen klaren Kopf zu bekommen, und schlüpfte in eine frische Jeans und mein *Ramones*-Lieblingsshirt. Mit einer Tasse dampfenden Kaffees setzte ich mich dann an den Küchentisch und ließ den Blick nach draußen wandern, über den Hof, wo er an die gegenüberliegende Brandmauer prallte. Die letzte Nacht hatte so viele neue Informationen und Erkenntnisse gebracht, dass ich sie kaum alle sortiert bekam.

Wir mussten diese Pharmafirma unter die Lupe nehmen und herausfinden, was genau Ernesto mit der Klinik in Minsk zu tun hatte. Nicht zuletzt beschäftigte mich noch immer das Rätsel um Clara von Rieckhofens Tod. Ein Raum, in dem die Zeit stillstand, war merkwürdig genug – für einen Mitarbeiter der Abteilung zum Lösen paranormaler Kriminalfälle aber nicht völlig abseits alles Möglichen. Ich hatte mir in all den Jahren abgewöhnt, irgendetwas für unmöglich zu halten. Es gab nichts, was es nicht gab.

Dennoch wollte ich all das nicht einfach so auf sich beruhen lassen. Mich interessierte, woran Clara gestorben war. Und warum ihre Tuberkulose vorher ausheilte. Denn genau das machte die eigentliche Faszination dieses Falles für mich aus. Eine ausgeheilte TBC bedeutete einen enormen Fortschritt in der Medizin der damaligen Zeit und wurde heute im Angesicht multiresistenter Erreger, die auf kein Antibiotikum mehr reagierten, wieder brandaktuell. Warum nur fand ich in den Unterlagen nichts Genaueres zu Ewalds Behandlungskonzept? Mit Sicherheit wäre die Behandlung, so sie denn damals Erfolg gehabt hatte, für heutige Pharmafirmen hochinteressant.

Ich nippte an meinem Kaffee, der wie ein bitterer Strom mein Nervensystem aufweckte, und plötzlich stockte mir der Atem: Was, wenn noch jemand anderes von den damaligen Versuchen des Doktor Ewald wusste und nun zu rekonstruieren versuchte, was damals in den Beelitzer Heilstätten vor sich gegangen war? Und das nicht mittels Petrischalen oder Tierversuchen, sondern an lebenden Menschen? Dass wir in den Archiven nichts zum Behandlungskonzept fanden, hieß nicht, dass nicht jemand anderes es bereits getan hatte.

Ein kalter Schauer lief mir über die Haut. Es passte ins Bild. Die jungen Frauen aus Weißrussland und der Ukraine, die man in Berlin gefunden hatte. Die Vermutung, dass *KehPharma* mit der Sache zu tun hatte. Hatte das Unternehmen tatsächlich mit der Minsker Klinik kooperiert? Und wenn ja, wie lange schon?

Mir kam noch ein ungeheuerlicher Gedanke: Was, wenn das schon seit vielen Jahren so ging – und wir nur keine anderen Leichen gefunden hatten, weil diese besser versteckt worden waren? Der Fund der drei Frauen war, genau betrachtet, reiner Zufall gewesen. Eine riesige Baugrube, die eigentlich hätte ausbetoniert werden sollen. Dass man die Frauen gesehen hatte, bevor sich Unmengen von Beton für immer über sie ergossen, war pures Glück gewesen. Jemand hatte gewollt, dass die Leichen verschwinden. Und wer konnte mehr Interesse daran haben als die Mitarbeiter eines Forschungsprojektes, bei dem irgendetwas furchtbar schiefgelaufen war?

Kurz überlegte ich, Mirella anzurufen, doch dann ließ ich es sein. Sie hatte Schlaf bitter nötig und auf eine oder zwei Stunden kam es jetzt wahrscheinlich nicht an. Nachher würde ich sie abholen und wir würden uns diese Pharmafirma ansehen. Bis dahin gab es allerdings noch etwas anderes für mich zu tun …

Ich trank hastig den Kaffee aus und stand auf. Es war kurz nach zehn Uhr. Mit etwas Glück würde ich Oliver in seiner Praxis erreichen. Er schuldete mir noch einen Vortrag über chinesische Lilienwurzeln.

*

»Lilienwurzeln. Chinesisch: *Bai He.*«

Oliver hielt mir etwas unter die Nase, was auf den ersten Blick wie getrocknete Sägespäne aussah. Niemals hätte ich in diesen unscheinbaren Schnitzen ein so mächtiges Heilmittel vermutet.

»Sieht unspektakulär aus.«

Ich nahm die Wurzel in die Hand. »Ist das Zeug giftig?«

Oliver lachte.

»Nein, keine Sorge. Du kannst dir einen Tee daraus kochen, es ist vollkommen harmlos. Was hast du denn erwartet?«

Ich zuckte mit den Schultern.

»Keine Ahnung. Irgendetwas Beeindruckendes. Ich meine, wenn etwas die Kraft hat, Tuberkulose zu heilen, dann …«

»Moment, Moment!«, bremste mich Oliver. »Mit dieser Pflanze kann TBC *behandelt* werden. In den chinesischen Klassikern heißt es zwar, dass sie die Erkrankung auch heilen kann«, er verzog den Mund, »aber aus eigener Erfahrung kann ich da nichts beisteuern. Und ich bezweifle, dass die Wurzel genügt.«

»Für Pharmafirmen aber trotzdem nicht uninteressant, oder?« Ich ließ die getrockneten Späne vorsichtig auf Olivers Schreibtisch rieseln. »Da ist doch eine Unmenge an Geld zu machen, wenn man das richtige Mittel findet.«

»Ja, wenn …«, erwiderte Oliver, während er einen neuen blütenweißen Bezug auf die Behandlungsliege spannte. »Nicht gerade ein Kinderspiel. Über multiresistente Keime weißt du ja Bescheid. Etliche Antibiotika versagen inzwischen, weil das Tuberkulose-Bakterium ihnen gegenüber resistent geworden ist. Und damit rollt früher oder später ein gewaltiges Problem auf uns zu. Ich denke, es ist nur eine Frage der Zeit, bis wir hier wieder die gleichen Probleme mit der Tuberkulose haben wie vor einhundert Jahren.«

»Und wenn sich jemand auf die Traditionen besonnen hat?« Ich starrte Oliver gespannt an. »Für wie wahrscheinlich hältst du es, dass jemand versucht, aus den Lilienwurzeln ein Medikament zu entwickeln?«

»Versucht vielleicht, aber wahrscheinlich mit wenig Erfolg.«

Oliver stemmte die Hände in die Seiten.

»He, wir reden hier immerhin von Tuberkulose! Das ist nicht irgendeine kleine Erkältung, die man mal eben mit einem Tee in den Griff kriegt.« Er schüttelte den Kopf. »Wer *Bai He* für ein geeignetes Mittel gegen resistente Keime hält, muss wahnsinnig sein. Meine Meinung.«

»Vielleicht funktioniert das nicht mit der heutigen Form«, sagte ich. »Aber was ist mit der alten Variante dieser Lilie, die längst ausgestorben ist?«

Oliver hob die Brauen. »Und wenn schon ... Dir ist klar, was ausgestorben bedeutet? Aus-ge-storben?« Er schüttelte den Kopf. »Unwahrscheinlich, dass irgendjemand diese alte Lilienform noch zufällig im Wintergarten auftut. Und dass der Wintergarten dann groß genug ist für eine Massenproduktion.«

»Nicht im Wintergarten«, antwortete ich. »Aber wir wissen von mindestens einem Keller, in dem etliche dieser Blumen überlebt haben. Der Kellerraum in den Beelitzer Heilstätten. Vielleicht versucht jemand, die ursprünglichen Formen wieder zurückzukreuzen? Was bräuchte man dafür? Ein Labor, genügend finanzielle Mittel und Leute, die sich mit so etwas auskennen.«

Oliver verengte die Augen zu schmalen Schlitzen.

»Also im Prinzip jedes Unternehmen, das auch sonst in der naturwissenschaftlichen Forschung tätig ist.«

Ich grinste ihn an.

»Und das bringt uns wieder direkt zu *KehPharma*. Da wollte ich sowieso mal hin.«

KAPITEL 14

Es dauerte einen Moment, bis sich nach meinem Klingeln in Mirellas Wohnung etwas tat. Ich hörte, wie sie durch den Flur ging und direkt hinter der Tür stehen blieb.

»Wer ist da?« Sie klang erschöpft. Und dennoch spürte ich ihre Gegenwart durch das Holz, als würde sie direkt neben mir stehen.

»Ich bin's. Jakob.«

Das Entriegeln zweier Schlösser und eine Kette, die zurückgeschoben wurde.

»Seit wann verbarrikadierst du dich zu Hause?«, fragte ich verwundert, als die Tür schließlich mit einem feinen Knarren aufschwang und ich Mirella im dämmrigen Licht des Flurs stehen sah.

»Die Welt ist schlecht, oder? Deshalb.«

Sie drehte sich um und ging durch den Flur zurück zur Küche.

Ich schloss die Tür hinter mir und folgte Mirella, auch wenn sie mich nicht hereingebeten hatte. Es war, als hätten wir in der letzten Nacht eine stumme Absprache getroffen. Und als hätte es die vielen Jahre ohne Kontakt nie gegeben.

»Wie geht es dir?«, fragte ich, als ich ihr schließlich in der Küche gegenüberstand.

Sie lehnte mit dem Rücken am Kühlschrank, die Hände vor der Brust verschränkt, und trug noch immer eine Jogginghose und ein altes Sweatshirt. Ich sah, wie sie leicht die Mundwinkel verzog.

»Ich habe blendend geschlafen. Glaube ich. Wie eine Tote. Was wahrscheinlich daran lag, dass jemand die Monster von meinem Bett ferngehalten hat.« Ein Lächeln huschte über ihr Gesicht. »Danke noch mal.«

»Gern geschehen.« Ich straffte mich. »Aber ich musste auch wirklich vollen Einsatz bringen. Es waren scheußliche, große und furchterregende Monster.«

Mirellas Blick wurde leer.

»Ja, daran zweifle ich nicht.«

Irgendetwas in ihrem Gesichtsausdruck schnürte mir die Kehle zu.

»Ich weiß zu gut, wie das ist, wenn man nachts nicht schlafen kann. Wegen der Monster«, sagte ich.

Mirella lächelte traurig. Eine Locke fiel ihr weich ins Gesicht, als sie tief durchatmete. Sie strich sie sich mit einer nachlässigen Bewegung hinters Ohr.

»Neuer Tag, neues Glück.«

»Gute Einstellung«, sagte ich. »Vor allem, weil wir uns heute unbedingt *KehPharma* vorknöpfen sollten. Der Laden schreit ja regelrecht nach einem Besuch.«

Mirella nickte und stieß sich vom Kühlschrank ab.

»Gibt mir 'ne halbe Stunde, okay? Dann können wir los.«

Die Situation erinnerte merkwürdig an die letzte Nacht. Das Rauschen der Dusche aus dem Badezimmer und ich, wieder wartend, auf Mirellas Couch.

»Darf ich mal an deinen Laptop?«, brüllte ich quer durch die Wohnung, als das Rauschen der Dusche kurz von Stille abgelöst wurde.

»Ja, klar. Liegt auf dem Schreibtisch«, hallte Mirellas Stimme aus dem Badezimmer zurück.

Ich schnappte mir den Computer und setzte mich damit wieder aufs Sofa. Einige Klicks genügten, um in der Chronik die Seite von *KehPharma* wiederzufinden. Es konnte nicht schaden, sich noch ein wenig mit der Firmenhistorie zu befassen. Vielleicht gab es ja doch irgendeinen Hinweis darauf, dass die Firma sich mit Tuberkulose beschäftigte.

Ich klickte mich durch die einzelnen Abschnitte, lernte das Unternehmenskonzept kennen – *»von Menschen für Menschen, flexibel, nachhaltig, souverän«* –, erfuhr, dass der Begründer Erwin Kehrer Ende des 19. Jahrhunderts in einem Weddinger Hinterhof mit seiner Arbeit begonnen hatte, und bekam einen Überblick über die verschiedenen Schmerzmittel, die das Unternehmen entwickelt hatte und nun weltweit vertrieb. *KehPharma* engagierte sich im Rahmen einer Stiftung für die Verteilung von Impfstoffen in Afrika und unterstützte den Bau von Trinkwasseraufbereitungsanlagen in Krisengebieten. Eine Vorzeigefirma, die Forschung und soziales Engagement zusammenzubringen schien. Und nirgends ein Hinweis auf TBC.

Ich kehrte auf die Startseite zurück. Mein Blick blieb an einem Feld hängen, das mit *»Internes«* betitelt war. Es war nicht neu, dass Firmen ihren Mitarbeitern über solche Zugänge die Möglichkeit boten, von überall auf der Welt auf relevante Daten zuzugreifen. Man brauchte dafür nur ein Passwort. Das richtige Passwort.

Ich seufzte. Ein weiteres Déjà-vu. Doch so einfach wie in Ernestos Büro würde es nicht werden. Man konnte Passwörter erahnen, wenn man Menschen kannte. Und Glück hatte. Und ich hatte zweifellos Glück gehabt, als ich mit Oliver vor Ernestos Rechner saß und die Zeit ablief. Aber so, ganz ohne Anhaltspunkt, war es so gut wie unmöglich. Obwohl …

Ich runzelte die Stirn. Was, wenn Ernesto tatsächlich Geschäfte mit *KehPharma* gemacht hatte? Auch wenn er bestritt, heute noch Kontakte zu haben – konnte ich davon ausgehen, dass er die Wahrheit sagte?

Einen Versuch war es wert.

Mit zitternden Fingern klickte ich auf den Link, der mich zur Passwort-Eingabe weiterleitete.

»Mi corazón«, murmelte ich, während ich die Worte eingab. Dann hielt ich die Luft an und drückte auf *Enter*.

»Error. Falsches Passwort.«

Verflucht! Aber es wäre auch zu schön gewesen. Eine ebenso einfache wie effektive Möglichkeit, Ernesto zu überführen und seine Seilschaften mit *KehPharma* zu bestätigen. Doch so simpel war die Welt eben nicht gestrickt.

Während ich auf den blinkenden Cursor im Eingabefeld starrte, fühlte ich plötzlich einen kühlen Hauch in meinem Nacken. Ich merkte, wie sich die Härchen an meinen Armen aufstellten, und drehte vorsichtig den Kopf zur Seite.

Da. Neben mir.

Es war die Gestalt einer jungen Frau in einem weißen Kleid. Ich sah sie leicht verschwommen, wie irisierend.

Clara!

Sie blickte mich an und ihre Augen waren von einer solchen Dringlichkeit erfüllt, dass ich mich kaum von ihnen losreißen konnte. Sie sah mich. Und sie wusste, dass ich sie ebenfalls sehen konnte.

Sie kam lautlos einige Schritte auf mich zu, streckte die Hand aus und legte sie sanft an meine Wange. Ein eisiger Schauer lief mir über die Haut, als sie mich berührte. Ein feines Lächeln huschte über die blassen Lippen des Geistes und sie nickte stumm. Dann war sie von einem Moment auf den anderen verschwunden.

Ich fühlte mich, als würde ich aus einem Bottich Eiswasser wieder auftauchen. Ich atmete tief durch und merkte, dass ich am ganzen Körper zitterte. Langsam schmolz die Kälte, löste sich von meiner Haut und ließ ein befremdliches Gefühl von Wärme zurück.

Warum war Clara hier aufgetaucht? Es konnte kein Zufall gewesen sein.

Ich richtete meinen Blick wieder auf den blinkenden Cursor. Und plötzlich wusste ich, was zu tun war.

Mit zitternden Fingern begann ich zu tippen:

»Clara«

Enter.

»Zugang gestattet. Willkommen bei KehPharma.«

Fassungslos starrte ich auf die Seite, die sich öffnete. Mein Herz überschlug sich. Irgendjemand – ich wusste nicht, wer – hatte Claras Namen benutzt, um sich bei *KehPharma* einen Account einzurichten.

Wer konnte das sein? Ernesto?

Vielleicht.

Oder jeder beliebige andere Mensch auf dieser Welt, der etwas über Clara und ihren Tod wusste. Jeder, der die alten Behandlungsunterlagen gefunden und gelesen hatte. Und der vielleicht viel mehr wusste als wir, die wir versuchten, diesen Fall zu entschlüsseln.

Eines war sicher: Clara selbst hatte mir diese Information geschickt. Es schien, als würde auch sie wollen, dass die Wahrheit endlich ans Licht kam. Ich musste dahinterkommen. Ich musste herausfinden, was damals geschehen war. Und was Clara von Rieckhofens Geschichte mit den heutigen Todesfällen zu tun hatte.

Die Laptops der Akademie verfügten über eine Suchfunktion, mit der man Passwörter zurückverfolgen konnte. Mit etwas Glück fand das System die Orte, von denen aus sich jemand Zugang zum internen Bereich von *KehPharma* verschafft hatte. Vielleicht würde uns das Rückschlüsse darauf erlauben, wer der Benutzer dieses Passwortes war. Ich klickte also auf das kleine Lupensymbol im Menü und beobachtete gespannt, wie die Lupe langsam zu blinken begann. Das Programm hatte sich auf die Suche gemacht.

Es klingelte an der Tür. Ich zuckte zusammen und klickte das Suchprogramm in den Hintergrund. Es musste nicht sofort jeder mitbekommen, was ich gerade probierte. Dann stellte ich den Laptop auf den Tisch und ging zur Tür. Beim Blick durch den Spion zog ich überrascht den Atem ein. Draußen stand Ernesto. Im Arm einen riesigen Strauß langstieliger roter Rosen.

»Mirella?«, hörte ich ihn sagen. »Mirella, bitte lass mich rein. Lass mich dir alles erklären. Ich weiß, dass du zu Hause bist. Gib mir eine Chance.«

Ich öffnete die Tür und trat Ernesto entgegen. Seine Gesichtszüge entgleisten, als er mich erblickte.

»Ihnen eine Chance geben?«, sagte ich betont höflich. »Warum um alles in der Welt sollte sie das tun?«

Ernestos Miene verfinsterte sich. Er ließ die Rosen sinken.

»Wo ist Mirella?«

Er versuchte sich an mir vorbei in die Wohnung zu drängen, doch ich versperrte ihm den Weg.

»Sie duscht«, sagte ich leise, wohl wissend, welchen Eindruck das auf ihn machen musste. Da war ich, der Ex-Mann, am späten Vormittag in Mirellas Wohnung. Und Mirella unter der Dusche. Was sollte jemand wie Ernesto da schon denken?

Fast hätte ich gelacht, so sehr erinnerte mich die Situation an den Morgen mit Katherine und Mirella in meiner Wohnung. Auch da hatte ich die Tür geöffnet. Nur unter vollkommen anderen Vorzeichen.

»Ich möchte mit ihr reden. Lassen Sie mich durch!«

Ernestos Stimme hatte einen spröden Klang angenommen, wie unter Druck gesetztes Metall.

»Bedaure. Ganz schlechter Zeitpunkt«, entgegnete ich ruhig.

Ernestos Blick wurde mörderisch. Ich konnte fühlen, wie nah er daran war, mir an die Gurgel zu gehen. Doch ich hielt seinem Blick stand.

»Wenn Sie klug sind«, sagte ich leise, »dann hören Sie jetzt auf mich und geben Mirella ein wenig Zeit. Und wenn Sie wirklich klug sind, dann erklären Sie mir, was Sie mit der ganzen Sache in Weißrussland zu tun haben. Und mit den Frauen, die hier in Berlin gefunden wurden.«

»Gar nichts habe ich damit zu tun!«, entfuhr es Ernesto und es hätte nicht viel gefehlt und er hätte mit der Faust gegen die Wand geschlagen.

Ich pfiff leise durch die Zähne.

»Ich glaube Ihnen nicht. Und Mirella tut das übrigens auch nicht. Keine gute Voraussetzung für eine Versöhnung mit ihr, das weiß ich aus eigener schmerzlicher Erfahrung. Vertrauensbruch wiegt schwer.«

Ernesto presste die Kiefer so hart aufeinander, dass die Muskulatur deutlich hervortrat. Kurz blickte er auf den Boden, so, als müsste er seine Gedanken sammeln, dann hob er den Blick.

»Sie wollen wissen, was passiert ist, ja?«, sagte er.

Ich nickte.

»Nur allzu gerne.«

Ernesto verzog die Mundwinkel zu einem Lächeln, doch dieses Mal hatte es nichts Verächtliches an sich. Es war ein schmerzliches Lächeln, das mühevolle Kaschieren einer Verwundung. Und Ernesto war der Letzte, von dem ich eine solche Verletzlichkeit erwartet hätte.

»Also gut«, sagte er. »Was bleibt mir anderes übrig …«

»Nichts. Zumindest nicht, wenn Sie noch den Hauch einer Chance bei Mirella haben wollen«, antwortete ich. »Da werden Sie ehrlich sein müssen. Absolut ehrlich. Und ich warne Sie«, ergänzte ich, den Blick fest auf ihn geheftet, »wagen Sie es nicht, mich anzulügen! Ich finde es heraus. Und ich mache Sie fertig, wenn Sie Mirella wehtun. Ich ramme Sie unangespitzt in den verdammten Berliner Sandboden.«

Ernesto keuchte leise und ich war nicht sicher, ob es ein Lachen oder ein Zeichen von Verachtung war. Dann straffte er sich.

»Gut. Hören Sie zu. Ich versuche es kurz zu machen.«

Ich nahm Mirellas Wohnungsschlüssel vom Regal, zog leise die Tür hinter mir zu und lehnte mich gegen den Türrahmen. Der dunkelgrüne Teppich des Flures dämpfte jedes Geräusch.

»Ich bin ganz Ohr. Legen Sie los.«

Ernesto presste kurz die Lippen aufeinander, blickte dann links und rechts den Hausflur entlang und strich sich nervös eine Haarsträhne aus der Stirn.

»Also gut … Es ist richtig, dass ich mit einem Forschungsprojekt zu tun hatte, bei dem es um die Entwicklung von Tuberkulose-Medikamenten geht.«

Ich hob die Brauen.

»Tatsächlich?«

Mit einem so ehrlichen Geständnis ohne jede Umschweife hatte ich nicht gerechnet. Ich hatte vermutet, dass Ernesto mir alle möglichen Geschichten auftischen würde. Stattdessen schien er fast erleichtert zu sein, endlich die Wahrheit sagen zu können.

Er nickte ernst.

»Ja. Allerdings ist das einige Jahre her. Ich bin damals von einem Mann kontaktiert worden, der meine Netzwerke nutzen wollte. Er hatte davon gehört, dass ich für die Akademie vor allem als Vermittler und Berater tätig bin. Dass ich ein Mensch bin, der andere Menschen optimal zusammenbringen kann. Und er nahm wohl an, das könnte ihm von Nutzen sein.«

Er atmete tief durch und fuhr dann fort zu sprechen: »Um ehrlich zu sein, sein Angebot war nicht uninteressant. Ich hatte damals keine Ahnung von der ganzen Tuberkulose-Problematik und wusste auch nichts von dem erneuten Aufflammen und den multiresistenten Keimen, die langsam zum Problem werden.«

»Wie lange ist das her?«

»Ungefähr fünf Jahre«, antwortete Ernesto. »Ich war noch nicht lange bei der Akademie in Berlin. Und ich war mir auch nicht sicher, wie lange ich bleiben würde. Es klang nach einem lukrativen Angebot – und nicht zuletzt nach einer guten Sache. Einen Haufen Geld verdienen mit einem lebensrettenden Medikament, was gibt es daran zu bemängeln?«

»Nichts, wenn dabei alle ethischen Grundsätze geachtet werden«, entgegnete ich.

Ernesto lachte heiser.

»Ja. Der gute Jakob Roth und seine blütenweißen ethischen Grundsätze.«

Ich überhörte den leisen Spott.

»Was ist aus der Sache geworden?«

»Ganz einfach. Nichts«, sagte Ernesto. »Zumindest dachte ich das bis vor Kurzem. Ich habe damals Kontakte hergestellt zwischen einem interessierten Unternehmen und diesem Mann. Er sagte, er hätte die Forschungsansätze, die zu einem Besiegen der Tuberkulose führen könnten. Und ich hatte entsprechende Kontakte.«

»Wer war dieser Mann?«, fragte ich gespannt.

Ernesto schüttelte den Kopf.

»Ich habe ihn nie persönlich getroffen. Am Telefon nannte er sich Albert Morius. Aber er hätte genauso gut Hans Meier oder Kurt Müller sein können. Ich habe das nie überprüfen können. Wie gesagt, er tauchte einfach so auf, quasi aus dem Nichts.«

»Was ist dann passiert? Warum sind Sie letztendlich doch nicht eingestiegen in dieses so aussichtsreiche Geschäft?«

Ernesto verzog den Mund.

»Auch Nicht-Hochsensible haben manchmal einen siebten Sinn, stellen Sie sich vor. Es klingt vielleicht albern, aber … es fühlte sich nicht gut an. Deshalb habe ich die Finger davon gelassen.«

Ich musterte Ernesto prüfend, doch es lag kein Spott mehr in seinen Worten und sein Blick wirkte ehrlich. Er meinte es ernst. Seine Intuition hatte ihn vor diesem Geschäft gewarnt. Und er hatte ihr vertraut.

»Dieser Mann war merkwürdig«, fuhr er dann fort. »Ich kann nicht einmal genau festmachen, weshalb. Er sagte, er wäre Mediziner, und ich denke, das stimmt auch, denn sein Wissen erschien mir umfassend. Andererseits wollte er keine öffentlichen Forschungsgelder beantragen, nicht mit Unikliniken zusammenarbeiten, er lehnte alle diese Optionen ab. Er hatte sich vollkommen darauf eingeschossen, alleine zu arbeiten. Nur für sich. Mit einem Unternehmen, das dichthält.«

Ich runzelte die Stirn.

»Klingt tatsächlich merkwürdig. Hätte er nicht bessere Möglichkeiten für die Forschung gehabt, wenn er eine offizielle Sache daraus gemacht hätte?«

Ernesto zuckte mit den Schultern.

»Keine Ahnung. Aber er ließ überhaupt nicht mit sich reden,

was das anging. Und genau deshalb habe ich mich aus der Angelegenheit rausgenommen.«

»Nachdem Sie den Kontakt zu einem interessierten Unternehmen hergestellt hatten?«

»Nein, eher zu einem potenziellen Interessenten, der mir geeignet schien für eine Zusammenarbeit, weil er die Möglichkeiten hatte, im Rahmen seiner Tätigkeit für ein Unternehmen genau die Auflagen zu erfüllen, die Albert Morius als Bedingung stellte.« Ernesto seufzte. »Wie gesagt, ich habe mich dann aus der Sache rausgezogen. Und als die Frauenleichen aufgetaucht sind, alle drei mit Tuberkulose, bekam ich ein mächtig mieses Gefühl. Trotzdem habe ich mich ruhig verhalten. Bis eines Tages dieser Anruf kam.«

Ich runzelte die Stirn.

»Was für ein Anruf?«

»Albert Morius meldete sich, kurz nachdem Sie die Ermittlungen in den Tuberkulosefällen aufgenommen hatten. Er teilte mir mit, dass er mich an die Polizei ausliefern würde, wenn ich sein Spiel nicht mitspiele. Und er schickte mir diesen Brief, den Sie auf meinem Rechner gefunden haben. Mit meinem Namen als Kontaktmann zu einer weißrussischen Klinik.« Er schluckte schwer. »Morius hatte alle Personen für seine Forschungen über diese Klinik bekommen, sich dafür allerdings meine Identität geklaut. Mein Name tauchte überall auf. Niemand dort kannte einen Albert Morius, aber Ernesto Sanchez war allgegenwärtig. Morius forderte, dass ich den Mann aus dem Weg räume, der mit den Ermittlungen betraut ist.« Sein Blick suchte den meinen. »Sie, Jakob.«

Für einen Augenblick spürte ich, wie mein gesamtes Nervensystem von einem heftigen Vibrieren erfasst wurde. Ernesto Sanchez war für all das verantwortlich, was damals geschehen war?

»Sie waren das?!«

Meine Stimme war nicht mehr als ein Flüstern und ich fühlte eine unbändige Wut in mir auflodern, wie ich sie noch nie zuvor in meinem Leben gespürt hatte. Mir war egal, ob Ernesto Sanchez seinerseits Opfer einer Erpressung geworden war. Mir war egal, welche Gründe er gehabt hatte. Er hatte mein Leben ruiniert, um seinen eigenen schmierigen Hals zu retten!

Ernesto senkte den Blick. »Es tut mir leid«, murmelte er.

»Und es hat nicht gereicht, mich aus der Akademie zu jagen?«, sagte ich, nur mühevoll beherrscht. »Meine Ehe musste auch dran glauben? Meine Karriere? Mein Ruf? Alles?«

Ich brachte mein Gesicht so nah an Ernestos, dass ich seinen stockenden Atem wahrnehmen konnte.

»Du kleines Arschloch! Du hast systematisch alles zerstört, was mein bisheriges Leben ausgemacht hat! Mir alle Freunde genommen! Die Frau, die ich liebe! Und diese dann auch noch selbst gevögelt!«

»Das …«, begann Ernesto und hob abwehrend die Hände. »Das war so nicht geplant. Wirklich nicht. Es hat sich vielmehr ergeben, dass wir …«

Mein Denken setzte aus. Alles, woran ich mich erinnere, ist Ernesto, der sich mit heftig blutender Nase vor mir auf dem Boden krümmte. Die Rosen, die er für Mirella mitgebracht hatte, lagen wild im Treppenhaus verstreut.

Meine rechte Faust schmerzte von dem heftigen Schlag, den ich ihm verpasst haben musste. Und es war ein guter Schmerz, der mich als wilde Befriedigung durchströmte.

»Du miese Ratte! Verschwinde, bevor ich mich vergesse!«

Ernesto rappelte sich auf, schwankte leicht und presste sich den Ärmel gegen das Gesicht, um das pulsierend aus seiner Nase hervorquellende Blut zu stoppen. Ich sah seinen entsetzten Blick, sah die Angst in seinen Augen und bekam eine Ahnung davon, wie furchterregend ich in diesem Moment wirken musste. Wahrscheinlich hatte er niemals damit gerechnet, dass ich so brutal zuschlagen könnte. Und auch ich selbst hatte von dieser in mir schlummernden Seite nichts geahnt. Aber ich fühlte kein Bedauern. Im Gegenteil. Es war ein wilder, animalischer Triumph, der jede einzelne Faser meines Körpers erfüllte. Und nur mit Mühe konnte ich mich zurückhalten, erneut zuzuschlagen.

Ich sah, wie Ernesto die beiden Stockwerke hinunterhastete, hörte das knarrende Schließen der Tür. Und dann die Stille.

Vollkommen ruhig sammelte ich die blutroten Rosen zu meinen Füßen ein und steckte sie wieder zu einem ordentlichen Strauß zusammen. Das Pochen in meiner Faust wurde stärker mit jedem Atemzug. Der Nachhall meiner Rache.

Ich schloss die Tür auf und betrat Mirellas Wohnung, während die widersprüchlichsten Empfindungen in mir kämpften. Hass und Trauer, Ekstase und Entsetzen. Ich hatte immer geahnt, damals heimtückisch ausgebootet worden zu sein, doch dass Ernesto die Strippen gezogen hatte, dass ich zu seiner Marionette geworden war, ohne es auch nur zu ahnen – diese Erkenntnis hatte mich vollkommen überrumpelt.

Mirella kam aus dem Bad, als ich gerade den Schlüssel zurück aufs Regal legte. Sie musterte mich erstaunt.

»Ich habe mich schon gefragt, warum es so ruhig ist.« Ihr Blick wanderte zu den Rosen und ein irritiertes Lächeln huschte über ihr Gesicht. »Und was soll das jetzt werden?«

Ich grinste schief.

»Für dich. Ich stell die mal ins Wasser.«

Damit drehte ich mich um, ließ die verblüffte Mirella im Flur stehen und begab mich in der Küche auf die Suche nach einer Vase.

*

Als wir aus der Haustür traten, fiel Mirellas Blick auf einen dunkelgrünen *Jaguar*, der nur wenige Meter entfernt in einer Parkbucht stand. Abrupt blieb sie stehen.

»Das ist Ernestos Auto!«, sagte sie. »Was macht der denn hier?«

Ich blickte mich suchend um, doch von Ernesto war weit und breit nichts zu sehen.

Wahrscheinlich hat er sich ein Taxi genommen. Aus Angst, die edlen Lederpolster vollzubluten, dachte ich und unterdrückte nur mit Mühe ein Grinsen.

»Umso besser, dann muss ich wenigstens keinen wildfremden Wagen kurzschließen«, sagte ich, einer plötzlichen Idee folgend.

Ich fasste Mirella an der Hand und zog sie mit mir. Zielstrebig steuerte ich auf den *Jaguar* zu und fischte noch im Gehen einen feinen Draht aus der Innentasche meines Mantels. Dieser hatte mir schon oft wertvolle Dienste geleistet und würde es auch heute wieder tun.

Es war eine Sache von Sekunden. Der Draht fand seinen Weg, es klickte – und die Autotür sprang auf.

»Was machst du denn da?«

Mirella starrte mich fassungslos an.

»Ich sorge für eine komfortable Fahrt. Nimm's mir nicht übel, aber ich bin ein Mann und wenn ich die Wahl habe zwischen deinem *Jetta*, bei dem mir bei jedem Schlagloch die Knie sämtliche Zähne auszuschlagen drohen, und diesem Schätzchen hier, dann ist ja wohl alles klar.« Ich zwinkerte ihr zu. »Nicht mal eine Alarmanlage. Und das hier in Kreuzberg. Ernesto kann froh sein, dass nur wir es sind.«

In Mirellas Blick war ein amüsiertes Funkeln getreten.

»Und nicht jemand, der ihm den Wagen direkt unterm Hintern anzündet.«

Offensichtlich fand sie Gefallen daran, Ernestos Auto für unsere kleine Dienstfahrt zweckzuentfremden. Ein Detail, das ich mit einer gewissen Erleichterung registrierte. Je weniger sie ihr Herz an diesen Schnösel gehängt hatte, desto leichter würde sie die Enttarnung seiner Fassade verkraften. Zumindest hoffte ich das.

Ich schwang mich auf den Fahrersitz und öffnete ihr die Beifahrertür. »Voilà! Bitte einsteigen und anschnallen, es könnte rasant werden.«

Mirella lachte auf.

»Rasant? Du? Mir scheint, ich habe einiges verpasst.«

»Falsch«, erwiderte ich, während ich mit geübten Fingern die Zündung kurzschloss. »Du hast meine finsteren Seiten nur verdrängt.«

Ich spürte Mirellas Blick auf mir, doch ich ignorierte ihn und fuhr los. Ich hatte noch in der Wohnung beschlossen, ihr zunächst nichts von meiner Aussprache mit Ernesto zu erzählen. Sie würde noch früh genug mitbekommen, dass der Mann, dem sie vertraut hatte, ihre Liebe nicht verdiente. Jetzt war nicht der richtige Zeitpunkt dafür. Wir mussten zu *KehPharma* und herausfinden, was dieses Unternehmen mit Albert Morius zu tun hatte. Denn dass die Firma in die Sache verwickelt war, stand spätestens nach Ernestos Aussage völlig außer Frage.

An der nächsten Kreuzung brachte ich den Wagen vor einer roten Ampel zum Halten. Die Straße nach links führte aus der

Stadt hinaus. Ich ließ meinen Blick an den Häuserreihen entlangschweifen und spürte einen sehnsüchtigen Impuls in mir aufblitzen. Nicht einmal eine halbe Stunde und Mirella und ich wären fort von allem. Weit weg. Nur wir beide. Allein irgendwo in den brandenburgischen Weiten. Für einen Moment war die Verlockung groß, einfach abzuhauen und alles hinter sich zu lassen. Die Ermittlungen. Ernesto. Die ganze elende Vergangenheit. Doch dann blitzte Claras Gesicht wieder vor meinem inneren Auge auf. Ich sah das Drängen in ihrem Blick, nahm erneut die sanfte Berührung ihrer kühlen Finger auf meiner Wange wahr.

Die Ampel sprang auf Grün. Ich umfasste das Lenkrad fester, spürte das Gaspedal unter meinem Fuß – und bog nach rechts ab. Richtung Charlottenburg.

*

Der Firmensitz von *KehPharma* strahlte eine solch sterile Eintönigkeit aus, dass ich am liebsten noch vor der Tür wieder umgekehrt wäre. Glasfassade, kühler Marmor, gleißendes Neonlicht. In der Luft mischte sich der Geruch von Seife und Desinfektionsmitteln mit der typischen Trockenheit von Konferenzräumen. Weit und breit war keine einzige Pflanze zu sehen. Nur ein beeindruckend großes Aquarium mit leuchtend bunten Malawibarschen begrüßte die ankommenden Besucher mit etwas Leben.

Mirella schien sich ähnlich unbehaglich zu fühlen, als wir das riesige Foyer durchquerten, die im Aquarium träge ihre Bahnen ziehenden Fische links liegen ließen und auf den Empfangstresen zusteuerten. Unsere Schritte hallten durch den weiten Raum und verklangen irgendwo im Nichts.

Am Empfang stand eine junge Frau mit hochgesteckten Haaren und einem perfekt geschnittenen Kostüm. Ihr Blick war auf einen Computerbildschirm gerichtet, der fahlweißes Licht auf ihr Gesicht fallen ließ, und vor ihr lag, aufgeschlagen, ein beeindruckend breiter Terminkalender. Als wir vor ihr stehen blieben, hob sie erst nach einer knappen halben Minute den Blick und musterte uns kühl. »Sie wünschen?«

Ich schaute von dem Kalender auf, den ich in der Zwischenzeit ausführlich hatte begutachten können, und schenkte ihr mein charmantestes Lächeln.

»Guten Tag, ich bin Tim Brandt und das hier ist meine Kollegin Celeste Moreaux.«

Ich merkte, wie Mirella neben mir zusammenzuckte.

Die Frau am Empfang verzog keine Miene.

»Wir haben einen Termin«, ergänzte ich ruhig.

»Korrekt«, sagte die Empfangsdame nach einem Blick in den Kalender. »Mit der Geschäftsführung. Aber erst in zwei Stunden. Sie sind zu früh.«

»Wichtige Angelegenheiten dulden keinen Aufschub«, sagte ich und stützte mich mit einem Arm auf dem Tresen ab. »Könnten Sie nachfragen, ob man schon jetzt Zeit für uns findet?«

Die Frau musterte Mirella und mich prüfend von oben bis unten. »Ich werde sehen, was ich tun kann«, erwiderte sie dann knapp, drehte sich auf dem Absatz um und verschwand durch eine Tür.

Mirella starrte mich entgeistert an.

»Celeste Moreaux? Wer bitte ist das?«

Ich grinste breit.

»Die Himmlische. Ein schöner Zufall, nicht wahr, mein kleines Teufelchen?«

Dann tippte ich auf den Terminplaner, den die junge Frau auf der Theke hatte liegen lassen.

»Hier, siehst du? Tim Brandt und Celeste Moreaux von *Aviaire*. Das ist ein bekanntes Schweizer Pharmaunternehmen. Ich nehme an, bei diesem Gespräch kann man eine Menge hilfreicher Dinge herausfinden. Praktisch, nicht wahr?«

Mirella zog scharf die Luft ein.

»Bist du wahnsinnig?«, zischte sie und blickte sich unruhig um. »Was, wenn die beiden hier schon längst bekannt sind? Dann fliegen wir schneller auf, als wir gucken können! Und landen als Versuchsäffchen in irgendeinem gruseligen Labor!«

»Komm schon! So ganz ohne Risiko macht es doch auch keinen Spaß, oder?« Ich zwinkerte ihr zu. »Also, sei himmlisch wie immer, dann klappt das schon. Ich hoffe, du hast deine Pillen genommen.«

Mirella verdrehte die Augen, doch sie kam nicht mehr dazu, mir zu antworten, denn in diesem Moment öffnete sich die Tür und die junge Frau vom Empfang kehrte zurück.

»Herr Schröder erwartet Sie.«

Ich bedankte mich mit einem freundlichen Nicken, welches die Empfangsdame vollkommen ignorierte, dann traten auch wir durch die Tür.

»Toll, oder? Der Geschäftsführer heißt wie dein Kaktus«, flüsterte ich Mirella zu. »Sei nett zu ihm.«

»Netter als zu dir? Kein Problem«, raunte Mirella zurück. Sie war ein wenig blasser um die Nase als sonst, hielt sich aber wacker.

Wir durchquerten ein weiteres Foyer und wurden an dessen Ende von einem Mann erwartet.

»Carsten Schröder, Geschäftsführer der *KehPharma* Group«, stellte er sich vor und schüttelte Mirella und mir die Hand.

Sein Händedruck war ein wenig zu weich und auch sonst wirkte der Mann angeschlagen, so, als hätte er gerade mit einem schweren Infekt zu kämpfen. Seine Augen glänzten und er machte einen müden, erschöpften Eindruck.

»Bitte nehmen Sie Platz«, sagte er und deutete auf eine lederne Sitzgruppe im Bauhaus-Stil, die eine Ecke seines großzügig geschnittenen Büros einnahm. »Und verzeihen Sie meinen Zustand, ich brüte wohl eine Grippe aus.«

»Husten?«, fragte Mirella mit einem hinreißenden Lächeln.

Ich unterdrückte ein Grinsen. Da war sie wieder, die professionelle Fassade. Ab jetzt musste ich mir eigentlich keine Gedanken mehr machen. Mirella spielte mit.

»Was? Nein, nein«, erwiderte Carsten Schröder und ließ sich uns gegenüber in einen Sessel fallen. Dann lockerte er seine Krawatte, zog ein Taschentuch aus der Weste und tupfte sich damit über die Stirn.

»Nun, solange es keine Tuberkulose ist …«, sagte Mirella.

Der Geschäftsführer lachte laut auf.

»Oh, so schlimm wird es wohl nicht werden. Möchten Sie Kaffee? Tee?«

Wir schüttelten den Kopf.

»Dann würde ich vorschlagen, wir beginnen«, sagte Schröder. »Es freut mich, dass *Aviaire* Interesse an einer Zusammenarbeit mit *KehPharma* hat, da wir ohnehin daran dachten, unser Geschäftsfeld in der Schweiz im kommenden Jahr zu erweitern.«

»Tatsächlich?«, fragte ich interessiert.

Carsten Schröder runzelte die Stirn.

»Nun, davon wissen Sie ja bereits ... Ich würde Ihnen gerne unser Konzept für die schweizweite Vermarktung eines Kopfschmerzpräparates unterbreiten, bei dem wir uns eine Zusammenarbeit mit *Aviaire* hervorragend vorstellen könnten. *DolaSan*, eine Entwicklung unseres Hauses.«

»Wir haben einen anderen Vorschlag«, sagte Mirella, lehnte sich bewusst langsam in ihrem Sessel zurück und schlug die langen Beine übereinander.

Gespannt blickte ich zu ihr hinüber. Ich wusste, was jetzt kam. Unser Auftritt hier glich zwar einer Dramaturgie auf Zuruf, einem Spontantheater, doch wir hatten ein Ass im Ärmel, von dem Schröder nichts ahnte.

Mirella machte eine bedeutungsvolle Pause. Das Schweigen beschwor eine neugierige Erwartung im Raum herauf, vermischt mit Irritation und Verwunderung. Ich sah, wie ein leichter Ruck durch Carsten Schröder ging, als Mirella ihn mit Blicken fixierte, und nahm die fast unmerkliche Abkühlung der Raumtemperatur wahr. Das Zeichen dafür, dass sich eine Illusion aus der Atmosphäre löste. Eine leichte Gänsehaut huschte über meine Haut.

Mirella lächelte freundlich, während Carsten Schröders Augen einen fiebrigen Glanz bekamen.

»Sie sehen es schon vor sich, nicht wahr?«, sagte sie so leise, dass sich ihre Stimme wie ein feiner Faden durch den Raum spann. »*KehPharma* steht eine große Zukunft bevor. Was immer Sie sich bisher vorstellen konnten, ist nichts dagegen. Neue Pläne. Neue Ideen. Warum warten?«

Ein erstauntes Lächeln huschte über Schröders Züge. Er war so in die Bilder der Illusion versunken, die Mirella in seinem Inneren heraufbeschwor, dass er alles andere um sich herum zu vergessen schien. Einmal mehr stieg mein Respekt vor der Macht, die Mirellas Gabe ihr über andere Menschen schenkte. Eine unheimliche Fähigkeit, die faszinierend und abstoßend zugleich war – und bei der es nur einen einzigen Haken gab: Sie wirkte nicht bei jedem. Carsten Schröder allerdings hatte Mirella absolut nichts entgegenzusetzen.

Keine Minute später war es vorüber. Die Temperatur im Raum normalisierte sich und Schröder blinzelte irritiert.

»Entschuldigen Sie«, sagte er und fasste sich an die Schläfe. »Ich war kurz … in Gedanken.«

Mirella lächelte sanft.

»Ich würde gerne mit Ihnen über Tuberkulose reden.«

»Wie bitte?«

Carsten Schröders Gesicht entgleiste. Sein Blick wanderte von Mirella zu mir. Ich versuchte herauszufinden, ob ihn das Thema in irgendeiner Weise beunruhigte, doch da war nichts als pure Verwunderung.

»Sie wissen schon, dass wir den Firmenschwerpunkt Schmerzmittel-Entwicklung haben?«, sagte er, nachdem er sich wieder gefasst hatte. Sein Tonfall klang amüsiert, doch zugleich zeigte sich ein neugieriges Interesse in seinem Blick.

Mirellas Lächeln wurde breiter.

»Selbstverständlich wissen wir das, Herr Schröder. Aber vielleicht möchte *Aviaire* sich ja auf dem Gebiet weiterentwickeln.«

Ich räusperte mich.

»Es geht nichts über Frauen, die wissen, was sie wollen«, sagte ich. »Deshalb ist Celeste Moreaux ja auch genau die Richtige für mein Team. Zielstrebig, konsequent, die Innovationen immer im Blick. Eine hervorragende Mitarbeiterin.«

Ich sah ein gefährliches Glimmen in Mirellas Augen aufblitzen und grinste in mich hinein.

Carsten Schröder runzelte die Stirn.

»Ich dachte, er wäre *Ihr* Assistent«, sagte er dann an Mirella gewandt.

Mirella lachte laut auf.

»Mein Assistent, ja? Oh, selbstverständlich, das ist er, das ist er.« Sie strich sich die Haare zurück. »Aber wissen Sie, ich lasse ihn gern an der langen Leine. Auf diese Weise kann er seine Stärken entfalten. Nichts ist schlimmer als langweilige Männer.«

Carsten Schröder schien nicht recht zu wissen, was er von uns halten sollte. Aber die Nachwirkungen der Illusion waren stärker. *Neue Ideen. Neue Pläne. Warum warten …*

Schnell ergriff ich wieder das Wort.

»Die Frage ist ja, ob *KehPharma* generell Interesse an einer

Ausweitung des Themenbereiches hätte. Und ob eventuell schon Erfahrung in der TBC-Forschung besteht, die die unsere sinnvoll ergänzt.«

Carsten Schröder zuckte mit den Schultern.

»Zumindest nicht, seit ich hier Geschäftsführer bin – und das sind nun ja auch schon mehr als acht Jahre. Aber ich werde meinen Assistenten bitten, diesbezüglich die früheren Forschungen des Unternehmens zu prüfen. Wobei das nicht besonders hilfreich sein dürfte, denn selbst wenn mein Vorgänger in dieser Richtung engagiert war, so sind die Ergebnisse mit Sicherheit inzwischen veraltet. Was schade ist«, fügte er rasch hinzu, »denn unser Unternehmen könnte sich natürlich auf diesem Feld behaupten. Es wäre ein neuer Ansatz, gewiss, aber – warum nicht?«

Er blickte geschäftig auf die Uhr.

»Mein Assistent sollte eigentlich längst hier sein.«

Er räusperte sich und wandte sich wieder an Mirella: »Mir war nicht bekannt, dass *Aviaire* sich in die Tuberkulose-Forschung einbringt.«

Mirella lachte.

»Nun, manche Dinge hängt man besser nicht an die große Glocke, bis man ansehnliche Ergebnisse präsentieren kann.« Sie lehnte sich vor und heftete den Blick fest auf Schröder. »Und so wie sich gerade alles entwickelt, könnten wir einen großen Coup landen.« Sie zwinkerte ihm zu. »Diese Zusammenarbeit erfordert Vertrauen. Intimität. Das bieten wir nicht jedem an.«

Schröder rutschte unruhig auf seinem Sessel herum.

»Und warum ausgerechnet wir? Ich nehme an, es gäbe unzählige Unternehmen, die auf diesem Gebiet erfahrener sind als wir.«

»Ein Unternehmen mit Tradition, weltweites Vertriebsnetz, Firmensitz im Zentrum Europas – wir wollen einen starken und souveränen Partner an unserer Seite«, sagte Mirella. »Jemanden, der in Bezug auf Tuberkulose-Medikation bisher weder positiv noch negativ aufgefallen ist. Sie können davon ausgehen, dass wir etliche Optionen im Vorfeld geprüft haben. *KehPharma* ist für unsere Zwecke der perfekte Geschäftspartner.«

Schröder hob eine Augenbraue.

»Gut. Bringen Sie mich auf den Stand der Dinge. Um welche Art von Medikation handelt es sich? Wie weit ist die Forschung vorangeschritten? Und nicht zuletzt interessiert mich selbstverständlich die Frage, wie viel *KehPharma* investieren müsste, um mit im Boot zu sein.«

Mirella lächelte.

»Es gibt nichts umsonst auf dieser Welt, nicht wahr? Nein.« Sie neigte den Kopf. »Da Sie in Berlin sind, wissen Sie um die Brisanz der Tuberkulose-Problematik. Diese unschönen Todesfälle vor einigen Jahren dürften nur so etwas wie ein kleiner Vorgeschmack gewesen sein. Es ist davon auszugehen, dass die resistenten Keime sich zu einem riesigen Geschäftsfeld entwickeln.«

Sie legte sanft ihre Hand auf Schröders Arm.

»Gold, sage ich Ihnen. *Mycobacterium tuberculosis* wird zu purem Gold. Glauben Sie mir.«

»Und *Aviaire* hat ein neues Medikament entwickelt, das allen bisherigen überlegen ist?«

Carsten Schröder schien es nicht wirklich glauben zu können.

Mirella schmunzelte und zog ihre Hand wieder zurück.

»Ja, davon gehen wir aus. Die bisherigen Testreihen waren vielversprechend. Wir arbeiten seit Jahren an dem Mittel und der Durchbruch kam, wie so oft in der Wissenschaft, durch einen günstigen Wink des Schicksals. Und manchmal geht das Schicksal eben seltsame Wege. Man trifft die richtigen Menschen zur richtigen Zeit, merkt, dass es einfach passt.« Sie lehnte sich vor, brachte ihr Gesicht dicht an das von Carsten Schröder und blickte ihm tief in die Augen. »Finden Sie nicht auch?«

Ich wandte den Blick ab. Auch wenn es zum Spiel gehörte und auch wenn ich mir sicher war, dass Carsten Schröder nie im Leben in Mirella Mistranis Beuteschema passte – ich hasste es, wenn sie so etwas tat. Zu sehen, wie sie einen anderen Mann um den Finger wickelte, war für mich nur schwer zu ertragen.

Schröder lächelte matt. In seinem angeschlagenen Zustand schien Mirella ihm fast zu viel zu sein. Er kränkelte, bekam aus dem Nichts ein Angebot, mit dem er nie gerechnet hätte, wurde von Illusionen und einer umwerfenden Frau in Versuchung gebracht. Fast tat er mir leid. Doch Mirella war noch längst nicht fertig.

»Gehen Sie mit mir essen?«, hauchte sie ihm ins Ohr.

»Wie bitte?«

Ich spürte einen Druck in der Magengegend.

»Ich fragte, ob Sie mit mir essen gehen.«

»Ich wüsste nicht, wie das unsere Geschäfte ...«

»Verstehe. Verheiratet, zwei Kinder, Häuschen am Stadtrand.«

Mirella ließ sich in den Sessel zurückfallen.

»Zudem korrekt und loyal.« Sie schüttelte mitleidig den Kopf. »Keine besonders guten Bedingungen für Erfolg in dieser Branche. Sie müssen aufpassen, dass Sie nicht gefressen werden.«

Carsten Schröder schluckte schwer, antwortete jedoch nicht. Offensichtlich wollte er nichts Falsches sagen. Und das konnte nur bedeuten, dass Mirella ihr Ziel erreicht hatte. Er hing am Haken und wusste nicht einmal, dass er ein Fisch war.

Mirella zuckte mit den Schultern und lächelte amüsiert.

»Wissen Sie was? Mir gefällt das. Männer mit Format sind selten geworden.« Sie erhob sich. »Lassen Sie es sich durch den Kopf gehen, Herr Schröder. Ich melde mich in den nächsten Tagen wieder bei Ihnen.«

»Aber wir haben doch noch gar nicht über den Vertrieb von *Dola-San* gesprochen«, warf Schröder verdutzt ein.

Ich erhob mich ebenfalls.

»Das hat Zeit«, sagte ich, während ich Mirella zur Tür folgte. »Denken Sie über das Investitionsfeld der Zukunft nach. Tuberkulose.«

»Und gute Besserung!«, rief Mirella ihm noch zu.

Als sie die Tür öffnete, stieß sie fast mit einem jungen Mann zusammen, der gerade das Büro des Geschäftsführers betreten wollte. Er trug einen Stapel Papiere unter dem Arm und starrte uns überrascht an.

»Ich bin zu spät, Verzeihung.«

Der Assistent.

Und irgendetwas stimmte nicht.

Sein Blick hing so irritiert an Mirella, als traue er seinen Augen nicht.

Sie straffte sich und hielt ihm die Hand hin.

»Celeste Moreaux«, sagte sie lächelnd. »Ich bedaure, dass wir schon fertig sind. Aber Ihr Chef wird Sie auf den aktuellen Stand der Dinge bringen.«

»Christoph Merseburg«, antwortete der junge Mann zögerlich.

Ich merkte, wie ich unruhig wurde. Irgendetwas ging von diesem Kerl aus. Und ich konnte es nicht einordnen. Überraschung? Misstrauen? Was war es? Ich kam nicht dahinter.

»Wir kennen uns ja bereits«, sagte er jetzt, während er Mirella noch immer prüfend musterte. »Aber als wir uns das letzte Mal gesehen haben, waren Sie blond und trugen die Haare offen. Und ich hatte Sie kleiner in Erinnerung.«

Mirellas Lächeln erstarrte.

»Tatsächlich? Dabei bin ich die Größte in meiner Familie. Und was die Haare angeht, da bin ich wie jede Frau. Ich mag Abwechslung. Und Blondinen werden leider gerne unterschätzt.«

Christoph Merseburg nickte zögernd und strich sich die braunen Haare zurück.

»Wo war die Konferenz doch gleich?«, fragte er dann mit gerunzelter Stirn. »In Wien?«

Es folgten Sekunden der Stille, die sich schwer wie Blei über den Raum legten.

»Genf«, entgegnete ich, einem plötzlichen Impuls folgend.

Die beiden sahen mich an und Christoph Merseburg verzog den Mund zu einem schmalen Lächeln.

»Richtig, Genf«, sagte er dann. »Waren Sie auch dort? Ich kann mich nicht erinnern.«

»Nein, leider war ich verhindert«, entgegnete ich so ruhig wie möglich, während mein Herz rasend schlug. Die Tatsache, dass der Assistent die wirkliche Celeste Moreaux bereits kennengelernt hatte, brachte uns in mächtige Schwierigkeiten.

»Aber Celeste … pardon … Mademoiselle Moreaux … ist ja die denkbar beste Besetzung für Konferenzen und Verhandlungen aller Art. Was sie soeben wieder bewiesen hat. Ihr Chef wird Sie instruieren.«

Merseburg nickte stumm, doch in seinem Blick lag Misstrauen. Er glaubte uns nicht. Kein Wort. Und da war noch etwas. Etwas, was ich nicht einordnen konnte. Eine seltsame Vibration, die mich traf wie unterschwelliger Wellengang. Feindseligkeit. Das, was von Christoph Merseburg ausging, war pure Feindseligkeit.

Mirella warf einen Blick auf ihre Uhr und seufzte dann leise.

»So gerne ich noch eine Weile geplaudert hätte, wir müssen los.« Sie wandte sich Carsten Schröder zu. »Wie gesagt, überlegen

Sie es sich. Das Tuberkulose-Projekt ist mehr als erfolgversprechend. Und grüßen Sie Ihre Frau.«

Damit schob sie sich an Schröders Assistenten vorbei und ging mit schwingenden Hüften den Flur entlang Richtung Ausgang.

Ich nickte den Männern zum Abschied zu, wobei mir nicht entging, dass Christoph Merseburgs Gesicht plötzlich aschfahl geworden war. Ich spürte seinen Blick in meinem Rücken, als ich Mirella folgte.

Erst als wir wieder vor dem Gebäude standen, atmeten wir tief durch.

»Verdammt, das war knapp!«, murmelte Mirella. Ihre Hände zitterten. Eine zeitverzögerte Reaktion auf das Adrenalin.

»Spätestens in einer Stunde taucht die richtige Besetzung hier auf und dann wird Schröder wissen, dass er getäuscht wurde«, antwortete ich.

»Ja«, meinte Mirella. »Aber bis dahin kann er sich Gedanken über die Tuberkulose-Forschung machen. Und seinem Assistenten davon erzählen. Hattest du auch den Eindruck, dass mit dem jungen Mann etwas nicht stimmt?«

»Allerdings«, sagte ich. »Schröder scheint nichts von einem Tuberkulose-Projekt bei *KehPharma* zu wissen. Ich denke nicht, dass er sich verstellt hat. Wenn es in dieser Firma etwas derartiges gibt, dann hat er keine Ahnung. Aber dieser Christoph Merseburg ist seltsam. Als du das Wort *Tuberkulose* erwähnt hast, gingen bei ihm die Alarmleuchten an.«

»Tatsächlich?« Mirella lächelte. »Na, dann war unser kleines Abenteuer vielleicht nicht ganz umsonst.« Sie musterte mich prüfend. »Woher wusstest du eigentlich von der Konferenz in Genf? War das ein Zufall?«

Ich verzog die Mundwinkel.

»Ein Zufall? Nein, nicht ganz. Merseburg hatte diese Unterlagen unter dem Arm, erinnerst du dich? Darunter befand sich ein Flyer von einer Konferenz in Genf, die im Oktober letzten Jahres stattgefunden hat.« Ich zuckte mit den Schultern. »Ich gebe zu, es war ein Schuss ins Blaue. Aber ein guter.«

Mirella lachte leise und schüttelte den Kopf.

»Du bist unverbesserlich, weißt du das?«

Ich beugte mich zu ihr hinüber.

»Ich weiß. Und übrigens liebe ich es, an deiner Leine zu laufen.«

Unsere Blicke trafen sich und für einen winzigen Moment schien ein elektrischer Strom zwischen uns zu flirren.

Mirella verzog die Mundwinkel, ohne mich aus den Augen zu lassen. »Gewöhn dich nur nicht zu sehr daran. Und spar dir das Schwanzwedeln, sonst verpasse ich dir einen Maulkorb.«

»Nicht heute«, entgegnete ich.

Mirella zog die Augenbrauen hoch.

»Und warum nicht?«

»Weil wir beide jetzt essen gehen. Und zum Essen brauche ich meinen Mund.«

Und vielleicht noch für manch anderes, dachte ich im Stillen. Ich zwinkerte Mirella zu und merkte, dass sie kurz die Luft anhielt.

Doch der Konter blieb aus. Stattdessen lächelte sie leicht.

»Hervorragende Idee. Ich sterbe vor Hunger.«

Als wir den weiten Parkplatz vor dem Firmengebäude überquerten, spürte ich ein Prickeln in meinem Nacken. Das deutliche und unmissverständliche Gefühl, beobachtet zu werden. Im Gehen wandte ich mich um und sah an der Fassade nach oben, dorthin, wo ich Schröders Büro vermutete.

Ich glaubte, hinter einem der Fenster einen Blick auf Christoph Merseburg zu erhaschen. Doch bevor ich mir sicher sein konnte, rasselte eine Jalousie hinab.

*

»Dim sum oder Reisnudelsuppe mit Koriander?«

Mirella sah von der Speisekarte auf. In ihrem Blick zeigte sich eine Mischung aus Belustigung und Erstaunen. »Du hast nichts vergessen, oder?«, sagte sie. »Nicht einmal, was ich beim Vietnamesen bestelle.«

»Nein, nicht einmal das«, bestätigte ich. »Und ich glaube, du nimmst die Dim sum. ›Kleine Herzenswärmer‹. Kann man immer brauchen.«

Ich zwinkerte ihr zu, schloss die Speisekarte und legte sie zur Seite.

Mirella neigte den Kopf und ich sah, wie sie die Augen zu schmalen

Schlitzen verengte. »Warte einen Moment.« Dann glitt ein breites Lächeln über ihr hübsches Gesicht. »Du nimmst diese Suppe mit Rindfleisch, richtig?«

Ich grinste. »Richtig. Siehst du? Ich bin nicht der Einzige, der nicht vergisst.«

Wir saßen in einem unserer früheren Lieblingslokale mitten in Schöneberg. Es war noch früh am Nachmittag. Der Ansturm auf den Mittagstisch war soeben beendet und außer uns befanden sich nur noch wenige Menschen in dem vietnamesischen Restaurant. Durch die breiten Fensterfronten tanzte Licht und glitt in wandernden Sonnenflecken über den dunklen Holzboden.

Der Kellner kam. Wir bestellten unsere Gerichte und dazu Tee und Reiswein, die unverzüglich gebracht wurden. Mirella zog ihr Glas zu sich heran und drehte es vorsichtig zwischen den Fingern. Ihr Gesicht wurde plötzlich sehr ernst.

»Jakob, hör zu«, sagte sie gedämpft. »Wenn du denkst, dass sich vielleicht wieder etwas zwischen uns entwickeln könnte – mach dir bitte nicht zu viele Hoffnungen, ja? Alles, was passiert ist … ich weiß nicht, ob ich das vergessen kann. Außerdem ist da noch Ernesto.«

Sie musterte mich mit einer solchen Intensität, dass ich Schwierigkeiten hatte, ihrem Blick standzuhalten.

»Ich denke gar nichts«, erwiderte ich und leerte den Reiswein in einem Zug. »Und ich erwarte auch nichts.«

Mirella verzog die Mundwinkel.

»Das ist eine unverschämt dreiste Lüge.«

»Ja, ist es.«

Ich stellte das Glas ab, beugte mich vor und blickte ihr fest in die Augen.

»Aber gegen Hoffnungen lässt sich wenig tun, oder? Ein beratungsresistentes Pack, diese Hoffnungen.«

Mirella seufzte leise.

»Ja. Ich weiß.«

Mir wurde mulmig.

»Du denkst an Ernesto?«

Sie presste die Lippen aufeinander und nickte.

»Es ist verrückt. Ich habe wirklich gedacht, es würde funktionieren. Aber wahrscheinlich war das eine Illusion. Ich wollte, dass es mit ihm und mir gut läuft. Weil er eben so ganz anders ist als du.«

Sie hob den Blick und ich sah, dass sich das Licht der Kerze in ihren Augen widerspiegelte.

»Aber genau da liegt das Problem«, sagte sie leise. »Er ist eben nicht du.«

»Klingt, als dürfte ich mir doch noch jede Menge unvernünftiger Hoffnungen machen.«

Ich lehnte mich zurück und gab mir Mühe, nach außen hin möglichst gelassen zu erscheinen, doch dieses Gespräch ließ mich alles andere als kalt. Hatte Mirella gerade eben zugegeben, dass ich ihr ebenfalls fehlte? Dass sie versucht hatte, ein neues Leben zu beginnen – ohne Erfolg? Wie würde sie reagieren, wenn sie erfuhr, dass ausgerechnet Ernesto unsere Ehe zerstört hatte? Würde sie es verkraften? Ich war mir nicht sicher. Sie wirkte instabil, schwankend in ihrem Befinden. Und viel fragiler als früher.

»Sag mal«, sagte ich vorsichtig, »es ist schon ein wenig seltsam, dass die Medikamente nicht mehr anschlagen, oder? Hast du eine Erklärung dafür?«

Sie erwiderte nichts, sondern malte mit dem Zeigefinger kleine Kreise auf die Tischplatte. Dann atmete sie tief durch.

»Sie können gar nicht mehr anschlagen. Ich habe die Tabletten abgesetzt.«

Sie hatte – was? Ich glaubte, mich verhört zu haben.

»Das kannst du doch nicht einfach machen«, entfuhr es mir.

Einige Restaurantgäste von den Tischen ringsum blickten verstohlen zu uns herüber. Ich schluckte schwer und zügelte meine Stimme. Widersprüchlichste Empfindungen fluteten plötzlich in mir hoch. Mirella war erwachsen und ich hatte kein Recht, mich einzumischen. Doch die Medikamente einfach abzusetzen …

»Das ist Wahnsinn!«, zischte ich eindringlich. »Du hast keine Ahnung, was dann mit dir passiert.«

Sie verzog die Mundwinkel. »Einen Vorgeschmack hatten wir ja schon, oder? Ich werde zu einem schizoiden Monster. Das wird passieren.«

Ich runzelte die Stirn.

»Wie kannst du freiwillig die Medikamente weglassen? Erklär es mir.«

Mirella straffte sich.

»Es gibt Dinge, die man durchmachen muss. Und ich bin nicht mehr bereit, mich davor zu drücken.«

Ich hob die Brauen.

»Dich drücken? Ich verstehe nicht.«

Sie lächelte traurig. Ich konnte deutlich wahrnehmen, wie schwer es ihr fiel, über diese Dinge zu sprechen. Doch sie fuhr fort. »Die Medikamente sorgen dafür, dass ich funktioniere. Dass ich mich nicht vollkommen verliere in dieser merkwürdigen kalten Persönlichkeit, die wie abgespalten in mir wartet. Aber das heißt nicht, dass dieser Teil nicht da ist. Und ich bin mir dessen bewusst. Jeden Tag mehr. Dieser Teil ist nur sediert, Jakob. Runtergefahren. Aber er ist da.«

Die letzten Worte waren nur noch ein Flüstern.

Mir lief ein Schauer über die Haut.

»Heißt das, du willst dich diesem Teil ganz bewusst stellen?«

Mirella nickte und ich sah, dass ihre Augen plötzlich feucht schimmerten.

»Ich glaube, das muss ich. Ich habe es viel zu lange vor mir her geschoben.« Sie blickte auf. »Kannst du das nachvollziehen?«

Ich musterte sie prüfend und überlegte für einen Moment. Doch, ich konnte es nachvollziehen. Irgendwie. Aber mir war ebenso bewusst, was für ein Wagnis es war.

Ich merkte, dass Mirellas Blick fast ängstlich auf mir lag, und nickte schließlich.

»Ja, ich glaube schon. Aber bist du dir sicher, dass es das wert ist? Wenn das in der Akademie die Runde macht, ist deine Karriere beendet.«

Mirella lachte heiser.

»Na und? Du hast es ja auch geschafft, ohne die Akademie zu leben.«

Ich spürte einen Kloß in meinem Hals.

»Richtig. Ich habe es geschafft. Aber es ist keine besonders gute Zeit gewesen«, entgegnete ich. »Mirella, für Menschen wie uns gibt es wahrscheinlich keinen besseren Ort als die Akademie. Mir gefällt das nicht immer, weil ich nicht mit allem einverstanden bin, was in der Akademie vor sich geht. Aber es ist eine Chance. Eine Möglichkeit, die wir sonst nicht haben.«

Mirella zuckte mit den Schultern.

»Vielleicht wird ja alles gar nicht so schlimm«, sagte sie. »Wer weiß? Krankheiten entwickeln sich. Manche lösen sich mit fortschreitendem Alter einfach in Luft auf. Ich kann nicht wissen, ob ich überhaupt noch Probleme habe, solange ich die Medikamente nehme.«

Ich unterdrückte ein Seufzen. Die Erinnerung an Mirellas Reaktion in Ernestos Büro stand mir mehr als deutlich vor Augen. Und es gab wohl keinen besseren Beweis dafür, dass die Krankheit noch aktiv war. Schließlich hatte diese Nacht Oliver und mich fast das Leben gekostet.

Mirella schien meine Gedanken zu erahnen. »Ja, ich weiß«, sagte sie gereizt. »Ich hätte euch fast über den Haufen geschossen.«

»Aber du hast es nicht getan.«

Sie lächelte matt.

»Nein. Irgendetwas in mir hat sich dazwischengeschaltet.« Unsere Blicke trafen sich. »Ich denke, es lag an dir. Ich konnte dich nicht erschießen. Nicht dich.«

»Na also«, sagte ich und versuchte ein Lächeln. »Ausgewachsene schizoide Soziopathen würde das wohl eher wenig beeindrucken.«

Mirella lachte auf.

»Ja. Darauf sollten wir anstoßen.«

Ich hob meinen Tee und ließ das Glas leise gegen ihres klingen.

»Auf die Monster im Keller!«

Mirella lächelte schwach.

»Auf die Monster.«

Das Essen kam und wir nutzten diese Gelegenheit, um das ernste Thema auslaufen zu lassen. Doch ich war mir sicher, dass wir nicht zum letzten Mal darüber geredet hatten. Mirellas Anfälle würden uns begleiten, auch wenn wir beide hofften, dass alles gut gehen würde. Hoffnungen waren eben ein beratungsresistentes Pack.

Mirella hob den Deckel von dem Bambuskörbchen, in dem sich die Dim sum befanden. Doch noch bevor sie ihn auf dem Tisch abgelegt hatte, klingelte ihr Handy. Stirnrunzelnd blickte sie aufs Display. Ich sah, wie sich ihre Augen weiteten.

»Es ist Ernesto«, sagte sie tonlos.

Ich schluckte schwer. Es wunderte mich, dass der Kubaner sich jetzt bei Mirella meldete. Aber hätte ich es anders gemacht? Nein. Auch ich hatte damals nicht so schnell aufgegeben – und schmerzlich feststellen müssen, dass alle Mühe vergebens war. Vielleicht war es nun an Ernesto, diese Lektion zu lernen …

Ich zuckte mit den Schultern.

»Geh ran. Er wird sowieso keine Ruhe geben, bevor ihr nicht gesprochen habt, oder?«

»Ja. Wahrscheinlich.«

Mirella zögerte noch einen Moment, dann nahm sie den Anruf entgegen.

»Was willst du?«

Ihr Tonfall war harsch, doch schon nach wenigen Augenblicken veränderte sich ihr Gesichtsausdruck.

»Wie bitte? Moment, Moment! Wo steckst du? Ernesto, was ist los, verdammt?! Sag mir, wo du …«

Ich hörte den Schuss bis zu meiner Seite des Tisches. Mirellas Gesicht versteinerte.

»Ernesto?«, sagte sie mit zitternder Stimme. »Bist du noch dran? Sag was!«

Doch es kam nur noch das Freizeichen.

Mirella ließ das Handy sinken und keuchte leise auf.

Ich starrte sie an.

»Was ist los?«

Das Telefon glitt ihr aus der Hand und fiel mit einem Poltern auf die Tischplatte. Ihr Gesicht war aschfahl.

»Ich glaube … Ernesto wurde gerade erschossen …«

Ich sprang auf und ging neben Mirella in die Knie.

»Was ist passiert?«, fragte ich, während meine Gedanken sich überschlugen. »Was hat er gesagt?«

Mirella starrte ins Leere.

»Nur, dass er … nicht lange reden könne. Er wirkte gehetzt, war kaum zu verstehen.«

Sie blickte mich an. Ihre Augen wirkten riesig in ihrem blassen Gesicht.

»Er sagte, wir sollten uns diesen Wilms noch mal vornehmen. Aber warum? Das haben wir doch schon längst gemacht.« Sie schluckte schwer. »Und dann war da ein Schuss … und er hat nicht mehr geantwortet …«

Ich griff nach ihrer Hand. Sie war eiskalt.

»Hast du im Hintergrund etwas gehört?«, fragte ich angespannt. »Irgendetwas, was uns verraten könnte, wo Ernesto ist?«

Sie schüttelte den Kopf und schluchzte leise auf.

»Nein. Nichts. Keine Ahnung, es ging doch alles so schnell.«

Dann sprang sie so hastig auf, dass der Stuhl nach hinten kippte und laut auf den Boden knallte.

»Wir müssen ihn suchen! Wir müssen ...«

Ihre Knie gaben nach und sie sackte so abrupt in sich zusammen, dass ich sie gerade noch auffangen konnte.

»*Wir* müssen gar nichts«, sagte ich bestimmt, zog mein Portemonnaie aus der Tasche und warf nachlässig einen Schein auf den Tisch.

»Geht's wieder?«

Sie nickte bleich.

»Ich gebe Simon Bescheid.« Damit reichte ich Mirella die Hand. »Er wird sich um alles kümmern. Und du kommst erst mal mit zu mir.«

KAPITEL 15

»Und ich kann wirklich hierbleiben?«

Mirella stand unschlüssig im Flur.

Ich fasste sie an der Hüfte und schob sie ohne Umschweife ins Wohnzimmer.

»Selbstverständlich. Du kannst jetzt auf gar keinen Fall alleine zu Hause sein. Setz dich. Ich hole uns etwas zu trinken.«

»Was Starkes!« Mirella ließ sich auf das Sofa fallen. »Gin. Oder Whiskey. So was.«

»Wird sofort kredenzt«, antwortete ich und schenkte ihr ein mattes Lächeln.

Mirellas Gesicht blieb unbewegt. Sie starrte einfach nur auf den Boden. Ich nickte ihr kurz zu, ging dann in die Küche und machte die Tür hinter mir zu.

Für einen Moment sank meine Stirn an das kühle Holz und ich schloss die Augen. Es waren merkwürdige Momente gewesen während der Fahrt vom Restaurant zu mir. Die Unsicherheit, was mit Ernesto geschehen war. Jeder Versuch, ihn anzurufen, führte nur zu endlosem Klingeln. Nach dem Verlassen des Restaurants hatten wir Simon informiert. Der wiederum hatte sich um die Meldung an die Polizei gekümmert. Keine halbe Stunde später kam dann der Rückruf an uns: Man hatte Ernestos Handy geortet und ihn gefunden. Er war tot, erschossen aus nächster Nähe in einem verlassenen Fabrikgebäude nahe der Rummelsburger Bucht. Der Täter hatte keine Spuren hinterlassen. Nichts, was uns zu ihm führen konnte. Nichts, was uns weiterbrachte. Und nichts, was diese plötzliche Tat erklärte.

Ich war froh, dass Mirella und mir wenigstens diese Nacht in Ruhe blieb. Selbstverständlich würden wir aussagen müssen, was bei diesem letzten Telefonat geschehen war. Morgen. Nicht jetzt.

Ich spürte keine Erleichterung bei dem Gedanken an Ernestos Tod – und das beruhigte mich. Ich hätte innerlich triumphieren, es für eine gerechte Strafe halten können, denn schließlich hatte er mein bisheriges Leben auf dem Gewissen. Doch da war nichts als das Gefühl von Fassungslosigkeit. Und Mitgefühl für Mirella, selbst wenn sie zugegeben hatte, dass die Beziehung zu Ernesto ein Fehler gewesen war und sie nicht glücklich gemacht hatte. Sie hatte einen Menschen verloren, der ihr nahestand. Dem sie sich hingegeben hatte, mit dem sie geteilt hatte, was sie bewegte. Es war ein Verlust, den ich ihr nicht erleichtern konnte, auch wenn ich ihr später erzählen würde, dass Ernesto alles zu verantworten hatte, was uns widerfahren war. Ich hatte keine Ahnung, wie sie es auffassen würde. Es würde schmerzlich sein, so oder so. Und weil es sie schmerzte, schmerzte es auch mich.

Ich schlug die Augen auf und ging zum Schrank neben dem Küchenfenster. Mit sicherem Griff nahm ich die Flasche Irish Whiskey heraus, die Hades mir einmal mitgebracht hatte, schnappte mir zwei Gläser und kehrte zurück ins Wohnzimmer.

Mirella starrte mich mit leerem Blick an, als ich einschenkte und ihr eines der Gläser in die Hand drückte.

»Wer macht denn so was?«, flüsterte sie und führte das Glas an die bebenden Lippen. »Und warum? Er hat doch gar nichts getan.« Sie stockte und sah mich an. »Oder doch? Weißt du etwas, was ich nicht weiß?«

Ich zögerte kurz, dann schüttelte ich den Kopf.

»Nein. Er hatte mit diesem dubiosen Forschungsprojekt nichts zu tun. Da bin ich mir sicher.«

»Und warum wurde er dann einfach so umgelegt? Das war doch kein Zufall«, flüsterte Mirella, nahm einen großen Schluck von dem Whiskey und verzog das Gesicht. »Furchtbares Zeug.«

»Erzähl das lieber nicht Hades. Der gute Tropfen ist aus der Brennerei seines Cousins oder so.«

Ich atmete tief durch. Auch wenn ich lieber noch gewartet hätte, es machte keinen Sinn, Mirella die brisanten Details noch länger zu verheimlichen. Ich würde ihr erzählen, was ich wusste. Jetzt gleich. Und ich konnte nur hoffen, dass sie es verkraftete.

Mit großen Augen hörte sie mir zu, während ich von der Begegnung mit Ernesto am Vormittag erzählte. Ich ließ nichts aus, auch wenn ich ihr einiges sehr gerne erspart hätte. Aber es musste sein.

Mirella und ich arbeiteten zusammen an diesem Fall, der immer größere Kreise zog und nun offensichtlich ein weiteres Todesopfer gefordert hatte. Nichts und niemand auf dieser Welt konnte mir erzählen, dass Ernestos Tod ein Zufall war. Er war aus dem Weg geräumt worden, weil er störte. Und vielleicht auch, weil er mir verraten hatte, was er wusste. Um diesen Fall zu lösen, mussten Mirella und ich auf der gleichen Höhe sein, das gleiche Wissen haben. Und wir mussten ehrlich zueinander sein. Vollkommen und gnadenlos ehrlich.

Nachdem ich geendet hatte, schwieg sie eine Weile. Ihr Blick ging zum Fenster, nach draußen, wo in der Ferne der Fernsehturm funkelte und leuchtete, als wäre nichts geschehen.

Schließlich atmete sie tief durch. »Das heißt, er hat all das damals arrangiert? Um dich loszuwerden?«

Ich nickte stumm. Was hätte ich noch sagen sollen? Was geschehen war, sprach für sich selbst.

Mirella rang nervös die Hände. Es fühlte sich an, als wäre sie umgeben von einer zerbrechlichen Aura, die jeden Moment in Millionen winziger Scherben zerspringen konnte. Wie gerne hätte ich sie in diesem Augenblick in die Arme geschlossen, aber ich wagte es nicht. Stattdessen saßen wir einfach nur da, gefangen in einer instabilen Blase aus Verletzung, Fassungslosigkeit und Wut.

Schließlich hob Mirella den Kopf und sah mir direkt in die Augen.

»Ich glaube, ich muss ein wenig schlafen.«

Ihre Stimme war tonlos und die Unergründlichkeit ihres Blickes schloss mich aus. Nie hatte ich sie so erschöpft erlebt. Und nie so verletzlich.

»Leg dich aufs Sofa«, sagte ich und stand auf. »Komm zur Ruhe. Oder versuch es zumindest … Ich bin in der Küche.«

Ich legte Mirella eine Decke über, strich ihr sanft über die Wange und es dauerte nicht lange, bis sie in einen unruhigen Schlaf gefallen war.

*

Es klingelte. Stirnrunzelnd wandte ich mich um. Ich hatte die letzte halbe Stunde am Küchenfenster verbracht, mit Blick in die Dunkelheit, und versucht, meine Gedanken zu ordnen. Mirellas Laptop hatte ich auf den Küchentisch gelegt, aber noch nicht angetastet. Ich hatte mich nicht durchringen können, ihn anzuschalten.

Später. Später. Nur noch eine Minute Ruhe. Eine einzige Minute länger so tun, als wäre ich ein ganz normaler Mensch mit einem ganz normalen Leben. Kein Ermittler, der sich hoffnungslos in den zahllosen verwirrenden Fäden eines Falles verstrickt und den Überblick längst verloren hatte.

Erneutes Klingeln. Ich seufzte leise. Das Letzte, was Mirella und ich jetzt gebrauchen konnten, war ungebetener Besuch. Wahrscheinlich war es Simon. Oder jemand von der Polizei, obwohl man uns versprochen hatte, uns heute noch in Ruhe zu lassen. Vielleicht würde ich sie überreden können, bis zum nächsten Tag auf unsere Aussage zu warten.

Ich ging zur Tür und öffnete. Doch es war nicht Simon, der draußen stand, und auch niemand von der Polizei. Vor mir stand Emilie, ein wenig außer Atem, aber immerhin hatte ihr neunzigjähriges Herz sie bis in den vierten Stock bringen müssen, statt – wie gewohnt – nur in den dritten.

»Hallo, Jakob«, sagte sie, während ihr Gesicht sich beim Lächeln in Tausend kleine Falten legte. »Kannst du mir bitte kurz helfen? Unten steht eine schwere Einkaufstüte. Ich schaffe das nicht alleine. Und die Klingel an der Haustür ist kaputt.«

»Wie hast du die Tasche denn vom Supermarkt hierher bekommen?«, fragte ich überrascht.

»Na, wie immer, mit dem Taxi«, antwortete Emilie. »Aber dann habe ich vergessen, den Taxifahrer zu fragen, ob er sie mir nach oben bringt.« Sie klopfte sich mit den Knöcheln der rechten Hand gegen die Stirn. »Manchmal setzt es aus da oben, weißt du.«

»Klar helfe ich dir«, sagte ich und angelte meinen Haustürschlüssel vom Flurregal.

»Danke«, lächelte Emilie und tätschelte mir die Wange. »Bist ein guter Junge.«

Der »gute Junge« brachte die Einkäufe in Emilies Wohnung – wobei die eine angekündigte Einkaufstüte sich als drei Taschen entpuppte.

»Soll ich dir noch beim Einräumen helfen?«, fragte ich keuchend, als ich die schweren Beutel in Emilies Küche abstellte.

»Nein, lass nur, sonst finde ich später nichts wieder«, erwiderte meine Nachbarin. Dann griff sie in eine der Tüten und holte eine Kekspackung hervor. »Aber sei so nett und bring die hier in die Stube, ja?« Sie zwinkerte. »Die brauche ich später sowieso.«

Ich nickte und brachte die Kekse – feinstes Weizengebäck mit Orangenaroma – hinüber ins Wohnzimmer. Mein Blick fiel auf den Fernseher, der mir so viele schlaflose Nächte bescherte, und für einen Moment war ich versucht, an den Anschlüssen herumzumanipulieren. Doch ich ließ es sein. Was hatte Emilie denn schon noch außer ihrem *Tatort*?

Mein Blick wanderte nach oben, zur Zimmerdecke. Direkt im Stockwerk über mir lag nun Mirella auf meinem Sofa und schlief. Sie dort zu wissen, erfüllte mich mit einem merkwürdigen Gefühl von Glück, auch wenn ich ansonsten den Eindruck hatte, uns umgäbe die trügerische Ruhe vor einem gewaltigen Sturm. In der Akademie würde die Hölle losbrechen, sobald der Tod von Ernesto die Runde machte, soviel war sicher. Und solange nicht geklärt war, wer ihn erschossen hatte, blieb ein mulmiges Gefühl. Wer sagte denn, dass Ernesto der Einzige war, auf den man es abgesehen hatte?

Ich schüttelte die düsteren Gedanken ab und wollte gerade wieder zu Emilie zurück in die Küche gehen, als die Fotos an der Wand links von mir meine Aufmerksamkeit auf sich zogen. Unzählige gerahmte Schwarz-Weiß-Bilder zeugten von einem gelebten Leben. Emilie musste eine große Familie gehabt haben, viele Freunde. Und all das war lange her.

»Ist das hier deine Ahnengalerie?«, fragte ich, als sie ins Wohnzimmer getrippelt kam, und deutete mit einem Nicken auf die Fotografien. Ich war schon oft in dieser Wohnung gewesen auf Tee und Kekse oder auch mal ein typisches Berliner Eisbein zur Winterzeit, doch die Bilder hatte ich mir nie genauer angesehen.

Emilie lachte.

»Ja, kann man so sagen.«

Sie kam langsam zu mir herüber.

»Hier«, sagte sie und deutete auf eines der Bilder, das einen leichten Sepiastich hatte. »Das sind meine Eltern. Und ich, da war ich noch klein. Es muss am Wannsee gewesen sein, glaube ich. Anfang der 1930er Jahre.«

Ich lächelte beim Anblick des kleinen Mädchens mit den dunklen Zöpfen, das im Sand buddelte. Dann glitt mein Blick weiter über die Galerie – und plötzlich stockte mir der Atem: Dort, ganz rechts außen, hing eine verblichene Fotografie, die mehrere Personen zeigte. Eine der jungen Frauen auf dem Bild hatte entfernte Ähnlichkeit mit Emilie, doch sie konnte es nicht sein. Die Kleidung passte eher in die Zeit um 1910. Aber nicht das war es, was meinen Herzschlag beschleunigte. Es war das andere Mädchen auf dem Bild. Eine schmale, zerbrechlich wirkende Gestalt mit langen blonden Haaren, die ihr glatt über die Schultern fielen. Erst glaubte ich, meinen Augen nicht zu trauen, doch je länger ich auf das Bild starrte, desto mehr schwanden meine Zweifel. Dort, auf einem Foto an Emilies Bilderwand, war Clara von Rieckhofen zu sehen. Eindeutig.

»Ich weiß, meine Mutter war eine Schönheit«, lachte Emilie in diesem Moment. »Oder warum starrst du so?«

»Deine ... Mutter?«

Ich war so durcheinander, dass ich einen Augenblick brauchte, bis ich begriff, dass sie die junge Frau neben Clara meinte.

Ich straffte mich.

»Ja, sie ist wunderhübsch, wirklich. Jetzt weiß ich endlich, woher du das hast.«

Emilie lachte so sehr, dass es ihren gebrechlichen Körper durchschüttelte.

»Du alter Charmeur!«

Ich tippte auf Claras Antlitz.

»Und wer ist das hier neben deiner Mutter? Kennst du dieses Mädchen?«

Emilie trat ein Stückchen näher, um das Bild besser betrachten zu können, und runzelte die Stirn, wie immer, wenn sie angestrengt nachdachte.

»Warte, lass mich überlegen ... Doch, das muss diese Adlige sein.« Emilie richtete ihre wässrig-blauen Augen auf mich. »Meine Mutter hat sie in Beelitz kennengelernt, in den Heilstätten. Ich erinnere mich daran, dass sie manchmal davon erzählt hat. Das Mädchen war ihre Zimmergenossin und sie waren eine Zeit lang unzertrennlich.« Ein Lächeln schob sich über ihr Gesicht. »Sie haben sich immer im Waschhaus versteckt, wenn sie keine Lust auf die Liegekuren hatten. Meine Mutter sagte, sie hätte nie vergessen, wie es dort roch. Nach Seife und nach Dampf.«

Emilie räusperte sich.

»Verrückt, wie viele Leute damals nach Beelitz kamen. Es war die größte Klinik für Lungenkranke in Europa, wusstest du das?« Sie nickte wichtig. »Normalerweise hatten die Frauen aus dem Waschhaus nicht viel Kontakt zu den Patientinnen – und schon gar nicht zu den Patienten. War ja alles streng getrennt damals, das könnt ihr Jungspunde euch heute gar nicht mehr vorstellen.«

Sie drehte sich um und trippelte zu einem Sessel hinüber, in den sie sich mit einem tiefen Seufzen fallen ließ. Dann deutete sie mit dem Zeigefinger auf das Foto.

»Aber meine Mutter hat das nie gekümmert. Sie war immer lieber unter den einfachen Leuten. Außer bei ihrer Freundin, die auf dem Bild.« Sie runzelte die Stirn. »Von Rieckhofen hieß sie. Clara von Rieckhofen. Verarmter Adel, Gott hab sie selig, und dann auch noch so todkrank in jungen Jahren.« Sie strich ihren Rock glatt. »Luise, meine Mutter, war längst nicht so krank wie Clara. Vielleicht, weil sie sich nie etwas hat verbieten lassen.« Sie lachte. »Sie muss ein verrücktes Huhn gewesen sein und war damals nicht älter als achtzehn. Das war lange bevor sie meinen Vater traf und sich für ihn entschieden hat.« Sie lachte erneut auf und winkte dann ab. »Na ja … lange her …«

Mein Blick glitt von Clara zu Emilies Mutter. Luise hatte einen Arm um Claras Taille gelegt und die Lebensfreude schien regelrecht aus ihr herauszusprühen. Im Gegensatz zu Clara sah man ihr die Schwindsucht tatsächlich nicht an. Dafür aber merkte man die Verbundenheit zwischen den beiden jungen Frauen. Und einmal mehr fragte ich mich, ob zwischen den beiden mehr gewesen war. Manche von Claras Tagebucheinträgen ließen diese Vermutung zu. Doch immer wieder war auch die Rede von Viktor, ihrem Verlobten, zu dem sie wollte. Und von Doktor Heinrich Ewald, der sie auf eine merkwürdige Art fasziniert haben musste. Niemals aber hatte sie sich klar zu Luise geäußert. Vielleicht war meine Vermutung falsch. Herausfinden würden wir es wohl ohnehin nie.

Mein Blick blieb an einem Mann hängen, der etwas seitlich hinter den Mädchen stand. Er war groß und breitschultrig, trug einen wohlgestutzten Bart und einen eleganten Anzug mit Weste. Aus der Westentasche blitzte die Kette einer Taschenuhr hervor.

Ich zog die Brauen zusammen. Irgendetwas an dem Gesicht des Mannes kam mir bekannt vor, doch ich konnte nicht sagen, warum. Ich hätte schwören können, ihn schon einmal gesehen zu haben. Vielleicht auf einer anderen Fotografie?

»Und wer ist der Mann ganz links?«, fragte ich weiter, ohne den Blick von dem verblichenen Bild zu lösen.

»Ah«, sagte Emilie und gluckste leise. »Das Verhängnis aller Frauen. Aber er war ja schon vergeben.«

Sie stützte sich mit beiden Händen auf den Sessellehnen auf und schob sich mit einem Ruck hoch.

»Ein stattlicher Mann, nicht wahr?«, sagte sie, während sie wieder neben mich trat.

Ich nickte.

»Ja, kann man so sagen.«

»Meine Mutter sagte, dass alle Frauen schwer in ihn verliebt waren. Die Patientinnen, die Mädchen vom Pflegepersonal, die Wäscherinnen, die Frauen aus der Küche, einfach alle.« Emilie lachte. »Aber es war natürlich unmöglich, etwas mit dem leitenden Chefarzt anzufangen. Außerdem war Heinrich Ewald verheiratet. Und seine Frau muss ein Biest gewesen sein, mit Argusaugen.« Sie zuckte mit den schmalen Schultern. »Er war eben ein begehrter Mann.«

Ich glaubte, mich verhört zu haben.

»Moment mal! Das ist Heinrich Ewald? Der Arzt?«

Emilie musterte mich erstaunt.

»Du kennst ihn?«

»Ich habe … von ihm gehört«, antwortete ich schnell.

Emilie blinzelte.

»Und in welchem Zusammenhang?«

Unter ihrem wachsamen Blick breitete sich ein dumpfes Unbehagen in mir aus. Ich fühlte mich wie ein hilfloses Insekt unter dem Mikroskop.

»Ich bin in einem Archiv über ihn gestolpert«, sagte ich und merkte, dass meine Stimme belegt klang. Ich räusperte mich. »Hat deine Mutter mal erwähnt, wie er zu dieser Clara von Rieckhofen stand?«

Emilies Blick wurde prüfender. »Nein. Hat sie nicht.«

Sie legte mir ihre alte Hand auf den Arm und ihr Griff war überraschend fest.

»Jakob, ich bin zwar ein altes Weib, aber ich merke es, wenn man versucht, mich auszufragen. Raus mit der Sprache! Was ist hier los? Du kennst doch den Mann. Und das Mädchen. Sonst würdest du nicht so scheinheilig herumlavieren.«

Ich seufzte leise. Emilie war die Einzige, die von meiner Arbeit in der Akademie wusste. Wir waren schon so lange Nachbarn, dass es sich einfach irgendwann ergeben hatte, ihr davon zu erzählen. Beim Birnenschnaps an einem Zweiten Weihnachtsfeiertag. Und ich wusste, ich konnte mir sicher sein, dass sie dieses Wissen mit ins Grab nehmen würde.

»Vor dir kann man einfach nichts geheim halten, oder? Also gut … Ich brauche alle Informationen, die ich zu Heinrich Ewald bekommen kann. Und wenn du mir das Bild ausleihen könntest, dann wäre das großartig.«

*

Als ich die Tür zu meiner Wohnung aufschloss, sah ich sofort, dass etwas nicht stimmte. Das Licht im Flur brannte und dort, wo Mirellas Stiefel gestanden hatten, war nichts als der feine Rest eines Abdrucks von Straßenstaub. Auch ihr Mantel war weg.

Ich spürte, wie mein Herzschlag sich beschleunigte. Was war passiert?

Langsam legte ich das gerahmte Bild, das Emilie mir mitgegeben hatte, auf dem Tischchen im Flur ab, dann ging ich in jedes Zimmer, selbst in die kleine Abstellkammer neben der Küche, obwohl ich bereits wusste, dass es vergeblich sein würde. Mirella war nicht hier. Sie war gegangen und ich hatte keine Ahnung, wohin.

Mein Blick streifte durch die Wohnung. Hatte sie mir eine Nachricht hinterlassen?

Nein.

Mirellas Laptop stand noch immer auf dem Küchentisch. Und er war an.

Ich merkte, wie meine Kehle trocken wurde, und trat langsam an den Bildschirm heran. Das Fenster für die Passwort-Ortung strahlte mir entgegen. Mirella musste bemerkt haben, dass es im Hintergrund lief. Und sie hatte sich die Informationen auf den Monitor geholt.

Ich stützte mich mit den Händen auf dem Tisch ab und musterte die Ergebnisse. Tatsächlich. Es hatte einen Treffer gegeben. Das Passwort war das letzte Mal vor zwei Tagen verwendet worden. Es gab also tatsächlich jemanden, der *»Clara«* für den internen Firmenbereich von *KehPharma* gebrauchte. Und zuletzt war dieser Zugang von einem Ort aus angewählt worden, bei dessen Gewahrwerdung ich ins Straucheln geriet. Meine Knie wurden für einige Sekunden merkwürdig weich:

Es war die Klinik in Weißensee!

Die Klinik.

Meine Gedanken bewegten sich in Zeitlupe, wie unter Wasser. In dieser Klinik lag Wilms, der Wachmann mit der chronischen Quecksilber- und Arsenvergiftung!

Mirella hatte gesagt, dass Ernesto ihr in seinem letzten Telefonat aufgetragen hatte, sich nochmals mit ihm zu befassen.

Ein seltsames Gefühl beschlich mich. Es war, als würde irgendetwas unter der Oberfläche meines Bewusstseins bereits einen Zusammenhang erkennen – und nur eine hauchdünne Dimension trennte dieses Wissen vom Hier und Jetzt.

Wilms – was wussten wir von ihm?

Nicht viel, außer dass er Wachmann war und krank. Doch da musste noch mehr sein. Es war unwahrscheinlich, dass jemand anderes im Weißenseer Krankenhaus das Passwort nutzte.

Ich erinnerte mich, wie Wilms' Gesicht kurz schmerzlich gezuckt hatte, als Mirella ihm die Fotografie der toten Clara zeigte. Er kannte das Mädchen. Und anscheinend wusste er viel mehr über sie, als er zugeben wollte.

Wie in Trance rief ich die Website von *Dragonfight Security* auf. Es gab eine Liste der Mitarbeiter und zu jedem von ihnen ein Bild. Richard Wilms hatte ich innerhalb von Sekunden gefunden. Er trug seine Wachmann-Uniform, die Mütze auf dem Kopf und blickte ausdruckslos in die Kamera. Ich merkte, wie sich mein Herzschlag bei seinem Anblick beschleunigte, dann sprang ich so ungestüm auf, dass der Stuhl mit einem lauten Poltern umkippte, und hastete in den Flur. Das Foto! Emilies Foto!

Ich griff danach, rannte zurück und verglich das Bild von Doktor Ewald, das im Jahr 1911 aufgenommen worden war, mit dem des Wachmanns auf der Website. Es dauerte nur Bruchteile von Sekunden. Dann drehte sich mir fast der Magen um: So verblichen das alte Foto auch war, die Gesichtszüge der beiden Männer stimmten überein. Deshalb hatte ich beim Anblick des Fotos an Emilies Wand das Gefühl gehabt, den Arzt schon einmal irgendwo gesehen zu haben! Der Wachmann, Richard Wilms, war definitiv nicht derjenige, für den er sich ausgab. Er war jemand ganz anderes – Doktor Heinrich Ewald.

Die Puzzleteile in meinem Kopf fügten sich in rasender Geschwindigkeit zusammen. Es war, als würde ich neben mir stehen und meinem Denken zusehen, das jede einzelne Information, jedes Gespräch, jedes Gefühl und jede Wahrnehmung der letzten Tage ineinandergreifen ließ. Bis das Bild stimmig war.

Der Raum, in dem die Zeit stillstand. Der Ort, an dem Clara die letzten einhundert Jahre verbracht hatte. Doch nicht nur sie hatte sich dort aufgehalten. Auch Heinrich Ewald, ihr Arzt, hatte um das Stillstehen der Zeit in diesem Zimmer gewusst. Er hatte gewusst, dass er nur alterte, wenn er sich außerhalb dieses Raumes aufhielt. Heinrich Ewald musste lange in diesem Raum gelebt haben, ohne dass irgendjemand etwas davon ahnte.

Ein eisiger Schauer jagte mir über die Haut. Er hatte dort gelebt. Gemeinsam mit Claras Leiche!

Ich spürte Übelkeit in mir aufsteigen. Mirella hatte das Passwort gesehen. Und den Ort, von dem es kam. Mit Sicherheit war sie auf dem Weg nach Weißensee! Alleine! Und missachtete damit die Regeln der Akademie. Niemand von uns durfte alleine ermitteln. Unter keinen Umständen. Es war einfach zu gefährlich. Doch Mirella war im Moment nicht sie selbst. Die fehlenden Medikamente, die Nachricht von Ernestos Tod – ganz offensichtlich waren ihr Vorgaben gerade gleichgültig.

Mit zitternden Fingern schaltete ich mein Handy an und wieder einmal schien es eine Ewigkeit zu dauern, bis sich das Netz aufgebaut hatte. Plötzlich ein leichtes Vibrieren in meiner Hand. Jemand hatte eine Nachricht auf meine Mobilbox gesprochen.

Es war Mirella.

»Jakob«, hörte ich sie sagen, »mach dir keine Sorgen. Ich fahre zu Wilms. Wie es aussieht, weiß der Mistkerl mehr als er zugibt. Wir sehen uns später.«

Mein Herz machte einen Sprung und begann dann wie rasend zu schlagen. Verflucht, sie konnte doch nicht auf eigene Faust ermitteln!

Ich wählte Mirellas Nummer, doch es ertönte nur das Rufzeichen.

»Geh ran, Mensch!«, zischte ich und trommelte nervös mit den Fingerspitzen auf die Tischplatte. Doch sie nahm nicht ab.

Fluchend schlug ich den Laptop zu und stürzte aus meiner Wohnung. Ich musste zu Mirella. So schnell wie möglich.

*

Der Weg in die Klinik erschien mir endlos und einmal mehr verfluchte ich die Tatsache, dass wir als Mitarbeiter der Akademie weder Blaulicht noch Martinshorn verwenden durften. Dies war einer der Momente, in denen ich beides wirklich verdammt gut hätte brauchen können. Es war ein Notfall. Und was für einer.

In den verstopften Berliner Straßen brachte auch Ernestos schneller *Jaguar* nichts. Ich kam mir ein wenig pietätlos vor. Doch nur für einen kurzen Moment, schließlich gebrauchte ich das Auto eines Toten, um Lebende zu schützen. Ob das irgendwie verwerflich war, darüber konnte ich auch später noch nachdenken. Jetzt fehlte mir dafür die Zeit.

Als ich das Krankenhaus in Weißensee endlich erreichte, machte ich mir nicht die Mühe, den Wagen ordentlich zu parken, sondern hielt direkt vor dem Eingang. Dann hastete ich die Treppen hinauf. Der Fahrstuhl würde viel zu lange brauchen. Ich rannte die Gänge entlang, das graue Linoleum quietschte unter meinen Sohlen und der beißende Geruch von Desinfektionsmittel stieg mir in die Nase.

Endlich war ich an Wilms' Krankenzimmer angekommen.

Ich riss die Tür auf und stürzte hinein.

Das Bett war leer.

»Wo ist er hin?«

Die Krankenschwester, die mir nachgeeilt war, als ich ohne Anmeldung an der gläsernen Personalkabine vorbeirannte, starrte überrascht auf die verwaisten Kissen. Dann legte sie die Hand auf den Mund.

»Du meine Güte! Ich habe keine Ahnung! Herr Wilms sollte hier sein, er wurde nicht entlassen.«

»Verflucht!« Ich ballte die Hand zur Faust und schlug so hart gegen den Schrank, dass das Möbel ins Wanken geriet. »Was ist denn das hier für ein Saftladen?!«

Dann riss ich die Schranktür so vehement auf, dass einige leere Kleiderbügel mit hellem Klingen aneinanderschlugen. In den Fächern Hemden, Pullover, Socken, Hosen. Ewald hatte nichts mitgenommen. Und doch hatte ich das ungute Gefühl, dass er nicht wiederkommen würde.

Meine Gedanken überschlugen sich: Der Mann, der in den letzten Jahren als Richard Wilms in dieser Stadt gelebt hatte und von dem ich glaubte, dass er eigentlich Heinrich Ewald war, hatte sich aus dem Staub gemacht!

Ich heftete meinen Blick auf die Krankenschwester.

»War Frau Mistrani hier?«

Nur mit Mühe wahrte ich die Fassung.

Die Schwester blickte mich ratlos an.

»Die … Nichte des Mannes!«

Jetzt verstand sie mich.

»Ja«, nickte sie. »Vorhin kam sie her, hat freundlich gegrüßt und ist dann zu ihrem Onkel ins Zimmer gegangen. Meinen Sie, sie hat ihn mitgenommen? Das kann ich mir nicht vorstellen, sie hat sich doch so um ihn gesorgt! Allerdings ging es ihm besser, vielleicht sind die beiden einfach nur spazieren ge…«

Wortlos hastete ich nach draußen.

Ich kam zu spät. Ewald war geflüchtet und hatte Mirella mitgenommen. Wie auch immer er das angestellt hatte …

Ich rannte weiter, die Treppen hinunter, wobei ich immer zwei Stufen auf einmal nahm.

Denken, Jakob! Du musst denken!

Was würde Ewald jetzt tun? Was war logisch? Was war ihm wichtig?

Ich verlangsamte meine Schritte und blieb schließlich stehen.

Ich wusste viel über ihn. Ich wusste, dass es kaum etwas Wichtigeres für ihn gegeben hatte als seine Tuberkulose-Forschung. Und Clara! Er würde sich irgendwo verschanzen. Aber nicht, bevor er sie bei sich hatte. Clara war der Schlüssel!

Ich zückte mein Handy, das ich ausnahmsweise einmal nicht ausgeschaltet hatte, und wählte Hades' Nummer in der Pathologie. Während ich aus dem Krankenhaus stürmte, als sei der Teufel persönlich hinter mir her, hörte ich das schrille Klingeln an meinem Ohr. Es läutete. Einmal. Zweimal. Noch mal.

»Geh ran, geh ran!«, zischte ich und unterdrückte ein Fluchen.

Endlich meldete sich jemand. Doch es war nicht Hades, sondern eine Stimme, die ich unter Tausenden wiedererkannt hätte.

»Rechtsmedizin.«

»Mirella!«, keuchte ich ins Telefon.

Sie war in der Akademie! Und sie ging ans Telefon! War Ewald vielleicht gar nicht bei ihr?

»Bist du in Ordnung? Sorg dafür, dass die Kühlräume einen Wachschutz bekommen. Ich vermute, dass …«

»Jakob«, sagte Mirella tonlos. »Er ist hier. Er hat meine Waffe. Du musst …«

Sie brach ab.

»Zu spät, Herr Roth«, sagte stattdessen eine sonore Stimme am anderen Ende. Jemand musste Mirella den Hörer aus der Hand genommen haben.

Mir gefror das Blut in den Adern. Der Doktor!

»Ewald! Hören Sie auf damit, das hat doch keinen Sinn!«

Ein heiseres Lachen drang an mein Ohr.

»Keinen Sinn? Was wissen Sie denn schon von Sinn?« Er hustete röchelnd. »Ich werde zu Ende bringen, was ich angefangen habe. Und Sie werden mich nicht davon abhalten. Das haben Sie damals nicht geschafft und jetzt werden Sie es auch nicht.«

Bei seinen Worten schnürte sich mir die Kehle zu.

»Lassen Sie uns reden. Dann können wir …«

»Hervorragende Idee. Wir sehen uns in den Heilstätten. Beeilen Sie sich, wenn Sie Ihre reizende Freundin lebend wiedersehen wollen. Und kommen Sie alleine. Verstanden? Alleine!«

Ein Klicken in der Leitung. Die Verbindung war unterbrochen. Ich stand einen Augenblick wie erstarrt vor der Klinik. Eine heftige Übelkeit erfasste mich und ich musste mich zusammenreißen, damit meine Knie nicht nachgaben. Ewald war in der Pathologie! Er hatte Mirella! Und was mit Hades passiert war, darüber mochte ich überhaupt nicht nachdenken.

Ich musste nach Beelitz!

KAPITEL 16

Der Motor des *Jaguar* heulte auf, als ich von der Straße abbog und über die knirschenden Kieswege zum Areal der Beelitzer Heilstätten jagte. Die hohen Kiefern warfen lange Schatten und am Himmel lieferten sich Wolken einen düsteren Tanz.

Mirellas olivgrüner *Jetta* stand vor einem der verfallenen Gebäude. Ich brachte den *Jaguar* zum Stehen, sprang heraus und hastete die Treppen hinauf. Mein Herz schlug mir bis zum Hals. Was, wenn ich zu spät kam? Was, wenn ich nichts mehr tun konnte? Beim Gedanken, dass Mirella etwas zugestoßen sein könnte, krampfte sich alles in mir zusammen.

Ich brauchte einen Moment, bis meine Augen sich an das Halbdunkel im Inneren gewöhnt hatten. Der Boden war auch hier übersät mit Schutt und Geröll. Durch die zerborstenen Fensterscheiben fiel fahles Licht und der Geruch nach Verfall und Feuchtigkeit umgab mich wie eine zweite Haut. Mein Atem ging keuchend, während ich krampfhaft versuchte, in der Stille des Gebäudes irgendeinen Anhaltspunkt dafür zu finden, wo Ewald und Mirella sich aufhielten.

Sekunde um Sekunde verstrich, doch alles, was ich hörte, war mein Atem. Und der wilde Schlag meines Herzens.

»Komm schon, wo steckst du?«, murmelte ich nervös, während ich langsam meine Waffe aus dem Halfter zog. Das kühle Metall der Pistole lag vertraut in meiner Hand.

Vorsichtig ging ich einige Schritte vor, knirschende Splitter unter meinen Sohlen. Ich hielt mich dicht an der Wand. Es konnte eine Falle sein. Vielleicht hatte Ewald überhaupt nicht vor, mit mir zu sprechen. Es wäre viel einfacher, mich und Mirella umzulegen, auf der Stelle. Doch so schätzte ich ihn nicht ein. Es machte keinen Spaß, mit toten Mäusen zu spielen.

Ich blieb stehen und lauschte erneut. Das Rauschen der Kiefern drang durch die Fenster herein.

So muss Clara es damals wahrgenommen haben, zuckte es mir durch den Kopf.

Unzählige Male hatte sie in ihrem Tagebuch den Wind in den Kiefern erwähnt. Unzählige Male die verhasste Stille. Doch erst jetzt verstand ich wirklich, was sie meinte. Die Stille lag über dem Areal wie ein Tuch aus Blei. Man drohte darunter zu ersticken.

Ich atmete tief durch.

Und dann hörte ich es ...

Ein reißendes Quietschen hallte durch das Gebäude und bohrte sich mir bis in die Knochen. Es klang wie ...

Ein alter Fahrstuhl!

Ich rannte los. Die Flure des verfallenen Sanatoriums schienen kein Ende zu nehmen, wurden zu ewig langen Fluchten aus verwittertem Stein und Geröll, mäanderten zu Schluchten, in denen ich mich zu verlieren drohte. Scherben, Kies und Staub knirschten unter meinen Sohlen und mein Atem ging keuchend.

Das schneidende Quietschen wurde lauter und verhallte. In der unerwarteten Stille krampfte sich mein Herz zusammen, nur um gleich darauf zu rasen: Mirella schrie um Hilfe!

Ich keuchte und spürte Panik in mir aufsteigen. Wo war dieser verdammte Fahrstuhl? Wo war er?

Ich rannte schneller, einen weiteren endlosen Flur entlang, und wäre zweimal fast lang hingeschlagen, als ich, ohne meinen Lauf zu verlangsamen, um die Ecken bog.

Dann, endlich – der Fahrstuhlschacht!

Die Gestalt eines Mannes im Schatten.

Ewald.

Und Mirella.

Mir stockte der Atem, als sich die gesamte Tragweite der Szenerie vor mir aufspannte: Mirella befand sich auf dem Dach der maroden Fahrstuhlkabine, die auf halber Höhe zwischen dem Erdgeschoss und dem Keller schwebte. Sie lag auf dem Rücken, an Händen und Füßen an das verrostete Metall gefesselt. Als sie mich sah, blitzten Verzweiflung und Hoffnung zugleich in ihren Augen auf. Sie riss an den Seilen, die sie am Fahrstuhl hielten, doch diese bewegten sich keinen Zentimeter.

»Ich habe Sie schon erwartet, Jakob Roth«, sagte der Doktor und trat einen Schritt vor. Sein Gesicht war so ruhig, als hätten wir uns zu einem Kaffeekränzchen auf dem Tempelhofer Feld verabredet.

Nach Atem ringend richtete ich meine Waffe auf ihn.

»Binden Sie die Frau los! Sofort!«

Ich versuchte, meine Stimme ruhig und beherrscht klingen zu lassen, doch innerlich war ich alles andere als das. Mirella dort zu sehen, hilflos wie ich es nie erlebt hatte, war fast mehr, als ich ertragen konnte.

Ewald schüttelte lächelnd den Kopf.

»Bedaure, das ist leider unmöglich«, antwortete er sanft. »Sie beide kennen meine Identität, wie ich begeistert feststellen darf. Kluger Junge! Allerdings hatte ich gedacht, dass Sie früher darauf kommen würden.« Er hob selbstsicher das Kinn. »Als ich erfuhr, dass Ihr Labor Proben des ›Weißen Goldes‹ analysiert hat, wusste ich, dass jemand die Lilien im Keller gefunden haben musste. Und es war klar, dass nur Sie beide infrage kommen. Niemand sonst hat mit dem Fall zu tun.«

Sein Blick wanderte von mir zu Mirella und ich sah, wie ein Muskel in seinem Gesicht zuckte.

»Sie wissen um mein Geheimnis – und deshalb müssen Sie sterben. Beide. Bedauerlich, aber wahr.«

Dann sah er zu mir zurück.

»Lassen Sie das Gefuchtel mit der Pistole, Roth«, sagte er ungeduldig. »Wenn Sie schießen, werde ich das hier durchschneiden.« Er deutete auf ein kleines Kabel, das aus der Wand ragte, und erst jetzt erkannte ich, dass er eine Kneifzange in der Hand hielt. »Der Fahrstuhl wird sich in Bewegung setzen. Ganz langsam nach oben schweben. Und Ihre Angebetete wird einem furchtbar unschönen Tod entgegensehen. Das können Sie nicht wollen, nicht wahr? Also, nehmen Sie die Waffe runter. Jetzt!«

Ich blickte zu Mirella hinüber, die mich anstarrte, die Augen weit vor Panik.

»Leg die Pistole hin«, hörte ich sie flüstern. »Bitte … mach, was er sagt. Er meint es ernst.«

Ich presste die Lippen aufeinander, legte die Waffe vorsichtig vor mir auf den Boden, richtete mich auf und streckte die Hände zur Seite aus.

»Gut. Und jetzt?«

Ewald lächelte.

»Schieben Sie die Pistole mit dem Fuß von sich weg. Ganz vorsichtig. Hierher, zu mir.«

Ich tat, was er wollte, und die Pistole rutschte über den schmutzigen Boden direkt vor seine Füße.

Ewald beugte sich hinunter, ohne mich aus den Augen zu lassen, und nahm die Waffe auf.

»Schönes Stück. Gut gepflegt. Besser als die Ihrer Freundin. Trotzdem werde ich die andere behalten. Wir haben uns jetzt schon so schön aneinander gewöhnt.«

Er legte meine Pistole hinter sich auf die Fensterbank und zog lächelnd Mirellas Waffe aus seiner Jackentasche.

»Sie werden damit nicht durchkommen«, sagte ich heiser.

»Oh, es lässt sich so einiges bewerkstelligen, wenn man eine Pistole bei sich hat«, sagte er mit einem leisen Lachen. »Fragen Sie mal Signora Mistrani. Sie hat sich quasi ganz von selbst dort oben festgebunden. Ich musste nichts tun. Dank diesem kleinen silbernen Freund hier in meiner Hand.«

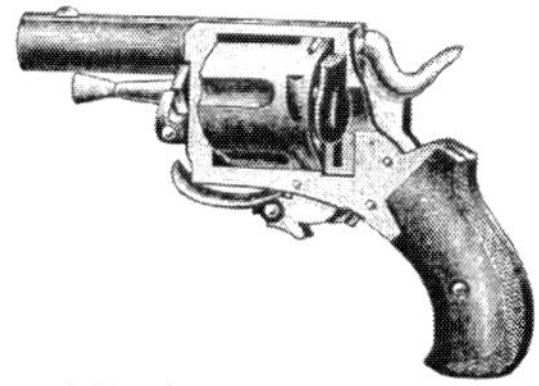

Ich schüttelte den Kopf.

»Sie sind todkrank. Das Quecksilber wird Sie kriegen. Und wenn das nicht reicht, das Arsen.«

Ewald lachte dunkel.

»Ja, es steht mir bis zu den Ohren. Na und? Das wird mich nicht daran hindern, in der Medizingeschichte unsterblich zu werden.«

»Die jungen Frauen mussten sterben, weil Sie einem Wahn hinterherlaufen!«, rief ich.

Ewald verzog spöttisch die Mundwinkel.

»Gestorben wären sie sowieso. Furchtbar schlimme Fälle von TBC.« Er straffte die Schultern und musterte mich herablassend. »Sie sehen das falsch. Ich wollte die Frauen nicht töten. Ich wollte sie retten. *Ich* war ihre einzige Chance. Und jede der Frauen hat regelrecht darum gebettelt, dass ich mich ihrer annehme.«

Ich schluckte schwer, als ich den fiebrigen Glanz in seinen Augen sah. Trotz seines schütteren Haares und der fahlgelben Haut, die ihm ein ungesundes Aussehen verlieh, war noch immer deutlich die Aura zu spüren, die ihn einst umgeben haben musste. Eine natürliche Autorität, ein starker Wille – und nicht zuletzt eine überzeugende Ausstrahlung, die dazu führte, dass ihm die Menschen zu Füßen lagen. Ewald musste ein beeindruckender Mann gewesen sein, faszinierend und tiefgründig. Und er war vollkommen wahnsinnig. Daran bestand kein Zweifel.

»Forschung hat ihren Preis«, fuhr er jetzt mit samtiger Stimme fort. »Und niemand übersteht mehr als einhundert Jahre Umgang mit tuberkuloseverseuchten Patienten und deren Lungen, ohne dabei Schaden zu nehmen.« Sein Gesicht verzog sich zu einem fratzenhaften Lächeln. »Das Quecksilber ist wirklich ärgerlich, oder? Da führe ich seit Jahrzehnten Versuche durch, zuletzt auch an mir selbst, an meiner eigenen Tuberkulose, die vor einigen Jahren wieder ausbrach, um die Wirksamkeit der Injektionsserie 7B zu beweisen – und dann wird mir die chronische Quecksilberbelastung zum Verhängnis.«

Er zuckte mit den Schultern und lächelte.

»Es ist die Arbeit an den Präparaten. Zu viel Quecksilber an den Fingern, in der Luft, über zu lange Zeit. Pech. Es ist wie mit allem: Die Dosis macht das Gift.«

»Was genau ist in Injektionsserie 7B enthalten?«, fragte ich, während ich einen Schritt auf ihn zumachte. Mein Herz stolperte, doch ich versuchte es zu ignorieren. Ich musste ihn zum Reden bringen. Über diese gnadenlose Besessenheit, die ihn über Leichen hatte gehen lassen.

Der Doktor musterte mich überrascht.

»Interessiert Sie das wirklich?«

Ich nickte und ging einen weiteren Schritt auf ihn zu.

»Ja, das tut es.«

Ewald rollte mit den Augen.

»Sie wissen es doch längst. Es ist einfach. Kaliumarsenit hat nicht funktioniert. Nicht alleine. Die *Fowlersche Lösung* war ein Trugschluss, aber die kurzfristig regenerierende Wirkung des Arsens wirkt wie ein Katalysator. Wenn man ein entscheidendes Mittel hinzugibt – das ›Weiße Gold‹.«

»Die Lilien also …«, sagte ich.

Ewald nickte.

»Ja, die Lilien. Das Ganze hat nur einen kleinen Schönheitsfehler: Es befinden sich nur noch wenige im Keller und alle Versuche, die alte Art zurückzukreuzen, sind fehlgeschlagen.«

»Sind die drei Frauen deshalb gestorben?«, fragte ich leise.

Ewald schüttelte ungeduldig den Kopf.

»Nein, Sie Narr, nicht deshalb. Trotzdem. Die Lilienkreuzungen waren ein Versuch, sie zu retten, das sagte ich doch bereits. Aber Forschung ist nicht immer schnell genug.«

Ich spürte, wie eine maßlose Wut in mir hochloderte.

»Soll das heißen, Sie hätten den Frauen einen Gefallen getan?«, rief ich entsetzt. »Sie haben sie umgebracht, verdammt! Das waren Menschenversuche!«

Er musterte mich mitleidig.

»Wie ich sehe, kommen wir beide nicht auf einen gemeinsamen Nenner. Aber wissen Sie was? Das ist auch vollkommen egal, denn Sie und Ihre reizende Freundin werden diese Begegnung nicht überleben. Ich aber sehr wohl. Und ich werde weitermachen, so lange es möglich ist.« Er entsicherte die Pistole. »Zeit, die Dinge zu regeln.«

Ich hörte Mirella aufkeuchen.

»Noch etwas!«, stieß ich hervor. »Was genau ist mit Clara passiert? Woran ist sie gestorben?«

Ein schmerzliches Zucken glitt über das Gesicht des Doktors. Mit einem Mal wirkte er bleich und müde. Er ließ die Waffe sinken und sein Blick ging an mir vorbei ins Leere.

»Ja, Clara … meine wunderschöne Clara …«

Ich hielt den Atem an. Es ging eine merkwürdige Veränderung in Ewald vor. Als würde er in die Erinnerungen an damals abtauchen. »Sie war so jung«, sagte er wie zu sich selbst. »Ich hätte alles getan, um sie zu retten. Alles. Nicht wahr, Clara?«

Ewald trat zu einem Mauervorsprung und wandte sich Sekunden später wieder zu mir um. Clara lag in seinen Armen, eine leblose Puppe in einem weißen Spitzenkleid. Sie hatte die Augen geschlossen und sah aus, als schlafe sie. Ewald stützte sie, als wäre sie nur geschwächt, als bräuchte sie nur einen Moment Ruhe, um wieder auf die Beine zu kommen, hielt sie fest, als könnte er so die Illusion bewahren, dass sie noch am Leben war. In seinen Augen funkelte eine Mischung aus Liebe und Wahnsinn, die mir eisige Schauer über den Rücken jagte.

»Mein Kleines …«

Er strich dem Mädchen sanft mit den Fingerspitzen über die Wange. Seine Stimme war nicht mehr als ein Flüstern.

»Claras Tuberkulose ist ausgeheilt«, sagte er leise und blickte mich an. »Das Mittel hat gewirkt. Sie hätte leben können. Sie hatte ein ganzes wunderbares Leben vor sich. Und sie war so begabt. So besonders.« Er schluckte schwer. »Doch die beste Medizin wirkt nicht gegen Missgunst und Eifersucht. Ich ließ Clara einen einzigen Tag alleine, als sie schon auf dem Weg der Besserung war. Ich hatte einen wichtigen Termin in Berlin. Und als ich abends zurückkehrte, war sie tot.«

Er presste die Lippen fest aufeinander.

»Das Mittel hat sie geheilt. Und die Eifersucht hat sie getötet. Ich habe Clara dann verschwinden lassen, damit meine Frau nicht in Schwierigkeiten kommt. Aber Beelitz war seitdem nicht mehr derselbe Ort für mich.«

»Ihre Frau?« Mir schoss durch den Kopf, was in Claras Tagebuch über Alma Ewald gestanden hatte. Das Adlerauge. Sie hatte das Gefühl gehabt, beobachtet zu werden. Überwacht. Und auch Emilie hatte mir erzählt, dass Alma Ewald immer wieder mit ihrer Eifersucht zu kämpfen gehabt hatte. Bei Clara schien es ihr schließlich gereicht zu haben.

»Lassen Sie mich raten …«, sagte ich. »Arsen? Deshalb konnten wir es nicht wirklich nachweisen, weil Clara ohnehin die *Fowlersche Lösung* bekam?«

Ewald nickte stumm und ich sah, wie ein leises Zucken durch seinen Körper lief. Er kämpfte mit den Tränen. Und in diesem Moment sah ich nicht mehr nur das Monster, das Menschen ohne Skrupel für seine medizinische Forschung benutzte. Ich sah einen Mann, dessen Herz gebrochen war.

»Ich kam zu spät«, sagte er tonlos.

Vorsichtig hauchte er Clara einen Kuss auf die Lippen und ließ sie dann auf eine Fensterbank sinken.

»Zu spät. Wissen Sie, wie furchtbar es ist, wenn man nichts mehr tun kann?«

Doch innerhalb von Sekunden wandelte sich sein Wesen erneut. Er richtete sich auf und der Blick, der mich traf, war eisig und entschlossen.

»Genug geplaudert! Kommen wir zur Sache!«

Ich sah das Metall der Zange aufblitzen, dann ertönte ein scharfes Klicken. Ewald hatte das Kabel durchtrennt und der Fahrstuhl setzte sich mit einem quietschenden Ruck in Bewegung.

»Jakob!«

Mirellas Schrei gellte durch den Fahrstuhlschacht.

Ich keuchte auf.

»Halten Sie das verdammte Ding an!«

Ewald schüttelte lächelnd den Kopf.

»Selbst wenn ich wollte, es geht nicht.«

»Es muss gehen!«

Ich hörte mich schreien wie unter Wasser.

Ewald richtete die Pistole auf mich.

Ich warf mich zur Seite und der Schuss verfehlte mich knapp. Die Kugel schlug dicht neben mir ein, Gestein spritzte von der Mauer fort. Drei Schritte vor – und schon war ich bei Ewald. Ich versuchte fieberhaft, ihm die Waffe zu entreißen. Mirellas Schreie. Das Rasseln des Fahrstuhls.

Zu spät, zu spät …

Niemals hätte ich vermutet, dass in Ewalds Körper noch so viel Kraft steckte. Es schien eine Ewigkeit zu dauern, bis ich ihm die Pistole aus der Hand schlagen konnte. Sie schlug hart auf den Boden. Ich griff danach, richtete sie auf Ewald, der in Richtung Foyer flüchtete, drückte ab – und verfehlte ihn.

Meine Gedanken überschlugen sich. Ich sah den Fahrstuhl, der sich unerbittlich nach oben bewegte. Mirellas Schreie echoten von den Wänden und das Blut rauschte in meinen Ohren.

Nur noch wenige Meter war sie vom sicheren Tod entfernt.

Ich hastete die Treppe hinauf, den Blick nach oben gerichtet, und sah rostige Metallstreben, die einige morsche Balken direkt unter der Decke hielten. Wenn es mir gelänge, eine dieser Streben zu lösen, dann würde sich ein Balken wie ein Keil in den schmalen Raum zwischen Fahrstuhldach und das Ende des Schachtes schieben und den Fahrstuhl stoppen – oder Mirella durchbohren.

Mit klammen Fingern hob ich die Pistole und drückte ab. Einmal. Zweimal.

Mit einem lauten Knall zersplitterte das Metall und einer der Balken löste sich knarrend, kippte durch sein eigenes Gewicht nach unten – und stoppte mit einem lauten Knirschen den aufwärts strebenden Fahrstuhl. Ein Sirren und Vibrieren setzte ein, als das alte Gefährt gegen den Widerstand ankämpfte. Dann ein heftiger Ruck, ein Beben, das den gesamten Schacht erfasste – und der Fahrstuhl stand.

Eine beängstigende Stille legte sich über das verfallene Treppenhaus. Mit zitternden Knien stieg ich die letzten Stufen hinauf.

»Mirella? Hörst du mich?«

Keine Antwort.

Was, wenn ich mit meinem Schuss dafür gesorgt hatte, dass der Balken sie tötete?

Mir wurde übel.

»Mirella!«

Mein Herz raste und ich musste mich regelrecht zwingen, meinen Blick nach rechts zu wenden, hin zum Fahrstuhldach.

Mirella hatte ihre Augen starr zur Decke gerichtet, die nur einen knappen Meter über ihr den sicheren Tod bedeutet hätte. Ihr ganzer Körper bebte.

»Alles in Ordnung?«

Sie wandte den Kopf und starrte mich an. Ihr Gesicht war kreidebleich.

»Hol mich hier raus!«, flüsterte sie. »Schnell!«

Ich weiß nicht, wie ich Mirella von den Fesseln befreite, denn ich zitterte selbst noch immer am ganzen Körper. Doch irgendwie schaffte ich es. Mirella kroch vorsichtig vom Dach herunter, machte einen Schritt – und sackte sofort auf der Treppe zusammen.

Ich packte sie an den Schultern.

»Bist du okay?«

Sie nickte stumm.

Ohne nachzudenken, zog ich sie fest an mich.

»Mein Gott …!«

Für einen Moment war da nur unsere Umarmung, die Wärme ihres Körpers und grenzenlose Erleichterung. Dann löste sie sich von mir. Unsere Blicke trafen sich.

»Danke«, flüsterte sie heiser.

Statt einer Antwort nahm ich ihr Gesicht in beide Hände und küsste sie wie ein Ertrinkender. Und sie erwiderte den Kuss.

»Wo ist er hin?«, fragte sie, als sich unsere Lippen wieder voneinander lösten.

»Entkommen«, antwortete ich. »Er ist durch das Foyer abgehauen.«

Mirella blickte vorsichtig durch eines der zerborstenen Fenster.

»Die Autos stehen noch da«, sagte sie leise. »Er ist noch hier.«

»Jakob Roth!«, ertönte in diesem Moment eine Stimme von draußen. »Kommen Sie und fangen Sie mich! Das Spiel ist noch nicht zu Ende!«

Mirella riss die Augen auf und packte mich am Arm.

»Du gehst da nicht raus!«

Einen kurzen Moment zögerte ich. Ewald war krank. Mit etwas Glück würde die Polizei ihn in kürzester Zeit aufgreifen, sobald wir sie alarmiert hatten. Doch dann kam mir in den Sinn, was Manuel über das Gelände gesagt hatte: Das ganze Areal war unterkellert. Überall Gänge. Ich presste die Lippen aufeinander. Ewald kannte diese geheime Unterwelt wahrscheinlich so gut wie niemand sonst. Sein Gesundheitszustand hatte sich stabilisiert und die Gefahr, dass er entkam und seine Versuche an einem anderen Ort unter neuer Identität weiterführte, war einfach zu groß. Ich hatte keine Wahl. Ich musste ihn stellen.

»Und ob ich da rausgehe! Ich bringe diesen verdammten Mistkerl um«, knurrte ich und löste mich aus Mirellas Griff. »Rühr dich nicht von der Stelle!«

Dann lief ich die Treppe hinunter. Noch nie in meinem Leben hatte ich einen solchen Hass gespürt. Ich wollte Heinrich Ewald kriegen – und wenn es das Letzte war, was ich in meinem Leben tat.

Als ich aus dem dämmrigen Inneren kam, beschattete ich geblendet meine Augen.

»Hier bin ich!«, hörte ich Ewalds Stimme links von mir. Doch ich konnte ihn nicht sehen.

Ich musterte das Gebäude, aus dem der Ruf gekommen sein musste. Das Haus mit dem Lilienkeller. Ewalds Haus! Hier kannte er sich aus wie niemand sonst. Er hatte mehr als genug Zeit darin verbracht und ich war mir sicher, dass er und kein anderer für die unheimlichen Schächte im Boden verantwortlich war.

Ich schluckte schwer, kontrollierte noch einmal meine Waffe, schloss die Hand fester um das kühle Metall – und machte mich auf den Weg in das verfallene Gebäude.

Er war im Keller. Ich wusste es, noch bevor er mich rief. Seine Stimme hallte kalt aus den Tiefen herauf.

»Kommen Sie spielen?«

Einen Augenblick verharrte ich oben an der Treppe und blickte in die Finsternis hinab. Ich hatte keine Lampe dabei. Es gab keine Orientierung mehr, wenn ich mich in dieses Labyrinth aus Gängen und Räumen unter den Heilstätten begab, und ich wusste nicht, ob ich lebend wieder herauskommen würde. Und doch gab es keine Alternative. Ich war schon viel zu weit gegangen, um jetzt noch zurückzuschrecken.

Ich schloss also die Augen, dachte an Mirella, atmete tief durch – und schritt die verfallenen Stufen hinab.

Die Dunkelheit umfing mich wie ein eisiger Mantel. Ich bewegte mich ein paar Schritte vor, dann blieb ich stehen. Es war unmöglich, auch nur die Hand vor Augen zu sehen. Alle meine Sinne waren aufs Äußerste gespannt.

»Ewald?«, rief ich in die mich umfangende Nacht hinein. Meine Stimme hallte seltsam unwirklich von den kahlen Wänden wider. »Sie wollten spielen. Hier bin ich.«

»Schach!«, antwortete eine kalte Stimme aus dem Nichts.

Ich versuchte herauszufinden, wo Ewald sich befand. War er links von mir? Oder war seine Antwort eher von der anderen Seite gekommen? Mein Orientierungssinn versagte und ich spürte, wie mein Herz laut gegen den Brustkorb schlug. So laut, dass ich für einen Moment fürchtete, Ewald könnte es hören. *Schach* hatte er gesagt. Eine Ankündigung, dass ich zu schlagen war. Dass er direkt bei mir war, mich mit seinem nächsten Zug auslöschen konnte.

Ich unterdrückte ein Keuchen.

»Ich spiele Schach für gewöhnlich nur im Hellen«, antwortete ich so beherrscht wie möglich.

Für einen Augenblick blieb es still. Dann drang ein leises amüsiertes Lachen an mein Ohr.

»Sie meinen, Sie möchten mich ansehen, wenn Sie sterben? Ja?«

Ein Streichholz flammte auf und für einen winzigen Moment

hing mein Blick an der kleinen Flamme wie an einem lange ersehnten Ausweg. Doch das war ein Trugschluss. Ewald stand links von mir, nur wenige Meter entfernt. Mit ruhiger Hand entzündete er eine Kerze und pustete dann das Streichholz aus. Die Kerze flackerte sanft in der leichten Zugluft des Kellers.

Ewald sah zu mir herüber. Unsere Blicke trafen sich. Irritiert bemerkte ich, dass er lächelte.

»Haben Sie noch Fragen an mich, Jakob Roth?«

Ich runzelte die Stirn.

»Fragen? Was soll das? Ich könnte Sie direkt hier erschießen. Auf der Stelle.«

Er zuckte mit den Schultern.

»Sicher. Aber das werden Sie nicht. Dann würden Sie nie erfahren, was passiert ist. Und außerdem ist die Gefahr, hier im Keller einen Querschläger zu produzieren, der Ihnen selbst die Lampen auspustet, viel zu hoch.« Er schüttelte den Kopf. »Nein, Sie werden nicht schießen.«

Er heftete den Blick so fest auf mich, dass ich ihn regelrecht als Druck auf meiner Haut spürte.

»Ich dachte nur, Sie würden vielleicht die ganze Wahrheit wissen wollen, bevor Sie das Zeitliche segnen«, fuhr er fort. »Es stirbt sich leichter, wenn alles geklärt ist. Das weiß ich. Tausende von Patienten können nicht lügen.«

Ich räusperte mich. Die Kälte des Kellers drang mir in die Bronchien, in die Muskeln, in die Gedanken.

Reiß dich zusammen, dachte ich und unterdrückte ein Schaudern. *Reiß dich zusammen!*

»Tatsächlich gibt es da etwas, was ich gerne noch von Ihnen erfahren würde. Dieses Mittel … Injektionsserie 7B. Gibt es Dokumente darüber?«

Er lehnte sich mit dem Rücken gegen die Wand.

»Warum interessiert Sie das?«

»Pure Neugier«, antwortete ich. »Es muss noch etwas anderes enthalten sein als nur Lilien-Alkaloide. Habe ich recht?«

Ewalds Lächeln verbreiterte sich. Er stellte die Kerze auf einem kleinen Mauervorsprung ab und griff in die Hosentasche. Reflexhaft hob ich meine Waffe.

Ewald lachte leise und schüttelte den Kopf.

»Keine Sorge. Ich habe kein Ass im Ärmel. Zumindest keines dieser Art.«

Er zog die Hand wieder hervor und ich sah, dass er ein kleines Fläschchen umklammert hielt, ähnlich der Glasphiole, die Hades aus dem Medizinhistorischen Museum mitgebracht hatte. Er betrachtete das Fläschchen fast liebevoll, dann nahm er es zwischen Daumen und Zeigefinger der rechten Hand und hielt es hoch. Es befand sich eine Flüssigkeit darin, die im Licht der Kerze glitzerte wie flüssiges Gold.

»Sehen Sie das hier?«, sagte er leise. »Das ist der letzte Rest des Originalmittels. Injektionsserie 7B.«

»Das Medikament, das Clara geheilt hat!«, stieß ich hervor.

Ewald nickte lächelnd.

»Ja. Der letzte Rest einer Erfindung, die die Welt der Tuberkulose-Kranken hätte verändern können. Für immer.« Er seufzte leise. »Leider ist die beste Erfindung nichts wert, wenn der Grundstoff nicht mehr zu bekommen ist. Die Lilie ist verloren. Ich habe jahrelang versucht, sie zurückzukreuzen. Hatte Unterstützung von dem besten Botaniker, den ich finden konnte.«

»Christoph Merseburg«, sagte ich laut.

Ewald nickte.

»Christoph Merseburg ist ein exzellenter Wissenschaftler, der es stets verstanden hat, unauffällig in der zweiten Reihe zu bleiben. Dank der Labore von *KehPharma* war es möglich, die Versuchsreihen durchzuführen. Und dank Merseburgs Verschwiegenheit wusste niemand sonst davon.«

»Nur Ernesto Sanchez. Er hat damals den Kontakt hergestellt«, sagte ich.

Ich war inzwischen vollkommen ruhig. Das Puzzle setzte sich zusammen, Stück für Stück. Und es war nur noch eine Frage der Zeit, bis alle Teile ein sinnvolles Ganzes ergaben.

»Er hat bedauerlicherweise den falschen Weg eingeschlagen. Nicht einmal Christoph konnte ihn umstimmen.« Ewald zuckte mit den Schultern. »Schade um ihn. Sehr schade. Begabter junger Mann. Hätte ein Vermögen verdienen können. Aber jetzt mussten wir ihn aus dem Weg räumen.«

»Er hat es vorgezogen, sich nicht in kriminelle Machenschaften hineinziehen zu lassen«, sagte ich.

Ewald lachte. »Sie vergeben schnell. *Er* war es doch, der Ihr ganzes Leben zerstört hat, oder nicht? Zugegeben – auf meine Anweisung hin. Oder sagen wir besser: auf Anweisung von Albert Morius. Ihm blieb nichts anderes übrig, aber letztendlich hat er Sie ruiniert, Jakob Roth. Ich bezweifle, dass Ihr Leben jemals wieder ganz in Ordnung kommen wird.« Er musterte mich prüfend. »Aber das ist auch nicht nötig. Denn, wie gesagt, aus diesem Keller kommen Sie lebend ohnehin nicht mehr heraus.«

Ich straffte mich. Alles, was ich hatte, war der Überraschungseffekt. Und das Wissen, dass Ewald davon ausging, ich würde nicht schießen. Doch er kannte mich schlecht. Querschläger konnten vorkommen, ja. Und wenn ich Pech hatte, dann stand ich gleich in einem von mir selbst erzeugten Kugelhagel. Aber es war die einzige Chance, die mir blieb.

»Dann sollten wir unsere kleine Plauderei beenden und Worten Taten folgen lassen.«

Ich hob die Waffe und richtete sie auf Ewald. Sah seine Augen aufblitzen. Doch bevor ich abdrücken konnte, duckte er sich weg.

Der Schuss, der sich aus meiner Pistole löste, schlug in die Wand ein.

Ich hörte Ewald lachen.

»Sie sind ein Narr!«

Dann verschwand er in einem kleinen Gang.

Ich spürte, wie mein Puls das Blut schneller durch meine Adern jagte. Es war der Gang, der zu Claras Raum führte!

Ich unterdrückte ein Fluchen, fasste meine Waffe fester und eilte ihm nach. Die Kerze war nicht mehr als ein tanzendes Licht. Ewald kannte die Gänge besser als ich, er war schneller, viel schneller. Er sprang von links nach rechts, wieder zurück, sodass ein Zielen unmöglich war. Und wenn ich stehen blieb, war die Gefahr zu groß, dass er mich im Gewirr der Gänge endgültig abhängte. Ohne Licht war ich hier unten verloren.

Dieser Gedanken traf mich wie ein Blitz. Ewald musste nur die Kerze löschen und ich saß in der Falle! Er würde genüsslich dabei zusehen, wie ich verzweifelt den Rückweg suchte – und dabei in einem der Schächte in den sicheren Tod stürzte!

Keuchend beschleunigte ich meine Schritte. Ich musste ihn einholen!

Ewald hatte Claras Raum erreicht und schloss die Tür hinter sich. Ich tastete mich mit rasendem Herzen weiter an der Wand entlang, um die letzten Meter in der Dunkelheit zu überbrücken. Nur ein schmaler Spalt Licht drängte sich unter der Tür hindurch. Als ich sie schließlich erreichte, blieb ich stehen, atmete tief durch und hob die Waffe.

Was erwartete mich in diesem Raum? Was hatte dieser Irre vor?

Mit voller Kraft trat ich gegen das schwere Holz. Die Tür flog aus den rostigen Angeln. Ich stieß ich mich von der Wand ab, stürmte vor – und stoppte plötzlich mitten in der Bewegung.

Da stand er. Direkt vor mir. Ewald. Das Gesicht leuchtend, als hätte er seit Langem auf diesen Moment gewartet. Die nie verlöschenden Kerzen verharrten reglos in den Nischen wie stille Wächter. Und die unzähligen Präparate der Lungenflügel schienen ein leises Atmen von sich zu geben.

Ein und aus.

Ein und wieder aus.

Ewald lächelte sanft.

»Nehmen Sie die Waffe runter.«

Mein Blick wanderte von seinem Gesicht hinunter zu seiner rechten Hand. Er hielt eine Spritze darin, die gefüllt war mit einer Flüssigkeit, welche ich nicht zuordnen konnte. Es war nicht das goldene Mittel aus der Phiole. Es war etwas anderes.

»Matt!«, sagte er dann.

Seine linke Hand schnellte vor, packte mich an der Schulter und brachte mich aus dem Gleichgewicht. Ein brennender Schmerz bahnte sich seinen Weg durch meinen Oberarm, als sich die Spritze in meinen Muskel bohrte.

Noch im Fallen spürte ich, wie sich ein Schuss aus meiner Pistole löste. Die Kugel schlug gegen die Decke, prallte zurück – und ein heftiger Ruck durchzuckte Ewald. Das Gesicht des Arztes verzog sich zu einer schmerzlichen Grimasse. Er taumelte und fasste sich an die Brust. Blut sickerte zwischen seinen Fingern hindurch und tränkte den Stoff seines Hemdes dunkelrot.

Mein Blick glitt hinüber zu der Spritze in meinem Arm. Ewald hatte es nicht geschafft, sie vollständig zu leeren. Doch irgendetwas kreiste in meinem Blut. Ich konnte spüren, wie es mich von Sekunde zu Sekunde mehr betäubte. Spürte einen heftigen Würgereiz, Krämpfe, Schwindel. Mein Herz bewegte sich in ruckartigen Sprüngen.

Mühsam blickte ich auf und beobachtete, wie Ewald zur Tür schwankte und dabei eine Spur von Blut auf dem Boden hinter sich zurückließ. Er fasste in seine Tasche und zog die Glasphiole hervor. Sein Blick heftete sich auf mich.

»Ich habe mich geirrt«, keuchte er und es war nicht viel mehr als ein Flüstern. »Es ist nur ein Remis.«

Die Phiole entglitt seinen Fingern und zerschellte auf dem Boden. Dann sackte er zusammen. Das Atmen verstummte. Und es wurde still und dunkel um mich.

KAPITEL 17

Auf dem sonst so verlassenen Gelände wimmelte es nur so von Polizisten, Akademie-Ermittlern und – hinter einer sorgfältig mit gelbem Plastikband gezogenen Absperrung – von Reportern der örtlichen Presse. Die Nachricht von den Ereignissen in den Beelitzer Heilstätten hatte sich wie ein Lauffeuer verbreitet. Ich saß im Heck eines Krankentransporters und beobachtete durch die offenen Türen, wie ein Fernsehteam aus Berlin mit einem Übertragungswagen vorfuhr, Kameras und Stative aufgebaut wurden. Sah eine Moderatorin, deren Gesicht noch hastig überpudert wurde, bevor sie nach einem Mikrofon griff und auf Sendung ging. Aus unzähligen Funkgeräten knisterten Wortfetzen. Es fühlte sich an, als stünde ich in einem Sprühregen kristalliner Splitter, die alle zugleich feine Schnitte in meiner Haut hinterließen.

Hades warf mir eine Decke über die Schultern.

»Kaum zu fassen!«, murmelte er, während er sorgfältig überwachte, ob die Gefahr eines psychogenen Schocks gebannt war. »Das ist ja ein Keller wie aus einem Horrorfilm.«

Ich nickte bedächtig.

»Hast du die Lilien gesehen?«

»Ja. Zumindest das, was von ihnen übrig war … Offensichtlich hat sich die Starre der Zeit in dem Moment gelöst, als Ewald starb. Die meisten Blüten sind nur noch ein Haufen Staub.«

»Ich bin nicht sicher, was passiert ist«, sagte ich und fasste mir an die pochenden Schläfen. »Ich kann mich nicht erinnern. Nicht richtig. Es sind nur …«

»Ich weiß«, unterbrach mich Hades. »Reg dich nicht auf, das wird wieder.«

Ich nickte stumm. Doch wie sollte ich mich beruhigen, wenn jede Erinnerung nur noch aus unzusammenhängenden Fetzen und Lichtblitzen bestand? Immer wieder sah ich Ewalds Gesicht vor mir, gellte sein Lachen in meinen Ohren.

Ich beobachtete, wie Hades sich die Hände desinfizierte und den notdürftigen Verband an meinem Oberarm löste. Dann pfiff er leise durch die Zähne.

»Ja, es ging zur Sache. Merkst du was davon?«

Ich schüttelte den Kopf.

»Nein. Kaum. Nicht schlimm. Ein leichtes Brennen.«

»Es war Arsen in der Spritze«, sagte Hades. »Und wenn er dir die komplette Ladung verpasst hätte, hätte ich dich erst auf meinem Seziertisch wiedergesehen. Du hast ein Mordsglück gehabt, mein Lieber. Die Dosis war definitiv jenseits von allem, was man als Stimulanz bezeichnen könnte.«

Ich schwieg. Hades' Worte hallten in mir wider. Es hätte nicht viel gefehlt und Mirella und ich hätten bei diesem Einsatz unser Leben verloren. Jedem Mitarbeiter der Akademie war diese Gefahr bewusst, aber wenn ein solcher Moment tatsächlich eintrat, fühlte man sich trotzdem unvorbereitet. Und irgendwie nackt.

Ich blickte nach oben, hinauf zu einem der Fenster des Gebäudes, in dem ich im letzten Moment den Fahrstuhl hatte stoppen können. Mir stockte kurz der Atem, als ich Clara von Rieckhofens Leiche sah. Sie saß noch immer auf der Fensterbank, dort, wo Ewald sie vorhin zurückgelassen hatte. Ihr Kopf lehnte am Holzrahmen und der leere Blick ihrer toten Augen fiel direkt auf mich. Ein leichter Schauer jagte mir über den Rücken.

Ich riss meinen Blick von dem leblosen Körper los, als Hades begann, meine Wunde zu versorgen. Er säuberte sie fachmännisch und legte einen neuen Verband an. Während der letzten Handgriffe blickte er mich an.

»Das mit den Lilien ist wirklich verrückt. Unglaublich. Da wartet eine ausgestorbene Art unten in diesem Keller, einfach so, ein ganzes Jahrhundert lang. Und doch ist sie nun für uns nutzlos.«

Ich war fast froh darüber.

»Dann forscht wenigstens niemand mehr an dieser ominösen Injektionsserie 7B«, murmelte ich.

In meiner Schulter setzte ein schneidendes Ziehen ein, als ich den Arm bewegte. Aber es würde gehen.

»Was ist mit diesem Merseburg?«, fragte ich.

»Die Fahndung läuft«, erwiderte Hades, während er das Verbandsmaterial wieder in die dafür vorgesehenen Schubfächer räumte. »Es ist nur eine Frage der Zeit, bis sie ihn kriegen. Er steht unter dringendem Tatverdacht, Ernesto Sanchez erschossen zu haben.«

Er blickte mich prüfend an. Dann wurde seine Miene undurchdringlich. Er räusperte sich.

»Das klingt jetzt vielleicht in deinen Ohren sehr merkwürdig, Jakob«, sagte er leise, »aber nach allem, was ich von der Sache bisher mitbekommen habe, war Ewald genial. Auf seine Art. Ein Wahnsinniger, ja, aber genial.«

»Klingt, als hätte er hervorragend zu uns in die Akademie gepasst«, antwortete ich.

Hades entging der sarkastische Unterton nicht. Er grinste.

»Ja, das denke ich auch.«

»Wo ist Mirella?«

Er deutete mit einem Nicken auf einen weiteren Transporter, der einige Meter entfernt geparkt war.

»Sie wird versorgt. Aber bis auf ein paar Schrammen an Körper und Seele ist sie okay, denke ich. Du kannst froh sein, dass sie es geschafft hat, im Ort Hilfe zu holen, sonst hätten wir dich wahrscheinlich nicht mehr rechtzeitig gefunden.«

Ein paar Schrammen an Körper und Seele. So konnte man es auch nennen …

Hades verzog die Mundwinkel.

»Es tut mir leid, dass ich Ewald nicht daran hindern konnte, die Pathologie mit ihr und der Leiche zu verlassen. Wirklich, Jakob, das musst du mir glauben.«

Ich nickte ihm beruhigend zu.

»Ich weiß. Mach dir keine Gedanken. Er hatte Mirellas Waffe. Und eine Mündung an der Schläfe ist ein verdammt überzeugendes Argument.«

Ich legte die Decke zur Seite und kletterte vorsichtig aus dem Wagen. So sehr ich auch versuchte, nach außen hin ruhig zu wirken, in mir sah es vollkommen anders aus. Das Adrenalin, das mich während des Kampfes im Keller geflutet hatte, ließ noch immer meine Nerven flattern. Ich brauchte dringend einen Moment für mich. Und der beste Ort für ein wenig Ruhe lag oben auf den Dächern der alten Klinik.

*

17. November 1911
Ich habe ein Licht gesehen. Und ein Lächeln. Eine Frau an meinem Bett, mit Haut wie Lilien und einem hochgeschlossenen schwarzen Kleid. Doch das könne nicht sein, sagte man mir, es sei niemand im Zimmer gewesen, auf den die Beschreibung passt. Nur Luise war hier. Luise, die keinen Schritt von meiner Seite weicht. Sie ist ganz blass geworden und ganz still.

Niemand sonst also. Keine Frau im schwarzen Kleid. Und wenn ich mir doch sicher bin? Hat sie nicht meine Hand gehalten? Spüre ich nicht noch die sanften Blicke auf mir?

Ich solle nicht weiter darüber nachdenken, hat Doktor Ewald gesagt, stattdessen wieder zu Kräften kommen. Sein Lächeln ist inniger geworden. Oder bilde ich mir das ein? Er sah stolz aus und lobte meinen Mut.

Welchen Mut?

Manchmal streicht er mir über die Hand, als läge ihm etwas an mir. Es fällt mir schwer, seine Blicke zu deuten. Luise sagt nichts. Dünn ist sie geworden. Und schlaflos. Es ist, als wären Jahre vergangen, während ich im Fieber lag. Keine Birnen mehr aus der Küche. Und keine Gedichte. Ich frage mich, was Luise sieht, wenn sie mich anschaut. Das Band zwischen uns ist zerrissen, doch ich weiß nicht, warum. Sie verlässt das Zimmer, wenn der Doktor kommt.

Die Fieber waren stärker als erwartet. Ob das Mittel wirkt? Ist es ein gutes Zeichen, dass ich heute zum ersten Mal wieder aufstehen kann, wenn auch unsicher? Dass der Husten fast ohne Blut ist? Dass meine Hände ihre Kraft zurückbekommen, ganz langsam, als könnten sie es selbst noch nicht glauben?

Von Viktor kein Brief. Keine Karte. Nichts. Wenn ich die Augen schließe, sehe ich ein Lächeln. Doch es ist nicht seins.

Der Doktor ist nach Berlin gefahren. Heilung ist möglich, hat er gesagt, bevor er ging, und mir über die Hand gestrichen. Heilung ist möglich.

»Willst du auch ein Bier?«

Ich war so in Gedanken versunken, dass ich Mirella erst bemerkte, als sie sich neben mich setzte.

»Wo hast du das denn aufgetrieben«, fragte ich und nahm einen Schluck aus der Flasche.

»In Hades' Notfallkoffer. Frag lieber nicht weiter«, sagte sie. »Ich will gar nicht genau wissen, was er in diesen Untiefen noch so gebunkert hat.« Sie blickte sich um. »Einen schönen Platz hast du dir hier gesucht. Auch wenn von hier oben alles noch viel unwirklicher aussieht.«

Ich nickte stumm. Sie hatte recht. Die maroden Gebäude. Die wuchernden Büsche, die sich ihr Territorium zurückeroberten. Die zerstörten Fensterscheiben. Ein Albtraum aus Verfall und Erinnerungen. »Simon wird uns die Hölle heißmachen, weil wir ihm den Keller verheimlicht haben«, sagte ich dann.

»Er wird es verschmerzen«, entgegnete Mirella trocken.

»Schließlich ist der Fall jetzt gelöst. Wir wissen, wer Clara auf dem Gewissen und was es mit den anderen Frauenleichen auf sich hat. Jetzt können alle endlich ihre Ruhe finden.«

Ich musterte sie aus den Augenwinkeln. Kein Wort von Ernesto. Doch es war nur eine Frage der Zeit, bis die Polizei Christoph Merseburg ausfindig machte. Hades hatte mir zudem erzählt, dass Simon bereits internationale Ermittlungen über *Interpol* angestoßen hatte. Die Klinik in Minsk würde in absehbarer Zeit sehr unangenehmen Besuch bekommen. Und vielleicht würde sich damit auch klären lassen, wie viele Menschen im Rahmen der Experimente von Heinrich Ewald wirklich zu Tode gekommen waren. Wo diese Menschen letztendlich geblieben waren, wusste wohl nur Christoph Merseburg.

Mirella sah noch immer mitgenommen aus, aber das war kein Wunder. Die Ereignisse hatten sich in den letzten Stunden überschlagen. Mit Mirellas Waffe hatte Ewald plötzlich uns alle in der Hand gehabt.

»Bist du in Ordnung?«, fragte ich leise.

Sie atmete tief durch und nickte.

»Ja. Wird schon wieder. Allerdings werde ich wohl meine Fähigkeiten in Selbstverteidigung auffrischen müssen. Für Fälle, in denen die Illusionen nicht funktionieren.«

»Und ich muss an meiner Zielsicherheit arbeiten«, entgegnete ich trocken. »Eigentlich hätte ich dieses verrostete Scharnier über dem Fahrstuhl mit dem ersten Schuss treffen müssen.«

Ich wollte nicht darüber nachdenken, was geschehen wäre, hätte ich diese verdammten Metallstreben verfehlt oder hätte sich der Balken nur wenige Zentimeter weiter mittig in das Fahrstuhldach gebohrt. Die Vorstellung, dass ich Mirella um ein Haar für immer verloren hätte, schnürte mir die Kehle zu. Ich musste all meine Konzentration zusammennehmen, um ein nervöses Zittern zu unterdrücken.

»Glaubst du, Ewald hat Clara geliebt?«

Mirellas Frage hing plötzlich wie eine empfindliche Seifenblase in der Luft.

Überrascht blickte ich sie an. Das war das Letzte, was ich in diesem Moment von ihr erwartet hätte.

»Ist das von Bedeutung?«

»Allerdings«, erwiderte sie. »Wenn er all das nur wegen eines medizinischen Experiments gemacht hat, dann war er ein Monster. Wenn er sie aber geliebt hat, dann …«

Ihre Stimme versagte.

Ich räusperte mich.

»Du willst jetzt nicht wirklich damit andeuten, dass diese Vorstellung deine gut versteckte romantische Ader berührt, oder? Der Typ war wahnsinnig, ein Psychopath! Und er hätte dich fast auch noch auf dem Gewissen gehabt!«

Mirella schluckte.

»So versteckt ist die Ader gar nicht.«

»Immerhin gut kaschiert unter einer ebenso intelligenten wie zynischen Fassade«, entgegnete ich. »Und Romantik hin oder her, der Typ war irre.«

Mirella antwortete nicht. Für einen Moment hörte man nur das Rauschen des Windes in den Kiefern.

Ich seufzte leise.

»Du willst also meine Meinung? Wirklich?«

Mirella nickte stumm. Ihr Blick lag funkelnd auf mir.

»Er hat sie nicht geliebt«, sagte ich mit fester Stimme. »Nicht so, wie man lieben sollte.«

»Und das wäre?«

Ich zuckte mit den Schultern.

»Die alte Weisheit meiner Großmutter: Was du liebst, das lass gehen.«

»Kommt es zu dir zurück, gehört es dir. Sonst war es niemals dein«, flüsterte Mirella.

»Genau. Er hat Clara nicht losgelassen. Niemals. Nicht, als sie lebte. Und nicht nach ihrem Tod. Das hat mit Liebe nichts zu tun.«

»Hättest du für eine Frau getan, was er getan hat?«, fragte Mirella plötzlich.

Es lag eine abwartende Spannung in ihrem Gesicht, bei deren Anblick sich mein Herz schmerzlich zusammenzog.

»Ich würde für die richtige Frau tun, was er für ein Forschungsprojekt getan hat.«

»Und«, fuhr Mirella leise fort, »würde diese richtige Frau denn auch davon erfahren?«

Ich lächelte matt.

»Vielleicht.«

Für einige Minuten schwiegen wir. Um uns herum die Bäume, das Zwitschern der Vögel und die Sonne, deren letzte Strahlen sich ihren Weg durch den bewölkten Aprilabend erkämpften. Ich heftete den Blick auf das Blätterwerk, das nach den Regenfällen der letzten Tage frisch und üppig wuchs. Bis eine Bewegung meine Aufmerksamkeit auf sich lenkte. Dort, fast verborgen vom dichten Grün des Waldes, stand eine weiße, durchscheinende Gestalt: Claras Geist!

Ich spürte, wie mein Herz schneller zu schlagen begann. Die Erscheinung trat aus dem Schatten der Bäume hervor und blickte zu dem Fenster hinauf, an dem noch immer ihre menschliche Hülle lehnte. Ein schmerzlicher Ausdruck huschte über ihr schmales Gesicht. Dann wandte sie den Kopf und sah zu mir. Für einen Moment begegneten sich unsere Blicke und ich merkte, wie sich eine seltsame Wärme in meinem Brustkorb ausbreitete.

Clara lächelte mir zu, drehte sich um und verschwand.

»Und? Was hast du jetzt vor?«, fragte Mirella in die Stille hinein und nahm einen Schluck Bier.

Ich verzog die Mundwinkel zu einem schiefen Grinsen.

»Um 19 Uhr habe ich einen Akupunkturtermin. Ich muss mich

sputen. Wird also nichts mit einem gemeinsamen Essen, wenn du darauf abzielst.«

Mirella schüttelte lachend den Kopf.

»Ich meinte, ob du in der Akademie bleibst? Jetzt stehen dir alle Türen offen. Du hattest nichts mit den damaligen Fällen zu tun .«

Ja, das wussten jetzt alle. Nur ob dieses Wissen das Misstrauen, das sich über Jahre in den Köpfen und Herzen abgesetzt hatte wie Kalk in alten Rohren, würde beseitigen können, das musste sich erst noch zeigen.

Ich räusperte mich.

»Kommt darauf an.«

»Worauf kommt es an?«

»Ob ein interessanter Fall auf unserem Schreibtisch landet.«

Ich sah, wie ein Lächeln um Mirellas Mundwinkel zuckte.

»Also ist noch nicht alles verloren?«

Eine sanfte Verbindung baute sich zwischen uns auf. Es fühlte sich gut an. Vertraut, warm und trotzdem neu.

Ich lächelte.

»Nein. Noch ist wohl nicht alles verloren.«

ENDE

DANKE AN …

Markus, den besten Mann der Welt. Meine Eltern und Heike und Norbert fürs da Sein. Yuti für Unzähliges. Geli für Erinnerung und Zukunft. Stephan, den unersetzlichen Zauberer. Michael Till-Lambrecht für die »Carte blanche«, Herzblut und unbezahlbares Vertrauen. Peggy und Dirk Salomo für das wunderschöne Zuhause aus Papier. Berlin. Meine Beta-Leser. Maja Ilischs Tintenzirkel. Hans Beckmann. Matthias für die Philosophie der Frösche. Den Besitzer der Beelitzer Heilstätten. Den Wald und das Meer. La Gomera. Und alle anderen, die diese Geschichte ermöglicht haben.

DIE AUTORIN

Yalda Lewin wurde 1978 am Rande der Lüneburger Heide geboren. Erste Geschichten entstanden mit Wachsmalstiften auf der Kinderzimmertapete, spätere auf der schwarzen mechanischen Schreibmaschine ihres Vaters.

Nach dem Abitur folgte ein Studium der Musikwissenschaft, Theaterwissenschaft und Neueren deutschen Literatur an der LMU München, das sie im Jahr 2005 abschloss.

Die Begeisterung fürs Lesen und Schreiben ist geblieben. Heute lebt und arbeitet Yalda Lewin als Heilpraktikerin, Texterin und Übersetzerin in Berlin, hat ein Faible für die 1920er Jahre, medizinische Fachliteratur, Krimis und Tangotanzen und genießt das bunte Leben in Kreuzberg.

Im Jahr 2011 erhielt sie den 1. Preis des Verlages *Edition Karo* für ihren Kurzkrimi »Blutperlen«.

»Die dunkle Seite des Weiß« ist ihr erster Roman.

Mehr zur Autorin unter:
www.textgoldberlin.blogspot.de
und bei Facebook unter www.facebook.com/YaldaLewin

WICHTIGER NACHTRAG

Die Beelitzer Heilstätten befinden sich heute in Privatbesitz. Das Gelände und die Gebäude dürfen nicht ohne Genehmigung betreten werden. Führungen und Fototouren bietet: www.go2know.de.

Bildnachweise

Seite 7: Ernst Haeckel, Kunstformen der Natur, 1904. Seite 15: Ernst Haeckel, Kunstformen der Natur, 1904; Seite 22: Wilhelmine Wulff, Pixelio. Seite 26: a012289, ca. 16. Jahrhundert. Seite 29: © Morphart, Fotolia. Seite 31: Ernst Haeckel, Kunstformen der Natur, 1904. Seite 39: Postkarte Beelitzer Heilstätten, Frauenpavillon, 1910; Seite 46: Ernst Haeckel, Kunstformen der Natur, 1904. Seite 48: E.C. Moore, 1881. Seite 50: Clemenz Lubitz, Pixelio. Seite 54: Ernst Haeckel, Kunstformen der Natur, 1904. Seite 58: © Morphart, Fotolia. Seite 60: Ernst Haeckel, Kunstformen der Natur, 1904. Seite 69: Rainer Sturm, Pixelio. Seite 71: Ernst Haeckel, Kunstformen der Natur, 1904. Seite 81: Ernst Haeckel, Kunstformen der Natur, 1904. Seite 94: Postkarte Beelitzer Heilstätten, 1910. Seite 96: Ernst Haeckel, Kunstformen der Natur, 1904. Seite 115: © E. Zacherl, Fotolia. Seite 122: © Morphart, Fotolia. Seite 127: Ernst Haeckel, Kunstformen der Natur, 1904. Seite: 132: Elizabeth Blackwell, 1773. Seite 143: Ernst Haeckel, Kunstformen der Natur, 1904. Seite 145: Ernst Haeckel, Kunstformen der Natur, 1904. Seite 151: © tribalium81, Fotolia. Seite 158: Ernst Haeckel, Kunstformen der Natur, 1904. Seite 159: © kuco, Fotolia. Seite 172: Ernst Haeckel, Kunstformen der Natur, 1904. Seite 173: © bildlastig26, Fotolia. Seite 191: Ernst Haeckel, Kunstformen der Natur, 1904. Seite 194: Rainer Sturm, Pixelio. Seite 208: Ernst Haeckel, Kunstformen der Natur, 1904. Seite 217: Ernst Haeckel, Kunstformen der Natur, 1904. Seite 230: © voraorn, Fotolia. Seite 237: Ernst Haeckel, Kunstformen der Natur, 1904. Seite 244: Rainer Sturm, Pixelio. Seite 252: Ernst Haeckel, Kunstformen der Natur, 1904. Seite 255: © lynea, Fotolia. Seite 268: Ernst Haeckel, Kunstformen der Natur, 1904. Seite 275: © Rob Stark, Fotolia. Seite 277: © Yalda Lewin